Prolog

Er schlich durch die Nacht, und was er vorhatte, war fernab des Guten.

Sein ebenmäßiges, kantiges Gesicht war unter einer dunklen Gesichtsmaske verborgen. Misstrauisch blieb er an der Ecke der Lagerhalle stehen, presste seinen ganz in Schwarz gekleideten Körper gegen die Mauer und sondierte mit scharfem Blick die Umgebung.

Er würde es ihnen zeigen. Sie hatten damals gedacht, sie könnten ihn zum Narren halten und ihn für Dinge bestrafen, die er nur gut gemeint hatte. Er wusste, wie begrenzt ihre Mittel waren, und hatte ihnen nur einen Weg gezeigt, um die Dinge durchzusetzen, die wichtig waren. Nicht für die Chefetage, aber für ihn und seine Kollegen, oder nun Exkollegen.

Keiner würde sich mehr an ihn erinnern. Es war schon zu lange her. Er wusste selbst nicht mehr genau, wie lange. Waren es nun drei oder vier Jahre? Wen interessierte es schon … So wie es sich für ihn darstellte, war er sicher schon längst vergessen oder zumindest nur eine böse Erinnerung für die Beteiligten.

Ihn interessierte es auch ebenso wenig, ob es immer noch dieselben Kollegen waren, die ihn so schmählich im Stich gelassen hatten, nachdem er geschnappt worden war.

Rache, das war alles, was er denken konnte. Das war alles, woran er die vergangenen Jahre gedacht hatte. Er hatte immer vorbildliche Arbeit geleistet, war von seinem Chef gefördert und von seinen Auftraggebern in den Himmel gelobt worden. Dementsprechend hatte man auch immer speziell ihn bei prekären Situationen angefordert, wenn etwas Fingerspitzengefühl erforderlich war.

Und das war alles auf einen Schlag vergessen gewesen, als man ihn mit zur Polizeiwache genommen hatte. Plötzlich hatte man ihm den schwarzen Peter zugeschoben, nur weil er etwas ändern wollte, von dem er genau wusste, dass es nicht anders zu ändern gewesen war, außer die Chefebene hätte endlich Vernunft angenommen und die Notwendigkeit eingesehen. Schließlich hatte er doch einfach nur seinen Job gemacht und nichts anderes.

Sein Job war immer seine oberste Priorität gewesen.

Und dank diesen selbstsüchtigen Egoisten hatte er nun einen Schatten in seiner Akte. Einen Schatten, der ihn bei jedem Vorstellungsgespräch um eine verdiente Chance brachte.

Und dafür würden sie jetzt zahlen, so wahr er jetzt hier stand.

Ein böses Lächeln verzog seinen Mund unter der Maske und ließ seine Augen böse glitzern.

Diese Wette war nicht einmal das Schlechteste gewesen. So konnte er schließlich doch noch seine Aggressionen gegen diese Firma loswerden, nicht wie sonst nur in Gedanken, sondern nun in echt.

Eine Bewegung im Gebüsch gegenüber erregte seine Aufmerksamkeit und ließ ihn mit der Eleganz einer Raubkatze in die Hocke gehen. Gebannt beobachtete er das Gebüsch. Sein Adrenalinspiegel stieg sprunghaft an.

Rascheln.

Er machte sich ganz klein. Dank seiner Maskerade war er fast unsichtbar, aber nur fast.

Das Rascheln wurde lauter und ein Schäferhund kam schnüffelnd aus dem Gebüsch.

Er schien etwas zu verfolgen, denn er hatte seine Nase dicht am Boden. Dann hob er sie und blieb reglos stehen, schnüffelte, die Nase in der Luft, eine Vorderpfote angehoben, die Ohren steil aufgestellt.

Der Mann wagte kaum zu atmen. Wenn er ihn witterte, war alles aus.

Der Hund rührte sich nicht. Immer noch hielt er witternd seine Nase in den Wind.

„Hasso, Fuß! – Verdammtes Mistvieh, wo treibst du dich wieder rum?", zerriss eine männliche Stimme die Stille.

Der Hund sah kurz in die Richtung, aus der die Stimme kam, rührte sich aber sonst nicht.

„Fuß, Hasso!", brüllte die Stimme etwas lauter.

Geh schon, du dummer Köter! Dem Mann brach der Schweiß aus. Wenn dieser Köter nicht verschwand und er entdeckt würde, war sein Plan keinen Pfifferling mehr wert. Er würde wohl keine zweite Chance mehr erhalten.

Es war zwar schwer vorstellbar, dass er erkannt wurde, aber wenn der Hund ihn schnappte und er nicht rechtzeitig wegkam … Er wollte gar nicht daran denken.

Schließlich wusste er auch nicht, welche Ausbildung die Hunde nun genossen, ob sie nur eine Alibifunktion hatten oder eine richtige Hundeprüfung mit allen Befehlen, die ein gut ausgebildeter Wachhund haben musste.

Doch das Glück schien ihm hold zu sein. Nach einem weiteren derben Fluch seines Herrchens warf der Hund nur noch einen Blick in seine Richtung und verschwand wieder im Gebüsch.

Aufatmend schloss er für einen Moment die Augen. Also stand seine Mission unter einem guten Stern. In seinen Augen zumindest.

Er wartete noch ein paar Minuten, doch nichts regte sich mehr außer einer lauen Brise. Dann schlich er weiter. Sein Ziel war eine andere Halle, die sich schräg gegenüber befand. Problemlos ließ sich die Seitentür der Halle öffnen.

Kopfschüttelnd zog er sie auf. Nein, es hatte sich wirklich nichts geändert. Die Schlösser waren entweder immer noch defekt oder ganz einfach nicht abgeschlossen. So eine verdammte Nachlässigkeit! Nicht auszudenken, was alles passieren könnte, wer sich alles unbefugt Zutritt verschaffen könnte.

Er lachte leise auf. Ja, zum Beispiel jemand, der nichts Gutes im Sinn hatte, wie zum Beispiel er selbst. Seine Augen funkelten diabolisch in Vorfreude auf das, was noch kommen würde.

Ja, sie würden gar nicht wissen, was da noch auf sie zukam. Vielleicht hatte sein neuer Freund auch noch ein paar gute Ideen …

Kapitel 1

Beschwingten Schrittes betrat Sandra Meister das Pfortenhäuschen und wappnete sich innerlich zum Kampf.

„Guten Morgen, liebe Kollegen!“, rief sie betont lässig, bevor sie im hinteren Pfortenraum verschwand.

Alfred Zeisig und Roland Mayer hoben die Köpfe.

„Morgen“, nuschelte Roland Mayer, während Alfred Zeisig aufsprang und in ihre Richtung lief.

„Du, mit dem Plan, den du hier rausgegeben hast, bin ich aber nicht einverstanden!“, rief er empört.

Sandra zog irritiert die Brauen hoch.

„Würde es dir viel ausmachen, wenn ich mich noch schnell umziehe?“, fragte sie süffisant und hob demonstrativ ihre Weste in die Höhe. „Ich bin dann auch sofort bei dir, Alfred.“

Beleidigt wandte er sich ab und verschwand kommentarlos im vorderen Pfortenraum.

Der vordere Pfortenraum war ihr eigentlicher Arbeitsplatz, während der hintere Raum als Umkleideraum sowie als Aufenthaltsraum genutzt wurde. Jeder besaß seinen Schrank, um seine persönlichen Dinge aufzubewahren. Es existierte ebenfalls eine kleine Küchenzeile mit einer Mikrowelle und einem Kühlschrank.

So genervt, wie sie bereits an diesem Morgen war, konnte der Tag ja noch heiter werden. Man sollte gar nicht meinen, dass für manche der Tag noch gar nicht angefangen hatte. Gähnend zog sie ihre Uniformweste an und drapierte ihr Tuch sorgfältig unter dem Hemdkragen. Sie betrachtete für einen Moment ihre vollschlanke Gestalt mit den halblangen dunklen Haaren und den braunen, dezent geschminkten Augen. Ihre 35 Jahre sah man ihr nicht an. Viele schätzten sie jünger, wenn sie gefragt wurden, und obwohl sie keinen Schönheitswettbewerb gewinnen würde, hatte sie eine interessante Ausstrahlung, wie ihr schon so mancher Mann bestätigt hatte.

Ihr Gesicht verzog sich unwillig, als sie an die bevorstehende Konfrontation dachte. Aber ihr blieb keine andere Wahl, sie musste sich dem Gespräch stellen. Schließlich konnte sie ja nicht ewig hier hinten bleiben. Dann holte sie tief Luft und ging langsam in den vorderen Raum, wo sie hinter den Tresen trat, der ihren Bereich von dem der Besucher trennte, der als Wartebereich eingerichtet worden war und in dem Roland Mayer am Schreibtisch saß.

„Also, wegen dem Plan …“, begann Alfred Zeisig von Neuem.

„Alfred“, unterbrach Sandra Meister ihren Kollegen umgehend, „bitte lass mich mit Roland schnell die Übergabe machen, damit er nach Hause kann. Wir haben ja noch etwas Zeit zusammen.“

Roland räumte seinen Platz am Schreibtisch hinter der großen Glasfront und übergab, dass es nichts zu übergeben gab.

„Gut, dann zisch ab“, erwiderte Sandra. Sie schielte auf die Leuchtanzeige der Uhr. 5.40 Uhr, Montagmorgen.

Sie unterdrückte ein Gähnen.

„So, nun schieß los, was stimmt an dem Plan nicht?“

„Ich habe zu viele Schichten!“, stieß er wutentbrannt hervor. „Ich habe dir schon so oft gesagt, dass mir 17 Schichten reichen, und schon wieder hast du mir mehr gegeben!“

Sandra atmete tief ein, bevor sie betont ruhig antwortete; „Hör zu, Alfred. Erstens kam der Plan von unserem Chef, weil zweitens Bruno woanders gebraucht wird. Wenn dir das nicht passt, dann ruf du unseren Chef an und sag ihm das. Ich bin auch nicht gerade froh über diese Entwicklung, aber ich muss mit den Kapazitäten arbeiten, die ich habe.“

„Aber nicht auf meine Kosten!“, giftete Alfred gnadenlos.

Sandra merkte, wie sich ein kleines Pochen an ihrer rechten Schläfe bemerkbar machte. „Dann ruf den Chef an.“

„Das ist deine Aufgabe“, quengelte er. „Du bist die Schichtleiterin, nicht ich!“

„Und dir passt der Plan nicht, also ruf ihn selbst an. Ich werde es jedenfalls nicht tun!“ Sandra sah ihm fest in die Augen.

Schmollend verzog er die Lippen. Sein blasses Gesicht mit den tiefer werdenden Falten bekam einen noch griesgrämigeren Ausdruck als sonst.

Womit habe ich das verdient? Ist dieser Mann wirklich schon über 50 Jahre alt oder bin ich hier im Kindergarten? Sandra rieb sich die Schläfe, hoffend, dass das Pochen verschwinden würde.

„Wenn du genau hinschaust, wirst du feststellen, dass ich ebenfalls 22 Schichten habe, und ich bin ebenfalls nicht glücklich darüber“, wiederholte sie beherrscht. „Aber da müssen wir durch. Es ist auch möglich, dass sich der Plan noch ändert, falls sie noch jemanden finden, der dort Brunos Platz einnehmen kann.“

„Das hoffe ich“, keifte er ungnädig. Dann erhob er seine schlanke, hoch gewachsene Gestalt und verließ hoch erhobenen Kopfes die Pforte, um an seinen Arbeitsplatz für den Tag zu gehen. Die Pforte lag am anderen Ende des Werkes und war dem Lieferverkehr vorbehalten, während ihre Pforte nur für Besucher und Mitarbeiter zugänglich war.

Sandra kannte ihren Kollegen gut genug, um zu wissen, dass er nun den größten Teil des Tages schmollend in seiner Pforte sitzen und nur das Allernötigste mit ihr sprechen würde. Allerdings war das für sie kein großer Verlust, da sie wichtigere Dinge zu tun hatte, als sich über sein Schmollen große Gedanken zu machen.

Sie ordnete ihre Unterlagen für den Tag. Der einzige Monitor zeigte nur Ameisenfußball.

Mistding, fluchte Sandra im Stillen und schaltete ihn ab. Schon des Öfteren hatte sie den verantwortlichen Technikern Bescheid gesagt, dass der Monitor die Hälfte der Zeit nicht funktionierte. Aber keiner hatte ein offenes Ohr dafür. Solche Dinge wurden als unwichtig eingestuft.

Sandra seufzte leise. Sie wünschte sich, etwas daran ändern zu können. Jeder ihrer Mannschaft tat sein Bestes, um Sicherheit zu gewährleisten, eine Sicherheit, die mehr Löcher hatte als ein Schweizer Käse. Und das Schlimme war, alle wussten es, aber jeder dachte nur an die Kosten, die entstehen würden, wenn man dieses System umkrempeln würde. Sie dachten an die Klagen der Mitarbeiter, die die Verantwortlichen unweigerlich mit Beschwerden und Forderungen überhäufen würden, diese unbequeme Sicherheit abzuschaffen. Sie dachten an den Aufwand, den es kosten würde, und an alles andere.

Das Einzige, woran keiner dachte, war der Sicherheitsdienst, dessen Schichtleiterin Sandra war und dessen Aufgabe es war, Unbefugte vor dem Tor zu halten und nur die Befugten einzulassen. Nur hatte leider keiner von denen, die um Zutritt ersuchten, einen Firmenstempel auf der Stirn und die Befragten wurden nur allzu gern ungeduldig, wenn nach Herkunft oder Ziel gefragt wurde.

Sandra fiel es nach nunmehr drei Jahren nicht sehr schwer, ihre Pappenheimer zu unterscheiden. Natürlich konnte jemand, der nur einmal im Jahr kam, nicht damit rechnen, dass man ihn kennen musste. Aber alle anderen hatten es schwer, sich an ihr vorbeizuschleichen.

Sie strich sich das halblange dunkle Haar aus der Stirn. Aus dem dezenten Pochen war mittlerweile ein ausgewachsenes Hämmern geworden. Verdammt, das hatte ihr gerade noch gefehlt. Mit gerunzelter Stirn ging sie in den hinteren Pfortenraum und durchsuchte ihren Schrank nach einem Kopfschmerzmittel. Sie bekam selten Kopfweh, jedoch wenn sie es bekam, dann richtig. Zu ihrem Leidwesen hatte sie natürlich keine Tablette mehr zur Hand. Ein wenig irritiert sah sie auf die leere Schachtel.

Ja, stimmt. Vor drei Tagen war ein Arbeiter zu ihr gekommen, der ebenfalls rasende Kopfschmerzen gehabt hatte, und ihm hatte sie ihre letzten zwei Tabletten gegeben. Im Geiste verfluchte sie sich, dass sie so gedankenlos gewesen war und keine neuen besorgt hatte, als sie die Gelegenheit gehabt hatte. Nun musste sie wohl oder übel auf die Betriebskrankenschwester warten, die gegen acht Uhr ihren Dienst in der Ambulanz aufnahm.

Sie sah auf ihre Armbanduhr. Erst 6.20 Uhr.

„Guten Morgen, Frau Meister“, erklang eine etwas müde Männerstimme hinter ihr.

Ruckartig hob Sandra den Kopf und schielte über den Tresen. Sie war so vertieft in die Erstellung ihrer Stundenlisten gewesen, dass sie das leise Klappen der Pfortentür überhört hatte. Ein Mann stand an der Ladestation der Piepser und entnahm gerade einen, den er erst betrachtete und dann an seinen Hosenbund steckte.

„Ach, guten Morgen, Herr Schneider“, antwortete sie und lächelte. „Na, das Wochenende gut rumgebracht?“

„Mit viel Arbeit“, antwortete er mit einem sarkastischen Lächeln und fuhr sich müde durch sein bereits ergrautes Haar. Harald Schneider war der zuständige Mitarbeiter, wenn es um Belange seitens des Werkschutzes im Brego-Chemiewerk ging, sowie auch Kommandant der Werksfeuerwehr. „Wir waren am Samstag fast zwölf Stunden hier wegen diesem Umbau in der hinteren Halle. Gestern waren es dann nur noch ungefähr zehneinhalb, die wir dank Komplikationen, die auftraten, hier ableisten mussten.“

„Wow, alle Achtung“, erwiderte Sandra mit hochgezogenen Augenbrauen. „Da traue ich mich ja fast nicht zu sagen, dass mein Wochenende eher das Gegenteil war. Kann ich Sie mit einem Cappuccino etwas aufmuntern? Oder soll ich sagen – aufwecken?“

Harald Schneider ließ sich seufzend in den bereitgestellten Stuhl am Besuchertisch auf der anderen Seite des Tresens fallen. „Das wäre göttlich. Und den werde ich auch nicht ausschlagen.“

„Wenn ich wollte, dass Sie den ausschlagen, dann hätte ich ihn nicht angeboten.“ Sandra verzog das Gesicht und rauschte an ihm vorbei in den hinteren Pfortenraum, wo ihr bewährter Wasserkocher stand.

„Trinken Sie keinen mit?“, fragte er, als er bemerkte, dass sie nur eine Tasse mitbrachte, als sie wieder nach vorn kam.

Sie schüttelte den Kopf. „Danke nein. Mein Schädel brummt mir sowieso schon genug, da muss ich mir das nicht auch noch antun. Sobald unsere liebe Betriebskrankenschwester da ist, werde ich mir erst einmal eine Tablette geben lassen. Dummerweise habe ich meine letzten zwei vor ein paar Tagen hergegeben und intelligenterweise keine neuen gekauft“

„Wieso sagen Sie nichts?“, fragte Herr Schneider trocken. „Ich habe doch auch einen Schlüssel, das müssten Sie doch nun eigentlich schon wissen, liebe Frau Meister!“

„Sie meinen, ich habe nur drei Jahre Zeit, mir das zu merken?“, fragte sie gespielt zweifelnd mit hochgezogenen Brauen.

Sein markantes Gesicht verzog sich zu einem knappen Lächeln, während er aufstand und die Pforte verließ. „Bin gleich zurück!“

Nur etwa zwei Minuten danach reichte Harald Schneider ihr zwei Aspirin zum Auflösen, da er sich erinnert hatte, dass sie ein Tablettenfeind war und es hasste, welche schlukken zu müssen. Dankbar nahm Sandra sie entgegen.

„Eine als Ersatz, falls die erste nicht wirkt.“

„Es scheint doch noch einen Gott zu geben, der mich leiden kann. Vielen Dank.“

Sandra nahm eine Aspirin aus der geöffneten Verpackung und warf sie in ein Glas mit Mineralwasser, das sie schon bereitgestellt hatte.

Harald Schneider hatte seine schlanke Gestalt wieder in dem Besucherstuhl platziert und nippte dankbar an seinem mittlerweile etwas abgekühlten Cappuccino. „Das tut gut!“

Sandra nippte ihrerseits an ihrem aufgelösten Aspirin.

„Herr Schneider, dürfte ich Sie um etwas bitten?“

„Bitten dürfen Sie mich um fast alles, aber ich weiß nicht, ob ich es erfüllen kann“, grinste er verwegen.

Sandra verzog das Gesicht. „Haha. Nein, es geht um den Monitor. Schauen Sie mal.“ Sie knipste ihn an. Das Ergebnis war, wie beim Ausschalten, Ameisenfußball. „Ich habe unseren Technikern bereits x-mal Bescheid gesagt, dass der Monitor spinnt, aber bis jetzt ließ sich keiner der Herren blicken. Ich meine, wir haben nur diese eine Kamera und es wäre von Vorteil, wenn wir durch sie wenigstens etwas sehen könnten“, erklärte sie trocken.

Er verzog das Gesicht, als ob er in eine Zitrone gebissen hätte. „Dieses blöde Ding ist doch erst vor ein paar Monaten repariert worden!“

„Ich weiß, ab und zu kann man ja auch etwas erkennen. Allerdings nur etwa fünf Prozent der Zeit, und das ist doch etwas wenig.“

„Okay, ich kümmere mich darum“, nickte er. „Übrigens, Ihr Kollege vom Wochenende war auch nicht gerade gut gelaunt.“

„Alfred Zeisig“, nickte sie gottergeben und seufzte. „Der hatte mich heute morgen schon in der Mangel. Der Mann treibt mich noch in den Wahnsinn. Ich denke mir immer: Sandra, so schlecht kannst du doch in deinem vorhergehenden Leben gar nicht gewesen sein, dass du so etwas verdient hast.“ Sie schüttelte den Kopf und sah Harald Schneider an, der vor sich hinlachte. „Sie haben gut lachen. Wenn ich könnte, würde ich ihn meistbietend versteigern, aber bei ihm müsste ich wahrscheinlich noch draufzahlen, damit ihn einer nimmt. Im Ernst, der Mann ist ein Plagegeist. Bei ihm komme ich mir immer vor wie eine Kindergärtnerin und nicht wie eine Schichtleiterin, die außer ihm noch fünf andere Kollegen zu betreuen hat."

„Dabei ist er so ein netter, pflichtbewusster, zuvorkommender und hilfsbereiter Kollege", warf Schneider breit grinsend ein.

„Sie machen sich langsam unbeliebt", knurrte Sandra mit einem gespielt vernichtenden Blick in seine Richtung.

Schneider lachte los.

Bevor Sandra etwas sagen konnte, klingelte das Notruftelefon.

„Pforte, Meister", meldete sich Sandra beim zweiten Klingeln.

„Herr Schneider von Feuerwehr schon da?", fragte eine gehetzt klingende Stimme in gebrochenem Deutsch. „Sie schon gesehen? Wenn Sie sehen, dann ..."

„Stopp, stopp, stopp!", unterbrach Sandra den Wortschwall des Anrufers und gab Schneider ein Handzeichen, um seine Aufmerksamkeit zu erregen. „Um was geht es denn?"

„Ja, hier Produktion, Halle 5 ... Material ... Rührwerk ... viel heiß ..."

„Moment, Herr Schneider ist hier." Sie winkte ihn heran. „Ich gebe Ihnen Herrn Schneider."

Sie reichte den Hörer weiter und schrieb vorsorglich die Uhrzeit auf einen Schmierzettel. Das hatte sich sehr wichtig angehört, und in dem Fall war es immer von Vorteil, wenn man sich alles notierte, was später von irgendwelcher Relevanz sein könnte.

Sie beobachtete, wie Schneiders Gesichtsausdruck immer ernster wurde, während er Fragen stellte. An der Art der Fragen konnte sie den Ernst der Lage erkennen und deutete kommentarlos auf einen Knopf auf den Armaturen, auf dem in Großbuchstaben das Wort ‚HAUSALARM' geschrieben stand, und sah ihn fragend an.

Schneider nickte und sagte: „Wir kommen. Räumt die Halle. Nur der Vorarbeiter soll dort warten, aber draußen vor dem Gebäude."

Während Sandra den Hausalarm auslöste und dadurch alle Mitglieder der Werksfeuerwehr sowie wichtige Verantwortliche informiert wurden, lief Schneider im Laufschritt aus der Pforte und zum Feuerwehrmagazin, um seine Leute zu empfangen und zu instruieren. Alle 14 Feuerwehrleute trafen fast gleichzeitig am Spritzenhaus ein. Während sie sich umzogen, gab ihnen ihr Kommandant bereits Vorabinformationen. Eine Minute später waren sie bereits mit zwei Löschfahrzeugen auf dem Weg zum Ort des Geschehens, wo sie eine halbe Minute später mit quietschenden Reifen zum Stehen kamen.

Schneider sprang aus dem Wagen und sprach zuerst mit dem verantwortlichen Meister, der nur Sekunden vorher von seinem Vorarbeiter informiert worden war, dann wies er seine Leute an, sich bereitzuhalten und beim Wagen zu bleiben, bis er die Lage sondiert hatte.

Er betrat das Treppenhaus und ging vorsichtig in den zweiten Stock. Je näher er kam, desto intensiver konnte er die Chemie riechen, die in der Luft lag. Er setzte seine Atemmaske auf, die er vorsorglich mitgebracht hatte. Schließlich konnte man nie wissen ...

Er ging näher an das betreffende Rührwerk, aus dem es rauchte. Als er hineinsah, fiel ihm als Erstes die undefinierbare Farbe auf, die einem sehr dunklen Grün ähnelte und leicht blubberte, wobei die platzenden Blasen den Qualm freigaben.

Er sah das Thermometer herausragen, das der Vorarbeiter geistesgegenwärtig hineingehängt hatte, bevor er sich und seine Mitarbeiter aus der Gefahrenzone gebracht hatte.

250° C, und es stieg weiter. Man konnte direkt zusehen.

Er verließ die Halle und ging hinunter, während er dem Angriffstrupp die Anweisung gab, sich mit Atemschutz auszurüsten und als Vorsichtsmaßnahme die Geräte zur Kühlung der Außenhülle des Rührwerks im ersten Stock des Treppenhauses aufzubauen.

Der Reservetrupp sollte sich für den Notfall bereithalten, zur Sicherung der Kollegen, falls etwas schief ging.

Als das geschehen war, gab er den Befehl zur Kühlung der Außenhülle des Rührwerks, dessen Inhalt nun bereits eine Temperatur von 270° C erreicht hatte.

Währenddessen saß Sandra wie auf glühenden Kohlen an ihrem Schreibtisch in der Pforte. Über Funk hatte Harald Schneider angeordnet, wegen der Rauchentwicklung sämtliche Brandmeldeschleifen abzuschalten, was Sandra auch umgehend getan hatte. Schließlich musste nicht auch noch die Berufsfeuerwehr anrücken, solange die Werksfeuerwehr alles im Griff hatte. Wenn sie das nicht mehr hatten, würden sie alles Weitere schon selbst einleiten.

Solche Vorfälle machten sie immer ein wenig nervös, denn ihr war durchaus bewusst, was in einem Chemiewerk alles passieren konnte. Deswegen wartete sie auch immer auf den erlösenden Moment, in dem durchgegeben wurde, dass alles wieder in Ordnung sei, und alle Vorsichtsmaßnahmen rückgängig gemacht werden konnten.

Doch ihr war ebenso klar, dass es in dem momentanen Fall noch eine Weile dauern konnte, bis das geschah, also widmete sie sich den anfallenden Dingen. Allerdings immer mit einem Ohr am Funk.

Als sie wenig später das Fenster öffnete, um einem LKW-Fahrer den Weg zu erklären, bemerkte sie den unangenehmen, beißenden Geruch, der in der Luft hing. Auch dem LKW-Fahrer fiel es auf.

„Riecht aber ganz schön streng bei euch“, bemerkte er mit einem norddeutschen Akzent und rümpfte die Nase.

Sandra setzte ihr verbindlichstes Lächeln auf.

„Vielleicht wird gerade etwas abgeladen. Man riecht das schon einmal, wenn der Wind günstig steht“, spielte sie es herunter und fuhr fort, ihm den Weg zu einer anderen Firma zu erklären.

Diskretion war oberstes Gebot. Speziell wenn etwas schief lief, war es nicht ihre Aufgabe, Werksfremden Auskünfte zu erteilen. Das konnte sie ihren Job kosten. Welche Firma liebte schon Negativ-Publicity?

Es machte ihr natürlich auch Sorgen, dass man das so intensiv roch, obwohl die betreffende Halle nicht gerade um die Ecke war. Das Gelände hatte eine Größe von etwa 15 Hektar, und die Halle lag fast 150 Meter Luftlinie von Sandras Pfortenhaus entfernt.

Es gab etliche Produktions- und Lagerhallen, mehrere Versandlager und Hochregallager, die mit einem aufwendigen System befüllt wurden. Dazwischen mehrere klei-

ne Parkmöglichkeiten für Fremdfirmen sowie zwei große Wendeplatten für die riesigen Sattel- oder Hängerzüge, die das Werk täglich frequentierten. Der offizielle Mitarbeiterparkplatz lag außerhalb des Geländes. Um auf das Gelände zu kommen, mussten die Mitarbeiter an Sandra vorbei.

Bei Sandras Pforte erhob sich lediglich ein riesiger Verwaltungskomplex, an den ein kleinerer, frisch renovierter Bau angrenzte, in dem Schulungen und Tagungen abgehalten wurden. Dieser Bereich war jedoch streng getrennt vom Werksbereich, und nur in Ausnahmefällen durfte diese Werkseinfahrt von großen LKW benutzt werden. Ansonsten wurden hier nur Besucher abgefertigt, die jedoch an manchen Tagen in Scharen einfielen. Vor der Pforte hatte sie deswegen extra für diesen Fall 60 separate Parkplätze nur für Besucher und Schulungsteilnehmer, denen in speziellen Seminaren die Handhabung der Produktpalette und deren Anwendungsgebiete erklärt wurden.

Innerhalb des Verwaltungsbaus gab es eine Telefonzentrale sowie einen weiteren Empfang, der für die Weiterleitung der Besucher sorgte.

Sandra schloss das Fenster wieder und rieb sich nachdenklich die Arme.

„Pforte für 01“, tönte es gegen Mittag aus dem Funk.

„Pforte hört“, kam ihre routinemäßige Rückmeldung wie aus der Pistole geschossen. Harald Schneiders Funkname war ‚01‘.

„Frau Meister, in etwa einer halben Stunde wird die Firma Bernstein Brandschutz ins Gelände kommen. Bitte schicken Sie Herrn Bernstein direkt zur Produktionshalle 5. Er bringt uns neue Sauerstoffflaschen.“

„Verstanden, Herr Schneider.“ Sandra lehnte sich in ihrem Stuhl zurück. Die Sache schien doch ernster zu sein, als sie gedacht hatte. Sie hatte schon einige Sachen erlebt, aber noch nie, dass Sauerstoffflaschen ausgetauscht werden mussten. Zumindest nicht während des Einsatzes.

Allerdings wusste sie, dass eine Flasche für ca. 20 Minuten ausreichte, bevor sie ausgewechselt werden musste.

Sie sah auf die Uhr. Die Sache war nun seit fünf Stunden im Gange.

Etwa 90 Minuten später bekam sie Gelegenheit, den Funkkontakt zwischen dem Angriffstrupp und dem Truppführer mit anzuhören, was eine Seltenheit war, da die Betriebsfeuerwehr ihre eigene Frequenz hatte. Aber da das Funkgerät des Mitarbeiters defekt war, war er gezwungen, den Betriebsfunk zu benutzen. Der Angriffstrupp, der offensichtlich am Ort des Geschehens war, meldete die ständig sinkende Temperatur im Rührwerk, bis sie herunter auf 115° C war.

Sandra atmete auf und applaudierte innerlich. Endlich würde sich die Situation wieder normalisieren.

Gut gemacht, Jungs!

Doch dann zerriss ein erneuter Funkspruch die Stille.

„117° C, steigend.“

Nein, dachte Sandra.

„119° C, steigend.“

Geh runter, verdammt!

„121° C, immer noch steigend."

Sandra saß da, ihr Körper gespannt wie eine Sehne, vor dem Funk. Nein, nein, nein! Lass die Temperatur nicht mehr ansteigen!

„130° C, steigend."

Von wegen Gefahr gebannt!

„134° C, steigend."

„Hast du das Thermometer bewegt oder ist es noch an derselben Stelle?"

„Nein, ich habe es nicht bewegt. 139° C, steigend."

Mit starrem Blick und finsterer Miene fixierte Sandra das Funkgerät, als ob sie das Resultat, das es ihr entgegenwarf, allein durch ihre Willenskraft ändern konnte, wenn sie es nur lange genug anstarrte.

„Geh runter!", sagte sie eindringlich.

„145° C, steigend."

Verdammt!

Bei 149° C riss dann plötzlich der Funkkontakt ab. Verflixt und zugenäht! Sie mussten wieder ihre Feuerwehrfunkgeräte im Einsatz oder den anderen abgelöst haben.

„Frau Meister, schauen Sie doch bitte einmal nach, ob das Rührwerk die letzten zwei Tage gelaufen ist", bat Harald Schneider, als er schnellen Schrittes die Pforte betrat. Er trug die obligatorische Feuerwehrkluft: schwarze Jacke und Hose mit reflektierenden gelb-grau abgesetzten Streifen, schwere Sicherheitsstiefel und seinen weißen Feuerwehrhelm. Sein Funkgerät trug er in der Hand.

„Sofort", antwortete Sandra und zog die Schreibtischschublade auf. Sie entnahm ihr einen Hängeordner mit der Aufschrift ‚Maschinenüberwachung / Produktionshalle 5' und sah die darin enthaltenen Scheine durch. „Tut mir leid, Chef", schüttelte sie dann den Kopf, „Fehlanzeige!"

„Scheibenkleister!" Er atmete tief durch und nahm den Helm ab. „Das habe ich mir schon fast gedacht."

„Wie sieht es hinten aus?", fragte sie besorgt und deutete mit dem Kopf in Richtung Halle.

Er schüttelte den Kopf. „Nicht so gut."

„Wie weit habt ihr die Temperatur unten? Ich konnte vorhin über Funk mithören, wie sie zuerst gefallen und dann wieder gestiegen ist. Das Letzte, das ich hörte, waren 149° C."

„149° C?" Er lachte hart auf. „Wir waren zwischenzeitlich wieder auf 200° C!"

Sandra riss die Augen weit auf. „200° C? – Und wieso wieder?"

„Weil wir am Anfang schon bis ca. 280° C oben waren", erwiderte er mit unbewegter Miene. Dann fuhr er sich müde mit dem Handrücken über sein Gesicht. „So geht das schon die ganze Zeit. Hoch, runter, hoch, runter. Und das Schönste ist, dass natürlich keiner weiß, wie oder was oder warum es passiert ist. Und es war natürlich keiner – wie immer."

„Na klasse", sagte Sandra trocken und verzog das Gesicht. „Wer sollte da wohl freiwillig ‚HIER' schreien?"

Harald Schneider nickte nur beifällig.

„Läuft es denn heute Nacht wieder so wie vor zwei Wochen?“, fragte Sandra dann. „Ich meine die ständigen Kontrollen durch meinen Kollegen.“

Zwei Wochen zuvor war ein ähnlicher Vorfall in einer der anderen Produktionshallen gewesen, bei dem versehentlich ein Gegenstand in ein Rührwerk gefallen war und eine chemische Reaktion in dem Behälter ausgelöst hatte. Auch dort hatte eine Hitzeentwicklung stattgefunden, und der Kollege der Nachtschicht hatte stündlich die Werte des Thermometers überprüfen müssen.

„Das müssen wir noch sehen“, antwortete er nachdenklich. „Wenn wir die Temperatur runterkriegen, dann wahrscheinlich schon.“

„Und wenn nicht?“

„Dann wird eine Brandwache über Nacht hier bleiben.“

Sandra zog die Augenbrauen hoch. „Hm, ich könnte Ihnen trotzdem vorsichtshalber meinen Kollegen schicken, wenn er kommt. Dann könnten Sie ihm schon einmal zeigen, wie das mit der Bedienung funktioniert und wo er was ablesen muss. Ich bleibe so lange hier, und er muss die Pforte nicht unbewacht lassen, solange alles offen ist.“

„Das ist gar keine schlechte Idee.“ er nickte. „Ja, so machen wir es.“

Er sah auf seine Uhr. „Jetzt muss ich aber wieder zu meinen Leuten. – Ach, übrigens, es ist möglich, dass später Brandschutz Bernstein nochmals ins Werk kommt und wieder Sauerstoff bringt. Je nachdem, wie es sich entwickelt. Einfach wieder hinter schicken.“

Sandra nickte.

Kapitel 2

Sandra dachte nicht gern an diesen Vorfall vor zwei Wochen zurück, denn da war so einiges schief gelaufen.

Sie war von einem Mitarbeiter angerufen worden, der lediglich die Halle nannte, aber keinen Namen angab. Er faselte etwas von „Rührwerk“ und „Temperatur stimmt nicht“, dann sagte er im gleichen Augenblick, dass „bei Gelegenheit mal einer von der Feuerwehr vorbeikommen könne“. Als Sandra versuchte, etwas mehr Information aus ihm herauszuholen, hatte er aufgelegt.

Na ja, dann konnte das ja nichts Dringendes sein, hatte sie sich gedacht und angefangen herumzutelefonieren.

Zuerst hatte sie Thomas Schütz, den Stellvertreter des Stellvertreters der Betriebsfeuerwehr, angepiepst und ihm den genauen Wortlaut mitgeteilt, doch er hatte in diesem Moment keine Zeit und verwies sie an Joachim Müller, den Stellvertreter von Harald Schneider, der ausgerechnet momentan gerade nicht im Werk war. Müller konnte sie aufgrund der hohen Lautstärke an seinem Arbeitsplatz nicht verstehen und teilte ihr mit, er würde zu ihr in die Pforte kommen.

Gottergeben wartete sie auf sein Eintreffen, als plötzlich den Werksleiter, den Produktionsleiter, den Chef der Arbeitssicherheit und diverse andere Personen an ihr vorbeihasteten. Sie hatte sich noch gefragt, was denn nun los sei, denn so schnell sah man diese Herren nur selten, aber sie hatte den Zusammenhang nicht hergestellt. Das konnte nicht mit ihrem Anruf zusammenhängen.

Gerade als Joachim Müller von der Betriebsfeuerwehr ihre Pforte betreten und sie ihn von dem seltsamen Anruf in Kenntnis gesetzt hatte, war der Werksleiter hereingestürzt und hatte nur gesagt: „Geben Sie sofort Hausalarm!"

Verdutzt hatte sie den Knopf auf der Konsole bedient und mit einem Ohr gehört, wie der Werksleiter etwas von der bewussten Produktionshalle erwähnt hatte, während er mit Joachim Müller die Pforte verließ. Danach war alles ziemlich schnell gegangen: interne Feuerwehrautos, die mit Sirene an ihr vorbeidüsten; Feuerwehrmänner, die sich Dinge zuriefen; Leute, die herumrannten wie die aufgescheuchten Hühner.

Und mittendrin Sandra in ihrer Pforte, die nicht einmal Auskunft darüber geben konnte, was eigentlich los war. Herr Dressler vom Technischen Büro hatte sie ganz seltsam angeschaut, als sie ihm geantwortet hatte: „Nein, ich weiß nicht, wo in der Halle das ist ... Nein, ich weiß nicht, wer angerufen hat ... Nein, ich weiß nicht genau, was passiert ist ... Nein, ich weiß nicht, in welchem Stockwerk das ist ..."

Nein, ich bin nicht blond, aber ich habe tatsächlich keine Info, hatte sie sich innerlich vor Wut kochend gedacht. Sie war wütend darüber, dass dieser Typ ihr nicht mehr Informationen gegeben hatte. Sie war auch wütend darüber, dass überhaupt jemand auf die glorreiche Idee gekommen war, so wenig Informationen preiszugeben, wenn Hilfe erwartet wurde.

Das war doch nur wieder das Salz in der Suppe für diejenigen, die den Werkschutz nur als lästig empfanden. Sie hatte von jeher das Klischee gehasst, das einige sahen: Die vom Werkschutz sind doch sowieso nur Nachwächter und würden nicht einmal ihren Hintern finden, wenn sie nicht darauf sitzen würden. Die kosten nur und bringen nichts. Wozu werden sie bezahlt, wenn sie nicht einmal Informationen weitergeben können ...

Darüber hinaus hatte sie es für sich selbst als ziemliche Blamage empfunden, dass sie, als zentrale Anlaufstelle für Information, rein gar nicht wusste, was los war. Sie wusste, dass es ihre Aufgabe war, Informationen zu sammeln und weiterzuleiten, nur in diesem speziellen Fall – was konnte sie weiterleiten? Nichts. Das war fast wie eine persönliche Beleidigung für sie, obwohl es gar nicht ihre Schuld war.

Der Meinung waren auch die Herren der Arbeitssicherheit, die sie nach der Aufregung über den Hergang befragten. Sie schüttelten die Köpfe, als sie den genauen Hergang schilderte. Daraufhin beschlossen sie, dass es wirklich wieder einmal an der Zeit war, die Herren in den Produktionshallen in puncto Informationsfluss und Sicherheitsmaßnahmen intensiver zu schulen.

Zumal es keiner für nötig befunden hatte, die Halle zu räumen, bis die Gefahr gebannt war, was ebenso widersinnig war wie der vage Informationsfluss.

Allerdings, ob es was nutzte, war fraglich. Sandra hoffte es zwar, aber wahrscheinlicher war, dass es für eine kleine Weile funktionieren würde, und dann würde das gleiche Spielchen wieder beginnen. Und sie hasste es, wenn sie daran gehindert wurde, ihren Job zu erledigen. Sie war es gewohnt, hundertprozentige Arbeit zu leisten, nicht zuletzt, weil die Arbeit bei einem Sicherheitsdienst eigentlich immer noch als Männerdomäne galt. Und alles, was sie seit den vergangenen beinahe zwölf Jahren tat, war zu versuchen, alles ein kleines bisschen besser, ein kleines bisschen akkurater zu machen als ihre männlichen Kollegen.

Sie hatte von Anfang an bemerkt, dass sie nur mit Wissen und Kompetenz ernst genommen wurde und weiterkam. Auch durch die Gabe, Fehler einzugestehen, erlangte sie bei Chefs und Auftraggebern Respekt. Die meisten ihrer Kollegen versuchten unterlaufene Fehler entweder zu vertuschen oder sie auf andere abzuwälzen. Sandra jedoch vertrat den Standpunkt, dass alle nur Menschen war und keine Maschinen, denn selbst Maschinen funktionierten nicht perfekt, sonst wären sämtliche Techniker überflüssig. Man musste nur darauf achten, dass bestimmte Fehler nur einmalig gemacht wurden und sich nicht wiederholten, dann wurden Ausrutscher auch toleriert. Das war zumindest ihre Erfahrung. Sie fand auch nichts Negatives daran, bei einem Problem um Hilfe zu bitten oder Rat einzuholen, wenn sie allein nicht klarkam, was ihr zumeist einen weiteren Bonuspunkt einbrachte.

Sie wusste, dass sie nicht perfekt war, aber manche ihrer Kollegen wussten nicht, dass *sie* es auch nicht waren, hielten sich für unfehlbar. Wenn sie dann merkten, dass sie nicht gegen Sandras Wissen ankamen, begannen manche eine Hetzkampagne gegen sie. Sandra nannte sie insgeheim ‚Angstbeißer'.

Wenn sie schon so viele Affären gehabt hätte, wie sie ihr schon von diesen ‚Angstbeißern' angedichtet worden waren, wäre sie wohl nicht mehr zum Arbeiten gekommen.

Sie hatte schon oft darüber gelacht, wenn es hieß, dass Frauen gerne tratschen. Wer das behauptete, hatte noch nie mit der Gerüchteküche eines Sicherheitsdienstes zu tun gehabt, und das waren größtenteils *Männer*.

Allerdings hatte sie sich durch diese allzu netten Kollegen ein dickes Fell zugelegt und war dadurch nur schwer aus der Ruhe zu bringen, was anderen Kollegen ebenso sauer aufstieß.

Also beschränkte sie sich darauf, sich durch korrektes Arbeiten abzusichern, dachte sich ihren Teil, blieb Kunden und Mitarbeitern gegenüber meist freundlich und zuvorkommend, außer wenn jemand quer schoss und sie reizte. Dann hatte sie eine eigene Art, ihn in die Schranken zu verweisen.

Darüber hatte sich auch Harald Schmidt schon köstlich amüsiert, wenn er bei diversen Situationen anwesend war, bei denen Sandra eine gewisse Psychologie anwandte, um einem anderen ihren Willen aufzuzwingen, obwohl derjenige es vielleicht gar nicht wollte. Ein Fall war zum Beispiel, als sie nett lächelnd Besorgnis zeigte, ob der Fahrer eines relativ großen Geländewagens aus dem eher kleinen Parkplatz rangieren konnte, wenn andere neben ihm parkten, um ihm dann einen anderen, größeren vorzuschlagen, den derjenige nach kurzem Überlegen erfreut annahm und sich auch noch überschwänglich dafür bedankte. „Sie unterstellen dem Mann indirekt, dass er nicht Auto fahren kann", hatte Harald Schneider kopfschüttelnd gesagt und gelacht. „Und er bedankt sich auch noch *lächelnd* dafür – das ist unglaublich!" Sie hatte ihm nur grinsend geantwortet: „Sie müssen es nur logisch begründen können!"

Doch trotz ihrer unkomplizierten Fröhlichkeit, die manchmal ziemlich ansteckend war, blieb sie auf der Hut und beobachtete ihr Umfeld genau. Und wenn ihr jemand nichts Gutes wollte, ergriff sie adäquate Gegenmaßnahmen, bevor der ‚Gegner' zum

Zug kam, was ihr schon ein paarmal zugute gekommen war. Sie nannte das im Spaß ihre ‚weibliche Intuition'.

Dank ihrer Antennen und der Leute, denen ihr Wohl am Herzen lag, hatte sie auch schon bemerkt, dass Alfred Zeisig nicht ganz fair spielte, hinter ihrem Rücken über sie herzog und versuchte, Front gegen sie zu machen. Also behielt sie ihn im Auge, aber sie ließ ihn nicht wissen, dass sie informiert war, durch ebendie Personen, die er gegen sie aufbringen wollte. Irgendwann einmal würde sie ihn damit konfrontieren, wenn es die Situation erforderte, das hatte sie sich vorgenommen. Sollte es nicht erforderlich werden, dann halt nicht. So rachsüchtig war Sandra nicht, sie wusste nur gern, woran sie war. Allerdings, was vergeben war, war noch lange nicht vergessen …

Kapitel 3

„Ach, die! Die spielt sich doch nur auf." Alfred Zeisig hatte wieder einmal ein Opfer gefunden, dem er sein Leid klagen konnte. Dieses Mal war es ein Arbeiter in einer Versandhalle, der erst drei Wochen zuvor angefangen hatte und der sich mit ihm angefreundet hatte.

„Ach, die ist eure Chefin?", fragte der Arbeiter verdutzt.

„Chefin!" Zeisig spuckte das Wort fast aus. „Chefin! Wenn ich das schon höre. Sie nennt sich zwar Schichtleiterin, aber wofür die ihr Geld kriegt, weiß ich wirklich nicht."

„Vielleicht muss sie was Besonderes machen."

„Besonderes, pah!" Zeisig machte eine wegwerfende Handbewegung und verzog säuerlich das Gesicht. „Die macht auch nichts anderes als wir. Der Schichtplan, den sie jeden Monat macht, rechtfertigt bestimmt nicht, dass sie mehr Geld für die Stunde bekommt als wir!" Aufgebracht knipste er die Miene seines Kugelschreibers raus und rein. „Außerdem kann man der ja wegen der Schichten sagen, was man will, sie hält sich ja sowieso nicht dran. Dann ist sie ja auch noch andauernd krank, was allerdings in unserer Firma auch niemanden interessiert."

„Das muss ja so eine Tussi sein", erwiderte der Arbeiter mit lauerndem Blick. „Hört sich an, als ob sie nicht viel Ahnung von ihrem Job hat."

„Die kennt sich doch nicht einmal richtig im Gelände aus", gab Zeisig abwertend zurück. „Hat eine große Klappe, sonst nichts. Und dann die Sonderwünsche, die sie hat – nur werktags arbeiten, keine Sonntage, keine Feiertage, keine Nachtschichten – ich sage ja, diese blöde Kuh hätte ich schon lange rausgeschmissen, samt ihren Sonderwünschen!" Zeisig warf seinen Kugelschreiber wutentbrannt auf den Tisch.

„Na ja, vielleicht hat sie ja spezielle Qualifikationen, die nur eurem Chef zugute kommen", grinste der Arbeiter anzüglich.

Zeisig überlegte.

„Nee, also die einzige Qualifikation, von der ich weiß, ist ihre Werkschutzprüfung, auf die sie sich was einbildet …"

„Und, wie sieht es hinten aus?“, fragte Sandra in dem Moment, als sie die Pforte betrat, ohne sich die Zeit zu nehmen, ihre Tasche abzustellen oder ihre Jacke auszuziehen.

„Wie soll es wohl aussehen?“, fragte Bruno Pfeiffer. „Die hatten die ganze Nacht eine Brandwache vor Ort.“

„Shit!“, fluchte Sandra und brachte ihre Tasche in den hinteren Raum. Das hört sich nicht nach einer guten Nachricht an, dachte sie, während sie sich ihrer Jacke entledigte.

„Übrigens“, rief Bruno ihr zu, „falls dieser Brandschutz-Jogi kommt, so gegen sechs Uhr, sollst du ihn zu Schneider ins Feuerwehrmagazin schicken.“

„Schneider?“, fragte Sandra, während sie nach vorne kam, ungläubig. „Jetzt? Ist er denn schon da?“

„Noch nicht, aber er müsste bald kommen.“

Sandra sah auf die Uhr: 5.38 Uhr. „Dann war der vom Brandschutz gestern Abend nicht mehr da?“

„Nein, gestern nicht mehr“, erwiderte Bruno. „Herr Schneider hat gestern auf dem Nachhauseweg, gegen 22 Uhr, Bescheid gesagt, dass er ihn heute morgen erwartet. Also gehe ich davon aus, dass er dann auch hier ist.“

Sandra nickte und hob den Blick, als ein dunkler VW-Bus einfuhr.

„Sieh da, wenn man vom Chefe spricht“, sagte sie und erwiderte sein Handzeichen.

Fünf Minuten später folgte Bernstein.

„Guten Morgen, Herr Bernstein. Herr Schneider erwartet Sie im Feuerwehrmagazin“, rief sie ihm zu.

Bernstein hob die Hand zum Gruß, bevor er seine Fahrt fortsetzte. Er war schon seit vielen Jahren der Haus- und Hoflieferant für Feuerwehrbedarf und Sandra wohl bekannt.

Kurz nachdem Bernstein das Werk wieder verlassen hatte, kam Harald Schneider zur Pforte, um den Akku seines Piepsers auszutauschen, der seinen Geist aufgegeben hatte.

„Guten Morgen, Herr Schneider.“

„Guten Morgen, Frau Meister.“

„Was macht die Halle 5?“, fragte Sandra vorsichtig, während sie sich die Hände schüttelten.

„Hm. Wir kühlen noch“, kam die ebenso vorsichtige Antwort.

„Bei wie viel Grad seid ihr?“

„Ca. 160° C.“

„Immer noch?“, staunte Sandra.

„Es ist immer noch wie gestern“, erklärte er ihr. „Ein einziges Hoch und Runter, genau wie gestern. Die letzte Nacht hat sich durch nichts vom gestrigen Tag unterschieden. Deshalb hatten wir letzte Nacht auch eine Brandwache da.“

„Ja“, nickte Sandra. „Mein Kollege hat es mir erzählt.“

„Das Irrsinnige daran ist, dass es immer noch reagiert“, sagte er nachdenklich, fast wie zu sich selbst. „Ich habe es noch nicht erlebt, dass ein Material so lange reagiert. So lange mit diesen Temperaturen. Und es gibt bestimmt noch Stellen, die heißer sind als 160° C.“

Sandra zog fragend die Augenbrauen hoch. „Jetzt noch?“

Schneider nickte.

„Normal wären sechs bis acht Stunden."

Sandra sah auf die Uhr. „Jetzt sind es fast 24 Stunden."

„Ja, 24 Stunden, und es reagiert noch aktiv." Er schüttelte den Kopf. „Das ist das Unglaubliche: 24 Stunden, und es reagiert noch."

„Ist es noch flüssig?", fragte Sandra neugierig. Sie konnte sich das gar nicht richtig vorstellen, da sie bei so etwas noch nicht vor Ort gewesen war. „Oder wie muss ich mir das vorstellen?"

„Anfangs war es flüssig", erklärte Schneider bereitwillig. „Jetzt sieht es von der Konsistenz her aus wie Glas, nur spröder."

„Heißes Glas."

„Kann man so sagen."

„Ich dachte eigentlich, bis ich heute morgen kommen würde, sei alles erledigt."

„Zu früh gefreut, Frau Meister", antwortete Schneider trocken. „Schön wäre es. Aber jetzt werde ich zu meinen Jungs rübergehen. Wenn etwas sein sollte, bin ich über Funk und Piepser erreichbar."

„Keine Angst, ich werde Sie schon finden. Schließlich weiß ich ja, wo Sie arbeiten …", grinste Sandra mit einem Zwinkern. „Und, Herr Schneider, eines noch: Sollte ich euch mit Blaulicht, Sirene und Tempo 100 an mir vorbeidüsen sehen, werde ich nicht zögern, mich euch anzuschließen …"

Nach vier Tagen normalisierte sich die Lage wieder. Sandras Kollegen hatten die ehrenvolle Aufgabe, während ihrer Schichten stündlich die aktuelle Temperatur festzustellen und diese zu notieren. Am vierten Tag waren die Ergebnisse für Sandra sehr zufrieden stellend, wie sie fand.

Die Temperatur war jetzt bei 113° C und sank stetig, etwa ein Grad pro Stunde, was nicht überragend war, aber besser als gar nichts. Und das Wichtigste war, die Schwankungen waren vorbei, es gab kein Auf und Ab mehr. Es gab nur noch ein Ab. Und das war gut so.

Es gab immer noch wilde Spekulationen darüber, was im Endeffekt passiert war, aber keiner konnte etwas Genaues sagen. Ein Chemiker des Werks hatten in kleinen Tests die Reaktionen des Materials nachvollzogen, wusste aber ebenfalls nichts Aussagekräftiges vorzubringen.

Allein Harald Schneider traute der ganzen Sache nicht und hatte einen anderen Chemiker gebeten, die Rückstände in den leeren Säcken und Behältern zu analysieren. Und es bestätigte sich einmal mehr, dass seine Intuition ihn nicht getrogen hatte. Aber dafür wurde er ja auch bezahlt.

Es stellte sich heraus, dass in einem Sack der Inhalt nicht mit dem Etikett übereinstimmte und dass diese Abweichung fast der Grund für eine Katastrophe gewesen war.

„Sag mal, hast du eigentlich nun schon gehört, was da in der Produktionshalle letzte Woche los war?"

Alfred Zeisig winkte ab: „Nichts Besonderes. Die haben da irgendwas falsch etikettiert. War nicht das drin, was draufstand."

„Na prima, und jetzt?"

„So wie ich von einem Arbeiter der Halle gehört habe, müssen sie jetzt erst einmal alle Säcke dieser Lieferung überprüfen lassen, bevor sie die verwenden dürfen", machte sich Zeisig wichtig. „Hätten sie ja eigentlich schon vorher machen sollen."

„Ja, aber wie wollen sie die Mengen überprüfen?", fragte der Arbeiter. „Ich meine, das sind ja nicht nur zwei bis drei Säcke, sondern wesentlich mehr. Das muss ja dauern."

„Ich denke, ein wenig in Verzug werden sie schon kommen in der Produktion", sinnierte Zeisig. „Vielleicht werden sie ja auch nur stichprobenartig überprüft, keine Ahnung."

„Du kannst ja mal deine spezielle Freundin fragen, vielleicht weiß sie es", grinste er.

„Hör bloß auf, die will sich doch immer nur wichtig machen." Er schüttelte den Kopf. „Du hättest sie mal erleben sollen während dieser Aktion in der Halle 5. Alfred, ich habe gar keine Zeit, ich warte auf Schneiders Rückruf, und so weiter. Dabei wollte ich nur wissen, was die Feuerwehr macht und was los ist."

Der Arbeiter schüttelte grinsend den Kopf. „Doch so wichtig, hä?"

„Hör mir auf damit. Das Einzige, was mir nur tierische Freude bereitet, ist, dass sie am kommenden Samstag Dienst machen muss, weil einer nicht da ist."

„Da wird sie sich aber freuen."

„Bestimmt." Alfred rieb sich die Hände und grinste hämisch.

Kapitel 4

Sandra stutzte, als ein Polizeifahrzeug in ihre Einfahrt einbog und auf einem Besucherparkplatz parkte. Zwei Beamte stiegen aus. Der eine war ca. 1,80 Meter groß, schlank und trug einen Vollbart, der ebenso dunkel war wie sein kurz geschnittenes braunes Haar. Der andere war nur minimal kleiner, wirkte aber untersetzter. Er schien weniger durchtrainiert zu sein als sein Kollege. Er hatte ebenso kurzes Haar, trug eine Brille und war blond. Sie setzten ihre Mützen auf und kamen mit ernster Miene zur Pforte.

Sandra öffnete das Fenster. „Guten Morgen, kann ich Ihnen helfen?"

„Wir möchten zu einem gewissen Herrn Schneider …", sagte der Blonde und schaute in seiner Kladde nach. „… Ja, Schneider."

„Dürfte ich erfahren, worum es geht, damit ich es ihm sagen kann?", fragte Sandra dienstbeflissen.

„Es geht um den Einbruchdiebstahl in Ihrer Kantine", antwortete der Dunkelhaarige.

„Kommen Sie bitte herein." Sandra deutete auf die Eingangstür. „Ich werde Herrn Schneider verständigen."

Sie ergriff den Hörer und wählte Harald Schneiders Nummer.

„Herr Schneider, hier sind zwei Herren von der Polizei. Sie sagen, sie sind hier wegen eines Einbruchdiebstahls in der Kantine."

„Ja, sagen Sie ihnen bitte, ich komme sofort", antwortete er.

„In Ordnung", erwiderte Sandra und sagte dann zu den Polizisten: „Er holt Sie gleich ab."

„Wir warten dann draußen", erwiderte der Blonde. Sie wandten sich zum Gehen.

„Wie Sie möchten. Oh, übrigens – hier ist überall Rauchverbot", sagte sie, als sie sah, dass der Dunkelhaarige eine Schachtel Zigaretten aus seiner Hemdtasche nahm und sie öffnete.

„Hier draußen wird man ja wohl noch rauchen dürfen", erwiderte er mit unbewegter Miene.

„Tut mir Leid, aber Sie als Polizist werden meinen Besuchern hier doch kein schlechtes Vorbild sein und das Rauchverbot, das ab Tor gilt, ignorieren?", fragte sie mit hochgezogenen Augenbrauen.

Er warf seinem Kollegen einen kurzen Seitenblick zu. „Ich denke, ausnahmsweise nicht."

„Ich bedanke mich recht herzlich", lächelte Sandra, als sie sah, dass er die Schachtel schloss und sie wieder in die Hemdtasche steckte, bevor sie das Pfortenhäuschen verließen.

Auch ihr Polizisten habt keine Sonderrechte, grinste sie innerlich. Und unsere Regeln sind auch eure.

Harald Schneider winkte ihr kurz zu, als er die Polizisten begrüßt hatte, und nahm sie mit ins Werk.

Sie wunderte sich, dass Harald Schneider ihr nichts von dem Einbruchdiebstahl gesagt hatte. Eigentlich sollte sie als Werkschutz doch informiert sein, wenn so etwas passierte. Vielleicht konnte sie die Nachtschichtkollegen fragen, ob sie etwas bemerkt hatten, aber dazu brauchte sie etwas mehr Informationen. Sie wusste schließlich nicht einmal, was passiert war, also was sollte sie die Kollegen fragen?

Etwa eine Viertelstunde später kam der blonde Polizist wieder heraus und holte einen schwarzen Pilotenkoffer aus dem Fahrzeug, mit dem er dann wieder im Werk in Richtung Kantine verschwand.

Sandra sah ihm neugierig hinterher, bevor sie sich wieder ihrer Arbeit widmete. Trotzdem gingen ihr manche Dinge nicht aus dem Sinn. Seltsam. Sonst passierte kaum etwas im Werk, und nun mehrere Dinge kurz hintereinander. Andererseits gab es manchmal wirklich blöde Zufälle, und welche Zufälle konnten manchmal blöder sein als die, die das Leben diktierte?

Bei manchen Dingen diktierte einem allein die Logik, dass etwas nicht möglich war, und dennoch passierten sie, so unglaublich es auch klang. Und nicht einmal, wenn sich jeder davon überzeugt hatte, dass etwas wirklich genau so geschehen war, glaubte man es direkt, sondern versah es mit einem Fragezeichen. Selbst die, die das Spektakuläre selbst erlebt und mit eigenen Augen gesehen hatten, zweifelten es an. Selbst die, die durch mehrfache Tests die Unglaublichkeit bewiesen hatten, benötigten mehr Tests, um sich die Ergebnisse wieder und wieder zu bestätigen.

Sandra gehörte ebenfalls zu der Gruppe der notorischen Zweifler, das allerdings von Berufs wegen. Sie hatte sehr oft schon Dinge in Zweifel gezogen, die sich dann letztendlich tatsächlich als falsch herausgestellt hatten, obwohl sie vorher keiner als genau das sehen wollte.

Deswegen war es auch nicht einfach, sie hinters Licht zu führen. Das hatte sie unbewusst so verinnerlicht, dass sie es automatisch im Privatleben genauso anwendete, ohne darüber nachzudenken. Egal, ob es die Sicherheit zu Hause oder in ihrem Liebesleben betraf.

Das hatte auch ihr Ex-Lebensgefährte herausfinden müssen, auf eine eher schmerzliche Art und Weise, als er von einer Geschäftsreise nach Hause kam und seine Koffer vor ihrer Tür stehend fand, zusammen mit dem Rest seiner persönlichen Sachen. Obenauf seine Kamera, die mit einem Brief versehen war. Als er ihn geöffnet hatte, hatte er nur eine kurze Notiz gefunden, die besagte, dass er den innen liegenden Film entwickeln lassen solle. Wenn er danach noch den Mut oder noch Fragen hätte, solle er sich melden, ansonsten machen, dass er Land gewinnen und sich nie wieder blicken lassen solle. Da sie die Schlösser ausgewechselt hatte und nicht auf sein Klingeln und Rufen reagierte, nahm er seine Sachen und ging. Als er am nächsten Tag die entwickelten Bilder in den Händen hielt, die ihn und seine Exfrau schmusend und Händchen haltend zeigte, wusste er, dass es absolut keinen Sinn haben würde, sich bei ihr zu melden, also ließ er es zunächst. Sie hatte ihm direkt am Anfang ihrer Beziehung klar gemacht, dass sie einen Treuebruch ganz sicher nicht verzeihen würde, genauso wenig wie die Anwendung körperlicher Gewalt, welche jedoch nie eine Rolle gespielt hatte. Dennoch hatte er seiner Exfrau nicht wiederstehen können, als sie sich durch Zufall in einem Laden getroffen hatten und zur Aussprache in ein Cafe gegangen waren, wo sie sich unweigerlich wieder näher gekommen waren. Nach zwei Wochen hatte er ihr einen erklärenden Brief geschickt, aber keine Antwort erhalten.

Sandra hatte sich nicht dafür interessiert. Er hatte gewusst, worauf er sich einließ, als er mit ihr zusammengekommen war. Sie war offen und ehrlich zu ihm gewesen, hatte sämtliche Krisen mit ihm zusammen gemeistert, die durch seine fünfjährige Ehe mit seiner Ex aufgekommen waren, sich nie beschwert. Aber so etwas ließ sie nicht zu.

Sie ließ sich von keinem zum Narren halten, auch nicht von ihm. Gefahr erkennen, Gefahr eliminieren – das war das Motto!

Dabei war sie ihm nur durch Zufall auf die Schliche gekommen, als sie an ihrem freien Tag zum Einkaufen gegangen war. Sie hatte gerade seine Kamera von der Reparatur abgeholt, als sie ihn bemerkte. Sie hatte gestutzt und zuerst an eine Verwechslung geglaubt, da er offiziell auf Geschäftsreise war. Doch sie kannte seinen Gang und die Art, sich zu bewegen. Er ging gerade auf die Eingangstür einer Pizzeria zu, als er plötzlich stehen blieb.

Sandra hatte sich gerade bemerkbar machen wollen, als eine blonde Frau, die Sandra bekannt vorkam, erfreut lächelnd auf ihn zukam und von ihm umarmt und geküsst wurde. Abrupt hatte sie innegehalten und sich hinter einer Säule des Einkaufszentrums versteckt. Sie hatte beobachtet, wie die beiden die Pizzeria betraten, sich einen Fensterplatz aussuchten und er ihr den Stuhl zurechtrückte. Dann nahm er ihr gegenüber Platz. Sandra hatte an der Säule gestanden und nicht gewusst, was sie denken sollte. Vielleicht war es eine entfernte Bekannte, sie wusste es nicht. Sie konnte die Frau nicht einordnen.

Nur nichts überstürzen.

Eine Weile redeten sie, dann wanderte seine Hand auf dem Tisch zu ihrer Hand und bedeckte sie. Sandras Augen wurden schmal. Na ja, rede dir nichts ein, hatte sie sich ermahnt, kann ja sein, dass er sie nur tröstet, vielleicht ist ja was Schlimmes passiert … Doch so wie die Frau ihn angelächelt hatte, strafte sie Sandras Gedanken Lügen.

Auch er machte nicht gerade einen betroffenen Eindruck.

Sandra war fast die Galle hochgekommen vor lauter trauter Zweisamkeit. Nun erkannte sie auch die Frau wieder: Es war eindeutig seine Ex. Sie erinnerte sich an Bilder von ihr, die er ihr gezeigt hatte, ganz am Anfang ihrer Beziehung. Wut war in Sandra hochgestiegen, wie heiße Lava in einem Vulkan. Was sollte sie tun? Am liebsten wäre sie hinübergegangen und hätte ihm, was immer sie bestellt hatten, über den Kopf gegossen und ihm alles Mögliche an den Kopf geworfen, doch das war nicht ihr Stil. Sie wollte weder ihm noch ihr die Genugtuung geben, ihren Schmerz und ihre Verletztheit zu sehen.

Ihr Blick war zu der Tüte in ihrer Hand geschweift, und sie hatte gewusst, was sie tun würde. Die Kamera! Sie musste doch einmal ausprobieren, ab sie richtig repariert worden war und funktionierte. Sie hatte die Kamera aus ihrer Verpackung genommen und den Film eingelegt, den sie bei der Abholung automatisch gekauft hatte. Dann war sie mit dem Fahrstuhl eine Etage höher gefahren und hatte sich in einem Eiscafé, das fast genau gegenüber der Pizzeria lag, eine Tisch ausgesucht, von dem sie eine wunderbare Aussicht auf die beiden Turteltauben hatte. Da der Tisch etwas versteckt zwischen vielen Pflanzen lag, hatte sie sich auch wegen der Entdeckung keine Sorgen machen müssen. Lange musste sie nicht warten, bis sie ein passendes Motiv fand, das sich zu fotografieren lohnte. Nach kurzer Zeit sah sie, wie ihr Noch-Lebensgefährte einen Stuhl weiter rutschte, wahrscheinlich, um ihr näher zu sein. Denn das Nächste, was sie sah, war, dass er sie in den Arm nahm und sich nach Sekundenbruchteilen ihre Lippen zum Kuss trafen. Ein Kuss, der alles andere als freundschaftlich aussah.

Sandra hatte sich gefühlt, als ob ihr ein Messer in den Leib gerammt würde. Es nahm ihr fast die Luft zum Atmen, so verraten und verkauft fühlte sie sich, dabei hatte sie sich vor Jahren schon einmal geschworen, dass sie nie wieder auf so etwas hereinfallen würde. Nie wieder.

Doch im Laufe der Zeit hatte sich ihre Wachsamkeit gelegt, weil sie ihm voll und ganz vertraute. Und wohin sie das geführt hatte, sah sie nun durch das Zoom der Kamera.

Hasserfüllt knipste sie ein Bild nach dem anderen, bis sich das traute Paar entschloss, die Pizzeria zu verlassen. Sie sah, wie er dem Kellner winkte und kurz darauf die Rechnung beglich. Sandra hatte ihr Getränk, einer inneren Stimme folgend, bereits bezahlt. Also nahm sie ihre Tasche und beobachtete, wie das Paar die Pizzeria verließ und auf die Rolltreppe zusteuerte, wo sie nach unten fuhren. Sandra tat das Gleiche. Als sie dann beobachtete, wie sie das Kaufhaus verließen, um gegenüber auf der anderen Straßenseite in ein Hotel zu gehen, war ihr alles andere klar, zumal sie sich auf dem Weg dorthin an den Händen hielten und den Blick kaum voneinander abwenden konnten.

Das waren die letzten Bilder auf dem Film.

Sandra wurde es heute noch ganz übel, wenn sie daran dachte, dass sie wie in Trance nach Hause gegangen war und seine Sachen gepackt hatte. Sie war so verletzt gewesen, dass sie sich nicht aus dem Haus getraut hatte.

Wie ein waidwundes Tier hatte sie sich in ihrer Wohnung verschanzt und ihre Wunden geleckt.

Ihren Chef hatte sie lediglich angerufen, dass sie aufgrund privater Probleme ein paar Tage frei benötigte. Er hatte nicht lange gefragt und ihr eine Woche bewilligt.

Sandra schüttelte den Kopf, als ob sie die unliebsamen Erinnerungen auslöschen könnte, was ihr nicht ganz gelang. Es war noch zu frisch.

In dreieinhalb Wochen konnte man nicht vier Jahre ausmerzen. Es gelang ihr zwar hin und wieder ganz gut, ihren Schmerz zu verbergen, aber manchmal brach er durch. Meistens abends, wenn sie allein zu Hause saß und ihr die Decke auf den Kopf fiel. Das war das erste Mal, dass sie sich erlaubte, in ihrer Arbeitszeit an das Fiasko zu denken.

Seit zwei Wochen, in denen sie wieder arbeitete, hatte sie morgens den Schalter umgelegt, wenn sie auf dem Weg zum Dienst war, und war durch und durch nur noch für ihren Job da, bis sie abends durch ihre Wohnungstür trat.

Sie war ein Profi, also würde sie auch Professionalität zeigen, mit allen Konsequenzen. Und warum sollte sie diesem Idioten hinterherweinen?

Sandra verbannte die unliebsamen Gedanken in die hinterste Ecke ihres Kopfes. Sie hatte hier andere Probleme und konnte es sich nicht leisten, über Privates nachzudenken. Sie zwang ihre Gedanken in eine andere Richtung.

Harald Schneider verabschiedet sich vor der Pforte von den Polizisten und betrat dann die Pforte. Sandra sah von ihrem Dienstplan auf, den sie gerade für den nächsten Monat erstellte.

„Was war denn los?“, fragte sie interessiert. „Das heißt, wenn Sie es mir sagen dürfen.“

„Einbruchdiebstahl in der Kantine“, lautete sein knapper Kommentar.

„Ist viel weggekommen?“

„Wissen wir noch nicht genau.“ Er sah Sandra an. „War über das Wochenende jemand da, der in die Kantine wollte?“

Sandra überlegte. „Also, ich war Samstag da – nein, bei mir nicht.“ Sie schüttelte den Kopf. „Zeisig war Sonntag da, den könnte ich auch fragen. Er ist am anderen Tor im Moment.“

„Ich bitte darum.“

Sie wählte die Nummer des anderen Tores und wollte ihn fragen. Sie hatte gerade angefangen, als er sie direkt unterbrach.

„Du, ich habe jetzt gerade keine Zeit!“

„Alfred, dann nimm dir die Zeit!“, sagte sie schneidend. „Herr Schneider erwartet deine Antwort *jetzt*. Er ist im Moment bei mir!“

Sie konnte sich praktisch den Flunsch vorstellen, den er gerade am anderen Ende der Leitung zog. Dann stellte sie die Frage erneut.

„Nein, bei *mir* war keiner am Sonntag“, kam dann beleidigt zurück.

„Danke, ich werde es Herrn Schneider ausrichten“, antwortete sie sarkastisch und legte den Hörer auf. „Idiot!“

„Sie sind aber wieder nett zu Ihrem Kollegen!“ Schneider verbiss sich ein Grinsen.

„Wenn Blödheit Fahrrad fahren könnte, müsste der den Berg rauf bremsen“, sagte

Sandra mit einem vernichtenden Blick. „Aber bei ihm war keiner am Sonntag. – Bruno Pfeiffer war übers ganze Wochenende nachts da. Jetzt wird er noch schlafen, aber ich könnte Ihnen seine Nummer geben. Sie könnten in nach 14 Uhr anrufen, da wird er dann schon munter sein, schätze ich."

„Das wäre nett", stimmte Harald Schneider zu.

Während sie die Nummer notierte, beschloss sie, ihm ihren Verdacht mitzuteilen. Mehr als verwerfen konnte er ihn nicht, und wenn er sich wirklich bestätigen sollte, wer weiß, vielleicht konnte man dem nächsten Desaster vorbeugen, sofern es eines geben würde. Außerdem sahen zwei Augen immer mehr als eines.

„Herr Schneider, ich möchte nicht den Teufel an die Wand malen", sagte sie, während sie ihm den Zettel mit der notierten Nummer reichte. „Aber finden Sie es nicht auch seltsam, was hier in den letzten drei Wochen abgelaufen ist?"

Harald Schneider musterte sie aufmerksam. „Wie meinen Sie das?"

„Ich weiß nicht, ich habe da so ein Gefühl", erwiderte sie achselzuckend. „Erst passiert monatelang so gut wie gar nichts und nun auf einmal jede Woche etwas anderes." Sie stand auf und sah nachdenklich aus dem Fenster.

„Und das sind ja keine Kleinigkeiten, von denen wir da sprechen."

„Diese Dinge passieren nun mal", antwortete er vorsichtig. „Manchmal ballt es sich, da kommt alles auf einmal und dafür dann Ewigkeiten gar nichts. Nehmen Sie nur mal die Fehleinsätze der Berufsfeuerwehr. Manchmal haben wir sie zwei- bis dreimal die Woche hier gehabt, wenn die Melder gesponnen haben, und jetzt schon seit bestimmt drei Monaten nicht mehr."

Sandra nickte langsam. „Und Sie meinen nicht, dass die Vorfälle der letzten Wochen zusammenhängen könnten?"

Schneider schüttelte den Kopf. „Nein, also da kann ich beim besten Willen keinen Zusammenhang herstellen."

„Na ja, war nur so eine Idee …"

Kapitel 5

Zwei Tage später nahm Sandra einen Anruf von Herrn Wieland, ihrem Chef, entgegen. Sie wunderte sich, denn er wollte am nächsten Tag sowieso bei Brego vorbeikommen.

„Was gibt's?", fragte sie ihn deshalb etwas befremdet.

„Ich habe soeben ein Fax von der Polizeidirektion bekommen", antwortete er. „Sie, Herr Zeisig und Herr Pfeiffer sollen morgen bei denen vorbeikommen."

„Wie bitte?", fragte Sandra mit hochgezogenen Augenbrauen perplex. „Was sollen wir dort?"

„Sie bekommen Ihre Fingerabdrücke genommen."

„Wegen?"

„Einem Vorfall bei Brego am Wochenende."

„Moment mal, damit kann doch nur der Einbruchdiebstahl in der Kantine gemeint sein“, kombinierte Sandra.

„Wenn sonst nichts war, wird es das wohl sein“, kam es zurück. „Informieren Sie bitte Ihre Kollegen entsprechend.“

„Moment mal, Herr Wieland. Sie müssten mir nur noch sagen, wann und wo wir hinmüssen.“

„Ach ja. Morgen Nachmittag zwischen 13 und 15 Uhr sollen Sie sich bei Polizeiobermeister Schröder melden.“

Sandra notierte sich die Adresse und beendete das Gespräch. Dann informierte sie Alfred Zeisig und versuchte danach, Bruno Pfeiffer zu erreichen, der freihatte und am nächsten Tag Nachtdienst haben würde. Dann rief sie noch Roland Mayer an und vereinbarte mit ihm, dass er für drei Stunden zum Dienst erscheinen würde, damit alle Pforten besetzt waren. Sie informierte ihren Chef und wählte danach Harald Schneiders Nummer.

„Schneider.“

„Hallo, Herr Schneider, hier Meister. Ich wollte Sie nur darüber informieren, dass wir morgen eine kleine Dienstplanänderung haben.“

„Aha, was gibt's?“

„Fingerabdrücke von mir und meinen Kollegen.“

„Oha, war die Polizei so schnell?“

„Es scheint so. Sie wissen also schon davon“, stellte Sandra fest. „Na ja, wir müssen morgen zwischen 13 und 15 Uhr dort sein. Also werde ich zuerst gehen, Zeisig wird mich hier vorne vertreten. Wenn ich wieder da bin, gehen Zeisig und Pfeiffer. Mayer wird in dieser Zeit an der anderen Pforte Vertretung machen.“

„In Ordnung. Das hört sich gut an.“

„Ja, wenn Sie Pech haben, lassen die uns vielleicht auch alle wieder herkommen“, flachste Sandra in einem Anflug von Galgenhumor.

„Es gibt Schlimmeres, glauben Sie mir.“

Am nächsten Tag, als Sandra auf dem Weg zum Polizeipräsidium war, war ihr gar nicht zum Lachen zumute. Sie wusste zwar, dass sie nichts Unrechtes getan hatte, aber irgendwie hatte sie im Hinterkopf eine kleine Stimme, die fragte, was wohl passieren würde, wenn sie die Fingerabdrücke irrtümlich vertauschen würden.

Schließlich konnte man in Zeitungen oft genug über Pannen und Justizirrtümer lesen, die passierten. Auch dass anständige Bürger, die sich niemals etwas hatten zuschulden kommen lassen, plötzlich als Kriminelle dastanden, obwohl nur eine Computerpanne oder etwas Ähnliches passiert war. Selbst wenn das mit der Panne rauskam, blieb immer der Schatten eines Zweifels hängen, ob er nun berechtigt war oder nicht.

Sandra schüttelte über sich selbst den Kopf. Mach dich nur weiter verrückt. Mach so weiter, dann bist du vor lauter Einbildung irgendwann so nervös, dass sie dich direkt dort behalten, einsperren und den Schlüssel wegwerfen.

Sie atmete tief durch, als sie den Blinker ihres roten Opel Kadetts setzte und in die Einfahrt des Polizeipräsidiums einbog. Sie fuhr schnurstracks in eine eben frei gewordene Parklücke und stellte den Motor ab. So, nun Augen zu und durch, dachte sie sich und stieg aus.

Sie betrat den Eingangsbereich des Präsidiums, dessen Scheiben mit schusssicherem Glas gesichert waren, und klingelte. Sie erklärte dem diensthabenden Beamten den Grund ihrer Anwesenheit, und er ließ sie passieren, indem er den Summer betätigte. Sie schob die Tür auf und nahm auf einem Stuhl Platz, bis jemand Zeit für sie fand.

Etwa zehn Minuten später öffnete sich eine andere Tür, und ein hoch gewachsener blonder Polizist mit grünen Augen und Brille kam heraus. Er schien etwa Mitte dreißig, also in Sandras Alter, zu sein, überragte sie aber bestimmt um 15 Zentimeter.

„Guten Tag, Sie sind Frau Meister?", fragte er freundlich und reichte ihr die Hand. „Schröder."

„Ja, guten Tag", sagte sie und ergriff seine Hand.

Er schaute sich suchend um. „Sie sind allein?"

„Ja, wir konnten nicht alle drei weg. Schließlich können wir die Firma ja nicht schließen, nur weil ihr Sehnsucht nach uns habt", grinste sie. „Meine beiden Kollegen kommen, sobald ich wieder in der Firma bin."

„Na gut, kann man nichts machen." Er zuckte die Schultern. „Eigentlich wollten wir das alles in einem Aufwasch machen, aber dann halt nicht. Folgen Sie mir bitte."

Sandra folgte dem Beamten ins Allerheiligste, einen langen Korridor entlang. Links und rechts des Korridors befanden sich unzählige Büros, aus denen die einen oder anderen Wortfetzen an ihre Ohren drangen, Telefone läuteten, die Tastaturen von Computern klapperten. Beamte und Beamtinnen in Uniform oder Zivil hasteten über den Flur, riefen sich Bemerkungen zu. Und fast jeder von ihnen warf Sandra einen prüfenden Blick zu. Ist das eine Verdächtige oder ein Opfer, schuldig oder nicht schuldig?

Ist bei der Polizei bestimmt auch eine Berufskrankheit, dachte Sandra, während sie dem Beamten folgte, der mit langen Schritte vorwegeilte.

Er führte sie eine Treppe hoch, wieder einen Flur entlang, sprach ein paar Worte mit einem Kollegen und führte sie dann über ein anderes Treppenhaus fünf Stufen nach unten. Dann durchquerten sie einen größeren Raum, in dem ein Schreibtisch stand und etwas, das wie ein Stehpult aussah, und betraten einen fast genauso großen Raum, der auch ähnlich ausgestattet war. Dort stand ein untersetzt wirkender Beamte in Zivil, der gerade etwas ausfüllte.

„Tag, Günther", sagte Schröder leger und legte ihm ein paar Unterlagen vor die Nase. „Hier bringe ich dir die Erste im Bunde. Fall Brego-Chemiewerk. Nachher kommen noch zwei andere."

„Na ja", sagte der Bärtige langsam und dann zu Sandra gewandt: „Dann wollen wir mal. Waschen Sie sich bitte Ihre Hände gründlich mit der Spezialseife in dem Behälter dort."

„Den Schmuck dranlassen oder abnehmen?", fragte Sandra.

„Tragen Sie ihn ständig oder nur ab und zu?"

„Ständig."

„Dann können Sie ihn anlassen."

Sandra nickte und ging zum Waschbecken.

„Keine Angst, wenn die Seife etwas kratzt!", rief ihr der Bärtige zu. „Da ist Spezialsand mit drin, damit alle Rückstände in den Hautporen weggehen."

Sandra nickte und schrubbte. Dann tupfte sie das Wasser vorsichtig mit einem Papierhandtuch ab, das ihr gereicht wurde. Sie ging zurück zum Stehpult und sah zu, wie der Bärtige eine Walze vom Tisch nahm und sie über ein Stempelkissen rollte.

„So, jetzt werde ich Ihnen die Farbe auf die Fingerkuppen auftragen", erklärte er ihr, während Schröder dabeistand und interessiert zusah. „Dann werden wir von jedem Finger einzeln einen Abdruck auf dieses Blatt machen." Er deutete auf ein leeres Formular, das mehrere ebenso leere Kästchen aufwies.

„Kein Problem", sagte Sandra.

„So, jetzt locker lassen, nicht verkrampfen." Der Bärtige nahm einen Finger nach dem anderen und drückte ihn jeweils in ein leeres Feld. Zum Schluss nahm er den Daumen. Dann machte er das Gleiche mit der anderen Hand.

„So, und nun machen wir noch von der ganzen Hand einen Abdruck." Er begann, die linke Hand ganz einzufärben, wendete das Blatt und drückte ihre ganze Hand auf eine der zwei leeren Kästen auf der Rückseite. Das gleiche wiederholte er mit der rechten Hand.

„So, und nun dürfen Sie Ihre Hände waschen." Der Bärtige nahm das Blatt, steckte es in einen Umschlag und versiegelte es.

Sandra ging zum Waschbecken und begann, die Farbe von ihren Händen zu schrubben.

„Kann ich Sie mal was fragen?", fragte sie, während sie weiter schrubbte.

„Ja, gern", antwortete Schröder.

„Wäre es möglich, die Fingerabdrücke irgendwo einzuspeichern oder zu registrieren?" Sandra sah ihn fragend an.

„Wie bitte?" Schröder sah erstaunt von ihr zu seinem Kollegen und wieder zurück zu ihr.

Sandra trocknete ihre Hände ab und trat wieder zu Schröder und seinem Kollegen. „Na ja, ich habe mir nur überlegt, dass es in meinem Job ja fast dazugehört, verdächtigt zu werden. Also wäre es doch von Vorteil, sie registrieren zu lassen. Dann bräuchte ich das nächste Mal nicht extra herzukommen, falls was wäre, sondern man müsste sie nur abrufen. Erledigt."

Schröder und sein Kollege sahen sich kurz an und lachten dann los.

„Wissen Sie, das ist das Verrückteste, das ich bis jetzt gehört habe", grinste Schröder ungläubig. „Andere Leute würden fast alles dafür tun, niemals erfasst zu werden, und Sie *wollen* erfasst werden?"

„Warum nicht?", fragte Sandra ernst. „Erstens habe ich nicht vor, kriminell zu werden, und zweitens ist es nur immer ein riesiger Aufwand, bis man die Leute abgelöst bekommt, damit man so etwas hier durchziehen kann." Sie sah herausfordernd von Schröder zu seinem Kollegen. „Ist es nun möglich oder nicht?"

„Sie meint das tatsächlich ernst!", sagte der Bärtige.

„Und ob." Sandra sah ihn hartnäckig an.

„Na gut", lenkte der Bärtige ein. „Es ist durchaus möglich, aber nicht unbedingt ratsam, denn mit den Fingerabdrücken allein ist es nicht ganz getan."

„Das heißt?", fragte Sandra.

„Das heißt, Sie müssen hier einen Termin machen, dann werden Sie ärztlich untersucht, auf Narben, unveränderliche Merkmale, es wird Blut abgenommen etc. Natürlich werden auch die Fingerabdrücke genommen. Diese ganzen Informationen werden dann ans BKA und LKA weitergeleitet, und erst dann sind Sie registriert."

Sandra sah ihn mit hochgezogenen Augenbrauen an. „Hm, das hört sich in der Tat etwas langwierig an."

„Also ich würde es keinem empfehlen, wenn es nicht wirklich sein muss", bekräftigte Schröder die Worte seines Kollegen. „Sie können es gern machen, wenn Sie das Verlangen haben, einen ganzen Tag dafür zu opfern, denn drunter werden Sie nicht wegkommen."

„Ich glaube, dann lassen wir das lieber", stimmte Sandra zu.

„Das denke ich auch", sagte der Bärtige und grinste.

„Trotzdem danke für die Auskunft", grinste Sandra. „Sie können sich jetzt wieder fassen, falls ich Sie geschockt haben sollte."

„Hm, es kommt ja nicht jeden Tag jemand hier herein und fragt nach so etwas."

„Also, lassen Sie uns gehen, ich bringe Sie raus", sagte Schröder und nahm seine Unterlagen.

Sandra folgte ihm, nachdem sie dem Bärtigen einen Gruß zugerufen hatte. Sie war überrascht, dass das bereits alles war. Sie hatte damit gerechnet, dass man ihr noch Fragen stellen würde. Na ja, ihr sollte es recht sein. Die Jungs würden schon wissen, was sie taten.

„Ja, ja, von dir hört man ja schöne Sachen", frotzelte Alfred Zeisig, als er und Bruno Pfeiffer wieder vom Polizeirevier zurück und durch die Tür kamen. „Das war gleich das Erste, was der von der Polizei erzählt hat."

„Diese Petzen", erwiderte Sandra grinsend. „Aber es stimmt doch. Es würde zumindest einen Haufen Zeit sparen."

„Was stimmt?", ertönte eine sonore Stimme aus dem Hintergrund. Harald Schneider hatte unbemerkt die Pforte betreten und einen Teil der Unterhaltung mitgehört.

„Die Polizisten haben meinen Kollegen gepetzt, dass ich gefragt habe, ob man die Fingerabdrücke registrieren könnte – falls wieder mal was ist", erklärte Sandra immer noch grinsend. „Das schien eine kleine Sensation zu sein, zumindest so sensationell, dass sie es gleich weiterpetzen mussten."

„Da kann ich mir lebhaft vorstellen, dass die Herren etwas seltsam geschaut haben", stimmte Harald Schneider zu. „Die werden wohl nicht allzu oft erleben, dass das jemand verlangt."

„Das war gleich das Erste, was sie uns gesagt haben", warf Alfred Zeisig ein, bevor er seine Tasche packte und verkündete, dass er nun an sein Tor gehen und den Kollegen ablösen würde.

Bruno bot Sandra an, dass sie Feierabend machen könne, da er sowieso dablieb, was sich Sandra natürlich nicht zweimal sagen ließ.

Also verließ sie kurze Zeit später in Begleitung von Harald Schneider die Pforte.

„So, dann haben Sie also wirklich um die Registratur Ihrer Fingerabdrücke gebeten?" Es hörte sich mehr nach einer Feststellung als nach einer Frage an. Er begann, breit zu grinsen, während er sie ansah.

Sie kniff die Augen zusammen und sah ihn an.

„Natürlich", antwortete sie bekräftigend, bemüht, ernst zu bleiben. „Sehen Sie es doch einmal so: Egal, was vorkommt, wir werden immer an erster Stelle im Fadenkreuz stehen. Und das wissen Sie so gut wie ich, lieber Herr Schneider." Sandra öffnete den Kofferraum ihres Autos und stellte ihre Tasche hinein, dann schloss sie ihn wieder. „Also warum nicht? Ich habe nicht vor, kriminell zu werden, wovor sollte ich mich also fürchten?"

„Sie haben nicht Unrecht mit dem, was Sie da sagen", nickte Harald Schneider. „Werden Sie es denn tun?"

Sandra schüttelte verneinend den Kopf und erzählte ihm von der Prozedur, die sie durchlaufen müsste, wenn sie es täte. „Deshalb, denke ich, lasse ich es lieber", schloss sie ihre Aufzählung. „Wie gesagt, wenn es nur die Fingerabdrücke gewesen wären, dann okay, aber so?"

„Das ist verständlich. – Na ja, jetzt möchte ich Sie nicht länger von Ihrem wohl verdienten Feierabend abhalten. Ich wünsche Ihnen einen schönen!"

Während Sie den Gruß erwiderte, begann Harald Schneider wieder zu feixen, bevor er sich zum Gehen wandte. Sie hörte ihn noch murmeln: „… Fingerabdrücke registrieren lassen …"

Da denkt man einmal praktisch, und alles lachte einen aus, dachte sie grinsend, während sie ins Auto einstieg.

Kapitel 6

Sandras Hoffnung, dass sich alles wieder normalisieren und als Verkettung unglücklicher Umstände herausstellen würde, bestätigte sich, so wie es aussah, nicht.

Schon ein paar Tage später, nach dem Wochenende, kam bereits kurz nach sieben Uhr morgens die nächste Hiobsbotschaft in Form eines Mitarbeiters von Brego.

Roland Kowalski, ein Mitarbeiter des Rechnungswesens, kam aufgeregt in die Pforte und gab an, dass bei ihm im Büro wahrscheinlich eingebrochen worden war.

Nein, das darf doch nicht wahr sein, dachte Sandra. Sie befragte ihn, ob etwas gestohlen worden war, und er gab an, dass sein Laptop unauffindbar sei, Schränke und Schubladen aufgebrochen und durchwühlt worden waren, aber außer seinem Laptop könne er im Moment nichts benennen, was noch fehlen würde.

„Also gut, gehen Sie bitte in Ihr Büro zurück, Herr Kowalski, und sorgen Sie dafür, dass niemand etwas anfasst und möglicherweise noch irgendwelche Spuren zerstört", wies sie ihn eindringlich an. „Ich werde Herrn Schneider informieren, und er wird sich bei Ihnen melden. Aber halten Sie um Gottes willen andere Leute von Ihrem Büro fern!"

Sie griff zum Telefon und wählte Harald Schneiders Nummer, während Kowalski schnellen Schrittes die Pforte verließ. Als er abnahm, umriss sie mit knappen Worten die Situation.

„Nicht schon wieder!“, stöhnte er auf.

„Dachte ich mir auch schon“, erwiderte Sandra.

„Ich melde mich bei Ihnen.“ Harald Schneider legte auf.

„Guten Morgen“, rief Frau Jürgens von der Küche, die gerade die Pforte betrat.

Sandra grüßte freundlich zurück. „Was kann ich für Sie tun, Frau Jürgens?“

„Ich bräuchte mal den Generalschlüssel“, antwortete sie. „Irgendeiner muss die Tür zu unserem Büro abgeschlossen haben. Das verstehe ich gar nicht, denn die ist normalerweise immer unverschlossen.“

„Vielleicht hat es einer gut gemeint, oder derjenige war in Gedanken“, erwiderte Sandra und händigte den Generalschlüssel der Putzfirma aus.

„Danke, ich bringe ihn gleich wieder.“

Sandra nickte.

Zehn Minuten später war Frau Jürgens wieder da. „Den hätte ich gar nicht gebraucht“, sagte sie nachdenklich.

„Ich denke, es war abgeschlossen?“, fragte Sandra befremdet und runzelte die Stirn. Plötzlich hatte sie ein ungutes Gefühl in der Magengegend.

„War es auch, aber von innen. Nachdem wir die Tür mit dem Schlüssel nicht aufbekommen haben, ist die Kollegin von außen schauen gegangen und hat gesehen, dass das Fenster ganz offen steht, also ist sie reingeklettert und hat von innen aufgeschlossen“, antwortete Frau Jürgens. „Es war sowieso komisch. Meine Kolleginnen haben gesagt, dass auf dem Tresen der Kantine dreckige Fußspuren zu sehen waren. Sie haben sich noch gewundert, wo sie hergekommen sind.“

„Moment mal.“ In Sandras Kopf waren sämtliche Alarmsirenen angesprungen. „Fußspuren auf dem Tresen? Sind die noch da?!“

„Nein, die Kolleginnen haben es weggemacht. Schließlich können wir doch nicht den Schmutz auf dem Tresen lassen, wenn nachher die ganzen Leute zum Frühstück kommen …“

„Verdammt!“ Sandra griff zum Hörer und wählte Harald Schneiders Piepsernummer. „Es ist möglich, dass wir einen Einbruch hatten. Frau Jürgens, bitte gehen Sie zurück und lassen Sie keinen ins Büro. Keinen! Ich verständige Herrn Schneider und schicke ihn rüber. Wissen Sie, ob was fehlt?“

„Nein.“ Frau Jürgens sah sie irritiert an.

„Bitte gehen Sie jetzt zurück und warten Sie, bis Herr Schneider sich meldet. Und sollte etwas fehlen und Herr Schneider nicht vor Ort sein, rufen Sie bitte gleich durch.“

Das Telefon klingelte.

Frau Jürgens verließ die Pforte und eilte zur Kantine, während Sandra den Hörer abnahm und sich meldete. Es war Harald Schneider, und sie gab ihm zum zweiten Mal an diesem Montagmorgen einen Überblick über die Situation.

„Frau Jürgens wartet auf Sie“, schloss sie.

„Toller Montagmorgen. Ich geh rüber“, brummte Harald Schneider, bevor er die Verbindung unterbrach.

„Wie wahr.“ Langsam legte Sandra den Hörer auf.

Eine halbe Stunde später bog eine Polizeistreife in die Einfahrt ein. Polizeiobermeister

Schröder und ein kleinerer, schmächtiger Kollege mit Milchgesicht und ebenfalls blonden Haaren stiegen aus. Sandra schätzte ihn auf Anfang zwanzig. Sie entnahmen einen schwarzen Koffer aus dem Kofferraum und kamen zur Pforte.

Bevor sie die Pforte betraten, hatte Sandra bereits Harald Schneider informiert.

„Guten Morgen“, begrüßte Sandra die Polizisten.

„Na, ob der so gut wird?“, gab Schröder mit gerunzelter Stirn zurück.

„Wenn Mann dran arbeitet, dann schon. Bei Frau klappt das“, feixte Sandra. „Herr Schneider ist bereits auf dem Weg hierher.“

„Sie sind aber schnell heute morgen.“ Schröder nickte anerkennend, während sein Kollege keine Miene verzog.

„Einer muss es ja sein, und außerdem – nicht nur heute“, merkte sie zuckersüß mit einem Lächeln an.

Schröder runzelte die Stirn und grinste. „Sie sind heute morgen aber schon drauf ...“

„Guten Morgen, meine Herren“, unterbrach Harald Schneider, der in diesem Moment die Pforte betrat, das Geplänkel. „Gehen wir gleich? Bitte folgen Sie mir.“

Etwa zwei Stunden später betrat Harald Schneider mit den beiden Polizisten die Pforte. Er hatte einen Notizblock in der Hand und setzte sich gegenüber vom Tresen an den Besuchertisch. Die beiden Polizisten blieben am Eingang stehen.

Sandra spürte sofort, dass etwas im Busch war. Unwillkürlich stand sie ebenfalls auf und lehnte sich abwartend an den Tresen.

„So, ich muss Ihnen ein paar Fragen stellen“, sagte Harald Schneider tatsächlich einen Moment später.

„Schießen Sie los.“ Sandra hob auffordernd die Hände.

„Wann haben Sie am Samstag Ihre Rundgänge gemacht?“

„Am Samstag habe ich nur eine Außenbegehung gemacht, da vorher ziemlich viele Mitarbeiter im Werk waren“, überlegte Sandra. „Die waren schätzungsweise gegen 14.30 Uhr alle raus. Ich habe gegen 14.45 Uhr das Tor geschlossen und bin dann mit unserem Hund los. Etwa 15.30 Uhr war ich wieder da, denn da wollte schon wieder jemand rein und hat geklingelt.“

„Wissen Sie noch, wer das war?“

„Herr Maier vom Marketing“, kam es wie aus der Pistole geschossen. „Er hat normalerweise einen Schlüssel für das Tor, aber er hatte ihn vergessen, deshalb hat er geklingelt. Danach war ich bis Dienstschluss hier in der Pforte.“

„Gut.“ Er machte sich Notizen. „Waren Sie am Samstag in der Kantine?“

„Ja, morgens, bevor ich übernommen habe, war ich kurz am Getränkeautomat.“

„Nicht hinten beim Büro?“

„Lieber Herr Schneider, ich weiß nicht einmal, wo dieses Büro sein soll“, erwiderte Sandra mit hochgezogenen Augenbrauen. „Ich kenne die ungefähre Richtung, das ist aber auch alles.“

Schneider musterte sie kurz und machte eine weitere Notiz.

Sandra wurde es irgendwie unheimlich zumute. Sie verstand den Sinn hinter alldem nicht, aber sie hatte das Gefühl, dass sie unter Verdacht stand. Und das gefiel ihr ganz und gar nicht. Sie kam sich vor wie ein Insekt unter dem Mikroskop, so wie alle sie anstarrten. Auch Harald Schneider hatte sich noch nie von dieser Seite gezeigt. So distanziert und ernst.

„Welche Kleidung trugen Sie am Samstag?“, fuhr dann Harald Schneider fort.

„Privatkleidung, wie es am Wochenende üblich ist“, antwortete sie. „Jeans, blau-weiß kariertes Hemd, schwarze Schuhe.“

„Keine Uniform?“, mischte sich Polizeiobermeister Schröder zum ersten Mal in das Gespräch ein.

„Nein, am Wochenende ist hier kein Uniformzwang, genauso wenig wie nachts.“ Sandra sah von einem zum anderen. „Was ist hier eigentlich los?“

„Was meinen Sie?“, mischte sich das Milchgesicht ein.

„Sie behandeln mich, als ob *ich* hier eingebrochen hätte. Stehe ich etwa unter Verdacht?“, entgegnete Sandra ruhig.

„Haben Sie denn eingebrochen?“, fragte das Milchgesicht.

„Nein, habe ich nicht“, antwortete Sandra. „Aber Sie haben *meine* Frage noch nicht beantwortet. Stehe ich unter Verdacht?“

„Momentan fischen wir noch im Trüben“, mischte sich Schröder ein und warf seinem Kollegen einen warnenden Blick zu. „Wir haben Hinweise gefunden, denen wir nachgehen müssen.“

„Die wären?“ Sandra kam sich vor wie die Hauptperson in einem schlechten Film.

„Tut mir Leid, darüber können wir Ihnen keine Angaben machen. Das würde die Ermittlungen beeinflussen.“ Schröder zuckte die Schultern.

Sandra hob kurz die Brauen. „Dachte ich mir, so ist es ja meistens. Also, was wollen Sie noch wissen?“

„Haben Sie Ihre ganze Uniform hier?“, übernahm Schröder nun die Befragung.

„Ja, so ziemlich“, antwortete Sandra befremdet. Was sollte diese ganze Fragerei über ihre Uniform? Sie hatte doch schon gesagt, dass am Wochenende in Zivil gearbeitet wurde.

„Dürften wir die mal sehen?“

Sandra kniff die Augen misstrauisch zusammen. „Wenn Sie sonst keine anderen Probleme haben, gerne.“

Sie stieß sich mit einem Seitenblick auf Harald Schneider vom Tresen ab und ging an den beiden Polizisten vorbei in den hinteren Raum, wo sie die Türen ihres privaten Schranks öffnete und mit der Hand hineindeutete. „Bitte schön.“

Harald Schneider und die beiden Polizisten waren ihr gefolgt und schauten sich die Uniformteile an, die in dem Schrank hingen.

„Ein Jackett, ein Parka, zwei Hemden, eine Hose. Dazu meine Privatjacke, die ich heute morgen angehabt habe“, zählte Sandra auf.

„Ist das alles?“, fragte Schröder und warf Harald Schneider einen bedeutungsvollen Blick zu.

„Ja. – Nein!“, verbesserte sie sich dann und deutete hinter die Zimmertür, an der noch eine Weste hing. „Die hätte ich beinahe vergessen, die Weste gehört auch noch dazu. Ich habe vergessen, sie am Freitag in meinen Schrank zu hängen.“ Sandra nahm die Weste und wollte sie in den Schrank zu den anderen Sachen hängen.

„Stopp!“, rief Schröder und streckte die Hand nach der Weste aus. „Dürften wir die mal sehen?“

Sandra zuckte fragend die Schultern und reichte ihm die Weste anstandslos. „Bitte.“

Schröder zog Latexhandschuhe an und nahm ihr die Weste aus der Hand.

Das konnte nur ein böser Traum sein, aus dem sie jeden Moment aufwachen würde. Dann würde sie darüber lachen, und bald wäre es vergessen. Es konnte schließlich nicht real sein, dass sie des Einbruchdiebstahls verdächtigt wurde. Gerade sie, der die Einhaltung der Regeln so wichtig war, die ihre Kollegen immer ermahnte, sie einzuhalten, damit keiner etwas gegen sie sagen konnte. Sie hatte noch nie in ihrem Leben so etwas getan und würde jetzt auch nicht damit anfangen. Deswegen kam ihr die ganze Situation auch reichlich paradox vor. Sie hatte immer ihre Loyalität bewiesen. Normalerweise müsste er, Harald Schneider, doch auch realisieren, was für eine Ungeheuerlichkeit man ihr hier anlasten wollte, und vehement dagegen protestieren, Schließlich kannte er sie und ihre Arbeitsweise doch. Er wusste doch, dass sie eher etwas dazulegen als wegnehmen würde. Doch er wich ihrem fragenden Blick aus.

Das Nächste, das sie wahrnahm, war der triumphierende Blick, den das Milchgesicht seinem Kollegen und Vorgesetzten Schröder zuwarf, nachdem sie die Weste in Augenschein genommen hatten.

Es schien, als ob sich dieser Alptraum nicht in Wohlgefallen auflösen würde.

„Bei Ihrer Weste fehlt ein Knopf“, stellte Schröder in sachlichem Ton fest.

„Kann nicht sein.“ Sandra schüttelte den Kopf. „Freitag hatte ich noch alle Knöpfe dran, als ich sie hier aufhängte, das weiß ich hundertprozentig.“

Statt einer Antwort hielt Schröder ihr die Weste unter die Nase. Auf Anhieb fiel ihr die leere Stelle, an der einmal ein Knopf gesessen hatte, ins Auge. Sie schluckte.

„Wir haben genau so einen Knopf im Büro der Kantine gefunden“, rieb ihr das Milchgesicht fast schon hämisch unter die Nase.

Hilflos warf sie einen Blick in die Runde. „Am Freitag Abend hatte ich noch alle Knöpfe dran“, beteuerte sie erneut.

Die Gesichter der Polizisten sagten mehr, als Worte es je getan hätten. Sie glaubten ihr nicht.

„Hören Sie“, versuchte sie es erneut. Sie musste diese Polizisten doch irgendwie von ihrer Unschuld überzeugen können. „Ich kann mir zwar vorstellen, dass Sie das schon Millionen Male gehört haben, aber der Knopf war wirklich am Freitag Abend noch dran, und seitdem hatte ich die Weste nicht mehr an.“

„Wir müssen die Weste als Beweismittel beschlagnahmen und mitnehmen“, sagte Schröder in dienstlichem Ton. „Sie bekommen sie wieder, wenn die Untersuchung abgeschlossen ist.“ Er zog eine spezielle Plastiktüte aus der Tasche und ließ die Weste hineinfallen. „Bitte halten Sie sich zu unserer Verfügung, falls wir noch etwas wissen müssen.“

Schröder und sein Kollege verließen die Pforte und gingen zu ihrem Fahrzeug. Sie deponierten den Koffer und die sichergestellte Weste im Kofferraum und fuhren los.

Harald Schneider wollte die Pforte ebenfalls verlassen, wurde aber von Sandra aufgehalten.

„Herr Schneider, Sie glauben doch wohl hoffentlich nicht auch, dass ich für diese Einbrüche in der Kantine verantwortlich bin, oder?“, fragte sie leise.

„Frau Meister, ich …" Er suchte nach den richtigen Worten. Es war ihm sichtlich unangenehm, auf diese Frage zu antworten.

„Herr Schneider", fiel sie ihm ins Wort, während sie um Fassung rang, „egal, wonach es im Moment aussieht, aber ich schwöre Ihnen, bei allem, was mir heilig ist, dass ich absolut nichts, aber auch gar nichts mit dem Ganzen zu tun habe. Ich kann nur hoffen, dass Sie mir glauben."

Schneider nickte ernst, doch Sandra konnte fühlen, dass er zweifelte. In seinen Augen, in seinem distanzierten Verhalten, in seiner Mimik.

Sie hob die Hand, um ihn von einer Antwort abzuhalten. „Sagen Sie nichts. Ich wollte nur, dass Sie es wissen."

Harald Schneider nickte und ging kommentarlos.

Sie wusste, dass sie im Moment sowieso keine für sie befriedigende Antwort erhalten hätte. Sie hatte gefühlt, wie er nach Worten gesucht hatte, um sie nicht voreilig zu verurteilen, aber er hatte auch nicht direkt zustimmen können, dass sie zu Unrecht verdächtigt wurde. Und das war das, was sie nun hören wollte.

Ein einfaches ‚Nein, Frau Meister, ich glaube nicht, dass Sie auch nur im Geringsten etwas damit zu tun haben'. Und wenn sie das nicht bekam, wollte sie lieber nichts hören.

Sie merkte, wie ihr langsam die Tränen in die Augen stiegen. Sie blinzelte sie weg. Nein, sie würde jetzt nicht anfangen zu heulen.

Doch ein kalter Schauer nach dem anderen jagte ihr über den Rücken, wenn sie sich vorstellte, was noch auf sie zukommen konnte …

Kapitel 7

Harald Schneider war am Boden zerstört, als er die Pforte verlassen hatte. Einerseits wollte er Sandra Meister glauben. Er traute ihr so eine Tat nicht zu, aber andererseits waren da die Beweise, die sich nicht leugnen ließen.

Und da existierte der Fakt, dass er sich schon einmal hatte täuschen lassen. Und es war ebenfalls ein Mitarbeiter des Sicherheitsdienstes gewesen, allerdings hatte er auch viele andere Menschen getäuscht.

Aber es hatte Harald Schneider doch ziemlich getroffen, weil er sonst immer recht stolz auf seine Menschenkenntnis gewesen war, die ihn in diesem Fall total im Stich gelassen hatte.

Dieser besagte Sicherheitsdienstmitarbeiter, Andreas Tauschner war sein Name gewesen, hatte sich erst bei allen unentbehrlich gemacht und hatte dann selbst Einbrüche inszeniert, angeblich um die Sicherheit zu erhöhen, wie er letztendlich zu Protokoll gegeben hatte.

Tauschner hatte sich neben den Einbrüchen, die er praktischerweise auch selbst entdeckt hatte, ebenfalls der Sachbeschädigung schuldig gemacht, indem er Wände von Gebäuden beschmierte, mit denen auch Schneider verunglimpft worden war. Und dabei war er mit Tauschner prima klargekommen und hatte ihm vertraut, ihn für einen Spitzenmann gehalten.

Bis die Wahrheit ans Licht kam, weil er sich bei der Polizei in Widersprüche verwickelt hatte.

So etwas wollte Harald Schneider nicht mehr erleben. Er war fast in ein Loch gefallen. Das Gefühl, versagt zu haben, verfolgte ihn ziemlich lange und flammte jedes Mal wieder blitzschnell auf, wenn er in eine Situation kam, in der seine Menschenkenntnis gefragt war. Wie jetzt.

Wieder fragte er sich, ob er seiner Menschenkenntnis trauen durfte, die ihm verriet, dass er Sandra Meister trauen konnte. Doch da war wieder einmal sein Verstand, der ihm flüsterte, dass er sich auch wieder einmal irren konnte.

Er hatte Sandras verletzten Blick bemerkt, als er gezögert hatte, ihr sein uneingeschränktes Vertrauen zu bestätigen.

Das hatte er nicht gewollt, aber er hatte es auch nicht übers Herz gebracht, irgendwelche Floskeln von sich zu geben, die er nicht ernst meinte und später vielleicht als null und nichtig revidieren musste.

Und doch ging ihm Sandra Meister nicht aus dem Sinn. Während er die Eingaben an seinem Computer machte, tauchte immer wieder ihr verletzter Blick vor seinem inneren Auge auf.

Als er wenig später in die Pforte trat, traf er einen Kollegen von Sandra Meister an, Pedro Gamba, der ab und zu aushalf. Von Sandra Meister war weit und breit nichts zu sehen.

„Wo ist Frau Meister?“, fragte er irritiert, denn von einer Dienstplanänderung war ihm nichts bekannt.

„Sie ist nach Hause. Ihr war nicht gut, also hat sie mich angerufen und mich gebeten zu übernehmen“, antwortete Gamba in akzentfreiem Deutsch, obwohl er ursprünglich spanischer Abstammung war. „Gibt es etwas Dringendes, bei dem ich behilflich sein kann?“

„Nein, Sie können mir leider nicht helfen“, sagte Harald Schneider. „Ich müsste mit Frau Meister persönlich sprechen.“

„Ich könnte Ihnen ihre Privatnummer geben“, bot Gamba an.

„Nein, ist schon okay“, lehnte Schneider ab. Er verließ die Pforte wieder. Nein, er musste es ihr persönlich erklären, über das Telefon konnte er es ihr nicht sagen.

Sandra lag zu Hause in einem weiten Pullover und bequemen schwarzen Leggings auf der Couch, belagert von Mikesch, einem getigerten Kater, der auf der Lehne ihrer Couch thronte wie ein Kaiser, der sein Reich überblickte. Seine grünen Augen wanderten abwechselnd über Sandra und quer durch das Zimmer. In ihrem Arm schlief seine Schwester Candy, eine schwarze Katze mit weißen Pfötchen und einer weißen Schwanzspitze. Auf ihrer Brust hatte sie einen kleinen hellen Fleck, der aussah, als ob ihn jemand hingehaucht hätte. Sie waren beide etwa ein Dreivierteljahr alt und stammten aus dem Tierheim, in dem sie abgegeben worden waren.

Sie hatten sich gefreut, als Sandra so früh schon wieder zu Hause war, aber sofort registriert, dass etwas mit ihr nicht stimmte. Obwohl Sandra sie erst hatte, seit ihre Beziehung in die Brüche gegangen war, hatten sie sich bereits eingewöhnt. Sandra kam es so vor, als ob alles so hatte kommen müssen. Ihre Familie hatte sie fast für verrückt erklärt, als sie hörten, dass sie sich gleich für zwei Katzen entschieden hatte. Aber sie hatten ihr in den vergangenen drei Wochen sehr über den Bruch hinweggeholfen. Sie war abends nie allein gewesen und hatte mit den beiden geschmust, sie hatte den beiden sogar ihren Frust anvertraut. Und sie hatten ihr zugehört und den Eindruck erweckt, als ob sie genau verstünden, was Sandras Problem war. Wenn ihr jemand vorher gesagt hätte, dass sie eines Tages zwei Katzen ihre Probleme anvertrauen würde, hätte sie denjenigen glatt für verrückt erklärt. Aber so viel Feingefühl, wie diese Tiere für sie aufbrachten, hatte sie noch nie zuvor erlebt.

Überhaupt, Candy hatte eine irrsinnige Antenne für die Laune ihres neuen Frauchens. Wenn sie merkte, wie jetzt, dass Sandra traurig war, schmiegte sie sich in Sandras Armbeuge und begann zu schmusen, während Mikesch seinen Platz auf der Lehne der Couch einnahm, als ob er beide beschützen wollte. Sie waren ein tolles Gespann, das Sandra nie wieder hergeben würde, so viel war ihr klar.

Gedankenverloren kraulte sie die schlafende Candy. Sie fühlte sich total ausgebrannt und leer. Wie konnte man nur versuchen, ihr so etwas anzudichten? Sie verstand es einfach nicht. Ihr Job war immer ihr Leben gewesen, und sie hatte viel Privatleben dafür geopfert. Sie war eingesprungen und hatte auch in anderen Bereichen immer ihr Bestes gegeben, manchmal sogar fast bis zur Erschöpfung. Und nun?

Sie wagte gar nicht daran zu denken, was ihr Chef dazu sagen würde, wenn er sich einem solchen Verdacht seiner Mitarbeiterin gegenübersah. Sicher würde man sie suspendieren, wenn sich das herumsprach. Ihr ganzes Leben würde verpfuscht sein, sollte sie diesen ungeheuerlichen Verdacht nicht entkräften können. Allerdings wusste sie nicht, wie sie das anstellen sollte. Im Moment fühlte sie sich nur extrem hilflos und verwundbar. Sie war mit den Nerven so fertig, dass sie nicht einmal die Kraft fand zu weinen.

Sie schrak zusammen, als die Türklingel ertönte.

Erschrocken öffnete Candy ihre großen grünen Augen und sah Sandra an.

„Keine Angst, Süße, schlaf ruhig weiter.“ Sie streichelte die Katze. Sie würde nicht an die Tür gehen. Sie wollte mit niemandem reden, keinen sehen, außerdem war sie offiziell gar nicht zu Hause.

Es klingelte erneut.

Wenn sie nicht öffnete, würde derjenige verschwinden. Sandra schloss die Augen und versuchte, die Türklingel zu ignorieren, die nun wieder erschallte.

Sandra sog die Luft scharf ein, legte Candy neben sich, die protestierend maunzte, und ging zur Tür. Sie bediente die Gegensprechanlage. „Ja bitte?“

„Frau Meister, könnte ich Sie kurz sprechen? Hier ist Harald Schneider.“

„Hat das nicht Zeit bis morgen?“

„Nein, eigentlich nicht.“

Sandra drückte kommentarlos auf den Summer. Er würde ja doch nicht weggehen, dann konnte sie auch mit ihm reden. Sie öffnete die Tür einen Spalt und sah, wie er die Treppen hochkam, immer zwei Stufen auf einmal nehmend, als ob er Angst hatte, sie könnte ihre Meinung ändern. Sie gab den Weg frei und deutete in Richtung des Wohnzimmers.

„Danke, dass Sie sich Zeit für mich nehmen“, sagte er zögernd.

„Bevor es mir negativ bei der Polizei ausgelegt wird“, erwiderte sie sarkastisch. Sie sah, wie er zusammenzuckte. „Entschuldigen Sie bitte, das war nicht so gemeint. Meine Nerven sind nicht gerade die besten.“

„Schon gut“, antwortete er. Er wusste nicht, wie er anfangen sollte.

„Möchten Sie etwas zu trinken?“, fragte sie ihn, bevor er etwas sagen konnte. „Kaffee, Tee, Limo?“

„Wenn Sie einen Kaffee hätten …“, bat er, nicht zuletzt, um Zeit zu gewinnen.

„In Ordnung. Setzen Sie sich.“ Sandra drehte sich um und ging in die Küche, die gegenüber des Wohnzimmers lag.

Harald Schneider setzte sich in einen Sessel und sah sich um. Das Wohnzimmer war geschmackvoll im rustikalen Landhausstil eingerichtet. Eine rustikale Vitrine, ein Bauernschrank mit Fernsehapparat und Stereoanlage, eine rustikale Essecke für vier Personen mit gedrechselten Stühlen und gelben Sitzkissen und letztendlich die Sitzgruppe, ebenso rustikal wie alles andere. Es sah mehr aus wie eine Bauernstube als wie ein Wohnzimmer, das man in einem anonymen Betonklotz von Wohnhaus suchen würde, nicht zuletzt durch die gelb-orange-weiß karierten Vorhänge, die vielen Grünpflanzen und dem Nippes, die es urgemütlich machten. Auch der heimliche Blick in die Küche zeigte, dass sie ebenfalls rustikal war. Das Einzige, was sich abhob, war der Kratzbaum, der ganz und gar nicht rustikal aussah und der sich in einer Ecke des Wohnzimmers hinter der Tür befand und von dem ihn ein spitzbübisch schauender getigerter Kater unverwandt anstarrte. Eine Etage tiefer unter dem Tiger sah er noch eine schwarze Katze sitzen, die ihn neugierig ansah.

„Milch und Zucker?“, rief Sandra Meister aus der Küche.

„Schwarz und ohne Zucker“, antwortete Harald Schneider automatisch.

Sandra trug ein Tablett mit einer Kanne und einer Tasse ins Wohnzimmer. Sie stellte es vor ihm ab, schenkte ihm die Tasse voll und nahm gegenüber auf der Couch Platz, wo sie die Beine hochzog und ihn fragend anschaute.

„Also, worum geht es?“, fragte sie schließlich, als er nichts sagte. „Sie sind doch bestimmt nicht nur zum Kaffeetrinken hergekommen, oder?“

„Nein.“ Er schüttelte den Kopf. „Ich wollte nur etwas richtig stellen. – Sehen Sie, vorhin in der Pforte, da …“

„Ich denke das hatten wir schon“, stellte sie kühl fest.

„Nein, nicht ganz.“ Harald Schneider taxierte Sandra. „Ich muss Ihnen dazu noch was sagen. – Nein, lassen Sie mich aussprechen“, bat er, als er sah, dass sie zum Sprechen ansetzte.

Sie machte eine auffordernde Handbewegung, und für einen Moment sah es aus, als ob es nicht nur für ihn ein Zeichen gewesen war. Plötzlich huschten beide Katzen vom Katzenbaum zu Sandra Meister. Der Tiger setzte sich auf die Lehne der Couch, nahe bei ihrer Schulter, und die Schwarze machte es sich in ihrem Schoß bequem.

Und er wurde von allen dreien gemustert. So musste sich jemand vor einem Tribunal fühlen, ging ihm bei diesem Anblick durch den Kopf.

Er räusperte sich. „Also, Frau Meister, ich muss Ihnen etwas erklären“, setzte er an.

„Das vorhin in der Pforte – es ist nicht, dass ich Ihnen nicht traue. Es ist eher so, dass ich mir nicht traue."

Sandra zog fragend die Augenbrauen nach oben, während sie Candy kraulte, die das sichtlich genoss. „Das hört sich etwas mysteriös an."

„Sehen Sie, vor etwa vier Jahren war von Ihrer Firma ein Kollege bei uns eingesetzt." Schneider fuhr sich durchs Haar. „Es war ein klasse Typ, überall einsetzbar, interessiert an allem, gründlich und so weiter, kurz gesagt, ein Vorzeigewachmann. Er war bei allen, vor allem bei den Damen, sehr beliebt. Dementsprechend holte man ihn auch zu allen möglichen Anlässen dazu, wenn man jemanden brauchte. Ich hatte auch ein super Arbeitsverhältnis mit ihm, konnte ihm alles anvertrauen. Wir unterhielten uns auch oft über die Sicherungsmaßnahmen, die eigentlich getroffen werden sollten, um das Gelände sicherer zu machen. Gespräche, wie auch wir sie schon hatten. Zu diesem Zeitpunkt gab es nicht einmal einen Wachhund oder ein Handy zum Mitnehmen auf die Streife, nichts dergleichen. Und er wusste, wie ungern für so etwas in den oberen Etagen Geld locker gemacht wurde – und immer noch gemacht wird." Er nippte an seinem Kaffee, bevor er fortfuhr. „Plötzlich begannen Dinge zu geschehen. Zwei Einbrüche, bei denen Parolen, unter anderem gegen mich, an die Wände von Gebäuden geschmiert wurden, Fenster, die eingeworfen wurden, solche Sachen. Zweimal rückte die Polizei mit Hundertschaften mitten in der Nacht an, die das ganze Gelände durchsuchten. Wir natürlich auch immer mit an vorderster Front. Und beide Male passierte es nachts bei dem bewussten Kollegen. Seitdem ist auch der Wachhund da."

Er stand auf und ging zum Fenster. „Zuerst dachten wir, es wäre die Rache eines gefeuerten Kollegen von Brego selbst. Aber dann verstrickte sich Ihr bewusster Kollege bei der Vernehmung in Widersprüche und nagelte seinen Hintern quasi selbst an die Wand."

„Und jetzt denken Sie, dass es bei mir in ungefähr ebenso sein könnte", stellte Sandra trocken fest.

Harald Schneider drehte sich um und sah in drei Paar Augen, die ihn unverwandt ansahen. „Ich weiß es nicht. Mein Gespür sagt mir, dass ich Ihnen so etwas nicht zutraue, aber mein Verstand hat die Beweise gesehen, die sich auch damals gegen Ihren Kollegen aufgebaut haben." Er ging zurück zu dem Sessel und setzte sich. Er beugte sich nach vorn und sah Sandra ernst an. „Vielleicht sollte ich Ihnen das alles nicht sagen, aber ich habe ganz einfach Angst davor, dass mir meine so genannte ‚Menschenkenntnis' wieder einen Strich durch die Rechnung macht." Er schüttelte den Kopf. „Ich hätte damals Stein und Bein geschworen, dass er niemals im Leben etwas damit zu tun hat."

„Aber nur weil einer beim Werkschutz Mist gebaut hat, muss es nicht unbedingt auf alle zutreffen!", sagte Sandra mit Nachdruck. „Sie können nicht alle über einen Kamm scheren."

„Deswegen bin ich hier." Seine Wangenknochen mahlten, als er sie taxierte. „Es hat mich nicht kalt gelassen, wie verletzt Sie mich vorhin angesehen haben, deswegen wollte ich Ihnen erklären, warum es für mich unmöglich war, Ihnen zu antworten. Ich denke, das haben Sie verdient. Sagen Sie mir also, ob Sie was mit der Sache zu tun haben."

„Nein, das habe ich nicht."

Stumm sahen sie sich in die Augen, dann nickte Harald Schneider. „Okay, ich glaube Ihnen."

„Was wollte dieser Exkollege damit bezwecken?", fragte sie dann.

„So, wie er sagte, wollte er erreichen, dass mehr für die Sicherheit getan wird."

„Seltsame Art, das durchzusetzen."

„Ja, das dachten wir alle." Er zuckte mit den Schultern.

„Na ja, viel geändert hat sich seitdem ja nicht", sagte Sandra mit gerunzelter Stirn. „Wundert mich ja, dass es unseren Hund noch gibt."

„Das wunderte uns alle, aber er war nun schon einmal da, also haben sie zugestimmt, ihn zu behalten."

Sandra fuhr sich mit der Hand müde übers Gesicht. „Herr Schneider, wie bringe ich es nur fertig, meine Unschuld zu beweisen?"

„Das kann ich Ihnen nicht sagen." Harald Schneider sah sie kopfschüttelnd an.

„Ich habe am Freitag gegen 17 Uhr diese blöde Weste ausgezogen und hinter die Tür gehängt, damit sie noch etwas auslüften konnte, bevor ich sie in den Schrank hängen würde, was ich ja dann vergessen habe. Wenn ein Knopf gefehlt hätte, hätte ich es bemerkt, verdammt!", rief sie aus. Candy hob erschrocken ihren Kopf und sah sie an. „Entschuldige, schlaf weiter, Candy. – Ich weiß es deshalb so genau, weil ich die oberen zwei Knöpfe immer schließe, also wäre es mir aufgefallen."

„Was war mit Samstag?"

„Privatklamotten, keine Weste. Ich hatte auch ganz vergessen, dass ich sie nicht in meinen Schrank gehängt hatte." Sandra hob Candy von ihrem Schoß und stand auf, um zum Fenster zu gehen. Sie zupfte ein welkes Blatt von ihrem Blumenstock ab, während sie laut nachdachte. „Wenn man aus der Pforte geht, schließt man ab. Ich zumindest. Ich hoffe, die Kollegen auch. Nur, wenn das der Fall ist, müsste ja einer meiner Kollegen den Knopf abgeschnitten und in das Büro gelegt haben. Aber wer hätte was davon? – Keiner." Sie zerkrümelte das Blatt.

„Vielleicht ist jemand hinter Ihrem Job her", warf Harald Schneider ein.

„Wer sollte so versessen darauf sein, meinen Schichtleiterposten zu übernehmen? Vor allem mit dieser Methode?", sagte sie zweifelnd und drehte sich zu Harald Schneider um. „Also, ich komme zwar mit Zeisig nicht so besonders klar, aber selbst ihm traue ich etwas so Niederträchtiges eigentlich nicht zu."

„Wer hat letzte Nacht gearbeitet?"

„Bruno Pfeiffer, und dem traue ich das schon gleich gar nicht zu." Sandra schüttelte bekräftigend den Kopf.

„Wobei wir wieder am Anfang stehen", stellte Harald Schneider trocken fest. „Also für mich steht fest, der, der den Knopf abgeschnitten hat – wenn er abgeschnitten wurde –, hat auf jeden Fall auch den Einbruch begangen oder zumindest etwas damit zu tun, sonst ergibt das alles keinen Sinn."

Sandra setzte sich wieder auf die Couch, wo Candy direkt wieder ihren Platz einnahm, als ob sie nur darauf gewartet hätte.

„Ganz schön besitzergreifend", grinste Harald Schneider verhalten.

„Ja, das sind sie“, antwortete sie leise. „Die beiden haben mir in den letzten Wochen viel geholfen. Ich würde sie auch nicht mehr hergeben.“

Als ob Candy sie verstanden hätte, maunzte sie leise. Auch Mikesch, der sich noch nicht einen Millimeter von seinem Platz auf der Lehne weggerührt hatte, maunzte. Verdutzt sah Sandra beide an, sah dann zu Harald Schneider, der grinsend den Kopf schüttelte. „Es scheint, als ob sie mit meiner Entscheidung einverstanden sind.“ Sandra kraulte stereo, Candy mit der rechten und Mikesch mit der linken Hand.

„Ich werde jetzt langsam wieder aufbrechen“, sagte Harald Schneider zu Sandra und musterte sie. „Sind Sie in Ordnung?“

Sandra nickte. „Vorhin, als Sie die Pforte verlassen hatten, konnte ich keinen klaren Gedanken mehr fassen, deshalb ließ ich mich auch von Pedro ablösen. Hat er Ihnen gesagt, wo ich wohne?“

„Nein, ich habe Ihre Unterlagen. Schon vergessen?“

Natürlich, wie hatte sie das vergessen können. Harald Schneider bekam die Unterlagen von jedem neuen Mitarbeiter zum Sichten und die Adresse mit Anschrift etc. pp. von jedem Schichtleiter. Oder Schichtleiterin. „Ich wollte Sie doch nicht kompromittieren“, fügte er mit einem Augenzwinkern hinzu.

„Das ist nett, aber ich wüsste nicht, was meinen Ruf nach dem heutigen Intermezzo noch schädigen könnte.“ Sie lächelte müde.

Kapitel 8

„Oh nein!“, fluchte Sandra, als sie am nächsten Morgen in die Tiefgarage kam und den platten Vorderreifen an der Fahrerseite bemerkte.

Reifenwechsel, und das um die Uhrzeit – da kommt Freude auf, dachte sie, das fängt ja schon gut an. Aber sie hatte noch genug Zeit bis zum Schichtwechsel.

Sie stellte ihre Tasche auf den Rücksitz, bevor sie den Kofferraum öffnete und die Abdeckung vom Reserverad nahm. Sie zog die Jacke aus, warf sie über die Rückbank auf den Rücksitz und krempelte die Ärmel ihres Hemdes hoch. Dann zog sie ein Paar Arbeitshandschuhe an, die sie für den Notfall immer im Auto parat hatte, nicht umsonst, wie man sah.

Sie nahm den Reservereifen heraus und lehnte ihn an die Mauer vor der Motorhaube. Glücklicherweise hatte auf dieser Seite keiner neben ihr geparkt, so konnte sie ungehindert die Radmuttern mit dem Radkreuz lösen, das sie aus dem Kofferraum genommen hatte.

Verdammt, dass die Werkstätten diese blöden Muttern immer so fest anziehen mussten, fluchte Sandra innerlich, als sich eine der Radmuttern nicht lösen wollte, egal, wie sehr sie sich auch anstrengte. Sie nahm den Fuß zu Hilfe und stemmte ihr Körpergewicht gegen das Radkreuz. Es funktionierte. Mit einem leisen quietschenden Geräusch löste sich die Radmutter.

Geschafft! Sie nahm den Wagenheber aus dem Kofferraum und legte einen Holzkeil unter das Hinterrad, damit sich das Auto nicht selbstständig machen konnte. Dann setzte sie den Wagenheber an und pumpte mit dem Fuß das Auto in die Höhe, bis der Reifen den Bodenkontakt verloren hatte. Sie drehte die Radmuttern ganz heraus und nahm den platten Reifen von der Achse.

„Brauchst du Hilfe?“, ertönte plötzlich eine dunkle Stimme hinter ihr.

Sie fuhr erschrocken herum und ließ vor Schreck den Reifen fallen, der scheppernd auf dem Boden aufkam. Instinktiv duckte sie sich, auf einen Angriff gefasst.

„Was zum Henker …?“ Sie atmete tief durch und entspannte sich ein wenig, als sie ihren neuen Nachbarn erkannte, der erst vor einer Woche neben ihr auf dem gleichen Stock eingezogen war. „Bist du wahnsinnig, hier herumzuschleichen? Und das um diese Uhrzeit? Ich habe fast eine Herzattacke bekommen!“

„Tut mir Leid“, antwortete er zerknirscht. „Ich wollte dich nicht erschrecken.“

„Schon gut“, winkte sie ab. „Tu es nur nicht wieder, okay? – Und nun zu deiner Frage: Nein, ich bin fast fertig.“

Sie nahm den Reservereifen, der an der Wand lehnte, und schob ihn auf die Achse, brachte die Radmuttern über Kreuz wieder an und zog sie an, so fest sie konnte, und ließ den Wagen ab.

„Technisch versiert, die Frau“, grinste ihr Nachbar anerkennend, als sie sich die Radmuttern noch einmal vornahm.

„Hier, du Held.“ Sie schob ihm das Radkreuz hin. „Sieh mal, ob du sie noch fester bekommst, schließlich möchte ich ja nicht, dass sich mein Rad während der Fahrt selbstständig macht.“

Er nahm das Radkreuz und machte sich ans Werk, während Sandra den Wagenheber und den platten Reifen in den Kofferraum packte. Danach zog sie die Arbeitshandschuhe aus, warf sie ebenfalls hinein und beobachtete aus dem Augenwinkel ihren Nachbarn. Er sah nicht schlecht aus und wäre durchaus ihr Geschmack gewesen, hätte sie jemanden gesucht. Er hatte dunkle, kurze, halb lockige Haare und einen dunklen Dreitagebart. Blaue Augen stachen aus dem leicht gebräunten ebenmäßigen Gesicht, das stellenweise schon fast harte Züge trug. Er überragte sie fast um einen ganzen Kopf und hatte einen athletischen Körperbau. Sein Lächeln mit den makellos weißen Zähnen konnte bestimmt so manche Frau aus den Schuhen hauen. Auch in seinem schwarz-grauen Jogginganzug mit den weißen Nike-Laufschuhen sah er umwerfend aus.

„Ist das dein morgendliches Übungsprogramm?“, fragte ihr Nachbar verschmitzt lächelnd, als er sich aufrichtete und ihr das Radkreuz reichte.

„Nicht direkt, aber ich könnte mich glatt dran gewöhnen“, grinste sie und warf das Radkreuz achtlos in den Kofferraum, bevor sie ihn schloss. „Jetzt muss ich aber los, sonst komme ich zu spät.“

Als sie einstieg, warf sie ihm einen letzten Blick zu. „Ach – und danke für die Hilfe.“

„Keine Ursache.“ Er winkte ihr noch einmal zu, bevor er aus der Garage joggte.

Fünf Minuten vor Schichtwechsel düste sie auf den Parkplatz, der speziell für den Werkschutz reserviert war und sich direkt bei der Pforte befand.

„Sorry, ich musste meinen Reifen wechseln“, sagte sie entschuldigend, als sie eilig die Pforte betrat und ihre Tasche abstellte.

„Und, geht es dir heute besser?“, fragte Alfred Zeisig mit einem Unterton, den sie nicht zu deuten wusste.

„Ja, danke“, sagte sie beiläufig und wandte sich Bruno Pfeiffer zu. „Gibt es was?“

Er schüttelte den Kopf. „Nein, es war alles ruhig.“ Er wandte sich zum Gehen, hielt dann aber inne. „Jetzt hätte ich doch beinahe was vergessen. Auf der Rückseite des Werkstattgebäudes liegt ein gerissener Sack mit kleinen Metallplättchen, die Hälfte liegt draußen. Hasso wäre fast reingetreten. Die sollten sie wegräumen.“

„Er hat sich aber nicht verletzt, oder?“

„Nein, ich sagte ja, fast.“

„Ist in Ordnung, ich kümmere mich darum.“ Sandra machte sich eine Notiz.

„Da, solche Dinger sind das.“ Er warf ihr eines davon auf den Tisch. „Das hatte ich heute morgen in meiner Schuhsohle stecken, als ich von der Runde wiederkam.“

Sandra besah sich stirnrunzelnd das Metallplättchen, das die Form eines Dreiecks hatte. In der Mitte waren zwei gestanzte Löcher. Es glänzte metallisch und wog etwa so viel wie ein 5-Mark-Stück.

„Seltsam.“ Sie schüttelte den Kopf. „Wozu man das wohl braucht?“

Eine Stunde später telefonierte sie mit Friedhelm Baumeister, dem Chef der Werkstatt, in der Autos wie auch Stapler repariert wurden. Sie erzählte ihm von den Metallplättchen, als ihr eine Idee kam. „Herr Baumeister, bestellt ihr heute zufällig wieder Reifen?“

„Kann ich Ihnen nicht sagen, Frau Meister“, antwortete er mit starkem hessischem Akzent. Obwohl es schon ein paar Jahre her war, seit er von dort zugezogen war, hatte er den Akzent behalten. „Wir haben noch genug. Warum?“

„Ich hatte heute morgen einen Platten, momentan habe ich nur den Ersatzreifen drauf, und bei unseren Arbeitszeiten ist es immer ein Problem, rechtzeitig in einen Reifenladen zu kommen“, erklärte sie ihm kurz. „Ich dachte nur, vielleicht könnte ich einen mitbestellen.“

„Moment mal“, sagte er und ließ sich die Reifengröße geben. Er ließ sie kurz in der Leitung warten und teilte ihr mit, dass sie noch einen in dieser Größe dahätten. „Sollen wir ihn Ihnen aufziehen?“

„Oh, Sie sind ein Schatz!“, rief sie freudig aus. „Das wäre wirklich toll. Sagen Sie, wie viel Sie bekommen, dann richte ich es Ihnen gleich hin.“

„Nur langsam, junge Frau“, sagte er behäbig. „Ich lasse Ihren Wagen nachher gleich abholen. Den anderen Reifen haben Sie dabei?“

„Ja, im Kofferraum“, antwortete sie überglücklich, denn schließlich hatte sie am Abend schon wieder einen Weg gespart. „Und schon mal vielen Dank.“

Endlich etwas, das klappte.

Eine Dreiviertelstunde, nachdem Baumeister ihren Wagen hatte holen lassen, kam Harald Schneider in die Pforte. Sie begrüßten sich mit Handschlag, dann nahm er am Besuchertisch Platz, während sie die Schranktüre schloss.

Dieses Platznehmen erinnerte Sandra schlagartig wieder an die unschöne Szene mit der Polizei am Tag zuvor. Sei nicht albern, schalt sie sich innerlich und blieb am Tresen stehen.

„Wie geht es Ihnen?“, fragte Harald Schneider beiläufig.

Sandra nickte. „Danke, so weit ganz gut. Obwohl ich langsam der Meinung bin, dass ich das Pech geradezu magisch anziehe.“

„Wieso?“

„Heute Morgen durfte ich bei mir in der Garage erst einmal einen Platten wechseln, bevor ich irgendwo hinfahren konnte“, erklärte sie und schüttelte den Kopf. „Und das morgens um kurz vor halb sechs.“

„Wie haben Sie das denn angestellt?“, fragte er mit gerunzelter Stirn.

„Keine Ahnung.“ Sie zuckte die Schultern. „Gestern, als ich nach Hause kam, war alles in Ordnung. Und als ich heute Morgen zum Auto kam, war mein Reifen platt.“

„Waren Sie vielleicht zwischendurch noch einmal weg? Vielleicht, dass Sie sich was reingefahren haben?“

„Nein, ich war nur zu Hause – verdammt, was geht hier ab? Ist das ein Verhör oder was?“, fragte sie plötzlich misstrauisch, als ihr die Beiläufigkeit der Fragestellung auffiel. „Was ist hier los?“

Statt einer Antwort stand er auf und griff in seine Hosentasche, zog etwas heraus und warf es ihr zu. Automatisch fing sie es auf. Als sie die Hand öffnete, lag ein glänzendes Metalldreieck mit zwei gestanzten Löchern in der Mitte auf ihrer Handfläche. Sie sah Harald Schneider fragend an. „Was ist damit?“

„Sagen Sie es mir.“ Er sah sie erwartungsvoll an.

Sie konnte zwar keinen tieferen Sinn hinter alldem erkennen, aber sie tat ihm den Gefallen, schließlich war er der Boss. „Okay, das sind diese Metalldinger, die hinten bei der Werkstatt herumliegen und in die unser Wachhund Hasso in der letzten Nacht fast reingetreten ist, so wie es mir mein Kollege heute morgen berichtet hat.“ Sie kniff die Augen zusammen, trat zum Schreibtisch und öffnete eine kleine Schublade. Sie nahm das Gegenstück, das ihr Kollege ihr gegeben hatte, heraus und hielt es Harald Schneider hin. „Er hatte sogar eines in seiner Schuhsohle stecken, als er von der Runde kam.“

Als Schneider nur die Lippen verzog und nichts sagte, fuhr sie fort: „Und wegen den Dingern habe ich vorhin Herrn Baumeister von der Werkstatt Bescheid gesagt, dass man sie entfernen sollte, bevor sich jemand ernsthaft verletzt.“

Er wandte sich ab. „Frau Meister, das Exemplar, das ich Ihnen gezeigt habe, stammt aus *Ihrem Reifen.*“ Er drehte sich um und sah ihr in die Augen. „Es steckte im Profil.“

„Bitte? Wie soll das denn dort reingekommen sein? Ich fahre doch nie ins Werk“, fragte Sandra befremdet.

„Frau Meister – es wurde wieder eingebrochen!“, sagte er eindringlich. *„In der Werkstatt!“*

„Ja und? Was habe ich denn damit zu tun? Schließlich war ich noch nicht einmal …“ Sie verstummte, als ihr langsam dämmerte, was Harald Schneider damit andeuten wollte. „Halt, halt! Oh nein, Sie denken doch wohl nicht …“ Sie hob abwehrend die Hände. „Nein, das können Sie doch nicht ernsthaft …“

„Frau Meister, nicht ich“, versuchte er sie zu beruhigen, *„nicht ich.* Wir haben die Fronten gestern geklärt. Ich glaube Ihnen, und dazu stehe ich.“

Sandras Hände zitterten, als sie nervös begann, mit einem Kugelschreiber zu spielen.

Ihr Gesicht war kalkweiß, nach und nach bildeten sich feine Schweißtröpfchen auf ihrer Stirn.

Langsam wurde es grotesk. Es war nahezu unheimlich, mit welcher Präzision Dinge um sie herum geschahen, die ihr Leben zerstörten, ohne dass sie etwas dagegen konnte. Was war nur los?

„Der Kollege Baumeister hat mir dieses Teil nur zögernd unter vier Augen ausgehändigt“, erklärte Harald Schneider behutsam. „Aber er wusste von dem Einbruch, um genauer zu sein, er hat den Einbruch entdeckt und mich verständigt. Und ihm liegt daran, dass das entwendete Diebesgut wieder aufgefunden wird.“

Sandra lachte bitter auf. Sie fühlte sich gefangen, wie in einem surrealistischen Traum. Das leise Pochen an ihren Schläfen, das langsam immer stärker wurde, trug ebenfalls nicht zu einer Besserung bei.

„Er traut es Ihnen ebenso wenig zu wie ich. Das hat er mir gesagt. Deswegen hat er auch gezögert, mir etwas davon zu sagen. Aber er möchte auch keine Spuren unterschlagen. Das müssten eigentlich gerade Sie verstehen. Und sagen Sie mir nicht, dass Sie anders handeln würden.“

„Kommen Sie mir nicht mit Vernunft, nicht jetzt, Herr Schneider“, sagte sie leise und stützte ihren Kopf in die Hände. „Mein Leben zerfällt gerade in alle Einzelteile.“ Sie zuckte hilflos mit den Schultern. „Und das Schlimmste daran ist, dass ich nichts dagegen tun kann.“

Sie nahm die Hände runter und starrte für einen Moment teilnahmslos aus dem Fenster, dann wandte sie ihm ihr bleiches Gesicht zu: „Also, das heißt dann ja auch, dass die Polizei in den nächsten Minuten hier anrückt, oder?“

Zögernd nickte Harald Schneider.

„Dann werde ich gleich Pedro Gamba anrufen“, sagte sie tonlos.

„Warum?“, stutzte er.

Sie starrte wieder aus dem Fenster und verzog den Mund zu der Karikatur eines Lächelns. „Weil ich denke, dass sie dieses Mal mit Sicherheit nicht ohne mich das Gelände verlassen.“

„Malen Sie nicht den Teufel an die Wand!“ Harald Schneider versuchte, seiner Stimme einen lockeren Klang zu verleihen, was ihm aber nicht recht gelingen wollte, zumal er wusste, wie erdrückend die Indizien waren. Auch Sandra Meisters Verhalten machte ihm Angst. So kannte er sie gar nicht. Er kannte nur Sandra Meister, die Optimistin, die viel lachte und meistens einen lockeren Spruch auf den Lippen hatte, die für Probleme anderer immer ein offenes Ohr und meistens einen guten Tipp parat hatte. Doch diese niedergeschlagene, fast verzweifelte Person, die sich nun in ihren Stuhl sinken ließ, war ihm fremd.

„Vielleicht sollten Sie allzu häufigen Kontakt mit mir meiden, sonst kommen Sie noch als mein Komplize dran.“ Sie massierte ihre Schläfen, um das Hämmern in Schach zu halten, das immer stärker wurde.

„Jetzt werden Sie albern“, antwortete Harald Schneider gereizt. Doch insgeheim gefiel ihm der Gedanke absolut nicht. Und wie schnell das gehen konnte, sah er ja an Sandra Meister, die nun wie ein Häufchen Elend auf ihrem Bürostuhl kauerte und dumpf vor sich hin brütete.

Gerade wollte er etwas sagen, um sie aus ihrer Lethargie zu reißen, als ein Zivilfahrzeug mit zwei Polizisten um die Ecke bog und auf den Parkplatz fuhr.

Sandra schloss kurz die Augen und atmete tief durch, während sie den Hörer des Telefons in die Hand nahm und aus dem Gedächtnis eine Nummer wählte. Nur einen Moment später sie: „Pedro? Hier ist Sandra. Könntest du mir heute noch einmal aushelfen …?“

Bevor Polizeiobermeister Schröder und sein milchgesichtiger Kollege die Pforte betraten, hatte Sandra Harald Schneider von ihrem Entschluss in Kenntnis gesetzt, dass sie eine Hausdurchsuchung bei ihr zu Hause vorschlagen würde.

„Deswegen habe ich Pedro Gamba bestellt. Er ist in etwa einer halben Stunde da“, sagte sie bestimmt. „Es ist die einzige Möglichkeit, meine Unschuld, zumindest an dieser Sache, zu beweisen.“

„Sind Sie sich sicher?“, fragte er zweifelnd mit einem Blick auf die beiden Beamten, die soeben ihren schwarzen Koffer aus dem Kofferraum holten.

„Ob ich nun warte, bis die mit einem Hausdurchsuchungsbefehl ankommen, oder auf die Art und Weise, das dürfte keinen Unterschied machen.“ Sandras Gesichtszüge waren wie in Stein gemeißelt. „Und zu verbergen habe ich nichts, also warum etwas Unvermeidbares hinauszögern?“

Äußerlich gefasst sah sie den Beamten entgegen, sie soeben die Pforte betraten.

Kapitel 9

„Interessant.“ Polizeiobermeister Schröder sah so zufrieden aus wie die sprichwörtliche Katze, die gerade den Kanarienvogel verspeist hatte. Harald Schneider hatte ihm gerade einen kurzen Überblick über den Stand der Dinge gegeben.

„Herr Schneider, ich würde Sie gern mal eben unter vier Augen sprechen.“ Er deutete hinaus. „Beck, Sie bleiben bitte hier.“

„Sicher.“ Beck sah überheblich in Sandras Richtung, während Schröder mit Harald Schneider nach draußen ging, wo sie stehen blieben.

Sandra nahm ihre benutzte Kaffeetasse vom Schreibtisch und ging an Beck vorbei in den hinteren Raum. Sie hatte eine Abneigung gegen Beck, obwohl er ihr nichts getan hatte. Aber allein seine eingebildete, arrogante Art und die Art, wie er sie ansah, brachten sie auf die Palme. Fast wie ein Biologe, der ein Insekt unter dem Mikroskop betrachtete, das war ihr bereits am Tag zuvor aufgefallen.

Er ließ sie keinen Moment aus den Augen, als sie ihre Tasse ausspülte, abtrocknete und in ihren Schrank räumte.

So wie er mich mustert, würde er wohl nur zu gerne in meinen Schrank schauen, dachte Sandra, aber nur über meine Leiche, den Gefallen tu ich ihm ganz bestimmt nicht.

Als sie ihre Tasche aus dem Schrank nahm und ihn abschloss, sagte Beck plötzlich dicht hinter ihr: „Sie sollten einfach auspacken, wir kriegen Sie sowieso.“

Sie hatte ihn nicht näher kommen hören, aber sie konnte ein Zusammenzucken unterdrücken. Betont ruhig drehte sie sich um und warf ihm einen kühlen Blick zu. „Würden Sie auspacken, wenn Sie nichts auszupacken hätten?“

Sie ließ ihn stehen und ging wieder nach vorne. Dort ließ sie sich in den Sessel fallen und sah, Beck ignorierend, aus dem Fenster.

„Sie halten uns für Idioten, was?“, fragte er provozierend und trat näher an den Schreibtisch.

Sie hob den Kopf und sah ihn kalt an. „Nicht alle.“

Sein Gesicht verfärbte sich rot, das zynische Grinsen, das er auf dem Gesicht gehabt hatte, verschwand.

„Was maßen Sie sich an?!“, blaffte er und beugte sich zu ihr. „Wir können Sie auch ganz schnell mitnehmen und in den Bau schicken, wenn Ihnen das lieber ist.“

„Warum? – Weil ich versuche, kooperativ zu sein, um meine Unschuld zu beweisen?“, fragte sie ihn sarkastisch.

„Ich finde …“

„Sie könnten doch nicht einmal Ihr Hinterteil finden, wenn Sie drauf sitzen würden!“, Sandra reichte es gründlich. Ihre Kopfschmerzen in Verbindung mit diesem Idioten, der sie bereits verurteilt im Gefängnis sah, ließen bei ihr die Sicherungen glühen.

„Hören Sie mal, das ist Beamtenbeleidigung!“, rief er immer lauter werdend.

„Dann möchte ich nicht wissen, wie man das nennt, was Sie hier tun – Nötigung vielleicht?“ Sandra war aufgesprungen und sah ihn böse an. „Sie meinen, Sie können hier mit Ihrer Uniform hereinkommen und mich unter Druck setzen, dabei sollten Sie erst einmal korrekte Ermittlungen durchführen, bevor Sie falsche Schlussfolgerungen ziehen!“

„Sie …!“, schäumte Beck vor Wut.

„Beck!“ Schröder war hereingekommen und hatte ihre letzten Worte mit angehört. Er sah von einem zum anderen. „Was, zum Teufel, ist hier los?“

„Das sollten Sie Ihren voreingenommenen Kollegen hier fragen“, sagte Sandra betont ruhig und atmete tief durch, bevor sie weitersprach. „Er ist derjenige, der mir hier droht. Und ich denke nicht, dass ich mir das gefallen lassen muss.“

„Wissen Sie, was …“, begann Beck.

„Beck!“, donnerte Schröder. „Kommen Sie mit.“ Er warf Beck einen vernichtenden Blick zu, drehte sich um und ging vor die Tür, gefolgt von Beck, der für Sandra nur noch einen giftigen Blick übrig hatte.

„Was war das denn?“, fragte Harald Schneider erstaunt und sah Sandra an.

Sie erzählte ihm von der Unterhaltung mit Beck, während er und Schröder draußen ihren Disput klärten.

„Sie glauben doch wohl selbst nicht, dass da noch richtig ermittelt wird“, sagte Sandra mit einem bitteren Unterton und rieb sich die Schläfen.

„Warten Sie ab“, sagte Harald Schneider ruhig. „Ich bin ja auch noch da, und ich werde das überwachen, schließlich bin ich ja auch nicht ganz blöd.“

Schröder und Beck kamen wieder in die Pforte. Beck würdigte Sandra keines Blikkes.

„Herr Schneider, Polizeimeister Beck wird Sie jetzt zum Tatort begleiten und die nötigen Ermittlungen durchführen", wandte sich Schröder an Harald Schneider, der ihn erstaunt ansah. „Ich werde hier bleiben und Frau Meister etwas Gesellschaft leisten."

Na klasse, dachte Sandra, vom Regen in die Traufe, und das in der Geschwindigkeit, das macht dir so schnell keiner nach. Es ist einfach irgendwie nicht mein Tag heute. Dazu noch diese blöden Kopfschmerzen. Das passte alles wie die berühmte Faust aufs Auge.

Sie ging in den hinteren Raum und öffnete ihren Schrank. Wo hatte sie diese Kopfschmerztabletten hin? Sie fand sie schließlich unter einer Packung Tempotaschentücher. Erleichtert nahm sie eine heraus und warf sie in ein Glas, in das sie Wasser füllte.

„Was ist das?", fragte Schröder, der im Türrahmen lehnte.

Sie warf ihm das Röhrchen zu. „Aspirin."

Er fing es auf und betrachtete es, dann sah er sie an. „Krank?"

„Nein, aber tierische Kopfschmerzen", gab sie zurück. „Und Ihr Kollege hat sie nicht gerade verbessert."

„Sie müssen ihn entschuldigen, aber …"

„Den Teufel werde ich tun", fiel sie ihm ins Wort. „Mein Hintern wird ohne mein Zutun an die Wand genagelt, mein lieber Polizeiobermeister Schröder."

„Herr Schröder tut es auch", unterbrach er sie.

„Egal. Ich werde hier mit Sachen belastet, die ich nicht begangen habe, werde vielleicht auch noch irgendwann suspendiert oder verliere meinen Job ganz, oder weiß der Kuckuck, was immer da auch noch kommen mag", erklärte sie ihm erregt. „Und dann kommt so ein – Entschuldigung – Möchtegern-Cop und zieht hier diese Nummer ab. Und glauben Sie etwa daran, dass er gründlich sein wird mit seinen Ermittlungen? – Ich nicht! Und wissen Sie warum? – Weil ich für ihn bereits schuldig und verurteilt bin. Wenn er meinen Fall unparteiisch beurteilt, bin ich Madonna!"

„Die ist blond und nicht brünett", kam die trockene Antwort. „Aber nun mal im Ernst, er …"

„Er denkt nicht darüber nach, ob das alles hier logisch ist, genauso wenig wie Sie", unterbrach sie ihn. Sie trank ihr Aspirin, das sich nun ganz aufgelöst hatte.

„Er mag zwar hitzköpfig sein, aber er ist noch nicht lange von der Polizeischule weg und muss seinen Weg noch finden. Okay, okay, er muss noch viel lernen." Er hob beschwichtigend die Hände, als er ihren Blick sah. „Und wir denken wohl …"

„Aber nicht logisch, wie ich schon sagte!", unterbrach sie ihn erneut, bevor sie vor ihm in den vorderen Raum ging und sich an den Schreibtisch setzte.

„Wollen Sie mir erklären, warum Sie das denken?" Er nahm am Besuchertisch Platz und spähte über den Tresen.

„Gerne." Sie nahm einen Kugelschreiber in die Hand und zeigte damit auf ihn, während sie aufstand. „Warum hätte ich wegen der Speicherung der Fingerabdrücke gefragt, wenn ich vorgehabt hätte, eine Straftat zu begehen?"

„Um genau diese Frage zu stellen, falls diese Situation hier aktuell würde", antwortete Schröder.

„Okay, aber zu diesem Zeitpunkt wusste ich doch nicht, dass es so ein Aufwand ist“, gab sie zu bedenken. „Also hätte ich mich ja selbst in den Hintern gekniffen, wenn ihr sie doch gespeichert hättet. Das zum einen. Und zum anderen: Ihr habt meine Fingerabdrükke doch noch von diesem Tag letzte Woche, also wären wir beim zweiten Punkt. Wieso sollte ich so bald zuschlagen, wo doch die einen Spuren und Verdächtigungen noch nicht einmal geklärt sind?“

Schröder sah sie an. „Ablenkung.“

„Wovon?“, fragte sie mit gerunzelter Stirn. „Und dann zu heute: Warum sollte ich denn so blöd sein, ausgerechnet hier meinen Reifen auswechseln zu lassen, wo jeder von dem Einbruch weiß, jeder diese Metallplättchen erkennt, und das noch dazu, wo ich weiß, dass ich unter Verdacht stehe? Und dann auch noch eine Hausdurchsuchung auf freiwilliger Basis anbieten? Sehe ich wirklich so blöd aus?“

Schröder sah sie schweigend an. Da war durchaus etwas dran, das wäre zu offensichtlich, konnte aber auch nur ein Bluff sein. Verdammt, sie brachte es fertig, dass er sich seiner Sache nicht mehr so sicher war wie am Anfang.

„Kommen Sie.“ Sie stand auf.

„Wohin?“

„Kommen Sie“, wiederholte sie nachdrücklich und ging in den hinteren Raum. Sie öffnete ihren Schrank. „Hier, überzeugen Sie sich, dass nichts drin ist, das aussieht wie das, was auch immer weggekommen ist.“

„Wissen Sie denn nicht, was fehlt?“, fragte Schröder erstaunt. „Ich dachte, Herr Schneider hätte es Ihnen mitgeteilt.“

Sie schüttelte den Kopf. „Nicht ein Wort. Er hat nur erwähnt, dass etwas gestohlen wurde, aber nicht, was.“

Er sah sie zweifelnd an.

Sie zuckte die Schultern. „Ich kann Ihnen nicht mehr sagen. Fertig?“

Er nickte, also schloss sie ihren Schrank wieder und ging nach vorn. Sie sah, wie Pedro Gamba aus dem Auto stieg und dann auf die Pforte zukam. „Herr Schröder, eine Bitte hätte ich noch: Halten Sie sich bitte vor meinem Kollegen etwas zurück, ich möchte nicht, dass es hier rumgeht wie ein Lauffeuer, dass ich verhaftet wurde oder so.“

„Sie werden doch nicht verhaftet“, schüttelte er den Kopf. „Davon war nie die Rede.“

„Sagen Sie.“ Sie nickte ihm kurz zu, bevor sie Pedro Gamba begrüßte und ihm alles übergab. Er fragte nicht einmal, warum er hatte einspringen sollen. Sie erklärte es ihm auch nicht.

Keine fünf Minuten später war sie mit Schröder auf dem Weg zur Werkstatt. Auf dem Weg kamen sie an einer Sitzgruppe aus Metall vorbei, die mitten zwischen den Pflanzen stand.

„Wollen wir uns einen Moment setzen?“, fragte Schröder.

„Möchten Sie denn nicht zu Ihrem Kollegen?“, fragte Sandra verdutzt.

„Doch, aber ich möchte mich noch etwas mit Ihnen unter vier Augen unterhalten, und da schönes Wetter ist – warum nicht hier?“ Schröder zuckte fragend die Schultern.

„Okay“, nickte sie und ging voraus. Sie setzten sich jeder auf eine Bank. „Also, schießen Sie los, was ist?“

„Ich möchte nicht, dass sie den falschen Eindruck bekommen, aber es würde mich interessieren, was sie für eine Theorie zu dem Ganzen haben.“ Schröder sah sie ernst an.

„Sie fragen *mich* nach *meiner* Theorie?“, fragte sie ungläubig. „Ich bin eine Verdächtige, erinnern Sie sich?“

„Ich weiß“, sagte er unwirsch. „Sie müssen es mir ja auch nicht sagen, wenn Sie nicht wollen.“

„Doch, wenn Sie das ernst – wirklich ernst – meinen, werde ich sie beantworten.“ Sandra musterte ihn durchdringend. Sie wusste nicht, was der plötzliche Sinneswandel zu bedeuten hatte. War es gut oder war es vorgetäuscht?

„Mir ist es ernst, sonst säßen wir nicht hier.“ Er sah ihr direkt in die Augen.

„Okay“, sagte sie ernst. „Ich habe den Verdacht, dass hier irgendetwas definitiv nicht stimmt.“

„Inwiefern?“

Sie überlegte kurz. „Sprechen wir hier nur für uns oder taucht das später in irgendeinem Protokoll auf?“

„Das was wir hier sprechen, bleibt definitiv unter uns beiden“, versprach er.

„In den letzten drei bis vier Wochen ist hier einiges vorgefallen, was mir nicht gefällt“, erklärte sie nachdenklich. „Kleinere und größere Vorkommnisse in der Produktion, die Einbrüche in der Kantine. Seit ich hier angefangen habe, ist nichts Nennenswertes vorgefallen. Aber die letzten Wochen hatten es in sich.“

„Können Sie mir das näher erklären?“, bat Schröder.

Sandra nickte und klärte ihn stichwortartig über die Vorfälle auf.

„Haben Sie das jemandem gesagt oder mit jemandem darüber gesprochen?“, fragte Schröder interessiert.

„Ich habe es letzte Woche Herrn Schneider gegenüber erwähnt, aber er war der Meinung, dass momentan halt alles zusammenkommt. Genauso, wie wenn man ziemlich lange keinen Fehlalarm hat und dann dafür drei in einer Woche“, antwortete sie. „Aber so viel auf einmal? Ich habe ganz einfach ein komisches Gefühl, nennen Sie es weibliche Intuition. Irgendwas ist nicht ganz koscher.“

„Was denken Sie?“

„Zuerst dachte ich, dass es vielleicht irgendjemand aus irgendeinem Grund auf die Firma abgesehen hat.“

„Und jetzt?“

„Jetzt denke ich fast, dass es irgendjemand auf mich abgesehen hat.“ Sie sah ihn stirnrunzelnd an.

Sie schwiegen einen Moment. Schröder hatte Sandra genau beobachtet, als sie ihre Theorie preisgegeben hatte. Ihre Mimik und ihre Emotionen schienen echt zu sein, oder sie war eine verdammt gute Schauspielerin.

Jetzt sah sie ihn so durchdringend an, dass er das Gefühl bekam, von Röntgenstrahlen durchleuchtet zu werden. „Und, was glauben Sie?“

„Warum haben Sie das Gefühl, es gilt Ihnen?“, fragte er dann.

„Sehen Sie nicht, dass mein Leben den Bach runter geht?“, rief sie empört aus. War er denn blind oder was? Wie konnte er noch so blöd fragen? Er selbst verdächtigte sie und wusste um die Konsequenzen, die ihr blühen konnten. „Sie nageln mich doch selbst an die Wand! Wie können Sie mich da noch fragen, warum?“

„Sie haben Recht, entschuldigen Sie bitte.“ Schröder hob entschuldigend die Hände. „Was ich eigentlich meinte, war, ob Sie einen Grund wissen, warum Ihnen das jemand antun sollte. Haben Sie sich Feinde geschaffen?“

„In unserem Job haben wir immer mit Sympathie und Antipathie zu tun.“ Sandra verschränkte die Arme vor der Brust. „Natürlich haben die einen oder anderen einen Hass, wenn man sie nicht tun lässt, was sie wollen. Das ist wie im Kindergarten: Warum darf der das und ich nicht?“, ahmte sie einen weinerlichen Tonfall nach. „Aber dass einer so weit gehen würde, um so etwas anzuzetteln? – Nein, das glaube ich nicht.“ Sie zuckte die Schultern.

„Kollegen? Oder ehemalige Kollegen?“

„Kann ich mir nicht vorstellen.“ Sie schüttelte den Kopf.

„Privat?“

Sie dachte für einen Moment an ihren Ex. Nein, auch ihn konnte sie sich nicht vorstellen, immerhin hatte er ihre Entscheidung hinsichtlich der Trennung anstandslos akzeptiert, sie weder mit Telefonanrufen bombardiert noch sonst irgendwie belästigt oder terrorisiert. „Nein.“

Ratlos hob Schröder seine Schultern. „Also, wenn Sie keine Feinde haben, wer sollte dann versuchen, Ihr Leben zu zerstören?“

„Keine Ahnung.“ Sie stand auf, ging ein paar Schritte weg und drehte sich zu Schröder um. „Wissen Sie, irgendetwas ist komisch an der ganzen Sache: Wenn es etwas Dienstliches wäre, würde es doch nicht in mein Privatleben hineingehen, und umgekehrt, oder?“ Sie sah ihn fragend an.

„Also, ich kann Ihnen im Moment nur bei einem zustimmen: Die Sache ist wirklich komisch“, sagte Schröder trocken und stand auf. „Und zwar alles.“

„Wir bekommen Besuch“, sagte Sandra und deutete mit einem Kopfnicken auf Harald Schneider und Beck, die auf sie zukamen. „Kann ich eigentlich mein Auto benutzen, oder stellen Sie es sicher?“

Er schüttelte den Kopf. „Nein, Sie können das Auto getrost nach Hause fahren“, sagte er und fügte mit einem Seitenblick auf sie hinzu: „Allerdings nur, wenn Sie mich auch mitnehmen.“

Sandra nickte bereitwillig. „Ist okay. Ich nehme Sie mit.“

Beck war zuerst bei ihnen und würdigte Sandra keines Blickes, als er sich mit Schröder etwas entfernte, um ihm Bericht zu erstatten. Sandra sah Harald Schneider an, der bei ihr stehen blieb.

„Na, Sie beide hier draußen?“, fragte er leise.

„Ja, wir haben uns etwas ausgetauscht“, antwortete sie ebenso leise. „Für ihn scheine ich wenigstens nicht ganz so ein Monster zu sein wie für Beck.“

„Beck. – Mit ihm scheinen Sie nicht ganz Unrecht gehabt zu haben.“ Er warf ihr einen bedeutungsvollen Blick zu.

Sie sah ihn fragend an. „Er hat Sie definitiv auf dem Kieker, wie ich anhand seiner Objektivität feststellen konnte“, sagte Harald Schneider tiefgründig.

Bevor sie nachfragen konnte, kamen Schröder und Beck auf sie zugeschlendert. Mit gemischten Gefühlen sah Sandra ihnen entgegen und versuchte von Schröders Gesicht etwas abzulesen, was ihr nicht gelang. Sein Gesicht strahlte lediglich Neutralität aus.

„So, Frau Meister“, begann Schröder in ebenso neutralem Tonfall. „Der Kollege hat Ihr Fahrzeug angeschaut, verschiedene Bereiche abgesaugt, die für den Einbruchdiebstahl in der Werkstatt von Relevanz sein könnten, sowie den kaputten Reifen und das Metallteil sichergestellt. Ich würde vorschlagen, wir nehmen Ihr Fahrzeug, um zu Ihrer Wohnung zu fahren, wenn es Ihnen nichts ausmacht. Dann kann der Kollege Beck mit den Beweismitteln bereits zum Präsidium fahren und dann zu ihrer Wohnung nachkommen.“

„Kein Problem“, erwiderte Sandra und sah fragte dann Harald Schneider, ob Baumeister den Reifen ausgetauscht hatte.

Er schüttelte den Kopf. „Tut ihm Leid, soll ich Ihnen ausrichten, aber hatte keine passende Felge.“

Sie runzelte die Stirn. „Wieso keine passende Felge? Er muss doch nur die vom kaputten Reifen nehmen.“

„Nein, das ging ja nicht“, sagte Harald Schneider mit einem Seitenblick auf Beck, der fast trotzig in eine andere Richtung schaute. „Der wurde ja sichergestellt.“

Sandra atmete tief durch und warf einen verständnislosen Blick auf Beck. „Klasse, wirklich klasse! Und auf was, bitte schön, soll ich nun einen neuen Reifen aufziehen lassen?“ Sie spürte kalte Wut in sich aufsteigen. „Muss ich mir nun auch noch eine neue Felge kaufen, um nicht unnötig mit meinem Reservereifen herumfahren zu müssen? Oder zahlt mir die Polizei eine? Oder bekomme ich von euch einen Ersatzwagen?“

Schröder hatte seine Lippen zu einem schmalen Strich zusammengepresst, und aus seinen grünen Augen schossen Blitze, als er gepresst sagte: „Polizeimeister Beck wird das gleich abklären.“

Wütend sah Beck seinen Vorgesetzten an, als dieser ihn anwies, dafür zu sorgen, dass die Felge aus dem sichergestellten Reifen entfernt wurde, bevor er ihn mitnahm. Er ging aber trotzdem nach einem knappen Nicken, ohne ein Wort zu sagen, in Richtung Werkstatt. Sein Gang zeigte allerdings, wie aufgebracht er war.

„Entschuldigen Sie bitte, Frau Meister“, sagte Schröder peinlich berührt, während sie Beck langsam folgten. „Es scheint fast zur Gewohnheit zu werden, mich für ihn zu entschuldigen.“ Er schüttelte den Kopf.

„Dürfte ich dazu etwas sagen?“, bat Harald Schneider vorsichtig.

„Ja, bitte“, seufzte Schröder und hob auffordernd die Hand.

„Ich bin der Meinung, er hat keinerlei Objektivität in diesem Fall“, sagte Harald Schröder langsam. Er überlegte gut, was er sagte. „Ich war schon bei einigen Ermittlungen zugegen, aber das vorhin in der Werkstatt war …“, er suchte nach den passenden Worten, „… ja, dilettantisch, anders kann ich es nicht ausdrücken. Es war fast, als ob er nur nach Beweismaterial suchen würde, das Frau Meister belastet. Ich musste ihn auf Verschiedenes hinweisen, das er sonst ignoriert hätte, obwohl es durchaus mit dem Fall zu tun haben könnte.“ Er machte eine kurze Pause. „Leider muss ich sagen, dass ich die Bedenken, die Frau Meister gegen Ihren Kollegen hegt, durchaus teile. Er ist offensichtlich gegen sie eingenommen.“

Schröder wusste, dass Harald Schneider nicht Unrecht hatte, schließlich hatte er selbst ja auch schon bemerkt, wie aggressiv er auf Sandra Meister reagierte. Er würde ihn ablösen müssen. Sollte er sich doch an einem anderen Fall die Zähne ausbeißen, so ehrgeizig wie Beck war, war das vielleicht das Beste.

„Ich werde ihn ablösen lassen", erklärte er dann. „Warten Sie bitte einen Moment hier, ich muss mit ihm sprechen."

Ohne eine Antwort abzuwarten, betrat er die Werkstatt und rief nach Beck, der fünf Minuten später an Sandra und Harald Schneider vorbeistürmte, als ob ihn eine Horde Wilder verfolgen würde.

Sandra lief es eiskalt den Rücken hinunter, als sie den hasserfüllten Blick sah, den er ihr im Vorbeilaufen zuwarf.

Unwillkürlich verschränkte sie die Arme vor der Brust.

„Was ist los?", fragte Harald Schneider, als er ihren zweifelnden Blick bemerkte, mit dem sie Beck hinterherschaute.

„Ich glaube, ich habe mir soeben einen Feind gemacht." Sie verzog das Gesicht. „Also, wenn Blicke töten könnten, dann wäre ich soeben bestimmt fünfmal gestorben, der Konzentration nach zu urteilen."

„Na ja, dann haben Sie doch noch mal Glück gehabt."

Kapitel 10

„So, da wären wir", sagte Sandra und schloss die Wohnung auf. Candy und Mikesch, die ihr maunzend entgegengelaufen waren, nahmen direkt Reißaus, als sie die fremden Menschen entdeckten, die hinter Sandra die Wohnung betraten, und verschwanden im Wohnzimmer.

Wahrscheinlich sitzen sie jetzt wieder auf ihrem Katzenbaum, ging es Harald Schneider durch den Kopf, als ihm die Szene vom Tag davor wieder einfiel. Er hätte nicht gedacht, so schnell wieder hier zu sein – um ehrlich zu sein, war er gar nicht davon ausgegangen, Sandra Meisters Wohnung je wieder zu sehen.

„Sie können sich gern umschauen", bot Sandra den Polizisten an.

Schröder nickte und ging mit seinem Kollegen, einem dunkelhaarigen, muskelbepackten Riesen namens Bender, dem man seinen Lieblingssport, Bodybuilding, nur zu deutlich ansah, ins Schlafzimmer. Bender überragte Schröder um ungefähr zehn, wenn nicht 15 Zentimeter und schien beinahe seine Uniform zu sprengen, beeindruckte allein durch sein Auftreten. Neben ihm schien sogar Schröder, der ja auch nicht unbedingt klein war, unscheinbar.

Mit dem würde ich mich nur ungern anlegen, dachte sich Sandra, als sie ihnen nachschaute. Dann wandte sie sich Harald Schneider zu. „Kaffee?"

„Gerne, wenn es keine Umstände macht?"

„Nicht die Bohne", antwortete Sandra. „Wir können ja im Moment sowieso nichts tun außer warten, dann können wir auch so lange einen Kaffee trinken. Ich setze am besten gleich eine ganze Kanne auf. Setzen Sie sich." Sie drehte sich um und ging in die Küche.

Harald Schneider setzte sich und sah zum Katzenbaum. Er hatte Recht gehabt. Tatsächlich kauerten die beiden Katzen nebeneinander auf der unteren Plattform und sahen ihn aufmerksam an. Sandra betrat das Wohnzimmer und stellte ein Tablett mit vier großen Tassen, Löffeln, Zucker und Milch auf den Tisch.

„Kaffee kommt gleich, der dauert noch einen Moment", sagte sie. Sie folgte Harald Schröders Blick und ein Lächeln glitt über ihr Gesicht.

„Na, ihr zwei Süßen", sagte sie sanft, während sie auf den Katzenbaum zuging. Beide Katzen kletterten behände auf die oberste Plattform, wo sie Sandra maunzend erwarteten. Sie beugte sich zu ihnen und vergrub ihr Gesicht zwischen ihnen. Aufgeregt rieben die beiden ihre Köpfchen gegen Sandras Gesicht. „Was ist denn los mit euch? Ihr braucht doch keine Angst zu haben, keiner tut euch was." Sie kraulte beide.

„Das ist schon ein Gespann!" Harald Schneider schüttelte den Kopf.

„Sie sind keine Fremden gewöhnt", erklärte sie. „Einer wäre ja okay, das haben Sie ja gestern gesehen, aber mehr? Nein, das sind sie nicht gewöhnt, da ich kaum Besuch bekommen habe in der letzten Zeit."

Sie hörte, wie die Polizisten die Schlafzimmertür schlossen und in das Badezimmer gingen. Einer öffnete die Tür zur Abstellkammer.

„Na, hoffentlich sieht es hinterher nicht so aus, wie das im Film immer gezeigt wird", lächelte sie schief.

„Vielleicht bleiben sie ja zum Aufräumen", flachste Harald Schneider.

„Das wage ich zu bezweifeln." Sandra hob die Augenbrauen und ging in die Küche. Nur einen Moment später kam sie mit einer gefüllten Kaffeekanne zurück. Sie goss eine Tasse voll und reichte sie Harald Schneider.

„Danke." Er nahm einen Schluck und verbrannte sich prompt die Zunge. „Verdammt!"

Sandra versuchte, ein Grinsen zu unterdrücken, was ihr nicht richtig gelang. „Tut mir Leid. Aber ich koche immer heißen Kaffee."

Er sah sie vernichtend an. „Das sollten Sie sich abgewöhnen. Es könnte sich noch jemand verletzen."

Schröder ging in die Küche, gefolgt von seinem Kollegen. Sie hörte, wie Schranktüren auf- und zugeklappt wurden, das Rascheln von diversen Verpackungen, als sie hin- und hergeschoben wurden, sowie das Scharren von Töpfen, die bewegt wurden.

Sandra sah abwartend zur Küche, wo kurz darauf Schröder mit seinem Kollegen erschien und ins Wohnzimmer kam.

„Falls Sie beide einen Kaffee möchten, können Sie sich bedienen", forderte Sandra sie auf.

„Erst die Arbeit", sagte Schröder bestimmt.

Auch hier wurden Schränke geöffnet und alles durchgeschaut. Als sie sich näher an den Katzenbaum arbeiteten, flüchteten Mikesch und Candy aus dem Wohnzimmer. Sandra folgte ihnen und öffnete ihnen die Schlafzimmertür, damit sie dort ihre Ruhe hatten, dann ging sie wieder ins Wohnzimmer.

„Dort ist der Balkon." Sandra zeigte mit dem Finger zur Balkontür.

„Dann habe ich noch einen Keller und einen Dachboden."

Schröder nickte und ging zur Balkontür, doch da auf dem Balkon nur zwei Gartenstühle und ein kleiner Tisch standen, ging er gar nicht erst hinaus.

„Bender, bist du so weit?", fragte Schröder seinen Kollegen, der sich gerade am letzten Schrank aufhielt.

Bender nickte. „Was ist mit der Couch?"

„Was soll damit sein?", fragte Sandra irritiert.

„Kann man sie aufklappen?", wollte Bender wissen.

„Ja." Sandra, die sich auf die Couch gesetzt hatte, stand auf und klappte die Sitzfläche nach oben. Sie entnahm zwei Decken und ein Kissen. „Bitte schön."

Nachdem sich Bender davon überzeugt hatte, dass sie leer war, legte sie die Decken und das Kissen wieder hinein und klappte die Sitzfläche wieder runter.

„Gehen wir auf den Dachboden?", fragte sie dann. „Den Keller kann ich Ihnen ja zeigen, wenn Sie nachher gehen, es sei denn, Sie möchten ihn auch gleich sehen."

„Nein, gehen wir auf den Dachboden", bestimmte Schröder.

Sie ging voran, während die Polizisten ihr vier Treppen nach oben folgten. Sie öffnete die Tür zum Dachboden und ging auf die dritte Tür auf der linken Seite zu, die sie dann mit einem langen Buntbartschlüssel aufschloss.

Durch die Latten sah man nur zwei Koffer und ein paar Kisten rumstehen.

„Modernes Schloss haben Sie da", brummte Bender, während er sich, gefolgt von Schröder, an ihr vorbei in die Parzelle drängelte.

„Ja, ich weiß, ich habe auch schon ein Steckschloss gekauft, aber ich vergesse immer, es mit nach oben zu nehmen. Aber wer ist schon daran interessiert, mir ein paar alte Koffer und Kisten zu klauen?" Sie zuckte die Schultern.

„Wer weiß", gab Schröder von sich, der beide Koffer nacheinander öffnete und hineinschaute. „Leer, da gibt es tatsächlich nichts zu holen."

Bender erging es mit den Kisten nicht anders. „Also, die Schatzsuche hat sich wirklich nicht gelohnt."

Sie schloss ihre Parzelle wieder sorgfältig ab und folgte den beiden hinunter in ihre Wohnung, wo Harald Schneider immer noch gemütlich an seinem Kaffee nippte.

Sie bot den Polizisten Platz an und goss jedem von ihnen einen Kaffee ein. Dann setzte sie sich in den zweiten Sessel und nahm einen Schluck aus ihrer Kaffeetasse. Sie verzog den Mund und nahm die Kaffeekanne zur Hand.

„Pah, ich hasse kalten Kaffee", sagte sie, während sie ihre Tasse auffüllte.

„Kalter Kaffee macht schön", informierte Harald Schneider sie mit einem hinterhältigen Grinsen.

Die Retourkutsche für die verbrannte Zunge.

„Noch schöner?", fragte sie zuckersüß. „Das wäre ja nicht mehr zum Aushalten."

Schröder grinste in seine Kaffeetasse, als er das Geplänkel hörte, wurde dann aber ernst. „Also, noch haben wir nichts gefunden, Frau Meister. Trotzdem danke ich Ihnen schon einmal, dass Sie die Durchsuchung von sich aus angeboten haben, denn ich gehe einmal davon aus, dass wir im Keller nachher genauso wenig finden werden."

„Kein Problem, schließlich liegt das ja auch in meinem Interesse", antwortete sie.

„Aber denken Sie denn nicht, ich hätte es wegschaffen lassen, bevor Sie mit mir hierher gekommen sind?“

„Wie denn?“, grinste Schröder verhalten. „Sie hatten mich doch die ganze Zeit als Ihren Schatten im Schlepptau und gar nicht die Möglichkeit, jemanden unbemerkt anzurufen, außer natürlich, Sie hätten das mental getan. Da haben wir noch etwas Schwierigkeiten, das nachzuvollziehen.“

„Sie waren aber nicht die ganze Zeit da“, forderte sie ihn heraus, weil sie wissen wollte, woran sie war.

„Aber wenn ich nicht da war, war Herr Schneider oder mein Kollege Beck da.“ Er grinste selbstzufrieden. „Sie sehen also, ich hätte es in jedem Fall erfahren, wenn Sie ein Telefonat geführt hätten.“

„Also habe ich eventuell noch Chancen auf Rehabilitation?“, fragte sie ihn direkt.

„Das kommt ganz auf Sie an, liebe Frau Meister.“

Natürlich fanden Schröder und sein Kollege im Keller so wenig wie überall sonst, genau wie Schröder vorausgesagt hatte. Also verabschiedeten sie sich.

Harald Schneider fuhr mit, da sie in Sandras Auto zu ihrer Wohnung gefahren waren, und ließ sich bei Brego absetzen.

Froh darüber, dass sich alles so weit geklärt hatte, ging sie wieder in ihre Wohnung. Mikesch und Candy beobachteten von der Schwelle des Schlafzimmers aus misstrauisch, ob sie wieder Fremde mitbrachte. Aber als sie die Tür schloss, ohne dass ihr jemand folgte, liefen sie maunzend auf Sandra zu und schmiegten sich an ihre Beine.

„Na, ihr zwei Angsthasen“, sagte sie, griff sich mit jeder Hand eine Katze und ging ins Wohnzimmer, wo sie sich erleichtert auf die Couch sinken ließ. Sie kraulte ihre zwei Stubentiger, die es sich mit Hingabe gefallen ließen, während sie die letzten Stunden Revue passieren ließ.

Sie hatte Glück, dass sie jetzt nicht irgendwo im Knast saß, wie ihr Beck prophezeit hatte. Wenn sie an Beck dachte, fiel ihr der letzte Blick wieder ein, den er ihr zugeworfen hatte. Ein Frösteln lief ihr über den Rücken, und es schüttelte sie kurz. Er war ihr ganz einfach unheimlich, und jetzt, da er von Bender ersetzt worden war, fühlte sie sich besser. Bei Bender spürte sie keinen Fanatismus hinter seiner Fassade, wenn er ermittelte. Er war gründlich, was sie schätzte, aber nicht fanatisch davon besessen, sie an die Wand nageln zu müssen. Außer er verstand es, es zu verbergen.

„Na ja, muss ja nicht jeder wie Beck sein“, murmelte sie, während sie das Tablett mit dem schmutzigen Geschirr nahm und in die Küche ging, wo sie sich einen Becher Limonade einschenkte.

Das schmutzige Geschirr ließ sie unbeachtet auf der Arbeitsfläche stehen und ging auf den Balkon, wo sie sich in einen Stuhl fallen ließ.

Ein Buch. Sie sollte mal wieder ein Buch lesen. Sie stand auf und ging zu ihrem Bücherregal im Wohnzimmer, wo sie haufenweise Bücher stehen hatte, hauptsächlich Krimis und mysteriöse Geschichten, die sie alle bereits zwischen drei und sechs Mal gelesen hatte, aber auch Sachbücher über Hobbys, Kochen, Urlaubsziele und andere Dinge, die sie interessierten. Der eine oder andere Liebesroman fand sich zwar auch, aber die Menge war verschwindend gering. Sie suchte sich eines aus. Ja, das war etwas:

ein Buch von Patricia Shaw. Ein Buch, dessen Geschichte von den Wirren früherer Siedler in Australien handelte. Unglückliche Liebe, Schwierigkeiten, Glück.

Ja, damit würde sie ihrem Desaster für eine Weile entfliehen können. Obwohl ihr Gefühl nicht mehr ganz so schlimm war wie morgens, als Harald Schneider ihr die Hiobsbotschaft gebracht hatte. Langsam bekam sie wieder das Gefühl, ihr Leben in den Griff zu bekommen.

Sie nahm wieder ihren Platz auf dem Stuhl ein, zog den zweiten Stuhl heran und legte ihre Beine hoch. Die Sonne schien nicht mehr direkt auf ihren Balkon, aber es war trotzdem warm. Angenehm. Sie vertiefte sich in ihr Buch, das sie bereits mehrmals gelesen hatte, aber es faszinierte sie immer wieder.

Sie war schon immer eine Leseratte gewesen. Ihre Eltern waren manchmal regelrecht verzweifelt, weil sie lieber las, anstatt sich mit Freundinnen zu treffen. Zuerst war John Sinclair, der Geisterjäger, ihr Favorit gewesen, danach irgendwelche Liebesschnulzen, bis sie irgendwann zu Krimis und mysteriösen Geschichten übergegangen war, hauptsächlich jedoch Stephen King und Dean R. Koontz, die sich zu Dutzenden stapelten. Und manchmal, wenn ihr danach war, wie jetzt zum Beispiel, sich aus der Realität auszuklinken, nahm sie eines dieser Bücher in die Hand und versank in ihrer eigenen Welt. Für eine Weile jedenfalls.

Sie merkte kaum, dass sich Candy ihren Platz auf ihren Beinen sicherte oder dass Mikesch es sich in ihrem Blumenkasten bequem gemacht hatte. Sie merkte auch nicht, dass ihr Nachbar auf seinem Balkon aufgetaucht war und sie beobachtete.

Geistesabwesend und total in ihr Buch vertieft nahm sie einen Schluck aus ihrem Limonadenbecher.

„Prost!“, ertönte die dunkle Stimme ihres Nachbarn.

Sandra erschrak so, dass sie sich einen Teil ihrer Limonade in den Ausschnitt ihres T-Shirts schüttete.

„Shit!“, fluchte sie und sprang auf, sodass Candy herunterfiel, was sie mit einem empörten Maunzen quittierte und im Zimmer verschwand.

Vorwurfsvoll sah sie ihren Nachbarn an, wie er braun gebrannt ans Geländer gelehnt dastand und breit feixte.

„Danke!“, blaffte sie.

„Tut mir Leid“, grinste er. „Duschst du immer so?“

Im Reflex schleuderte sie ihm den Becher entgegen, den er ebenso im Reflex auffing. „Idiot!“

Er zog die Augenbrauen hoch. „Schlechte Laune?“

„Nur wenn so ein Idiot wie du mich erschreckt und ich mich nass mache“, erwiderte sie zynisch, während sie an dem Fleck auf ihrer Brust herumwischte.

„Du solltest es einmal mit einer Toilette probieren“, grinste er weiter. „Nur wegen dem Nassmachen.“

Wutentbrannt verschwand sie im Wohnzimmer. So ein verdammter Idiot, dachte sie, doch dann stieg ein Lachen in ihr hoch, als ihr die Bemerkung bezüglich des Nassmachens einfiel. Ja, da hatte sie förmlich danach gefragt, auf den Arm genommen zu werden. Das konnte sie ihm nicht vorwerfen.

Sie ging wieder auf den Balkon, aber ihr Nachbar war nicht mehr zu sehen.

Sie kehrte um und ging ins Schlafzimmer. Sie zog das nasse Shirt aus und zog gerade ein anderes an, als es an der Tür läutete.

Wer mag das denn nun schon wieder sein, dachte sie, als sie zur Tür ging. Sie meldete sich an der Gegensprechanlage, doch keiner meldete sich auf ihr Rufen. Sie sah durch den Türspion, konnte allerdings niemanden entdecken.

Komisch.

Sie öffnete die Tür und schaute in das Treppenhaus, konnte aber immer noch niemanden entdecken. Als sie sich umdrehte, um wieder in ihre Wohnung zu gehen, fiel ihr Blick auf den Boden, wo ihr Limonadenbecher mit einer einzelnen gelben Babyrose stand. An der Rose war ein Zettel befestigt.

Sie warf einen Blick zur Nachbarwohnung, nahm den Becher, ging in die Wohnung und schloss die Tür. Neugierig nahm sie den Zettel von der Rose und faltete ihn auseinander.

Wie wäre es in einer Stunde mit einem Entschuldigungsdrink?

Gruß, dein Nachbar

Eigentlich hatte sie keine Lust, irgendjemanden zu sehen. Aber auf der anderen Seite war es durchaus verlockend, den Abend in netter Gesellschaft zu verbringen.

Schlecht sah er ja auch nicht aus.

Sie wusste nicht, wie sie sich verhalten sollte.

„Was meinst du, Mikesch?“, fragte sie ihren Kater, der neugierig an der Wohnzimmertür saß und sie beobachtete. „Soll ich mir diesen Begrüßungsdrink genehmigen?“

Ach, was sollte es, es war ja nichts Verwerfliches. Sie wollte ihn ja nicht heiraten, sondern nur einen harmlosen Drink mit ihm nehmen. Allerdings würde es auf ihre Art stattfinden. Sie fühlte sich lockerer in ihrer gewohnten Umgebung.

Sie nahm einen Zettel von ihrem Notizblock und kritzelte darauf:

Wie wäre es in einer halben Stunde mit einem Entschuldigungsdrink bei mir?

Gruß, deine Nachbarin

Sie nahm Tesafilm, schlich leise in das Treppenhaus und klebte den Zettel an seinen Türrahmen. Dann klingelte sie und huschte wieder in ihre Wohnung, von wo sie durch die angelehnte Tür beobachtete, wie er öffnete, den Zettel mit einem zufriedenen Grinsen las und wieder in seiner Wohnung verschwand.

Sie ging in die Küche und stellte die Rose ins Wasser, bevor sie ins Schlafzimmer ging und in ihren Kleiderschrank sah. Sie sondierte ihre Kleidung. Was sollte sie anziehen? Sie ging ihre Kleidung Stück für Stück durch, bis sie plötzlich innehielt.

Was zum Teufel tat sie da? Er kam lediglich auf einen Drink vorbei. Es war nicht einmal ein richtiges Date, also warum sollte sie sich derartige Gedanken um ihre Kleidung machen? Schließlich wollte sie ja auch nichts von ihm.

Sie sah in den Spiegel.

„Na, in den abgerissenen Klamotten kannst du ihn aber auch nicht gerade empfangen“, murmelte sie ihrem Spiegelbild zu und zog ihr T-Shirt wieder aus, das sie erst ein paar Minuten getragen hatte. Ihre Shorts folgten. Sie nahm einen schwarz-weiß gemusterten Zweiteiler aus dem Schrank, der aus einer bequemen Jogginghose und einem kurzärmeligen T-Shirt bestand. Dann ging sie ins Bad und kämmte ihren dunklen Haare, bis sie in sanften Wellen auf ihre Schultern fielen. Sie steckte die vorderen Strähnen mit Haarnadeln zurück und legte etwas grünen Lidstrich und etwas Lipgloss auf.

Ja, das war es, das würde reichen, zumindest sah sie jetzt etwas frischer aus als vorher.

Sie ging ins Wohnzimmer und stellte das Radio an. Ein Radiosender spielte gemischte Lieder, neuere und ältere. Gerade lief ‚Lady in Red'. Sandra fiel allerdings der Interpret nicht ein, was ihr an sich auch egal war.

Sie ging in die Küche und wollte Gläser herrichten, ließ es aber bleiben, da ihr einfiel, dass sie gar nicht wusste, was er gern trank. Also schlenderte sie ins Wohnzimmer, wo Candy auf der Couch schon darauf wartete, gekrault zu werden, und ihr ihren Bauch entgegenstreckte. Sandra hatte sich gerade zu ihr gesetzt, als es auch schon klingelte.

„Also Kinder, benehmt euch, wir bekommen Besuch", sagte sie zu Candy und Mikesch, der auf dem Katzenbaum saß und sie hoheitsvoll ansah, bevor sie zur Tür ging und öffnete.

„Hallo", sagte ihr unverschämt gut aussehender Nachbar. Er trug Jeans, ein kurzärmeliges weißes Hemd, das seine Bräune betonte, und hielt Sandra einen Strauß der gelben Babyrosen hin. „Das ist der Rest zu der einzelnen Rose."

„Danke", sagte sie erfreut und nahm ihm den Strauß ab. „Komm doch rein."

Sie trat zurück, um ihn hineinzulassen, und schloss sie hinter ihm. Er roch nach ‚Roman Nature', einem After Shave von Gammon. Ein Duft, den sie absolut vergötterte. Wann immer jemand mit diesem Duft an ihr vorbeiging, war sie versucht, ihm vorbehaltlos zu folgen.

Sie deutete auf das Wohnzimmer und sagte: „Dort hinein. Ich stelle nur die Rosen ins Wasser."

Doch er blieb, von ihr unbemerkt, in der Tür zur Küche stehen und beobachtete, wie sie die Blumen liebevoll in einer Vase arrangierte. Als sie sich herumdrehte, fand sie sich ihm gegenüber und erschrak

„Nicht werfen!", rief er aus und hob abwehrend die Hände.

Sandra musste lachen. „Nicht jedes Mal, wenn ich mich erschrecke, werfe ich etwas."

„Sicher?" Er schaute sie misstrauisch mit seinen strahlend blauen Augen an.

„Versprochen." Sie grinste. „Was möchtest du trinken?"

„Was hast du?"

„Wein, Sekt, Bier, verschiedene Longdrinks, aber auch Limonade und Wasser", zählte sie auf.

„Ein Bier wäre okay", entschied er sich.

Sie nickte und nahm zwei Biergläser aus dem Schrank, die sie mit kaltem Wasser ausspülte. „Gekühlt oder Zimmertemperatur?"

„Gekühlt, wenn es dir nichts ausmacht."

Sie öffnete den Kühlschrank und entnahm zwei Flaschen, die sie öffnete. Sie hielt ihm ein Glas und eine Flasche hin, damit er sich einschenken konnte, und begann dann, ihr Glas zu füllen.

„Lass uns rübergehen", sagte sie dann und ging an ihm vorbei ins Wohnzimmer. Candy sprang sofort von der Couch, als sie den ihr fremden Mann bemerkte, und verkroch sich unter der Couch. Mikesch, der gerade vom Balkon hereinkam, blieb abrupt stehen, als er den Fremden bemerkte, machte einen Buckel, sein Schwanz peitschte hin und her und er begann zu fauchen.

„Mikesch, was ist denn los?", fragte Sandra, befremdet über das Verhalten des Katers, der nun einen Haken um den Fremden schlug und in Richtung Schlafzimmer verschwand, gefolgt von Candy. „Tut mir Leid, normalerweise reagiert er nicht so." Sandra hob entschuldigend die Schultern. „Komm, setzen wir uns auf den Balkon."

„Macht nichts", beteuerte er, während er ihr auf den Balkon folgte. Sie sah nicht den abschätzenden Blick, den er den Katzen hinterherwarf.

„Ich nehme so etwas nicht persönlich", sagte er zu Sandra, während er sich zu ihr setzte und sein Glas auf dem Tisch platzierte. „Es ist halt wie bei Menschen auch. Man trifft Leute, und den einen kann man auf Anhieb leiden, den anderen halt nicht."

„Ich weiß nur nicht, was in ihn gefahren ist, er hat sich noch nie so verhalten." Sie schüttelte den Kopf.

„Hast du sie schon lange?", fragte er.

„Seit ungefähr drei oder vier Wochen", antwortete sie. „Ich habe sie aus dem Tierheim geholt, wo sie jemand abgegeben hatte. Es kommt mir allerdings schon viel länger vor." Sie nahm einen Schluck von ihrem Bier. „Fremden gegenüber sind sie immer sehr vorsichtig."

„Wenn du sie eine Weile hast, wird es wahrscheinlich schon anders werden", bemerkte er. „Wer weiß, wie sie vorher behandelt wurden."

„Also, und du hast für diverse Nachbarinnen immer einen Strauß Babyrosen in der Wohnung?", wechselte sie das Thema.

„Nicht für alle." Er sah sie bedeutungsvoll an, dann lachte er. „Ich habe sie für dich gekauft, weil du mir heute morgen in der Garage Leid getan hast."

„Ich habe dir Leid getan?", fragte sie ungläubig.

„Ja, schließlich finde ich es übel, wenn so der Tag anfängt." Er nickte bekräftigend. „Also dachte ich, ich tu meiner Nachbarin etwas Gutes, falls sich ihr Tag so fortgesetzt hat, wie er begonnen hat."

„Weiß Gott, das hat er", sagte sie mehr zu sich selbst.

„So schlimm?"

„Schlimmer." Dann grinste sie. „Nein, es gab nur Ärger im Geschäft", wiegelte sie dann ab.

„Und, was für einen Ärger? Schütte mir dein Herz aus!", sagte er theatralisch.

Sie schüttelte den Kopf. „Nein, davon habe ich heute die Nase gestrichen voll. Lass uns über etwas Erfreuliches sprechen."

Zwei Stunden später, als sie sich verabschiedeten, wusste Sandra einiges mehr über ihren Nachbarn. Sie wusste, dass er nur zwei Jahre älter war als sie, geschieden ohne Kinder, Vertreter für Versicherungen im Außendienst und deshalb viel beruflich unterwegs war. Er ging gern joggen und Rad fahren, spielte leidenschaftlich gern Pool-Billard. Und er hatte ein Faible für dunkelhaarige Frauen, wie er selbst zugegeben hatte.

„Bei mir brauchst du es gleich gar nicht zu versuchen", hatte sie ihm direkt den Wind aus den Segeln genommen, als sie merkte, dass er anfing zu baggern. „Ich habe momentan genug von Männern in meinem Leben."

Sie hatte ihm nur ausweichend und andeutungsweise von ihrer beendeten Beziehung berichtet. Und von dem seelischen Schmerz, der unweigerlich damit verbunden war. Das ging ihn nichts an.

Schließlich hatte er es akzeptiert und sie hatten von anderen Dingen gesprochen. Aber als sie sich an der Tür verabschiedeten, bohrte er seinen Blick in ihren, hielt ihn fest.

„Ich hoffe, das war nicht der letzte Abend, den wir miteinander zugebracht haben", sagte er leise und ließ ihren Blick nicht los. „Das wäre schade."

„Nick, ich habe dir vorhin schon gesagt, dass ich kein Verlangen nach einer Beziehung oder einer Affäre habe", entgegnete sie in bestimmten Ton. „Also halte deine Hormone im Zaun, dann darfst du vielleicht mal wieder auf einen Drink vorbeikommen."

Er beugte sich so nah zu ihr, dass sein Rasierwasser fast ihre Sinne betäubte und sie seinen Atem auf ihrem Gesicht spürte. „Bestimmt?"

„Strapaziere dein Glück nicht." Sandra hielt seinem Blick stand.

Für einen Moment sah es aus, als würde er sie küssen, doch dann lächelte er breit und trat einen Schritt zurück. „Zu Befehl, Madam. Ich empfehle mich." Er salutierte, drehte sich auf dem Absatz herum und ging zu seiner Wohnung. An der Tür schaute er noch einmal zurück. „Gute Nacht, liebe Nachbarin."

Sie schmunzelte. „Gute Nacht, Nervensäge."

Sie schloss die Tür und lehnte sich dagegen. Das war schon ein Typ. Fast fühlte sie ein wenig Bedauern, dass er sie nicht geküsst hatte. Sie schüttelte den Kopf und ging ins Schlafzimmer, um sich umzuziehen. Das würde ihr gerade noch fehlen, dass sie etwas mit diesem Draufgänger anfing. Ihr Leben war bereits kompliziert genug. Mehr Komplikationen konnte sie beim besten Willen nicht verkraften.

Candy und Mikesch lagen einträchtig nebeneinander auf dem Bett und sahen ihr entgegen.

„Na, was war denn vorhin los?", sagte sie und streichelte Mikesch, der etwas beleidigt zu ihr aufschaute. „Jetzt waren heute Nachmittag schon Fremde da, und das hat dir doch auch nicht viel ausgemacht. Also, warum hast du ihn dann angefaucht?"

Er sah sie nur an und schloss dann die Augen.

Kapitel 11

Sandra schreckte hoch, als zwei Nächte später das Telefon klingelte. Sie sah auf den Wecker. 02:30 zeigte die digitale Leuchtanzeige an.

„Ja?", fragte sie verschlafen.

„Sandra, ich bin es, Roland", kam eine gehetzt klingende Stimme aus dem Hörer. „Du musst sofort kommen …"

„Warum sollte ich …?“

„…es brennt …!“

Etwa 20 Minuten später bog sie in die Straße ein, an deren Ende das Einfahrttor zu Brego lag. Die Chemiefabrik lag am äußersten Rand des Industriegebietes, sonst gab es nur Felder, die an drei Seiten an die Firma angrenzten. Die ersten Wohnhäuser lagen etwa 200 Meter entfernt.

Sie konnte kaum glauben, was für ein Betrieb dort nun herrschte: Feuerwehrfahrzeuge, Krankenwagen, Polizeiautos standen rechts und links an der Straße entlang, das Blaulicht der Einsatzwagen blitzte und schickte bizarre Schatten an Bäumen und Sträuchern entlang, Leute rannten durcheinander. Kurz, die Hektik war schlimmer als bei Tageslicht und bei normalem Betrieb.

Ein Polizist hielt sie auf. Er leuchtete mit einer Taschenlampe in den Wagen. „Entschuldigen Sie, aber Sie können hier nicht durch.“

Sie hob ihren Dienstausweis hoch. „Ich bin die Schichtleiterin des Sicherheitsdienstes. Ich muss zu meinen Leuten.“

Er leuchtete auf den Ausweis und ließ sie dann passieren.

Als sie durch das Tor bog und auf den Parkplatz fuhr, war sie fast der Meinung, in einem Alptraum gefangen zu sein. Es wimmelte von Feuerwehrleuten und Polizisten, mehr Feuerwehrautos der Berufsfeuerwehr standen kreuz und quer, Befehle wurden durcheinander gebrüllt. Dann und wann hörte man das Klirren von Glas, wenn durch die Hitze wieder ein Fenster zerplatzte. Es war eine unvorstellbare Geräuschkulisse.

Dichte Rauchschwaden drangen aus dem Verwaltungsbau und nebelten alles ein. Die Luft war zum Schneiden dick und reizte Sandras Atemwege.

Das musste definitiv ein Albtraum sein. Jetzt müsste sie nur noch aufwachen, dann würde sie sich in ihrem warmen Bett wiederfinden, belagert von ihren zwei Stubentigern, und sie würde über den Traum lachen.

Aber nichts geschah.

Sie kurbelte das Fenster hoch, stieg aus und wurde sofort von Roland Mayer abgefangen.

„Meine Güte, was ist das für ein Chaos?“, rief sie, um den Krach zu übertönen.

„Im Untergeschoss der Verwaltung brennt es.“ Er hustete. „Irgendwo im Archiv, schätze ich.“ Er hustete erneut. „Herr Schneider und die Jungs von unserer Werksfeuerwehr turnen auch hier irgendwo in der Botanik rum.“

Sie begaben sich in das Pfortenhäuschen, wo es ebenfalls penetrant nach Rauch roch, aber doch wesentlich ruhiger war als draußen.

„Hast du die Auslösungszeit und die Ankunft der einzelnen Rettungskräfte notiert?“, fragte Sandra routinemäßig, während sie die Brandmeldezentrale kontrollierte, deren Tür offen stand. Die Leuchtdioden der ausgelösten Linien blinkten rot. Andere Dioden, die ein beständiges gelbes Licht zeigten, zeugten davon, dass man sie vorsichtshalber abgeschaltet hatte.

„Ja, dort auf dem Notizblock.“ Roland Mayer deutete auf den Schreibtisch.

„Trage es bitte ins Wachbuch ein, falls die Angaben später noch benötigt werden.“

Roland Mayer kam der Aufforderung sofort nach.

„Ach, da sind Sie ja", rief Harald Schneider, als er in seiner Feuerwehrkluft zur Tür hereinkam. „Herr Mayer, haben Sie noch andere Kollegen erreicht?"

„Ja, die Kollegen Gamba und Pfeiffer kommen noch, sie müssten jeden Moment eintreffen", erwiderte er.

„Kommt noch Verstärkung für mich?", fragte sie.

„Ja, wir müssen die Zufahrt sperren, die Neugierigen draußen behalten und dafür sorgen, dass die, die ins Werk müssen, reinkommen", erklärte Harald Schneider. „Alle Mitarbeiter, die in der Verwaltung arbeiten, sollen heute und eventuell morgen zu Hause bleiben. Sie werden entsprechend informiert, wann sie wieder an die Arbeit gehen können." Harald Schneider kratzte sich am Kinn. „Frau Meister, instruieren Sie bitte Ihre Leute entsprechend und halten Sie sich selbst bitte größtenteils nur in der Pforte auf, falls ich Ihnen noch entsprechende Anweisungen geben muss." Er wandte sich zum Gehen, hielt dann aber inne. „Ach ja, noch etwas: Sorgen Sie bitte dafür, dass keiner Ihrer Leute irgendjemandem Auskunft gibt, egal, um wen oder was es sich handelt, außer der Werksleitung, die ja jeder kennt."

„Geht klar", antwortete Sandra. „Ach, da kommt ja Pedro und gleich dahinter Bruno."

Nur Momente später hatte sie ihre Kollegen instruiert und sie mit Funkgeräten ausgestattet. Alle drei gingen einträchtig Richtung Eingangstor davon, bereit, die Menschen, die bis jetzt von Polizisten fern gehalten wurden, selbst am Eindringen zu hindern. Mittlerweile hatte sich nun auch die Presse eingefunden und filmte oder knipste die Schaulustigen sowie den Brand selbst.

Es war erstaunlich, wie viele Schaulustige bereits vor Ort waren. Und das morgens um drei Uhr, wo jeder normale Mensch eigentlich noch schlief.

Im fahlen Licht der kleinen Schreibtischlampe machte sie ihre Notizen und erledigte einige schriftliche Sachen. Sie hatte einen Kaffee aufgesetzt, denn es versprach ein langer Tag zu werden.

Plötzlich öffnete sich die Pfortentür und ein mit Ruß verschmierter Feuerwehrmann betrat hustend die Pforte. Sandra schätzte ihn auf Anfang bis Mitte zwanzig.

„Hätten Sie ein Glas Wasser?", fragte er zwischen zwei Hustenattacken.

„Sicher." Sandra, die bereits aufgestanden war, eilte in den hinteren Raum, nahm ein Glas aus dem Geschirrschrank und füllte es mit Wasser.

Als sie aus dem hinteren Raum kam, sackte der Feuerwehrmann gerade zusammen. Das Geräusch des Aufschlagens ging ihr durch Mark und Bein.

„Scheiße!" Sie knallte das Glas auf das Waschbecken, hastete zu ihm und kniete sich neben ihn. Sie tastete am Handgelenk nach dem Puls.

Kein Puls.

Sie fühlte an der Halsschlagader.

Nichts.

Sie beugte sich zu ihm, um die Atmung zu kontrollieren. War er nur bewusstlos oder nicht?

Keine Atmung.

„Scheiße!", fluchte sie erneut, während sie aufsprang und zum Funk stürzte.

„Pforte an alle! Ich brauche dringend die Sanitäter an der Pforte!“, rief sie ins Mikrofon, während sie zeitgleich den Knopf für den Ersthelferalarm drückte. Sie eilte wieder zurück an die Seite des Feuerwehrmannes, ungeachtet dessen, ob jemand sie gehört hatte oder nicht. Sie wusste, dass jede Sekunde zählte.

Sie maß mit den Fingern den Druckpunkt unterhalb des Brustbeins ab und begann, in gleichmäßigem Rhythmus mit den Handballen darauf zu drücken.

Dann lauschte sie nach Atemgeräuschen.

Nichts.

Also Mund-zu-Mund-Beatmung.

Sie presste ihre Finger in seinen Mund, um festzustellen, ob irgendwelche Fremdkörper die Atemwege blockierten, und schob seine Zunge auf die Seite. Sie streckte seinen Hals etwas, hielt seine Nase mit den Fingern zu und blies ihm mehrere Male Luft in seine Lunge. Sie lauschte wieder nach Atemgeräuschen.

Nichts.

„Komm schon, Junge!“, rief sie aus und begann die Herz-Lungen-Massage aufs Neue.

Das Telefon klingelte.

Sie ignorierte es. Sie konnte jetzt nicht aufhören, das konnte ihn das Leben kosten. Irgendjemand würde bestimmt bald kommen, aber bis dahin musste sie weitermachen.

Massieren, lauschen, beatmen, lauschen, massieren …

Für sie dauerte es fast eine Ewigkeit, bis jemand die Pforte betrat.

„Was ist los?“, keuchte Harald Schneider, der vom schnellen Lauf in der verräucherten Luft ganz außer Atem war.

Sie war wieder bei der Massage angelangt. „Er ist plötzlich umgekippt. Kein Puls, keine Atmung.“

„Ich hole die Sanis“, rief er und verschwand.

Sandra hatte keine Zeit, um zu antworten, sie musste wieder beatmen.

Wieder kein Atemgeräusch. Kein Puls.

Sandra betete um ein Wunder, denn nur das konnte noch helfen. Sie massierte wieder und tastete erneut nach seinem Puls, während sie auf die Atmung lauschte.

Sie wollte gerade die Hand wegziehen, um weiter zu beatmen, als sie meinte eine kleine Bewegung am Handgelenk unter der Haut zu spüren. Sie hielt einen Moment inne. Tatsächlich, der Puls meldete sich mit kleinen, zaghaften Bewegungen zurück. Im gleichen Moment kam ein leises Stöhnen aus dem Mund des Feuerwehrmannes, dann setzte die Atmung rasselnd wieder ein.

Sandra hätte weinen können vor Glück. Ihr standen die Tränen bereits in den Augen.

In diesem Moment stürzten zwei Sanitäter mit einem Koffer und Sauerstoff zur Tür herein, gefolgt von Harald Schneider. Sie begannen sofort, den Feuerwehrmann zu untersuchen.

Sandra lehnte sich ermattet zurück und sah den Sanitätern zu, wie sie ihm eine Sauerstoffmaske über Mund und Nase stülpten. Gierig atmete er den Sauerstoff ein. Langsam schien er wieder zu sich zu kommen, denn seine Augen begannen zu flattern, dann öffnete er sie für einen Moment ganz und wollte sich aufsetzen.

„Bleiben Sie ganz ruhig liegen.“ Einer der Sanitäter drückte ihn sanft wieder runter.

Harald Schneider half Sandra auf. Sie setzte sich auf den Schreibtischstuhl. Jetzt, da die Anspannung wieder nachließ und der Adrenalinpegel wieder sank, begannen ihre Knie und ihre Hände unkontrollierbar zu zittern.

Sie verschränkte die Arme vor der Brust, denn sie wollte nicht, dass es jemand sah. Ihre zitternden Beine versteckte sie unter dem Schreibtisch.

Harald Schneider hielt ihr ein Glas Wasser hin. „Hier, Sie sehen aus, als könnten Sie es brauchen."

Dankbar nahm sie einen Schluck.

„Wie geht es ihm?", fragte sie die Sanitäter, nachdem sie sich wieder etwas gefasst hatte.

„Ganz gut so weit", antwortete einer der beiden, während der andere aufstand und aus der Pforte zum Wagen lief, um die Trage zu holen. „Wir bringen ihn jetzt ins Krankenhaus, damit sie ihn noch einmal untersuchen können. Aber das Gröbste scheint er tatsächlich überstanden zu haben."

„Gott sei Dank", sagte sie leise. „Ich dachte schon, er stirbt mir hier."

„Das wäre er wahrscheinlich auch, wenn Sie nicht mit der Wiederbelebung begonnen hätten", antwortete der Sanitäter, mit einem Seitenblick auf Sandra, ernst und regulierte die Infusion, die er gelegt hatte.

„Danke", krächzte der Feuerwehrmann dumpf unter seiner Sauerstoffmaske und warf ihr einen dankbaren Blick zu.

„Nicht sprechen, Kamerad", ermahnte ihn der Sanitäter.

Sein Kollege kam mit der fahrbaren Bahre zurück und der andere Sanitäter hielt Sandra den Infusionsbeutel hin. „Würden Sie den bitte halten?"

Sie griff zu und hielt den Beutel, bis sie den Feuerwehrmann auf die Bahre gebettet hatten. Sie sah ihnen stumm nach, als sie ihn vorsichtig aus der Pforte zum Rettungswagen schoben und dort einluden. Sie wandte den Blick nicht ab, bis sie vom Hof gefahren waren.

Harald Schneider drückte ihr einen heißen Kaffee in die Hand. Er hatte den Kaffee gefunden, den Sandra vor der Rettungsaktion gekocht hatte.

„Sie sind ganz blass", stellte er fest. „Setzen Sie sich."

„Na ja, man praktiziert ja nicht jeden Tag Wiederbelebung", antwortete sie trocken. „Aber er kippte hier plötzlich um und …" sie brach ab. „Ich hoffe, er wird wieder."

„Sie haben genau das Richtige getan und dank Ihnen wird er auch wieder werden. Sie haben die Sanitäter gehört", sagte Harald Schneider eindringlich.

Sie nickte. „Herr Schneider, Sie müssen nicht hier bleiben. Mir geht es so weit ganz gut und ich weiß, dass Sie im Moment genug zu tun haben."

„Eigentlich macht sich mein Stellvertreter, der liebe Herr Müller, sehr gut", antwortete er und nippte an seinem Kaffee. „Außerdem muss ich sicher sein, dass sich meine Koordinatorin in der Pforte bester Gesundheit erfreut."

Sie lächelte leicht, wurde aber wieder ernst. Sie schloss ihre kalten Hände um die heiße Tasse. „Wissen Sie, dass ich erst vor ein paar Wochen privat einen Ersthelferkurs beim Roten Kreuz mitgemacht habe?" Sie starrte in ihre Tasse. „Aber es ist etwas total anderes, wenn ein echter Mensch vor einem liegt statt einer Puppe." Sie fröstelte.

Sie schüttelte den Kopf, als wollte sie die Gedanken abschütteln, die ihr Denken momentan auf das eben Erlebte fixierten. „Wie sieht es mit dem Brand aus?“, fragte sie dann, um das Thema zu wechseln, und deutete mit einem Kopfnicken in Richtung des Verwaltungsgebäudes.

„Wir haben einige Schwierigkeiten, den Brand unter Kontrolle zu bringen“, sagte er nachdenklich. „Ich denke, es könnte Brandbeschleuniger im Spiel sein.“ Er leerte seine Tasse und stellte sie auf den Tisch. „Es hilft alles nichts, fürchte ich, ich muss wieder raus.“

Sandra nickte und sah ihm nach, bis er in der Menge verschwand.

„Frau Meister, Änderung des Plans!“ Harald Schneider stürzte in die Pforte. „Soeben wurde beschlossen, das Werk komplett zu schließen. Für heute zumindest.“

Sandra riss die Augen auf. „Komplett?“

„Ja, der Wind frischt auf und heizt den Brand wieder an.“ Er schüttelte den Kopf. „Es ist wegen Funkenfluges zu gefährlich. Wenn da etwas in Flammen aufgeht und Menschenleben gefährdet werden – nein, das Risiko ist zu groß. Geben Sie es Ihren Leuten durch.“

„Herr Schneider, wäre es nicht sinnvoller, wenn ich es ihnen persönlich sage? Wenn ich das über Funk mache, ist die Wahrscheinlichkeit ziemlich groß, dass alle Umstehenden das auch mitbekommen.“

„Das ist richtig“, nickte er. „Ich bleibe so lange hier, gehen Sie ruhig.“

Sandra drehte sich um und wollte gerade gehen, als ihr etwas einfiel: „Ach, was ich Sie noch fragen wollte: Brauchen wir Zeisig überhaupt, wenn das Werk geschlossen bleibt?“

Harald Schneider überlegte nur kurz. „Ja, er soll trotzdem kommen. Er soll den Lieferanten nur grob die Situation erklären und sie unter Vorbehalt auf morgen verweisen. Und natürlich aufpassen, dass dort keine Sensationsgierigen einsteigen.“

„Aber zwei reichen hier vorne, oder?“

„Ja, das reicht.“

„Gut, dann komme ich gleich wieder“, sagte Sandra und verließ die Pforte. Sie lief im Laufschritt zuerst zu Pedro Gamba, dann zu Bruno Pfeiffer. Sie erklärte jedem an seinem Posten, was los war. Zuletzt ging sie zu Roland Mayer.

„Roland, ich möchte, dass du nun nach Hause fährst und heute Abend wiederkommst“, erklärte sie ihm und gab den anderen beiden ein Zeichen, sich besser zu verteilen. „Herr Schneider ist der Ansicht, dass zwei hier vorne ausreichen. Unter Umständen wirst du vielleicht heute Abend Gesellschaft haben, vielleicht mit einer Brandwache oder so, aber das wird sich noch zeigen.“

„Na gut, dann mache ich mich vom Acker.“ Roland Mayer gähnte. „Was für eine Nacht!“

„Ach, übrigens – hast du unserem Boss Bescheid gesagt?“, fragte sie noch, bevor er ins Auto stieg.

„Shit! Nein, das habe ich vergessen“, sagte Mayer konsterniert.

„Egal, dann mache ich es.“ Sie winkte ihm zu und ging wieder in die Pforte, wo Harald Schneider gerade den Hörer des Telefons auflegte.

„Sie möchten bitte Herrn Zeisig zu Hause anrufen", sagte er und wich ihrem Blick aus.

Sie sah auf die Uhr. „Normal sollte er um 5.45 Uhr bereits gestiefelt und gespornt hier stehen."

Sie wählte seine Nummer. „Ja, hallo, wo bleibst du? … … Wie, du warst bereits … Du brauchst doch nur deinen Dienstausweis zu zeigen … Lieber Alfred, wir sind der Werkschutz, und wir müssen hier für Ordnung im Werk … Rede doch keinen Unsinn, du bist doch am anderen Ende des Werks! … Hör mir gut zu: Entweder … entweder, du bist innerhalb der nächsten 20 Minuten hier oder ich nagele dich eigenhändig an die Wand wegen Arbeitsverweigerung! Such es dir aus!" Sie knallte wütend den Hörer auf. „Dieser hirnverbrannte Idiot!", fauchte sie.

„Ups – ich muss los." Harald Schneider verließ fluchtartig die Pforte, er versuchte es zumindest. Wenn Sandra Meister so sauer war, war nicht gut Kirschen essen mit ihr. Jeder, einschließlich ihm, machte einen Bogen um sie, wenn sie diese Laune hatte, was glücklicherweise so gut wie nie vorkam.

„Stopp!", rief sie hinter Harald Schneider her, der auch prompt stehen blieb. Verloren. Gehe nicht über Los, ziehe keine 4.000 Mark ein …

„Ja?", fragte er vorsichtig und drehte sich um.

„Schauen Sie mich nicht so an! Ich mag zwar stinksauer sein, aber nicht auf Sie", sagte sie nachdrücklich. „Ich habe nur eine Frage: Soll ich Zeisig den Hund mitgeben, zur Abschreckung?"

„Können Sie machen. Er soll ihn nur nicht von der Leine lassen", sagte Harald Schneider.

„Wer wen? Der Hund Zeisig oder umgekehrt?", fragte sie trocken.

Harald Schneider warf ihr nur einen undefinierbaren Blick zu. „Nun muss ich aber wirklich wieder los."

Alfred Zeisig war 15 Minuten nach Sandras Anruf vor Ort. Aus seinen Augen sprach genug Zorn, um ein ganzes Bataillon zu töten, aber er äußerte ihn mit keinem Wort.

Stumm hörte er sich an, welche Anweisungen sie ihm gab, und zuckte mit keiner Wimper. Wortlos nahm er seinen Pfortenschlüssel und den Zwingerschlüssel aus dem Schlüsselkasten und verschwand.

Sandra hätte wahrscheinlich der Schlag getroffen, wenn sie seine Gedanken hätte lesen können …

Kurze Zeit später hatte der Wind das Feuer im Untergeschoss wieder so weit entfacht, dass es sich innerhalb des Gebäudes durch Kabelschächte und Zwischendecken nach oben mehr und mehr ausbreitete. Die Aktionen der Feuerwehr schienen schon fast sinnlos zu sein.

Doch dann schien jemand im Himmel ein Einsehen zu haben, denn der Wind ebbte immer mehr ab, bis er fast ganz aufhörte.

Doch laut Wetterbericht wurden weitere Sturmböen erwartet.

Das Telefon klingelte.

„Pforte, Meister", meldete sie sich.

„Frau Meister, hier Schneider. Ich wollte Ihnen nur Bescheid sagen, dass die zwei kleinen Brände gelöscht sind, falls jemand fragt. Meine Leute halten noch Ausschau nach anderen möglichen Brandherden."

„Brände?", fragte sie irritiert. „Wo? Welche Brände?"

„Hat Ihr Kollege Zeisig Sie nicht informiert?"

„Nein, ich …"

„Egal. Er hat mich angepiepst, denn wir hatten zwei kleine, durch Funkenflug ausgelöste Brände im Werk. Zwischen dem Wareneingang und der Etikettierstelle. Aber das ist, wie schon gesagt, erledigt. Allerdings sollte er Ihnen alles melden und Sie entscheiden dann, was getan wird, nicht dass er Pontius und Pilatus anpiepst wegen nichts und wieder nichts. Wir haben schon genug Hektik, auch ohne ihn", fügte er noch hinzu. „Klären Sie das bitte mit ihm."

„Ist in Ordnung. Danke für die Info, Herr Schneider."

Sandra kochte vor Wut, als sie den Hörer auflegte. Dieser Idiot!

Sie nahm den Hörer jedoch direkt wieder ab und wählte die Nummer der anderen Pforte. Zeisig meldete sich nach dem vierten Klingeln.

„Hallo Alfred." Sandra sprach betont ruhig. „Ich möchte dich bitten, mich entsprechend in Kenntnis zu setzten, wenn etwas bei dir nicht stimmt, etwas passiert oder etwa ein kleines Feuer brennt."

„Ich habe Schneider selbst informiert, das ist nicht dein Problem", kam es arrogant zurück.

„Oh doch, das ist es", sagte sie eindringlich und langsam. „Denn hier ist die Zentrale, in der die Fäden zusammenlaufen, hier werden die Informationen gesammelt …"

„Aber ich kann …", fuhr er dazwischen.

„ … und auch du, lieber Alfred, wirst dich genau an das halten", sprach sie einfach weiter, gefährlich ruhig und seine Worte ignorierend. „Keine Einzeleskapaden, verstanden?"

„Ich mache das, wie ich …"

„Genau das wirst du nicht", fiel sie ihm ruhig ins Wort. „Ich weiß nicht, was du zur Zeit für ein Problem mit mir hast und im Moment interessiert es mich auch nicht, da es wichtigere Dinge gibt, aber was immer es auch ist, du wirst es hintenanstellen und dich professionell an die Regeln halten."

„Ich mache, was mir …"

„Entweder du richtest dich hier freiwillig nach den Regeln oder ich werde dafür sorgen, dass du es tust. Welchen Weg du wählst, das ist deine Entscheidung." Sanft legte sie den Hörer auf.

Hasserfüllt starrte Zeisig den Hörer an. Diese blöde Ziege hatte einfach aufgelegt. Sie hatte den Nerv, ihm zu drohen und dann aufzulegen. Wer glaubte sie wohl, wer sie war? Ausgerechnet sie erzählte ihm etwas von Professionalität? Pah!

Wütend trommelte er mit den Fingern auf den Tisch.

Sollte sie sich doch an der eigenen Nase ziehen, bevor sie ihm Vorhaltungen machte. Schließlich wollte sie sich doch nur wichtig machen mit ihrem ‚hier laufen die Fäden zusammen'. Er kochte vor Wut. In diesem Moment schlug Hasso an, der direkt am Eingang des Pfortenhäuschens lag, weil Schaulustige zu nahe an den Zaun kamen.

„Halt die Schnauze!“, giftete Zeisig den Hund an und warf einen Kugelschreiber nach ihm. Er traf den Hund direkt auf seine empfindliche Nase. Er jaulte auf, klemmte seine Rute zwischen seine Hinterläufe und kauerte sich auf seinen Platz. „Blöder Köter!“

Kapitel 12

„Wie siehst du denn aus?!“, fragte Sandras Nachbar erschrocken mit gerunzelter Stirn, als er sah, wie sie sich förmlich die Treppen hochschleppte.

Er rümpfte die Nase, als er den penetranten Rauchgeruch wahrnahm, der sich in ihrer Kleidung und in den Haaren festgesetzt hatte.

„Puh, hast du ein Lagerfeuer gemacht oder was?“ Er wedelte mit der Hand vor seiner Nase herum.

„Vergiss es“, gähnte sie hinter vorgehaltener Hand und ging zu ihrer Wohnung. Sie wollte sich jetzt nicht unterhalten, alles was sie wollte, war ein Bett.

„Was ist denn los?“, fragte er nochmals.

„Nichts.“ Sie suchte müde in ihrer Jackentasche nach dem Wohnungsschlüssel. „Ich will nur unter die Dusche und dann ins Bett, also entschuldige mich.“

„Ja, aber – was ist denn passiert?“ Er blieb hartnäckig.

Sandra verdrehte genervt die Augen. „Wir hatten einen Brand an meinem Arbeitsplatz und ich habe gerade 17 Stunden – nein, ich muss mich korrigieren – $17^1/_2$ Stunden gearbeitet“, leierte sie monoton herunter, während sie die Tür aufschloss und hineinging. „Also, gute Nacht.“

Sie schloss die Tür hinter sich, ohne auf eine Antwort zu warten. Sie wusste, dass sie sich nicht gerade höflich benahm, aber ihr war in diesem Moment eigentlich alles egal. Er sollte denken, was er wollte. Wenn er ihre Reaktion nicht verstand, dann sollte er halt zum Teufel gehen.

Aber sie hatte nicht mit seiner Hartnäckigkeit gerechnet, mit der er nun an die Tür klopfte.

Genervt riss sie die Tür auf. *„Was?!“*

„Ich wollte nur fragen, ob ich irgendetwas für dich tun kann?“, fragte er und fixierte sie mit seinen blauen Augen.

„Ja.“ Sie nickte gottergeben. „Das kannst du.“

„Was? Ich könnte dir den Nacken massieren oder …“

„Nein“, fiel sie ihm ins Wort. *„Lass mich einfach in Ruhe!“*

Sie hatte jedes einzelne Wort betont und schloss die Tür vor seiner Nase, bevor er antworten konnte. Dann lehnte sie sich müde dagegen. Candy und Mikesch schnurrten um ihre Beine.

„Hallo, ihr habt bestimmt Hunger.“ Sie stieß sich von der Tür ab und ging mit schleppenden Schritten in die Küche. Sie nahm eine Dose Katzenfutter aus dem Küchenschrank. „Na kommt, jetzt gibt es gleich was.“

Sie nahm den Dosenöffner aus der Schublade, öffnete die Dose und verteilte den Inhalt in zwei kleine Futternäpfchen, die sie dann neben den Kühlschrank auf den Boden stellte.

Sogleich stürzten sich die beiden Stubentiger darauf und würdigten sie keines Blickes mehr. Sandra verzog das Gesicht zu einem müden Lächeln, da sie das Spiel bereits kannte, nahm den Wassernapf, wusch ihn aus und erneuerte den Inhalt. Dann stellte sie ihn wieder hin.

Nach einem letzten Blick auf die zwei Katzen ging sie ins Schlafzimmer und zog ihre Uniform aus, die sie auf einen Bügel auf den Balkon hängte, damit der Rauchgeruch etwas auslüftete. Müde ließ sie sich auf die Bettkante sinken.

Ihr ganzer Tag war nur von haufenweise Stress und einigen Kannen Kaffee bestimmt gewesen. In dem kleinen Schulungsbau war vorübergehend eine Art Einsatzzentrale für Feuerwehr, Polizei und sonstige wichtige Persönlichkeiten, wie etwa die Mitglieder der Geschäftsleitung, eingerichtet worden.

Selbst Frau Weiß, die Betriebskrankenschwester, unterstützte die Sanitäter, wo sie nur konnte, und hatte geholfen, eine provisorische Ambulanz einzurichten, wo Verletzte, wenn es denn welche gab, erstversorgt werden konnten, bevor sie in ein Krankenhaus gebracht wurden. Auch sie war nicht davon verschont geblieben, Überstunden zu leisten.

Auch die Kantinenchefin sorgte mit ihren Mitarbeiterinnen für die Verpflegung der Einsatzkräfte.

Mehrere Male hatte Sandra mit ihrem Chef telefonieren müssen, da seitens der Werksleitung beschlossen worden war, dass anstatt eines Wachmanns drei Wachmänner in dieser Nacht Dienst machen sollten. Danach hatte sie dann noch die zwei objektfremden Aushilfen drei Stunden lang unterwiesen und sie, für den Notfall, mit dem Werk vertraut gemacht. Harald Schneider hatte sie dann schließlich nach Hause geschickt, als er sah, dass sie immer noch vor Ort war, als er aus dem Werk fahren wollte.

Die Flammen in dem Bau waren größtenteils gelöscht worden, aber hier und da flammten sie doch noch einmal auf. Ein Löschzug würde aufgrund der Wetterverhältnisse die Nacht über dort bleiben, um im Notfall eingreifen zu können. So wie es allerdings aussah, war ein großer Teil des Gebäudes Opfer der Flammen geworden und es würde einige Zeit dauern, bis dort wieder gearbeitet werden konnte. Wenn es nicht abgerissen werden musste.

Sandra konnte die Augen kaum noch offen halten, deshalb beschloss sie, die Dusche um ein paar Stunden zu verschieben, Brandgeruch hin oder her.

Sie warf sich nur ein altes T-Shirt über, das sie unter dem Kopfkissen hervorzog, und legte sich aufs Bett, wo sie fast augenblicklich einschlief.

Als sechs Stunden später ihr Wecker klingelte, schreckte sie hoch. Sie bekam vor Müdigkeit ihre Augen kaum auf.

Halb blind torkelte sie ins Badezimmer, wo sie als Erstes unter die heiße Dusche ging. Sie wusch sich den Brandgeruch vom Körper und aus ihren Haaren. Kurz bevor sie die Dusche beendete, drehte sie das heiße Wasser fast ganz ab. Sie keuchte, als sie die Kälte auf ihrer Haut spürte. Aber zumindest fühlte sie sich wieder einigermaßen wach, als sie aus der Dusche stieg und sich abtrocknete.

Sie wand sich ein kleineres Handtuch um ihre nassen Haare zu einem Turban. Dann wickelte sie sich ein großes blaues Saunatuch um den Körper, während sie wieder ins Schlafzimmer ging. Sie ergriff im Vorbeigehen ihr Deospray, das auf der Kommode stand, besprühte sich und stellte es neben das Bett auf den Nachttisch.

Sie öffnete die Schranktür, um frische Unterwäsche Herauszunehmen, und schrak zusammen, als Mikesch heraussprang und mit einem Satz unter dem Bett verschwand.

„Mikesch! Verdammt, hast du mich erschreckt!“ Sie griff sich an die Brust. „Wegen dir bekomme ich noch mal einen Herzinfarkt.“

Sie schüttelte den Kopf und wandte sich wieder dem Schrank zu. Candy, die auf dem Bett lag, hatte neugierig den Kopf gehoben, und legte ihn nun wieder hin, da sich die Aufregung gelegt zu haben schien.

Sandra zog sich an und ging in die Küche, wo sie die Kaffeemaschine anstellte. Sie nahm die benutzten Fressnäpfe mit zum Waschbecken und ließ Wasser hinein.

Plötzlich hielt sie inne.

Moment mal, dachte sie befremdet und kniff die Augen zusammen. Gestern Abend waren die beiden doch einträchtig nebeneinander gesessen und haben gefressen, als ich ins Bett bin. Wie also kam Mikesch in den Kleiderschrank?

Sie hatte weder am Abend zuvor noch an diesem Morgen die Tür geöffnet, bevor sie geduscht hatte. Und die Türen waren definitiv geschlossen gewesen. Sie mochte keine offen stehenden Schranktüren.

Ein unangenehmes Kribbeln schlich ihren Nacken hoch. Sie nahm langsam ein langes, scharfes Messer aus dem Messerblock, der direkt neben dem Spülbecken stand. Auf einmal hatte sie das unangenehme Gefühl, beobachtet zu werden.

Langsam drehte sie sich um. Prüfend sah sie in den Flur, konnte aber nur wenig erkennen, da sie kein Licht angemacht hatte, sondern nur den Schein aus dem Schlafzimmer hatte. Bedächtig ging sie zur Tür, langte in den Flur und knipste das Licht an, sah sich um, konnte aber nichts Verdächtiges erkennen.

Sie schlich zur Abstellkammer rechts von ihr und öffnete vorsichtig die Tür, nachdem sie von außen das Innenlicht angemacht hatte. Nichts.

Also, weiter zum Wohnzimmer. Auch dort knipste sie das Licht an und sah sich um, konnte aber ebenfalls nichts feststellen. Sie kontrollierte sogar den Verschluss der Balkontür. Sie war fest zu.

Sie bewegte sich langsam in Richtung des Schlafzimmers, sah unter das Bett und in die Schränke. Nein, da war definitiv auch niemand. Im Bad war sie gewesen, also konnte da auch keiner sein.

Langsam ließ sie das Messer sinken, das sie die ganze Zeit wie ein Schutzschild vor sich getragen hatte, und kontrollierte die ganzen Fenster, ob sie alle zu waren, jedoch ohne Ergebnis. Sie sah sich sogar ihren Schrank genauer an und prüfte, ob irgendwo ein Spalt war, durch den er eventuell durchgeschlüpft sein könnte – ohne Erfolg.

Sie wurde jedoch trotzdem das Gefühl nicht los, dass irgendetwas nicht stimmte. Sie sah den Kater prüfend an, der nun auf dem Bett lag und seine Pfoten leckte.

„Wie bist du da nur hineingekommen?“, murmelte sie leise vor sich hin. Mikesch sah sie nur kurz an, bevor er weiter an seiner Pfote leckte.

Er hatte Glück gehabt. Just in dem Moment, als er die Tür wieder hinter sich ins Schloss fallen ließ, klingelte der Wecker. Ein hämisches Grinsen breitete sich auf seinem Gesicht aus.

Sie hatte sein Eindringen nicht bemerkt. Nur dieser blöde Kater war ihm in die Quere gekommen. Er hatte beinahe alles ruiniert mit seiner Faucherei. Hatte wohl gedacht, er müsste sein Frauchen beschützen. Stand da wie ein Tiger mitten im Zimmer.

Aber zum Glück hatte er seine Lederhandschuhe, die er bei so einem Coup immer dabeihatte, an. Als er ihn damit packte, hatte das dumme Vieh doch glatt versucht, ihn zu beißen. Doch durch die Handschuhe konnte er nichts ausrichten, der kleine Bastard.

Für einen Moment hatte er gedacht, dieser blöde Kater hätte es fertiggebracht, sie aufzuwecken, weil sie begann, sich zu bewegen. Doch dann lag sie wieder still.

Ein erneutes Grinsen verzog sein Gesicht, als er daran dachte, wie er diesen kleinen Derwisch in den Schrank geworfen hatte, schließlich konnte er ihn ja wohl kaum durch die Wohnung schleppen. Die andere Katze hatte erst gar nicht versucht, sich in den Weg zu stellen, sondern war gleich abgehauen.

Er lachte heiser, als er daran dachte. Ja, am liebsten hätte er etwas anderes mit den beiden angestellt, dachte er diabolisch lächelnd. Allerdings wäre sie dann bestimmt aufgewacht. Durch den Lärm.

Aber gefallen hätte es ihm schon. Genauso, wie es ihm früher gefallen hatte, Tiere zu quälen. Oder Kinder, die kleiner waren als er. Aber Tiere waren besser gewesen, um sie wurde nie so ein Aufhebens gemacht wie um ein kleines Kind. Ein Tier war halt einfach weg, verschwunden. Vielleicht überfahren worden. Oder einfach weggelaufen, weggeflogen, geflüchtet. Es wurde ein wenig gesucht, vielleicht mit Steckbriefen an Bäumen oder Zäunen oder mit Zeitungsanzeigen. Das war es aber dann auch schon. Manche hatten sogar kurz danach bereits ein neues Haustier, obwohl man das andere ja *so* vermisst hatte.

Er hatte sie immer gefangen und dann verschiedene Dinge mit ihnen angestellt. Sadistische Dinge.

Zum Beispiel Katzen an deren Schwänzen zusammengebunden und sich amüsiert, wenn sie sich gegenseitig halb zerfleischt hatten. Oder er hatte ihnen Knallfrösche oder Blechdosen an den Schwanz gebunden, sich halb totgelacht, wenn sie in Todesangst flüchteten. Einmal hatte er sogar einer Katze vier Walnusshälften mit Sekundenkleber an die Pforten geklebt und sich grinsend angesehen, wie sie sich quälte, um ein paar Schritte laufen zu können.

Er hatte das Auto kommen sehen, aber nichts getan. Er hätte die Katze retten können, aber er tat es nicht, stattdessen hatte er es geschehen lassen, dass der Autofahrer sie überfuhr. Da der Autofahrer keinen Ärger riskieren wollte, da er zu schnell gefahren war, gab er ihm Geld für eine neue Katze und fuhr schnell weiter. Natürlich war der Autofahrer davon ausgegangen, dass es seine Katze gewesen war. Natürlich hatte er das Geld nicht abgelehnt und sich später dafür viele Süßigkeiten gekauft. Dinge, die er sich nicht oft leisten konnte. Den Kadaver der überfahrenen Katze hatte er jedoch mitgenommen und in einem Versteck seziert, einfach um zu sehen, wie es da drinnen so aussah.

Obwohl ihm keiner, der ihn sah, eine solche Neigung zutraute, zog sich diese Ader durch einen Großteil seines Lebens. Freunde, Freundinnen, Bekannte, Familie – alle hatte er irgendwann einmal in Gedanken dahingemetzelt.

Auf alle möglichen Arten ermordet.

Und manchmal nicht nur in Gedanken. Wenn ihm jemand in die Quere gekommen war, konnte es durchaus sein, dass seine Gedankenspiele real wurden.

Zu tieferen Gefühlen schien er gar nicht fähig. Allerdings besaß er die Gabe, andere Menschen Dinge von ihm glauben zu machen. Und niemand dachte überhaupt darüber nach, ob diese Dinge wahr sein konnten oder ob sie falsch sein mussten. Sie akzeptierten seine Worte ohne Wenn und Aber. Sie sahen nur die glänzende Fassade, aber nicht dahinter.

Er sah auf seine Beute hinunter: Ja, bald würde seine Falle zuschnappen.

Und *sie* wusste nichts, gar nichts.

Nicht einmal, dass er bei ihr ein und aus gehen konnte, wie er wollte.

Der Tag fing ja schon wieder gut an, stöhnte Sandra innerlich, als sie in der Garage feststellte, dass sie ihren Geldbeutel in ihrer Wohnung vergessen hatte. Sie stellte ihre Tasche in den Kofferraum ihres Autos und verschloss ihn wieder, bevor sie auf dem Absatz kehrtmachte und in ihre Wohnung zurückeilte.

Sie schaute im Flur und im Schlafzimmer, wo sie die Tasche abgestellt hatte.

Nichts.

Nach einem kurzen Rundumblick verließ sie schulterzuckend die Wohnung. Vielleicht lag er auch immer noch bei Brego, denn sie konnte sich nicht daran erinnern, ihn aus der Tasche genommen zu haben, als sie am Abend zuvor nach Hause gekommen war. Allerdings hatte sie am Abend keinen klaren Gedanken mehr fassen können, als sie Brego verließ. So war es durchaus möglich, dass er noch dort lag.

Zum Glück hatte sie für den Notfall immer einen Zehnmarkschein in dem Schlüsselmäppchen des Autoschlüssels. Und das war ein solcher Notfall. Notfall wegen Schusseligkeit der Intelligenzbestie.

Stirnrunzelnd ging Sandra zu ihrem Auto zurück. Ihr Geldbeutel schien auch nicht bei Brego zu sein. Gerade hatte sie die Pforte und ihren Schrank durchsucht, ihn aber nicht gefunden. Ihre Kollegen hatten ihn auch nicht gesehen. Vielleicht war er ihr ja doch im Auto aus der Tasche gefallen und sie hatte ihn nur nicht gesehen.

Doch das war ebenfalls Fehlanzeige.

Wirklich genial gemacht, tadelte sie sich selbst. Sie ging ans Telefon und rief beim Notdienst der Bank an, um wenigstens ihre Bankkarte vorsorglich sperren zu lassen. Schließlich wusste sie ja nicht, wo sie sich mit wem befand. Sie wusste ja nicht einmal, ob es ‚wem‘ gab.

„Hast du ihn gefunden?“, fragte ihr Kollege, als er in die Pforte zurückkam.

„Nein, ich habe gerade meine Bankkarte sperren lassen“, sagte sie und lehnte sich nachdenklich zurück. „Also, gestern hatte ich ihn hier noch, das weiß ich hundertprozentig.“

„Wo hast du ihn denn hin, als du ihn das letzte Mal hattest?“, fragte Pedro Gamba, der auch dazukam.

Sie versuchte, den Tag zuvor zu rekonstruieren. „Ich habe keine Ahnung. Ich meine, ich hätte ihn in meine Tasche getan, die ich dann ins Auto gestellt habe." Sie holte tief Luft. „Aber beschwören könnte ich das nicht. – Das Blöde an der ganzen Sache ist, dass ich meinen Ausweis und alles andere wieder neu beantragen muss. Wieder von Amt zu Amt zu Amt …"

„Ich weiß, was du meinst", nickte Roland Mayer und schob sich ein Stück seiner Orange in den Mund, die er eben geschält hatte. „Hatte auch schon einmal meinen Geldbeutel mit allem Drum und Dran verloren. War ein riesiger Aufwand, bis ich alles wieder zusammenhatte. Und Geld kostet das …" Er winkte er kauend ab.

„Danke, ihr baut mich wirklich wieder auf", sagte sie trocken und seufzte. Vielleicht hatte sie ihn ja zu Hause nur übersehen.

Den Rest des Tages hatte sie nicht mehr viel Zeit, sich über ihren verschwundenen Geldbeutel Gedanken zu machen.

Der Brand war zwar gelöscht, doch nun begannen die Aufräumungsarbeiten. Brandexperten, Statiker und andere Spezialisten kamen und gingen fast den ganzen Tag. Es herrschte ein buntes Treiben wie auf dem Jahrmarkt.

Harald Schneiders Vermutung, es könnte Brandbeschleuniger benutzt worden sein, schien sich ersten Prognosen zufolge zu bewahrheiten.

Da sich die Lage langsam normalisierte und auch für die folgende Nacht keine zusätzlichen Wachleute benötigt wurden, war es ihr auch möglich, eine Stunde vor ihrem normalen Feierabend ihren Arbeitsplatz zu verlassen. Was sich gut traf, da sie ja noch eine Verlustmeldung bei der Polizei machen wollte.

Kapitel 13

Sandra hatte sich gerade die Jacke angezogen, als es an der Tür klingelte. Genervt ging sie zur Sprechanlage.

Eigentlich hatte sie gerade zur Polizeistation fahren wollen, um ihren Geldbeutel als verloren zu melden. Sie hatte noch einmal alles auf den Kopf gestellt, als sie nach Hause gekommen war, und ihn nicht gefunden.

„Ja?", meldete sie sich.

„Schröder hier. Darf ich hochkommen?"

„Klar."

Na ja, wie war das wieder mit dem Propheten und dem Berg? In diesem Fall war es halt die Polizei. Sie öffnete die Tür und erwartete ihn.

„Guten Abend, lieber Herr Polizeiobermeister Schröder", grinste sie ihn an. „Trifft sich hervorragend, dass Sie hier sind. Gerade war ich nämlich auf dem Weg zu euch. Zwei Minuten später, und Sie hätten mich hier nicht mehr angetroffen."

„Wieso? Was wollten Sie denn bei uns?", fragte Schröder, während sie sich die Hände schüttelten. Es klingelte erneut, bevor sie antworten konnte.

„Wer ist das denn nun?", fragte sie irritiert.

„Das wird mein Kollege sein. Er hat gerade noch den Wagen geparkt“, sagte Schröder. „Warten wir doch eben auf ihn.“

Prüfend musterte sie ihn. „Was ist los?“

„Wie kommen Sie darauf, dass was los ist?“, kam prompt die Gegenfrage.

„Ist denn was los?“, stellte sie nun die Gegenfrage zur Gegenfrage und sah ihn herausfordernd an. Ihr gefiel nicht, wie er sie anschaute. Er versuchte, unbeteiligt auszusehen und sich nicht in die Karten schauen zu lassen. Vor ein paar Tagen war er offen und ehrlich zu ihr gewesen, das hatte sie gespürt, so wie sie nun spürte, dass sich etwas zusammenbraute.

Etwas, das wahrscheinlich nicht positiv für sie war.

In diesem Moment stapfte Schröders Kollege Bender die Treppen herauf und kam zur Wohnungstür gelaufen.

Auch ihm streckte sie die Hand zur Begrüßung hin, die er mit einem Seitenblick auf Schröder auch nahm und kurz drückte.

Wenn sie eine Bestätigung für das herannahende Unheil gebraucht hatte, so hatte dieser Seitenblick von Bender zu Schröder ihre schlimmsten Befürchtungen bestätigt.

„Gehen wir ins Wohnzimmer. Sie wissen ja bestimmt noch, wo es ist“, sagte sie dann und schloss die Wohnungstür. Sie folgte den Polizisten und setzte sich auf die Couch, nachdem die beiden auf den Sesseln Platz genommen hatten.

„Was wollten Sie bei uns?“, fragte Schröder erneut.

„Mein Geldbeutel scheint unauffindbar zu sein. Und da ich dort sämtliche Papiere und Ausweise etc. drin habe und ja schlecht ohne alles rumlaufen kann, wollte ich es melden. Auch falls es einer findet und abgibt“, erklärte sie.

„Seit wann vermissen Sie ihn?“

„Also, ich hatte ihn gestern zum letzten Mal.“

Wieder Blickwechsel zwischen den beiden Polizisten.

„Wie sieht er denn aus?“, fragte Bender.

„Er ist schwarz, aus einer Art weichem Leder mit einem weißen Eisbären drauf. Drunter steht ‚Fun Zone‘, ebenfalls in weißer Schrift“, gab sie an. „Also gehe ich recht in der Annahme, dass ich mir den Weg zum Präsidium sparen kann?“

Schröder und Bender sahen sich kurz an.

„Na ja, um eine Verlustmeldung zu machen“, fügte sie hinzu. „Nachdem Sie beide ja nun schon da sind und ich es Ihnen ja nun gesagt habe, meine ich.“

Dann zog Schröder einen kleinen durchsichtigen Plastikbeutel aus der Tasche und hielt ihn hoch. „Kennen Sie das?“

„He, genial“, freute sie sich, als sie ihren Geldbeutel erkannte. „Hat ihn etwa schon jemand abgegeben? Super, wenigstens brauche ich nicht alles neu zu beantragen – das heißt, wenn noch alles drin ist. Finde ich auch lieb, dass Sie ihn mir extra vorbeibringen, ich hätte ihn auch selbst abholen können, wenn Sie mich angerufen hätten.“ Sie streckte eine Hand aus, um ihn in Empfang zu nehmen.

Schröder und Bender sahen sich erneut an. Ihr Lächeln erstarrte, als sie den Blick sah. Langsam ließ sie die leere Hand wieder sinken, als sie merkte, dass sie ihn nicht erhalten würde. „Was ist los?“

Beide holten tief Luft und zögerten.

„Also …“, begann Schröder schließlich.

„Sie sind nicht hier, weil jemand den Geldbeutel gefunden hat und Sie ihn mir netterweise wiederbringen wollten, richtig?“, unterbrach sie ihn trocken und lehnte sich zurück. Candy sprang auf die Couch und legte sich auf ihren Schoß. Genau beobachtete sie die Polizisten.

Automatisch begann Sandra, sie zu streicheln. Plötzlich zog ein leichter Schmerz durch ihren Magen, wahrscheinlich die Aufregung, dachte sie.

Schröder schüttelte den Kopf. „Nein, das ist wirklich nicht der Grund, warum wir hier sind.“

„Sagen Sie mir nicht, dass mein Geldbeutel dort gefunden wurde, wo er nicht sein sollte“, sagte sie leise.

„Wie kommen Sie darauf?“, fragte Bender und kniff misstrauisch die Augen zusammen.

„Ich muss da nur an die Sache mit meinem Knopf denken“, erwiderte sie und schluckte hart. „Der wurde auch dort gefunden, wo ich noch nie zuvor war.“

Schröder sah sie durchdringend an. „Leider wurde er doch dort gefunden, wo er nicht sein sollte.“

Sandra schloss die Augen. Ihr Magen rumorte, sie fühlte sich immer schlechter. Nein, nicht schon wieder. Das durfte doch nicht wahr sein. Sie atmete tief durch und öffnete die Augen. Candy sah sie aufmerksam an.

„Okay, wo war ich dieses Mal?“, fragte sie dann ein wenig sarkastisch und fixierte Schröders Blick.

„In der unmittelbaren Nähe des Brandherdes“, sagte Schröder.

„Gut, das war ich gestern den ganzen Tag. Weiter!“ Sie sah ihn auffordernd an.

„Ich sagte, *unmittelbare Nähe.*“ seine grünen Augen bohrten sich in ihre.

„Und ich sagte, dort war ich den ganzen gestrigen Tag.“ Sie hielt seinem Blick stand. „Und das können sogar unzählige Leute bezeugen, allen voran Herr Schneider.“ Provokant zog sie die Augenbrauen hoch. „Wenn Sie mir nicht glauben wollen, dann fragen Sie ihn.“

„Er wurde von unseren Leuten heute hinter dem Gebäude gefunden, nicht davor, wo Ihre Pforte ist“, gab Schröder preis und beobachtete jede ihrer Regungen.

„Hinter dem Gebäude?“ Ihre Augen verengten sich fragend. „Da war ich aber nicht. Das heißt, ich habe meine Kollegen, die ich gestern Abend noch unterweisen musste herumgeführt, dabei waren wir zwar kurz hinter dem Gebäude, weil dort die Trafostation ist, aber da hatte ich keinen Geldbeutel dabei.“

„Wie kommt er dann dorthin?“, fragte Bender und sah sie zweifelnd an. „Allein kann er dort nicht hinlaufen.“

„Ich weiß es nicht.“ Sie zuckte die Schultern.

„Frau Meister, man beschuldigt Sie mehr oder weniger, etwas mit dem Brand zu tun zu haben.“ Schröder sah sie ernst an.

Jetzt war es raus. Sie wurde der Brandstiftung bezichtigt. Sandra schnappte nach Luft. Sie spürte, wie ihr Körper ganz kalt wurde. Die Magenschmerzen verschlimmerten sich. Sie rutschte auf der Couch nach vorne.

„Nein!“, würgte sie.

„Doch, und nicht nur das.“ Schröder machte eine Pause.

Was konnte denn noch kommen? Welche Steigerung war da noch möglich? Sandra schwirrte der Kopf.

„Es gab zwei Todesopfer.“

„Zwei …“, keuchte sie und rang nach Fassung. Ihr wurde schwindlig und ein Rauschen erklang in ihren Ohren, gemischt mit einem Pfeifton, der alle anderen Geräusche langsam ausschaltete. Kalter Schweiß bildete sich langsam auf ihrer Stirn. Sie kniff die Augen zusammen und öffnete sie wieder. Was war nur los mit ihr? Bender sah aus, als ob ihn jemand gelb eingerahmt hätte vor der weißen Wand ihres Wohnzimmers.

„Zwei Professoren haben allem Anschein nach noch gearbeitet, als …“ Der Rest ging in Rauschen unter. Sandra merkte, wie langsam ein Brechreiz in ihr hochstieg. Sie sprang auf, stieß dabei Candy von ihrem Schoß, die sich erschrocken unter der Couch in Sicherheit brachte, und lief schwankend, wie ein betrunkener Seemann, in ihr Badezimmer, wo sie sich vor der Toilette auf den Boden sinken ließ und sich würgend übergab.

Als sie sich keuchend aufrichten wollte, fiel ihr auch hier der Gelbstich um manche Sachen auf. Ein Stöhnen entrang sich ihrer Kehle. Sie griff nach einer Rolle Toilettenpapier und riss ein Blatt ab, um sich den Mund damit abzuwischen, als sie spürte, wie die nächste Übelkeitswelle in ihr hochstieg.

„Frau Meister, ist alles in Ordnung?“, fragte Schröder vorsichtig, als er hinter ihr in die Toilette trat. Besorgt war er ihr gefolgt, als sie aus dem Wohnzimmer gestürzt war.

„Nein, ich … mir …“ Sie musste sich wieder übergeben.

Schröder ging hinter ihr in die Hocke, griff nach ihrem linken Handgelenk und begann, ihren Puls zu fühlen.

„Bender, ruf einen Saniwagen! Und bring ein Glas Wasser!“, rief er seinem Kollegen zu.

Er legte ihr die Hand auf die Stirn, während sie sich fahrig den Mund abwischte. Ihre Haut fühlte sich eiskalt an und war von Schweiß bedeckt.

Bender trat mit Sandra Meisters schnurlosem Telefon in der Hand an die Tür und reichte Schröder mit der anderen Hand ein Glas Wasser. „Symptome?“ Fragend sah er Schröder an.

„Langsamer Puls, Erbrechen, kalter Schweiß, unregelmäßige Atmung“, rasselte Schröder knapp herunter. „Und sag ihnen, sie sollen sich beeilen.“

Bender nickte und wiederholte Schröders Worte.

Ermattet lehnte sich Sandra gegen die Wand. Sie fühlte sich wie betrunken. Sie hörte Schröders und Benders Stimmen, konnte aber nicht einordnen, was sie sagten. Das Wasserglas schob sie weg. Himmel, warum war ihr nur so schlecht? Vorhin war doch alles in Ordnung gewesen.

„Kommen Sie, Frau Meister, wir helfen Ihnen rüber zum Bett.“ Schröder stellte das Glas weg und griff ihr unter die Arme, um ihr hochzuhelfen. Doch Sandras Beine fühlten sich an wie Gummi und wollten ihr nicht gehorchen.

„Ich … kann nicht“, hauchte sie.

Bender schob Schröder beiseite, gab ihm das Telefon und griff nach Sandra. Fast mühelos zog er sie in die Höhe und schleppte sie mit Schröders Hilfe aus dem Badezimmer ins angrenzende Schlafzimmer. Dort legte er sie flach aufs Bett und schob ein Kissen unter ihre Beine.

Schröder war kein Arzt, aber er hatte das Gefühl, als ob sie kaum noch mitbekam, was um sie herum geschah.

In diesem Moment klingelte es an der Tür. Bender hastete zum Türdrücker und öffnete die Tür. Zwei Sanitäter rannten, immer zwei Stufen auf einmal nehmend, die Treppen hoch, schwarze Koffer in den Händen. Ein anderer, offensichtlich ein Notarzt, folgte ihnen.

Bender zeigte ihnen das Schlafzimmer, wo Schröder gerade den Puls maß.

„Puls ist 56“, sagte er zu den Sanitätern und machte Platz. Bender zog erstaunt die Augenbrauen hoch. Sie verließen das Zimmer, als der Notarzt gerade Sandra Meisters Oberkörper für die Untersuchung und die Anbringung der Elektroden für die Überwachung der Vitalfunktionen freimachte.

Einer der Sanitäter legte eine Blutdruckmanschette um ihren rechten Arm, um ihren Blutdruck zu messen. „100 zu 70“, sagte er nach einem Moment.

„Ist das nicht ein bisschen niedrig?“, fragte Bender Schröder leise, als sie draußen waren.

Schröder nickte nur und hing seinen eigenen Gedanken nach, während sie langsam ins Wohnzimmer gingen. Der Kater und die Katze lagen dicht nebeneinander auf der Couch und fauchten die Polizisten an wie zwei wilde Raubtiere.

Bender und Schröder beschlossen, sie im Wohnzimmer einzusperren, bis alles erledigt war, und schlossen die Tür, bevor sie entwischen konnten.

Betroffen standen sie sich im Flur gegenüber. Beide hatten nicht mit einer solch dramatischen Wende gerechnet, als sie an diesem Abend zu Sandra Meisters Haus gefahren waren. Die Blässe und den Schweißausbruch hatten beide auf den Schock zurückgeführt, dass sie ertappt worden war. Das konnte dem einen oder anderen Kriminellen schon eine solche körperliche Reaktion entlocken. Sie waren davon ausgegangen, dass sie doch schuldig war, als sie zu ihr gefahren waren. Schließlich hatten sie ja das Beweismittel in der Hand gehabt. Aber nun? Was sollten sie davon halten?

Den Anweisungen nach zu urteilen, die der Notarzt seinen Sanitätern gab, musste die Situation recht ernst sein. Hoffentlich jedoch nicht so ernst, dass sie die Wahrheit nie erfahren würden.

„Frau Meister, hallo? Aufwachen! Hören Sie mich?“ Etwas tätschelte ihre Wangen.

Sie war in einem Zustand der Schwerelosigkeit dahingedriftet und wollte eigentlich nur ihre Ruhe. Außerdem spürte sie immer noch diese Übelkeit, die in ihren Eingeweiden rumorte.

„Frau Meister, hallo!“ Wieder wurde sie getätschelt.

Widerwillig öffnete sie ihre Augen. Sie sah einen bärtigen Mann, der sich über sie beugte. Sie erschrak und wollte sich aufrichten.

„Halt, Moment, junge Dame.“ Der Mann drückte sie sanft wieder nach unten. „Schön liegen bleiben und tun, was der Onkel Doktor sagt.“

Doktor? Was machte ein Doktor hier, nur weil ihr übel war? Zugegeben, ihr war ziemlich übel, aber deswegen gleich ein Doktor? Sie würde mit dem Verantwortlichen ein ernstes Wort reden müssen.

Sie bemerkte noch zwei Männer, die ebenfalls ernst auf sie herabsahen. Sie waren, wie der Bärtige, in Weiß gekleidet und trugen grellrote Jacken. Einer der beiden hielt einen Beutel mit klarer Flüssigkeit in der Hand, während sich der andere an ihrem linken Arm zu schaffen machte. Instinktiv versuchte sie, den Arm wegzuziehen.

„Halt, stopp! Dageblieben!“ Der Sanitäter hielt ihren Arm fest.

„Was … was ist hier … los?“, stieß sie mühsam hervor und blinzelte einige Male, um diese gelben Umrisse, die sie um alles Mögliche sah, loszuwerden. Sie erkannte ihr Schlafzimmer, aber sie konnte sich nicht erinnern, irgendwelche Gelbtöne bei der Gestaltung benutzt zu haben. Aber es ging nicht weg, im Gegenteil, es schien sich noch etwas zu verschlimmern.

Der Bärtige, der sie auf das Bett gedrückt hatte, hielt nun ihren linken Arm fest. Sie spürte einen kurzen Einstich an ihrer linken Hand.

„Ganz ruhig“, sagte der Mann mit leiser Stimme, als er ihren Blick bemerkte. „Wir legen Ihnen nur eine kleine Infusion, das ist alles.“

„Aber was …?“

„Die Polizisten, die hier sind, haben uns gerufen, weil es Ihnen nicht gut ging“, erklärte er und musterte sie ernst. „Haben Sie irgendwelche Medikamente oder Drogen eingenommen?“

Sandra schüttelte den Kopf und bereute es sofort, denn ein starker Schwindel ließ die Umgebung wild tanzen. Sie stöhnte kurz auf. Verdammt, sie wohnte doch nicht auf einem Schiff. Warum ging es ihr so mies? Erneut blinzelte sie mehrfach.

„Haben Sie Schmerzen?“ Der Bärtige hob einen Finger und schwenkte ihn vor ihrem Gesicht herum. „Folgen Sie meinem Finger mit den Augen.“

Sie versuchte es, machte aber nach zwei Versuchen die Augen zu, da ihr sofort wieder schwindelig wurde.

„Kommen Sie, Frau Meister, versuchen Sie es“, sagte der Notarzt.

„Macht mich … schwindelig“, hauchte sie. „Übel. Mir ist … übel.“

„Blutdruck 80 zu 65, sinkend“, meldete einer der Sanitäter nach einem prüfenden Blick auf den angeschlossenen Monitor.

„Hol die Trage. Sie muss schnellstens ins Krankenhaus“, wies der Arzt den Sanitäter an.

„Krankenhaus? – Nein“, flüsterte sie und riss die Augen auf. „Geht schon wieder.“

„Tut mir Leid, da sind wir anderer Meinung.“

„Nur ein … bisschen Schlaf, dann … geht es …“ ihre Stimme versagte. Sie schloss die Augen.

„Sprechen Sie mit mir, Frau Meister.“ Der Arzt tätschelte leicht ihre Wangen.

Sie murmelte etwas Unverständliches.

„Frau Meister, hallo!“ Erneut versuchte er es, ohne Erfolg. Er sah einen der Sanitäter an. „Schau mal nach, ob du etwas findest. Irgendwelche Medikamente oder Essensreste für die Analyse. Das hier ist nicht ganz koscher.“

Mühsam öffnete sie ihre Augen. „Katzen. Meine Katzen.“

Fragend sah der Arzt seine Kollegen an. „Katzen?“

„Ja, sie …“, setzte sie zum Erklären an.

„Sie sind im Wohnzimmer und haben sich verkrochen“, ertönte Schröders Stimme. Er hatte die Frage gehört, weil er mit Bender im Flur gestanden und auf Neuigkeiten gewartet hatte. „Wir haben die Tür geschlossen.“

„Versorgen … Meine Schwester … anrufen …“ sie verstummte.

Die Bewusstlosigkeit hatte gesiegt.

„Wie sieht es aus?“, fragte Schröder den Notarzt ernst, während der Sanitäter hektisch alles zusammenpackte.

Sandra Meister lag still und fast so blass wie ihre weißen Kissen auf dem Bett. Unter ihrer geöffneten Bluse verschwanden die Kabel der Elektroden, die auf ihrem Brustkorb angebracht waren.

„Ich vermute eine Vergiftung. Ihr Blutdruck sinkt weiter ab, mit dem Sehen schien sie auch Probleme zu haben und momentan ist sie bewusstlos.“ Der Notarzt schüttelte den Kopf. „Wir bringen sie jetzt schnellstens ins Krankenhaus, bevor uns noch ihr Kreislauf zusammenbricht. Der Kollege schaut gerade noch, ob sie irgendwelche Medikamente oder Essensreste rumliegen hat, die für ihren Zustand verantwortlich sein könnten und die wir für die Giftanalyse mit ins Krankenhaus nehmen können.“

„Ich gehe den Koffer holen“, sagte Bender und lief aus der Wohnung, ohne eine Antwort abzuwarten.

„Vergiftung?“, fragte Schröder mit gerunzelter Stirn.

„Alles deutet darauf hin.“ Er zuckte die Schultern.

„Schauen Sie sich doch einmal genauer um, vielleicht finden Sie etwas. Sie sagte zwar, sie hätte keine Medikamente genommen, aber wer weiß das schon?“

„Haben Sie eine Idee, was für ein Medikament es sein könnte?“, fragte Bender.

„Ich tendiere zu einem Medikament, das Digitalis enthält, um ehrlich zu sein“, sagte der Arzt.

„Ein Herzmedikament?“ Schröder sah den Arzt ernst an.

„Möglich, Näheres kann ich nicht sagen. Es kann auch etwas anderes sein, ich sagte nur, dass die Möglichkeit bestünde.“ Er warf einen Blick über die Schulter zu dem Sanitäter, der gerade Sandra Meister auf den Transport vorbereitete. „Wir müssen sie nun umbetten, damit wir loskönnen.“ Er rief dem anderen Sanitäter zu: „Hast du etwas gefunden?“

„Wir sind gerade dabei“, rief der Sanitäter aus der Küche, der neben Bender stand, der zwischenzeitlich wieder zurück war und Proben von geöffneten Lebensmitteln nahm.

„Blutdruck bei 70 zu 60“, rief der andere Sanitäter, kaum dass er zuende gesprochen hatte. Zusammen mit dem Sanitäter hob der Notarzt Sandra Meister vorsichtig auf die Krankentrage. Sie deckten sie mit einem dünnen Leinentuch bis zum Oberkörper ab und legten den Monitor mit den Vitalwerten zwischen ihre Füße. Der Arzt nahm dem zweiten Sanitäter die Proben ab und hielt den Infusionsbeutel, während er neben der Trage herlief, die die Sanitäter nun nahmen und aus der Wohnung trugen.

„Wo bringt ihr sie hin?“, rief Bender hinterher.

„Ins große Klinikum, Stadtmitte. Und schaut euch noch einmal um, ob ihr noch etwas findet, das wir übersehen haben“, rief der Arzt über die Schulter zurück, bevor sie die Wohnung verließen.

„Ja, machen wir“, rief Schröder hinterher. „Wir kommen dann nach!“

Wenig später ertönte die immer leiser werdende Sirene des Krankenwagens.

„Na, dann lass uns mal mit dem Spaß beginnen“, sagte Bender, nahm seine Latexhandschuhe aus der Tasche und zog sie über. „Schau du erst einmal im Bad nach, ob du irgendetwas findest. Ich fange derweil hier in der Küche an.“

Schröder nickte und ging Richtung Bad.

Bender betrat erneut die Küche und nahm den Abfalleimer, den er auf die Spüle stellte. Er öffnete den Deckel und schaute hinein, fand allerdings nur einen leeren Joghurtbecher und eine Bananenschale darin.

„Also, im Bad habe ich nichts gefunden.“ Schröder betrat die Küche. „Wie sieht es bei dir aus?“

Bender zeigte ihm seinen Fund. „Magere Ausbeute. Sie muss den Abfall erst weggebracht haben.“

„Zumindest können wir davon ausgehen, dass das ihre letzte Mahlzeit war“, entgegnete Schröder und öffnete den Kühlschrank, in dem nur noch originalverschlossene Verpackungen standen. Ein Milchkarton, eine Safttüte, Kondensmilch, zwei verschlossene Verpackungen mit Wurst und eine Margarine.

„Oder ein Teil davon“, sagte Bender und nahm den Joghurtbecher in die Hand, an dem der Deckel noch zu einem Viertel festhing. Er inspizierte ihn genau. „Er scheint unversehrt zu sein.“

„Bringen wir ihn zum Krankenhaus, damit sie es analysieren können.“ Schröder nahm die Autoschlüssel aus seiner Jackentasche.

„Ja, auf dem Weg dorthin bringe ich unsere Proben schnell zum Labor“, kündigte Bender an, bevor er vor Schröder aus der Wohnung lief.

Kapitel 14

Sandra fühlte sich miserabel, als die Nebelfetzen etwas verflogen, die sich um ihr Bewusstsein gelegt hatten. Sie kam langsam zu sich. Ihre Sicht, die anfangs verschwommen war, schärfte sich langsam wieder, allerdings immer noch mit diesem Gelbstich, den sie schon so gut kannte. Ihr Mund war wie ausgedörrt, als ob sie einen tagelangen Ausflug ohne Wasser in der Wüste unternommen hatte. Es fehlte nur noch, dass Sandkörner zwischen ihren Zähnen knirschten. Ihre Zunge lag wie ein ausgetrockneter Wal mittendrin und schien auf die doppelte Größe angeschwollen zu sein.

Eine Frau und ein Mann mittleren Alters, die beide in Weiß gekleidet waren, standen an ihrem Bett und sahen gespannt auf sie herab.

„Hallo, Frau Meister, können Sie mich hören?“, fragte der Mann, offensichtlich ein Arzt. Er leuchtete ihr in die Augen, was sie als unangenehm empfand.

Sein graumeliertes Haar war kurz geschnitten und nach hinten frisiert.

„Ja", flüsterte sie leise.

Die Schwester kontrollierte einen Monitor, der direkt neben ihrem Bett stand und fast regelmäßig piepste. Sie flüsterte dem Arzt etwas zu, das Sandra nicht verstand, und trug anschließend etwas in eine Kladde ein, die in einer Halterung am Fußende ihres Bettes angebracht war.

Eine weitere Schwester betrat das Zimmer. Sie trug einen Beutel mit klarer Flüssigkeit in der Hand, den sie der am Bett stehenden Schwester reichte.

„Die Kaliuminfusion", sagte sie.

„Ist alles für den Notfall vorbereitet?", fragte der Arzt.

Die Schwester nickte und verließ das Zimmer wieder.

„Frau Meister, haben Sie irgendetwas eingenommen?", wandte sich der Arzt an Sandra, während die andere Schwester die Infusion anhängte.

„Nein", sagte sie kraftlos.

„Haben Sie Herzprobleme?"

„Nein."

„Also nehmen Sie auch keine Herzmedikamente?"

„Nein."

„Wie fühlen Sie sich?", fragte der Arzt und musterte sie durchdringend.

„Das habe ich … noch nicht … rausgefunden", krächzte sie mühsam. Das Sprechen strengte sie an. „Durst. Ich habe … Durst."

„Schwester, bringen Sie etwas Kamillentee für die junge Dame und achten Sie darauf, dass sie nur kleine Schlucke nimmt", ordnete er an. „Ich bin übrigens Dr. Hallberg."

Sie hob lediglich die Hand und nickte. Sie war müde und fühlte sich total kaputt, als ob sie eine Woche lang 24 Stunden täglich mit körperlicher Arbeit verbracht hätte und anschließend von einem Panzer überrollt worden wäre.

„Soll ich Ihnen das Kopfende des Bettes etwas hochstellen?", fragte er.

Als sie nickte, hob er das Kopfende etwas an, hielt jedoch sofort inne, als sie die Hand hob und aufstöhnte. Das Piepsen des Monitors verlangsamte sich kaum merklich, doch der Arzt nahm es wahr.

„Was ist?" seine Augen verengten sich alarmiert.

„Schwindelig … übel", stieß Sandra hervor.

Er konnte gerade noch eine Nierenschale packen und Sandra vor den Mund halten, als sie sich würgend übergab. Danach fiel sie in die Kissen zurück und rührte sich nicht mehr. Gleichzeitig fiel das Piepsen des Monitors noch mehr ab.

Sofort betätigte er den Notknopf am Bett und löste damit auf der Station Alarm aus.

Schröder und Bender betraten gerade die Intensivstation, auf die Sandra Meister gebracht worden war, als dort die Hölle losbrach. Pfleger und Schwester riefen durcheinander und stürzten in eines der Zimmer, aus dem dann nur noch Stimmengewirr zu vernehmen war.

Misstrauisch ging Schröder näher an die Glasscheibe heran, durch die man in das Zimmer schauen konnte. Er sah, wie mehrere der Pfleger und Schwestern um ein Bett herumstanden und dann zurückwichen, als der Doktor die Metallflächen des Defibrillators auf den Brustkorb eines Menschen setzte. Es musste ein Defibrillator sein, denn der Leib des Menschen begann kurz zu zucken, lag dann aber wieder still.

„Saft!", rief der Arzt so laut, dass man ihn durch die dicke Glasscheibe hörte, und setzte die Metallflächen erneut auf den Brustkorb.

Schröder lief es eiskalt den Rücken hinunter, als er realisierte, um wen es sich handeln könnte, der da lag und diese Prozedur über sich ergehen lassen musste. Und noch bevor die Schwestern den Blick auf die Gestalt freigaben, wusste er plötzlich aus einem Gefühl heraus, dass es sich um Sandra Meister handelte.

Und er sah, dass sich die Aufregung legte. Die Gesichter der Umstehenden waren immer noch ernst, aber nicht mehr in dem Maße angespannt, in dem sie die letzten Sekunden auf die Gestalt heruntergeschaut hatten.

Und das Gerät, der Defibrillator, wurde weggeschoben. Sandra Meister wurde untersucht und hatte nun Schläuche in der Nase. Sie wurde offensichtlich künstlich beatmet.

Schröder und Bender warfen sich einen kurzen Blick zu.

„Meinst du, sie wird wieder?", fragte Bender.

„Wenn ich das wüsste", entgegnete Schröder betroffen.

„Mal sehen, was der Arzt sagt, wenn er rauskommt."

Wenige Minuten später trat der behandelnde Arzt aus Sandra Meisters Krankenzimmer in den Flur. Er stutzte, als er die beiden Polizisten sah.

„Herr Doktor, guten Tag." Schröder ging zielstrebig auf ihn zu. „Mein Name ist Schröder, das ist mein Kollege Bender. Ich hätte ein paar Fragen zu Sandra Meisters Gesundheitszustand."

Der Arzt ergriff Schröders ausgestreckte Hand und schüttelte sie. „Dr. Hallberg. Guten Tag, die Herren. Sie müssen die Herren sein, die in der Wohnung anwesend waren und den Notarzt verständigt haben, wie mir berichtet wurde."

„Richtig." Bender nickte. „Wir haben gerade Ihrer Stationsschwester den Beutel mit möglichen Vergiftungsquellen übergeben. Viel haben wir zwar nicht mehr gefunden, aber besser als nichts."

„Danke, das wird helfen." Der Arzt nickte.

„Und, wie geht es ihr?", fragte Schröder erneut. „Wir konnten gerade durch das Fenster beobachten, wie …, ich meine, dass sie …"

„Wir haben sie gerade wiederbelebt", fiel ihm der Arzt ins Wort, als er Schröders Unsicherheit bemerkte. Der Arzt sah sie nachdenklich an. „Um ehrlich zu sein, sieht es nicht gerade gut aus. Die nächsten Stunden werden alles Weitere entscheiden."

„Wissen Sie schon, woran es liegt?", fragte Bender mit gerunzelter Stirn.

„Wir warten zwar noch auf die Laboranalyse, aber ich denke, sie muss ein Herzmedikament eingenommen haben, vielleicht Digitalis, anders kann ich mir ihre Reaktionen nicht erklären. Sie wissen ja selbst, wie niedrig ihr Blutdruck war. Als sie eingeliefert wurde, war er noch niedriger. Eigentlich bin ich überrascht, dass ihr Kreislauf nicht eher zusammengebrochen ist." Der Arzt kratzte sich am Kinn. „Dann die Übelkeit, das Erbrechen, Sehstörungen, Herzrhythmusstörungen – das sind untrügliche Zeichen für eine Digitalisvergiftung. Wie gesagt, sie hatte gerade einen Herz-Kreislauf-Stillstand, den wir gerade noch durch die Defibrillation in den Griff bekamen. Momentan wird sie künstlich beatmet und ihr Herz wird am Laufen gehalten, doch wenn die Infusionen nicht anschlagen und wir das Gift nicht aus ihrem Körper bekommen …" Er sprach den Satz nicht zu Ende. „Wenn wir wüssten, wie hoch die Dosis war, könnte ich ihnen mehr sagen."

„Und außer den Infusionen kann man nichts machen?", fragte Bender. „Man macht doch Blutwäsche, wenn irgendwelche Organe nicht richtig arbeiten und Giftstoffe im Blut sind."

„Das ist richtig, aber das ist etwas ganz anderes. Dialyse funktioniert im Falle einer Digitalisvergiftung nicht – leider." Bedauernd sah der Arzt von Bender zu Schröder.

„Ich glaube nicht, dass sie herzkrank ist", sagte Schröder. „Also wieso sollte sie Digitalis einnehmen? Und davon abgesehen – wir haben auch keinerlei Herzmedikamente bei ihr in der Wohnung gefunden."

„Es sei denn, sie hätte es schon auf der Arbeit zu sich genommen", warf Bender ein.

„Das kommt darauf an." Schröder wiegte zweifelnd seinen Kopf hin und her. „Wie lange dauert es, bis das Zeug wirkt?"

„Ungefähr eine halbe Stunde, je nach Dosis natürlich. Je höher die Dosis, desto schneller", sagte der Arzt.

„Dann ist es nicht möglich, denn sie hatte bereits eine Stunde Feierabend, als wir zu ihr kamen." Schröder schüttelte den Kopf. „Vielleicht ja doch ein Herzproblem, von dem keiner etwas weiß."

„Wenn ich wüsste, wer ihr Hausarzt ist, könnten wir direkt nachfragen", erwiderte der Arzt.

„Ich habe ihr Telefonverzeichnis mitgebracht. Lassen Sie mich nachschauen, ob wir ihn finden." Schröder klappte es auf und blätterte es durch. Bei dem Buchstaben ‚C' wurde er fündig. „Christdorf, Hausarzt und seine Telefonnummer." Er zeigte es dem Arzt.

Dr. Hallberg ging in sein Büro und erfragte telefonisch, ob der Hausarzt ihr ein Herzmedikament verschrieben hatte, und es stellte sich heraus, dass sie kerngesund gewesen war. Und dass die letzte Untersuchung gerade mal zwei Wochen her war. Und dass sie keinerlei Medikamente einnehmen musste.

„Dr. Hallberg!", rief die Stationsschwester in dem Moment, als er mit Dr. Christdorf auflegte. „Das Labor ist am Telefon!"

Der Arzt entschuldigte sich bei den Polizisten und nahm den Anruf entgegen.

„Also, jetzt wissen wir es mit Sicherheit – es ist Digitalis!" Er sah Schröder und Bender ernst an, nachdem er aufgelegt hatte. „Und es befand sich in den Proben, die die Sanitäter mitgebracht hatten. In allen Proben."

Bender und Schröder sahen sich alarmiert an. „In allen Proben?"

„Ja, so sagt es das Labor." Er sah auf die Uhr. „Sie entschuldigen mich bitte, ich möchte noch einmal zu Frau Meister rein und habe dann anschließend einen wichtigen Termin."

„Aber sicher", antwortete Schröder. „Wir werden hier einen Mann postieren, bis die Sache geklärt ist. Das geht doch in Ordnung, oder?"

„Sicher", nickte Dr. Hallberg. „Sagen Sie bitte der Schwester Bescheid. Aber bitte unauffällig, meine Herren. Ich möchte nicht, dass andere Patienten oder deren Angehörige beunruhigt werden."

Die Polizisten nickten und sahen dem Doktor hinterher, wie er mit wehendem Kittel in Sandra Meisters Krankenzimmer verschwand.

Sie befanden sich auf dem Rückweg zu Sandra Meisters Wohnung, um sich noch etwas umzuschauen. Schließlich mussten die vergifteten Lebensmittel irgendwie in ihren Kühlschrank gelangt sein. Vielleicht fanden sie ja noch heraus, wie.

Sie hatten Sandras Schwester telefonisch von dem Vorfall in Kenntnis gesetzt, bevor sie das Krankenhaus verlassen hatten, und um ihre Zustimmung gebeten, die Wohnung ihrer Schwester noch einmal anschauen zu dürfen. Sie waren übereingekommen, dass sie ihr den Schlüssel ins Krankenhaus bringen würden, wenn sie fertig waren, da sie verständlicherweise erst nach ihrer Schwester schauen wollte.

„Wenn wir die Wohnung durchsuchen, heißt das ja wohl auch, dass wir diese Bestien wieder rauslassen müssen, oder?" Bender sah Schröder zweifelnd an, während sie die Treppen zur Wohnung hochstiegen.

Schröder lächelte leicht. „Na, komm schon, so ein Kasten wie du wird doch wohl vor so ein paar Schmusekätzchen nicht kuschen, oder?"

„Schmusekätzchen, ha!" Er lächelte säuerlich. „Wie schmusig die sind, haben wir ja vorhin erlebt."

„Das schon, aber ich glaube, das wird jetzt ein wenig anders sein", sagte Schröder und wurde ernst. „Vorhin waren ganz einfach zu viele Fremde dort. Dazu haben sie wahrscheinlich gespürt, dass es ihrem Frauchen nicht besonders gut ging."

„Ich hoffe, du hast Recht", brummte Bender, als sie vor der Wohnung ankamen. Er hatte noch nie das Interesse oder die Geduld für Haustiere besessen, im Gegenteil, er machte immer einen großen Bogen um sie, also konnte er nur hoffen, dass Schröder recht hatte.

Schröder hatte gerade die Wohnungstür aufgeschlossen, als hinter ihm eine Stimme erklang: „Entschuldigen Sie bitte, ich möchte ja nicht neugierig sein, aber ist meiner Nachbarin etwas passiert?"

Sie drehten sich beide um und erblickten einen braun gebrannten Typen mit dunklen Haaren, der an der anderen Wohnungstür lehnte und sie ernst anschaute. Er trug Jeans und ein weißes Muskelshirt, und er sah aus, als wäre er einem Modemagazin entstiegen. In seinen Augen lag ein überheblicher Ausdruck.

Schröder konnte ihn auf Anhieb nicht leiden. „Warum sollte ihr etwas passiert sein?"

„Na ja, ich habe noch nie einen Polizisten bei ihr gesehen, und schon gar keinen, der einen Wohnungsschlüssel hat", antwortete der Mann provokant.

Schröder und Bender warfen sich einen kurzen Blick zu. „Und wer sind Sie?"

„Ihr Nachbar. Nikolas Wagner." Er deutete auf seine Türklingel, unter der in gedruckter Schrift sein Name stand. „Also – ist mit ihr nun alles in Ordnung oder nicht?"

„Sie liegt momentan im Krankenhaus, mehr kann ich Ihnen nicht sagen", antwortete Schröder knapp. „Waren Sie den ganzen Tag zu Hause?"

„Nein, ich bin vielleicht vor einer halben Stunde nach Hause gekommen. Ich bin tagsüber nie zu Hause", sagte er. „Wieso?"

„Ich dachte nur, dass Ihnen vielleicht etwas Ungewöhnliches aufgefallen sein könnte?“ Schröder zuckte die Schultern. „Aber wenn Sie erst vor einer halben Stunde nach Hause gekommen sind, dann können Sie uns wohl kaum helfen.“

„Ihr ist doch nicht etwa hier was passiert, oder?“, fragte Wagner und fixierte Schröders Blick.

Schröder glaubte in Wagners Blick etwas Lauerndes zu sehen, was ihm den Typen nur noch unsympathischer machte. „Ich sagte doch gerade, dazu kann ich Ihnen keine Auskünfte erteilen. Trotzdem danke, und falls Ihnen etwas einfällt, rufen Sie uns bitte an.“

„An wen muss ich mich dann wenden?“

Schröder zückte eine Visitenkarte, ging auf ihn zu und gab sie ihm.

„Danke.“

Dann ging Schröder zurück und betrat, gefolgt von Bender, Sandra Meisters Wohnung und schloss die Tür hinter sich. „Was für ein penetranter Typ!“

„Das kannst du laut sagen“, pflichtete ihm Bender bei. „Gehen wir an die Arbeit.“

„Moment mal.“ Schröder hob die Hand, während er die Tür ins Schloß schob. „Ich glaube, hier war jemand.“ Er zückte seine Dienstwaffe und entsicherte sie, nachdem er sie durchgeladen hatte. Bender folgte seinem Beispiel.

„Bist du sicher?“ Er hatte seine Stimme gesenkt.

„Und ob“, gab Schröder eben so leise zurück. „Ich habe vorhin die Tür hinter mir nur ins Schloß gezogen. Und eben war abgeschlossen.“

Sie schlichen durch die Wohnung, wobei sie sich gegenseitig Deckung gaben. Von Raum zu Raum. Selbst vor dem Wohnzimmer machten sie nicht Halt. Und es war so, wie Schröder prophezeit hatte: Die Katzen taten nichts. Sie saßen nur in Alarmbereitschaft auf der Couch und ließen die beiden Männer nicht eine Sekunde aus den Augen, während sie sich dort umschauten.

Schröder sicherte seine Waffe wieder und steckte sie in sein Holster, das unter seiner Jacke verborgen war. „Fehlanzeige – wer auch immer hier war, ist es nicht mehr.“

„Aber du hast Recht, hier war jemand“, sagte Bender in einem Ton, der keinen Zweifel daran ließ, dass er seinem Kollegen glaubte. Er deutete auf ein kleines Fläschchen, das etwas versteckt hinter der Kaffeemaschine in der Küche stand. „Das stand definitiv vorher nicht da, sonst hätten der Sanitäter oder ich es mit Sicherheit gesehen, denn wir haben die Proben genau hier genommen.“

Unterhalb des Namens stand dort unverkennbar, dass es sich hierbei um ein Herzmedikament handelte, das als Wirkstoff Digitalis enthielt.

Schröder nahm seine Latexhandschuhe aus der Jackentasche, zog sie an, nahm dann vorsichtig das Fläschchen in die Hand und platzierte es in einem durchsichtigen Beutel, den Bender aus der Tasche gezogen hatte. Dann verschloss er den Beutel und beschriftete ihn akribisch genau.

Während Schröder beschäftigt war, fiel Benders Blick auf den Mülleimer, der mit geschlossenem Deckel wieder an seinem Platz stand. Misstrauisch verengten sich seine Augen, während er sich bückte und den Deckel mit seiner Hand anhob. Überrascht weiteten sich seine Augen.

„Schau dir das an!“, rief er aus und deutete in die Öffnung.

Schröder trat näher und schaute in den geöffneten Eimer. Mehrere Lebensmittel lagen darin. Originalpackungen, ungeöffnet. Überrascht sah er seinen Kollegen an.

„Ich nehme an, das warst nicht du, oder?“, fragte Schröder.

„Definitiv nicht. Du hast selbst gesehen, dass der Eimer leer war, bevor wir zum Krankenhaus gefahren sind.“ Bender zog die Tür des Kühlschrankes auf. „Leer. Die sind alle aus dem Kühlschrank.“

„Ruf bitte die Jungs von der Spurensicherung an.“ Schröder schüttelte den Kopf. „Das ist für unseren kleinen Koffer zu viel. Und bis die kommen, schauen wir uns noch ein wenig um. – Und Bender, sag den Jungs sie sollen unauffällig anrücken. Ich möchte niemanden aufscheuchen. Und außerdem sollen sie das Schloss der Eingangstür auf Einbruchspuren untersuchen.“

„Ist klar.“

Später, während die Kollegen der Spurensicherung ihrer Arbeit nachgingen, rief Schröder über sein Funktelefon bei Harald Schneider zu Hause an. Er nahm beim zweiten Klingeln ab. „Schneider.“

„Herr Schneider, hier Polizeiobermeister Schröder“, antwortete er. „Entschuldigen Sie bitte, dass ich sie zu Hause störe, aber es ist wichtig.“

„Worum geht es?“, fragte Harald Schneider sofort. Er war sich sicher, dass es wichtig sein musste, wenn Schröder es sagte.

„Um Frau Meister“, antwortete Schröder langsam. Er wusste nicht ganz, wie er Harald Schneider den Sachverhalt erklären konnte, ohne zu viel zu verraten.

„Was ist mit ihr?“, fragte Schneider, hellhörig geworden.

Schröder räusperte sich. „Sie liegt im Krankenhaus.“

„Im Krankenhaus?!“, tönte es ungläubig aus dem Hörer. „Aber warum denn? Ist etwas passiert?“

„Ja.“ Er räusperte sich erneut. „Sie scheint eine Vergiftung zu haben.“

„Eine Vergiftung? Aber wie …“ Harald Schneider klang fassungslos.

„Digitalis, wie es aussieht“, erklärte Schröder. „Das sagte zumindest der Arzt im Krankenhaus.“

„Digitalis? Das ist doch ein Herzmittel“, stellte Harald Schneider fest.

„Richtig.“

„Das verstehe ich aber nicht – sie hatte doch gar kein Herzleiden.“ Schneider klang alarmiert.

„Ja, das wissen wir. Der Arzt des Krankenhauses hat Rücksprache mit Frau Meisters Arzt gehalten.“ Schröder holte tief Luft, bevor er weitersprach. „Deshalb gehen wir auch von Vorsatz aus.“

Für einen Moment herrschte Stille in der Leitung.

„Vorsatz?“, unterbrach Schneider dann die Stille. „Welcher Vorsatz?“

„Das untersuchen wir gerade.“ Schröder war aufgestanden und lief nun in Sandra Meisters Wohnzimmer hin und her. „Wir haben ein Fläschchen mit einem Digitalispräparat gefunden.“

„Also glauben Sie an einen Selbstmordversuch?“, drang es ungläubig aus dem Hörer. „Das kann ich nicht glauben. Nicht bei Sandra Meister.“

„Eigentlich weniger, eher an einen Mordversuch." Nun war es raus. „Aber wir ermitteln in alle Richtungen."

„Einen Mordversuch?" Harald Schneiders Stimme hörte sich immer noch ungläubig an und er riss, für Schröder unsichtbar, am anderen Ende ungläubig die Augen auf. „Wer sollte ihr nach dem Leben trachten?"

„Wenn ich das wüsste", antwortete Schröder kopfschüttelnd und sah aus dem Wohnzimmerfenster. „Hier stimmt einiges nicht an der ganzen Sache. Die Puzzleteile wollen einfach nicht zusammenpassen."

„Wie geht es Frau Meister?", stellte Harald Schneider die ernste Frage.

„Den Umständen entsprechend, sagte der Arzt wortwörtlich", erwiderte Schröder.

„Was bei einem Arzt alles oder nichts heißen kann", kam die prompte Antwort.

„Ich weiß. Der behandelnde Arzt, ein gewisser Dr. Hallberg, meinte, man solle beten, dass die Infusionen helfen, die sie ihr nun geben."

Schröder setzte sich wieder auf die Couch.

„Und wie haben Sie davon erfahren? Hatte Sie einen Autounfall oder was?"

„Nein, wir waren gerade hier bei Frau Meister in der Wohnung, als die Wirkung einsetzte. Wir haben dafür gesorgt, dass sie ins Krankenhaus kam."

„Wo liegt sie?"

„Im großen Klinikum in der Stadtmitte", gab Schröder Auskunft.

„Ja, das kenne ich", sagte Schneider. „Weiß Frau Meisters Firma Bescheid?"

„Nein, ich denke nicht", antwortete Schröder.

„Dann werde ich gleich ihren Chef anrufen, wenn Sie nichts dagegen haben", bot Harald Schneider an. „Ich weiß nur noch nicht, was ich ihm sagen soll."

„Ihnen wird schon etwas einfallen", sagte Schröder zuversichtlich. „Ich werde über kurz oder lang sowieso mit ihm sprechen müssen. Aber ich muss Ihnen noch eine etwas ungewöhnliche Frage stellen: Haben Sie gestern im Laufe des Tages irgendwann Frau Meister *mit* ihrem Geldbeutel gesehen?"

„Was ist denn das für eine Frage?", wunderte sich Harald Schneider, der nichts von den vorangegangenen Verdächtigungen wusste.

„Das erkläre ich Ihnen später, wenn es recht ist, aber nun brauche ich eine ehrliche Antwort auf die Frage", bat Schröder.

„Na gut", sagte Schneider, immer noch befremdet. „Lassen Sie mich überlegen. Ja, gestern um die Mittagszeit hat sie mir einen Zehnmarkschein gewechselt."

„Und sie hatte ihren Geldbeutel in der Hand?"

„Ja!"

„Und Sie sind absolut sicher, dass es gestern war und nicht der Tag davor?", bohrte Schröder.

„Ja!" Schneider klang genervt. „Todsicher sogar, weil gestern nämlich ein Tag war, an dem ich nicht einmal zum Mittagessen kam, also wollte ich mir einen Snack aus dem Verpflegungsautomat ziehen, nur hatte der leider kein Wechselgeld mehr. Deswegen ging ich zu Frau Meister und sie wechselte mir den Schein, *aus ihrem Geldbeutel*."

„Danke, Sie haben mir sehr geholfen. Und bitte sehen Sie es mir nach, dass ich so hartnäckig frage, aber ich muss absolut sicher sein, verstehen sie? Ich möchte nicht in eine falsche Richtung ermitteln und dann irgendwann feststellen, dass alle anderen Spuren mittlerweile eiskalt sind", erklärte Schröder.

„Kein Problem", erwiderte Schneider, nun versöhnlicher.

Schröder dankte ihm noch einmal, bevor sie das Gespräch beendeten. Langsam legte er das Mobiltelefon beiseite und widmete sich seinen Aufzeichnungen, die er aus dem Zivilwagen geholt hatte.

Also, eines war für ihn klar: Sandra Meister hatte den Geldbeutel nicht dort verloren, wo er gefunden worden war. Wenn sie den Geldbeutel verloren hätte, wenn sie auch das Feuer gelegt hätte, wäre es ausgeschlossen gewesen, dass sie Harald Schneider das Wechselgeld aus dem besagten Geldbeutel herausgezählt hätte. Denn das war bereits zu dem Zeitpunkt, als das Gebäude bereits seit Stunden gebrannt hatte.

Das hieß logischerweise, dass jemand ihren Geldbeutel entwendet und dort platziert haben musste, um damit den Verdacht auf sie zu lenken. Nur – warum? Was für ein Interesse konnte jemand haben, Sandra Meister zu belasten? Was für Vorteile? Allerdings fiel es ihm immer schwerer, Sandra Meisters Theorie zu ignorieren, die sie ihm gegenüber erwähnt hatte. Die Möglichkeit gefiel ihm zwar nicht sehr, aber es schien tatsächlich immer wahrscheinlicher.

„Schröder? Schau mal", unterbrach Bender seine Gedanken und hob ein Blatt Papier in die Höhe, als Schröder in das Schlafzimmer trat.

„Was hast du da?", fragte Schröder und stand auf.

„Scheint so etwas wie eine getippte Begründung zu sein", erwiderte Bender geheimnisvoll. „Hör zu: *Es tut mir Leid um all die Aufregungen, die ich verursacht habe, und um die Menschen, die ich auf dem Gewissen habe. Ich halte das nicht mehr aus. Sandra Meister.*

Bender hob den Kopf und sah Schröder an: „Glaubst du das?"

„Eigentlich nicht", antwortete Schröder mit zusammengekniffenen Augen. „Wo hast du das her?"

„Hier", Bender zeigte auf den Nachttisch. „Es war in der Schublade."

Schröder schüttelte den Kopf. „Ich glaube nicht, dass es von ihr stammt."

„Wer weiß." Bender zuckte die Schultern.

„Überlege doch mal", sagte Schröder nachdenklich. „Sie hat doch erst durch uns von den zwei toten Professoren erfahren, nicht einmal die Presse weiß etwas davon. Und nicht einmal der Täter kann es wissen. Also, warum würde sie die beiden in ihrem Abschiedsbrief erwähnen?"

„Vielleicht hat sie es ja doch irgendwo mitgekriegt", insistierte Bender und fixierte Schröders Blick. „Und hat das Ganze hier inszeniert, damit keiner sie als Täter in Betracht zieht, sondern nur als armes Opfer."

„Wer würde das Risiko eingehen, sich zu vergiften und eventuell nicht gerettet zu werden?", fragte Schröder skeptisch mit hochgezogenen Augenbrauen. „Und vor allem: Wieso sollte sie sich ihre Lebensmittel selbst vergiften, wenn sie eigentlich bloß das Fläschchen anzusetzen bräuchte?"

„Warum denn nicht? Wir waren da, und sie lebt noch. Voilà, Plan aufgegangen." Bender rückte kein Stück von seiner Theorie ab.

„Aber sie wusste nicht, dass wir kommen würden", hielt Schröder dagegen. „Außerdem, warum hat sie sich dann nicht nur ein Lebensmittel vergiftet, sondern alle?"

„Damit es glaubhafter wirkt. Sie wusste zwar nicht, dass wir kommen, wäre aber locker in der Zeit, bis das Zeug gewirkt hätte, bei uns in der Wache gewesen, wo sie wieder Hilfe bekommen hätte."

Sie starrten sich an, bis Schröder den Blick schließlich abwandte: „Quatsch, das ist doch zu weit hergeholt."

„Das nennt man auch kalkuliertes Risiko", sagte Bender mit unbewegter Miene. „Kann es sein, dass du etwas voreingenommen bist und deswegen das Offensichtliche nicht sehen willst?"

„Ich bin doch nicht voreingenommen!", sagte Schröder aufbrausend. Allerdings hört sich das gar nicht gut an, was du da sagst, Kumpel, fügte er noch in Gedanken hinzu.

„Aber objektiv bist du auch nicht gerade." Bender musterte ihn. „Es sieht dir nicht ähnlich, dass du dir schon vorher deine Meinung bildest, ohne *alle* Möglichkeiten in Betracht zu ziehen."

Schröder wandte sich um und trat ans Fenster, wo er in die Nacht hinausschaute und seinen Gedanken nachhing. Bender hatte nicht ganz Unrecht. Er hatte unbewusst vielleicht wirklich schon sein Urteil gefällt.

Aber lag er damit wirklich so falsch?

„Du weißt doch, dass ich kein Blatt vor den Mund nehme, dafür arbeiten wir schon zu verdammt lange miteinander." Bender stellte sich neben ihn.

„Du magst ja auf einer Seite Recht haben", räumte Schröder ein. „Aber du weißt auch, dass ich ein gutes Gespür für Menschen habe."

„Ja, das ist wirklich nicht von der Hand zu weisen", nickte Bender, der Schröders Vorgehensweise und seine gelösten Fälle kannte. Zu etwa 96 Prozent hatte er mit Prognosen immer Recht behalten, was Menschen und Sachverhalte anging.

„Und genau dieses Gespür, das mir schon so oft bei schwierigen Sachen geholfen hat, sagt mir jetzt, dass nicht *sie* die Schuldige ist." Schröder sah seinen Kollegen an. „Außerdem, vergiss nicht, warum die Spurensicherung hier ist. Oder glaubst du etwa, dass sie das Glasfläschchen selbst hingestellt und ihre Lebensmittel selbst entsorgt hat?"

„Mit Sicherheit nicht", knurrte Bender. „Aber sie könnte einen Komplizen haben."

„Dein Vergleich hinkt." Schröder sah Bender herausfordernd an. „Sie hätte das locker selbst machen können, direkt nachdem sie es eingenommen hatte, und es so arrangieren können, damit wir es finden." Triumphierend sah er seinen Kollegen an. „Aber dass es hinterher hingestellt wurde und die Lebensmittel entsorgt werden sollten, deutet für mich eigentlich nur darauf hin, dass jemand unauffällig seine Spuren verwischen und die Sache Sandra Meister in die Schuhe schieben wollte."

Bender gab ein tiefes Seufzen von sich und hob abwehrend die Hände. „Okay, ich gebe mich geschlagen."

„Und dann wäre da noch dieser Wisch." Schröder war nun richtig in Fahrt und deutete auf den Brief, den Bender gefunden hatte. „Warum hätte sie ihn in den Nachttisch legen sollen? Wenn es wirklich ein Selbstmord hätte werden sollen, hätte sie ihn offen liegen lassen, sei es auf dem Tisch, dem Bett oder der Ablage, irgendwo, wo er sofort auffallen würde. Und außerdem, warum hätte sie den Brief erst schreiben sollen, wenn sie, nach deiner Theorie, gerettet werden wollte?"

„Vielleicht hat sie ihn nur für den Fall geschrieben", warf Bender ein.

„Welchen Fall?", fragte Schröder.

„Den Fall, dass sie es doch nicht überlebt."

Einen Moment senkte sich Stille über den Raum. Das war nun auch für Schröder nicht unbedingt von der Hand zu weisen. Dieses Argument konnte er nicht so schnell entkräften.

Wie zu erwarten war, gab es keine Einbruchsspuren am Schloss, wie die Kollegen der Spurensicherung feststellten.

„Das heißt ja wohl, dass jemand einen Schlüssel hat", sagte Bender trocken. „Oder du hast unbewusst doch abgeschlossen."

Schröder schüttelte den Kopf. „Ich habe definitiv nicht abgeschlossen, das weiß ich hundertprozentig." Er kratzte sich nachdenklich am Kinn. „Oder jemand hat ohne Sandra Meisters Wissen einen Schlüssel nachmachen lassen."

Er sah sich ihren Schlüsselkasten genauer an. Er nahm einen Schlüssel heraus und verglich die Nummer mit dem Schlüssel am Bund. „Normalerweise bekommt man vom Vermieter beim Einzug zwei Schlüssel. Das hier ist einer." Er hob den Einzelschlüssel hoch. „Und das ist der zweite." Er hob den Bund hoch.

„Also, wir bauen jetzt das Schloß aus und nehmen es mitsamt den Schlüsseln zur Untersuchung mit, dann können wir euch Näheres sagen", kündigte der Kollege der Spurensicherung an und begann, die Schrauben zu lösen. „Ich habe noch ein Ersatzschloss im Wagen, das ich provisorisch hier einbaue. Es ist allerdings ein Sicherheitsschloss."

„Das dürfte allen Beteiligten herzlich egal sein." Bender kratzte sich am Kinn. „Gesetzt den Fall, es wurde überhaupt einer nachgemacht."

„Das wird sich spätestens im Labor herausstellen, wenn wir das Baby auseinander genommen haben", kündigte der Kollege mit einem Grinsen an und betrachtete nun das ausgebaute Schloß, das nun auf seiner Hand lag. „Das Baby verrät uns alles, was wir wissen wollen."

Nachdem die Kollegen abgerückt waren, machten sich Bender und Schröder die nächste halbe Stunde daran, die Nachbarn und Mitbewohner von Sandra Meister zu befragen, von denen natürlich keiner etwas bemerkt oder gesehen haben wollte. Zu ihrem großen Erstaunen trafen sie sogar jeden der 14 Mitbewohner des Hauses an, was absolut ungewöhnlich war.

Es hatte schon Fälle gegeben, bei denen sie für einen einzelnen Nachbarn bis zu 20-mal wiederkommen mussten, weil derjenige vielleicht in Urlaub war oder unterwegs. Aber auch das gehörte zu ihrem Job, und jeder, der auch nur im entferntesten helfen konnte, ein Verbrechen aufzuklären, war ihnen wichtig genug, dass man davon Gebrauch machte, egal, wie zeitaufwändig das Ganze auch wurde.

Und wie frustrierend, wenn man dann nach dem 15. Mal wiederkam, endlich jemanden antraf und dann feststellen musste, dass der vermeintliche Zeuge absolut nicht weiterhelfen konnte, weil er nichts wusste.

Doch in diesem Fall war es wie in vielen anonymen Wohnblocks: Man kannte sich vielleicht, wenn überhaupt, nur vom Sehen und wusste rein gar nichts voneinander.

Verdächtige Menschen, die im Haus ein und aus gingen? – Nie gesehen, nie davon gehört.

Kapitel 15

„He, Schröder! Da, für dich!" Er bekam von einem Kollegen einen großen Umschlag in die Hand gedrückt, als er in Begleitung von Bender in die Wache zurückkam, nachdem sie Sandra Meisters Schwester den neuen Wohnungsschlüssel ins Krankenhaus gebracht und ihr die Umstände erklärt hatten. Den Ersatzschlüssel für das Sicherheitsschloss hatten sie für etwaige Ermittlungen zurückbehalten, natürlich mit dem Einverständnis der Schwester. Sandra Meisters Zustand hatte sich noch nicht wesentlich verändert.

Auf dem Umschlag stand in dicken, mit Filzstift geschriebenen Lettern ‚BREGO' unter seinem Namen. Er ahnte, dass das die Untersuchungsergebnisse waren, und legte noch einen Schritt zu. Er war neugierig und hoffte, diese Ergebnisse würden etwas Licht ins Dunkel bringen.

Schröder setzte sich hinter seinen Schreibtisch und legte die Füße hoch, während Bender sich auf den Schreibtisch gegenüber setzte und einen Fuß auf den Stuhl stellte.

Schröder öffnete den Umschlag und entnahm drei verschiedene Hefter. Der oberste Hefter enthielt die Fingerabdrücke, die von Sandra Meister und ihren Kollegen stammten. Der zweite Hefter enthielt das Beweismaterial, in diesem Fall unter anderem Sandra Meisters Uniformknopf, und der dritte Hefter enthielt die Ergebnisse des Einbruchs in der Werkstatt, von all den Proben, die Beck genommen hatte.

Er öffnete den ersten und las sich die Ergebnisse durch.

„Das dachte ich mir: Keiner der Fingerabdrücke stimmt mit den gefundenen Abdrükken überein", sagte er zu Bender und reichte ihm den Ordner.

Er öffnete den zweiten Hefter, las und stutzte. „Das ist ja seltsam", murmelte er in Gedanken versunken.

„Was?" Bender hob den Kopf und sah ihn an.

„Nichts."

„Was – nichts?", fragte Bender irritiert, der nichts mit dieser knappen Antwort anfangen konnte.

„Nichts. Kein einziger Fingerabdruck auf dem Knopf. Nicht mal ein Bruchteil von einem Abdruck. Nichts. Nada", sagte Schröder kopfschüttelnd. „Der verdammte Knopf ist so sauber wie ein frisch gewischter Kinderpopo."

„Im Ernst?" Bender zog ungläubig die Augenbrauen hoch. „Wie hat sie denn ihre Weste angezogen, wenn sie die Knöpfe nicht berührt hat?"

„Das weiß ich nicht." Er zuckte die Schultern und las weiter. Plötzlich setzte er sich ruckartig auf. „Na, schau an!"

„Was?“

„Wir haben doch ein kleines Stück Faden gefunden, der auch mit dem Faden an der Weste übereinstimmt“, erklärte er und grinste. „Und stell dir vor: Er wurde abgeschnitten!“

Einen kurzen Moment herrschte Schweigen, als sie sich ansahen. „Er ist nicht abgefallen oder abgerissen, *er wurde abgeschnitten“,* wiederholte Schröder und ließ sich die Worte förmlich auf der Zunge zergehen. Er schob Bender die Akte hin.

Er nahm sie und sah selbst nach. „Das ist in der Tat etwas widersinnig – demnach müsste sie ihn abgeschnitten, dann abgewischt haben und ihn selbst dort hingeworfen haben.“

„Ergibt viel Sinn, oder?“, sagte Schröder sarkastisch und sah ihn durchdringend an. „Findest du meine Theorie immer noch so abwegig?“

„Lass uns erst einmal sehen, was die andere Akte sagt“, erwiderte Bender, obwohl er ahnte, was kommen würde.

Schröder überflog das Schriftstück und grinste breit.

„Spuck es aus, bevor du erstickst. Was ist nun?“, fragte Bender.

„An diesem Metallteil – kein Ergebnis. Keine Fingerabdrücke. In der Werkstatt selbst – nicht einen Abdruck von Sandra Meister. Also im Allgemeinen nichts Neues.“ Er warf die Akte auf den Tisch. „Bender, hier stimmt was definitiv nicht. Und ich werde herausfinden, was nicht stimmt, und wenn es das Letzte ist, was ich tue.“

„Mach nicht solche Angebote, sonst nimmt dich noch jemand beim Wort“, flachste Bender und grinste.

Schröder gähnte hinter vorgehaltener Hand. „Ich würde sagen, nachdem ich diesen mysteriösen Nachbarn – wie hieß er doch gleich? – Nikolas Wagner durch den Computer gejagt habe, machen wir für heute Schluss.“ Er sah auf die Uhr. „Zehn Stunden Dienst reichen für heute.“

Er gab die Daten in den Computer ein und wartete, bis die Ergebnisse da waren. Zwischenzeitlich wählte er die Nummer des Krankenhauses und ließ sich mit Dr. Hallberg verbinden, der jedoch nicht sehr viel Neues zu Sandra Meisters Gesundheitszustand sagen konnte. Er sagte, er wolle keine Prognose abgeben, solange man nicht wüsste, ob die Infusionen Wirkung zeigten.

Der Computer spuckte auch nur aus, dass es nichts Negatives über den Nachbarn gab.

„Nicht mal einen unbezahlten Strafzettel hat dieser Typ“, sagte Schröder frustriert zu Bender. „Allerdings hat er sich noch nicht umgemeldet. Er ist immer noch unter einer anderen Adresse registriert.“

„Sollten wir vielleicht mal im Auge behalten“, meinte Bender. „Wenn er noch nicht lange dort wohnt, frage ich mich, wie tief die Beziehung zu seiner Nachbarin sein kann. Er erweckte vorhin irgendwie den Eindruck, als ob sie sehr vertraut miteinander wären.“

Schröder nickte und fuhr sich mit der Hand müde übers Gesicht. „Vielleicht hast du Recht. Aber das machen wir morgen.“

Er schaltete seinen Computer ab und ging, gefolgt von Bender, aus dem Büro. Was würden ein paar Stunden früher oder später schon ausmachen?

Als Schröder am nächsten Morgen wieder im Präsidium erschien, war Bender bereits da. Er winkte ihm zu und zeigte auf Schröders Büro, da er gerade am Telefon war.

Schröder nickte.

Gerade als er hinter seinem Schreibtisch Platz genommen hatte, betrat Bender im Schnellschritt das Büro. „Guten Morgen."

„Kommt darauf an, was du für mich hast", erwiderte Schröder und sah ihn zweifelnd an.

„Die Ergebnisse aus dem Labor sind vor ein paar Minuten gekommen", sagte er und hob demonstrativ einen braunen Umschlag in die Höhe.

„Das ging ja fix." Schröder zog die Augenbrauen hoch und streckte die Hand nach dem Umschlag aus. „Unter diesen Umständen erwidere ich natürlich den Gruß."

„Schätze, die waren die ganze Nacht dran", sagte Bender und händigte den Umschlag aus.

Ungeduldig machte Schröder den Umschlag auf und nahm die Ergebnisse heraus, die er schnell überflog.

Während er das tat, wurden seine Augen immer größer und ein ungläubiger Ausdruck breitete sich auf seinem Gesicht aus. Mehr als einmal warf er Bender einen zweifelnden Blick zu, als könne er nicht glauben, was er da las. Nach einer Weile legte er die Papiere aus der Hand und schwieg.

Bender, der noch nicht in den Umschlag geschaut hatte, wartete ungeduldig, dass Schröder endlich sprach. „Was ist denn nun?", fragte er schließlich.

„Hier – lies selbst." Er nahm die Papiere und gab sie Bender. „Das habe ich noch nicht erlebt, das schwöre ich."

Benders Augen weiteten sich ebenfalls, während er las. „Was? In allem war dieses Teufelszeug drin?!"

Schröder nickte. „Irgendjemand wollte die gute Frau Meister doch tatsächlich loswerden."

„Das waren alles geschlossene, originalverpackte Produkte!" Bender konnte es nicht fassen. „Irgendjemand scheint es *wirklich* auf sie abgesehen zu haben!"

„Anders ließen sich diese Mengen auch gar nicht erklären", sagte Schröder kopfschüttelnd. „Ich frage mich nur, warum. Und vor allem – wer?"

In diesem Moment ratterte das Faxgerät los, das neben der Bürotür auf einem kleinen Tisch stand. Schröder stand auf und ging zum Tisch. Als Erstes sah er den Briefkopf der Klinik, in der Sandra Meister untergebracht war, dann folgte eine Kopie des untersuchten Abfalls, um die er Dr. Hallberg gebeten hatte. Sofort rief Schröder in der Klinik an und ließ sich mit dem Doktor verbinden.

„Guten Morgen, Doktor", begrüßte er ihn. „Ich habe gerade Ihr Fax erhalten und möchte mich bedanken. Wie geht es Frau Meister?"

„Immer noch kritisch", antwortete der Arzt ernst. „Ich möchte auch nicht mehr ausschließen, dass der Herzmuskel mittlerweile geschädigt sein könnte. Gesetzt den Fall, dass sie überlebt. Im Moment liegt sie noch auf der Intensivstation, wie Sie wissen, aber wir tun, was wir können. Nur ihre Schwester darf im Moment zu ihr."

„Das hört sich nicht gut an", erwiderte Schröder. „Wann, meinen Sie, können wir mit ihr sprechen?"

„Das kann ein paar Tage dauern", antwortete der Arzt. „Natürlich, wie schon gesagt, *wenn* sie überlebt. Allerdings scheint sie eine starke Konstitution zu besitzen, in dem Fall ist alles möglich."

„Bitte sorgen Sie dafür, dass wir über ihren Gesundheitszustand informiert werden", bat Schröder noch, bevor sie das Gespräch beendeten.

Einen Moment lang saßen sie stumm da und jeder hing seinen Gedanken nach. Bender hatte das Gespräch mit angehört, da Schröder den Lautsprecher eingeschaltet hatte.

„Lass uns noch einmal zur Wohnung fahren", entschied Schröder.

„Und dann?" Bender sah ihn zweifelnd an. „Was hoffst du da zu finden? Schließlich haben wir gestern schon alles durchsucht."

„Egal, vielleicht haben wir noch etwas übersehen."

Harald Schneider nahm in dem Sessel vor dem großen Schreibtisch Platz und sah sich verstohlen um.

„Herr Schneider, wieso haben Sie nicht erwähnt, dass Frau Meister wegen der Vorfälle in Verdacht steht?"

Hans Dressler, Harald Schneiders Chef, funkelte ihn an, während er sich in seinem Sessel nach hinten fallen ließ. Er nestelte an seiner gestreiften Krawatte und zupfte sie gerade. Wenn man hinter ihm aus dem Fenster sah, konnte man die noch immer rauchenden Überreste des Verwaltungsbaus sehen.

„Weil ich nicht glaube, dass sie es war." Harald Schneider bemühte sich, ruhig zu antworten. Er hatte diese Konfrontation kommen sehen, als er erfahren hatte, dass Dressler am Tag zuvor mit der Polizei telefoniert und die Ergebnisse der Untersuchung erfragt hatte.

„Ach, Sie *wissen das sicher*, nicht wahr?" Dresslers Stimme troff vor Ironie, während er eine dicke Zigarre aus einem klimatisierten Kästchen nahm, das auf dem Tisch stand. Er unterließ es, Harald Schneider eine anzubieten, was diesen nicht weiter störte, da er sowieso nicht rauchte.

Sorgfältig knipste er die Spitze ab. „Das haben Sie das letzte Mal auch gesagt. Und was folgte dann? Ihr Schützling, vor den Sie sich gestellt hatten, trat Ihnen – wenn ich das so ausdrücken darf – mit Anlauf in den Hintern. Und dann kommen Sie hierher und erzählen mir etwas davon, dass Sie nicht an ihre Schuld glauben?" Er lachte hart und schüttelte den Kopf. Er zündete seine Zigarre an und paffte ein paar Züge, bevor er fortfuhr: „Da hat mir der Herr von der Polizei gestern aber etwas anderes erzählt. Und zwar, was den Diebstahl und die Brandstiftung angeht. Mit dieser Firma hatten wir bis jetzt nichts als Ärger. Am liebsten würde ich sie komplett rausschmeißen mit all ihren Nieten."

„Glauben Sie mir, die Puzzleteile passen nicht zusammen, nicht wie in Tauschners Fall." Harald Schneider wusste genau, worauf Dressler anspielte. „Bis jetzt hat Frau Meister hier gute Arbeit geleistet, es gab nie irgendwelchen Anlass zur Klage, wie Sie wissen. Ich habe ständig mit ihr zu tun und hatte nie irgendeine Veranlassung zu glauben, dass sie falsch spielt. Sie gibt ehrlich ihre Meinung preis, das ist aber auch schon alles. Ich habe selbst schon gehört, wie sie einem ihrer Mitarbeiter, der sich zum wiederholten Male über eine nicht reparierte Tür beschwert hatte, sagte, dass es genügen würde, wenn sie Sachen weitermelden würden. Ob sie repariert würden, wäre nicht deren Sache. Und wenn etwas passieren würde, hätten wir den schwarzen Peter, weil wir sie nicht hätten reparieren lassen, trotz Meldung. Hört sich vielleicht so jemand an, der vorhat, dem Werk zu schaden?"

Dressler musterte Schneider mit zusammengekniffenen Lippen.

„Egal, die Sicherheit des Werks geht vor", sagte er dann arrogant, wie es seine Art war. „Ich möchte, dass Sie veranlassen, dass diese Frau hier nicht mehr eingesetzt wird, bis ihre Unschuld hundertprozentig erwiesen ist. Haben wir uns verstanden?"

Harald Schneider nickte zögernd. Die Entwicklung gefiel ihm gar nicht.

„Sie wird doch sowieso vorerst nicht hier sein", warf er dann schließlich doch ein. „Schließlich liegt sie doch momentan im Krankenhaus. Sie wissen doch nicht einmal, ob sie durchkommt. Ist das dann wirklich nötig? Sie bei ihrer Firma noch in Misskredit zu bringen, obwohl gar nichts erwiesen ist?"

Er und Dressler starrten sich in die Augen, wie zwei Duellanten, bis Dressler schließlich sagte: „Okay, aber Sie sorgen mir dafür, dass sie hier vorerst nicht herkommt, ist das klar?"

Harald Schneider nickte erleichtert. Das war das Letzte gewesen, was er wollte. Ihrem Chef gegenübertreten und ihm sagen, dass sie keinen Job mehr hatte. Denn genau das wäre passiert. Wen Dressler einmal denunziert hatte, der bekam keinen Boden mehr unter die Füße – zumindest nicht in dieser Firma. Und das konnte fatal enden, denn das zog normalerweise weitere Kreise.

Erleichtert marschierte er aus Dresslers Büro und nickte der Chefsekretärin zu. Vielleicht konnte er etwas herausfinden, das Licht in dieses Verwirrspiel brachte.

Bender und Schröder hatten gerade den Zivilwagen vor Sandra Meisters Haus geparkt, als sie Nikolas Wagner mit einem männlichen Begleiter aus dem Haus treten sahen. Wagner hatte einen schwarzen Mantel über seinen Anzug gezogen und trug einen Aktenkoffer in der Hand. Der Mann, auf den er einredete trug eine Jeanshose, eine Jeansjacke und eine Baseballmütze, die er tief ins Gesicht gezogen hatte. Einige dunkle Strähnen standen darunter hervor. Er war mindestens einen halben Kopf kleiner als Wagner.

„Nanu, hat Wagner nicht gesagt, er arbeitet immer tagsüber?", wundert sich Bender.

Schröder zuckte nur mit gerunzelter Stirn die Schultern. „Vielleicht hat er einen freien Tag oder er ist krank."

Wagners Begleiter ließ unruhig seinen Blick über die Straße gleiten und wirkte etwas nervös, dann verabschiedeten sie sich und er verschwand in einer Gasse, die direkt zwischen dem Haus und einem anderen durchführte und in einer verkehrsberuhigten Zone endete. Wagner ging zu einem grauen Opel Vectra und öffnete den Kofferraum, um seinen Aktenkoffer hineinzulegen.

„Guten Morgen, Herr Wagner."

Wagner zuckte zusammen, als plötzlich die Stimme von Schröder neben dem Wagen erklang. Hastig schloss er den Kofferraum des Wagens.

„Guten Morgen", erwiderte er überrascht. „Haben Sie mich erschreckt!"

„Das tut uns Leid, das lag nicht in unserer Absicht", sagte Schröder, sah allerdings gar nicht aus, als ob es ihm wirklich Leid tat, was Wagner auch registrierte. „Ich habe mich nur gefragt, ob Ihnen vielleicht zu gestern Abend noch etwas eingefallen ist.“

„Nein, gar nichts, wie ich Ihnen schon sagte, bin ich tagsüber nie …“

„… zu Hause“, vollendete Bender den Satz. „Allerdings haben wir jetzt schon fast Mittag und Sie sind doch noch zu Hause. Und vielleicht, wenn es gestern Abend genauso gewesen wäre, bestünde ja dann eventuell doch die Möglichkeit, dass Sie vielleicht doch etwas gesehen oder gehört haben könnten, das uns weiterhelfen könnte.“

„Ich hatte heute Morgen einen privaten Termin“, erwiderte Wagner mit einem harten Unterton. „Sonst wäre ich bereits weg.“

„Ach, apropos – Sie sollten sich auch demnächst ummelden, Sie sind noch unter Ihrer alten Adresse vermerkt“, bemerkte Schröder und beobachtete Wagner genau.

„Ach, Sie haben mich überprüft?“ Süffisant lächelnd zog er die Augenbrauen nach oben. „Sollte ich mich geehrt fühlen? Oder werden Sie mich nun verhaften?“

„Wieso sollten wir Sie verhaften? Haben wir denn irgendeinen Grund dazu?“, fragte Schröder unschuldig.

„Woher sollte ich wissen, ob Sie einen Grund gefunden haben?“ Wagner taxierte ihn provokant.

„Wissen Sie, in so einem Fall überprüfen wir jeden, der eventuell etwas damit zu tun haben könnte“, erläuterte Schröder.

„Oder eventuell etwas wissen könnte“, warf Bender ein. „Manchmal registrieren Leute Sachen, die sie zuerst vergessen und die ihnen dann erst später wieder einfallen, deswegen sind mehrfache Befragungen normal.“

Wagner sah von einem zum anderen, bevor er nickte. „Okay, allerdings muss ich Sie enttäuschen, denn ich habe weder etwas gehört noch gesehen, noch ist mir irgendetwas Vergessenes wieder eingefallen.“ Er schloss seinen Mantel. „Aber ich muss jetzt leider gehen, ich habe einen wichtigen Termin, den ich einhalten muss. Entschuldigen Sie mich bitte.“ Er wandte sich ab und stieg in sein Auto.

Schröder und Bender sahen sich an, während Wagner den Wagen anließ und davon fuhr.

„Was war das denn?“ Bender zog fragend seine Augenbrauen in die Höhe.

„Anscheinend kann er keine Polizei leiden“, antwortete Schröder und sah dem Wagen hinterher, bis er um die nächste Ecke gebogen war.

„Komisch“, bemerkte Bender, als sie zum Eingang des Gebäudes gingen. „Gestern war er so besorgt um die Gesundheit seiner Nachbarin und heute hat er nicht einmal gefragt, wie es ihr geht.“

„Ist mir auch schon aufgefallen“, sagte Schröder und schloss die Haustür auf. „Vielleicht hat er Angst, in etwas hineingezogen zu werden. Oder er hat gemerkt, dass er gestern zu viel Interesse gezeigt hat.“

„Vielleicht war er auch geschockt darüber, dass wir ihn überprüft haben.“ Bender grinste.

„Dem Eindruck nach, den ich gewonnen habe, kann man den Typen gar nicht schokken.“ Schröder ging die Treppen hinauf. „Ich kann mir nicht helfen, aber dieser Typ hat etwas Lauerndes und Hinterhältiges an sich. Irgendwie möchte ich ihm nur ungern nachts allein in einer dunklen Gasse begegnen.“

„Wow, doch so ängstlich?", frotzelte Bender.

„Nicht direkt ängstlich." Schröder schloss die Wohnungstür auf. „Aber ich wäre mir nicht sicher, ob ich ein Messer im Rücken hätte, wenn ich an ihm vorbei wäre." Er stieß die Tür auf. „Voila, hier wären wir."

„Wonach genau suchen wir?", fragte Bender und trat nach Schröder in die Wohnung. Im Flur herrschte ein diffuses Licht.

„Wenn ich das wüsste", antwortete Schröder kopfschüttelnd. „Fakt ist, dass jemand einen Schlüssel haben *muss*. Es gab keinerlei Einbruchsspuren am Schloss der Eingangstür. Fragt sich bloß, wer einen hat."

„Ihre Schwester wusste nichts von einem dritten Schlüssel, oder?"

„Nein, sie sagte, ihr Freund hatte einen Schlüssel, doch als Sandra Meister ihn rauswarf, ließ sie das Schloss austauschen, also würde ihm sein Schlüssel gar nichts mehr nützen, auch wenn er ihn noch hat." Schröder sah seinen Kollegen prüfend an. „Und da es ja nun sowieso ausgetauscht wurde, würde es sowieso niemandem nützen, noch einen Schlüssel zu haben."

„Wobei wir wieder am Anfang wären", ergänzte Bender trocken.

Ein Schatten huschte aus dem Wohnzimmer und verschwand im Schlafzimmer.

„Aha, die Bestien sind los", grinste Schröder mit einem Seitenblick auf Bender.

„Mach dich ruhig lustig", schnaufte Bender ungnädig.

„Na ja, wenn wir schon einmal da sind, schaue ich auch gleich nach dem Futter und dem Wasser", sagte Schröder, immer noch grinsend, und verschwand in der Küche, von wo aus Bender kurz darauf das Klappern der Futternäpfe und das Quietschen der Kühlschranktüre vernahm.

Bender ging ins Wohnzimmer und öffnete die Balkontür. Er trat hinaus und sah sich um. Sieh an, der angrenzende Balkon ist gerade ungefähr zwei Meter von Sandra Meisters Balkon weg, ging es Bender durch den Kopf. Den Sims, der die Balkone verband, konnte jemand ohne große Anstrengungen überwinden, vorausgesetzt, er war schwindelfrei und *wollte* ihn überqueren. Hatte Wagner ihn überwinden wollen, um ihr den Schlüssel zu entwenden? Es musste sein Balkon sein, denn er hatte die Wohnung direkt neben ihr. Allerdings waren beide Schlüssel vorhanden. Wie also konnte er es angestellt haben? Bender registrierte ebenfalls das gekippte Wohnzimmerfenster. Hatte Wagner vielleicht dort gestanden und dort ihr Gespräch belauscht, das sie mit Sandra Meister geführt hatten? Hatte er so von dem Tod der beiden Professoren erfahren und diese dann deshalb in dem Abschiedsbrief erwähnt?

„Na, was geht dir durch den Kopf?", fragte Schröder hinter ihm.

Bender wandte sich ihm mit gerunzelter Stirn zu und erzählte ihm von seinem Verdacht.

„Das wäre durchaus möglich, aber dafür gibt es noch keinen Anhaltspunkt. Und beide Schlüssel sind vorhanden. Die Kollegen waren mit der Untersuchung des Schlosses heute morgen noch nicht fertig", warf Schröder, wie erwartet, ein.

„Ich weiß. Aber was wäre, wenn sie einen dritten Schlüssel für Notfälle irgendwo deponiert hätte?" Bender warf Schröder einen nachdenklichen Blick zu. „Du weißt schon, wegen der Katzen. Angenommen, sie hat irgendwo den Schlüssel deponiert, falls ihrer verloren geht oder abbricht oder sie aus der Wohnung geht und der Wind die Tür zuschlägt …"

„Die Idee ist gar nicht einmal so abwegig", murmelte Schröder und strich sich übers Kinn, dann wandte er sich ab und ging wieder ins Wohnzimmer, wo er sich auf die Couch setzte. Bender folgte ihm, schloss die Balkontür wieder und setzte sich ihm gegenüber in den Sessel.

„Das würde zu ihr passen", nickte Schröder nach einer Weile. „Sie scheint eine Person zu sein, die so ziemlich an alles denkt. Warum nicht auch an so etwas."

„Also müssten wir außerhalb der Wohnung suchen", schlug Bender vor. „Entweder Keller oder Dachboden."

„Dachboden glaube ich weniger." Schröder schüttelte den Kopf. „Sie hat die Tür zum Dachboden erst aufgeschlossen, als wir oben die Durchsuchung gemacht haben."

„Oder das Auto", warf Bender ein, dem diese Möglichkeit auch noch eingefallen war.

„Glaube ich nicht." Schröder schüttelte den Kopf. „Wenn sie den Autoschlüssel in der Wohnung hat, kommt sie auch nicht ins Auto."

„Stimmt. Also bliebe der Keller." Bender stand auf. „Wenn sie ihn verloren hätte, müsste sie ohne einen Schlüssel dort drankommen."

„Du hast Recht, lass uns nachschauen." Schröder stand auf und folgte Bender aus der Wohnung in den Keller.

Die Verbindungstür zu den Kellerräumen war nicht abgeschlossen, wie erwartet. Schröder öffnete sie langsam.

Muffige, abgestandene Luft schlug ihnen entgegen. Er betätigte den Lichtschalter rechts von ihnen an der Wand. Flackernd wurde der Gang in gelbes Licht getaucht.

Rechts und links befanden sich Kellerräume, die jeder etwa drei auf vier Meter maßen und durch Lattenverschläge voneinander abgegrenzt waren. Manche Mieter hatten ihre Kellerräume durch Sperrholzplatten oder undurchsichtige Plastikplanen vor Einblicken von außen abgeschirmt. Manche hatten sie genauso belassen, wie sie waren. Wie auch Sandra Meister.

Ihr Kellerraum war von außen gut einzusehen. Sie hatte ihnen bei der Wohnungsdurchsuchung, als sie ihnen den Keller gezeigt hatte, gesagt, dass sie die paar Sachen wohl kaum vor anderen Blicken schützen müsse. Sie hatte einen großen Gefrierschrank mit Kühlteil sowie einen Ständer mit Autoreifen darin stehen. Ein Fahrrad und ein paar alte Plastikkisten, in denen allerdings nichts drin war. Auf einem kleinen Metallregal, das direkt an den Flur angrenzte, waren ein paar Konserven sowie ein paar Flaschen Wein und eine Steige Safttüten gelagert.

„Nicht gerade ein Paradies für Einbrecher, oder?" Schröder zog die Augenbrauen hoch.

„Außer vielleicht für einen Hungrigen", grinste Bender.

„Also, denk jetzt mal logisch: Wo würdest du einen Schlüssel verstecken?", fragte Schröder nachdenklich. „Also, es müsste dort sein, wo ich ihn noch erreichen kann, aber er nicht sichtbar ist für andere."

„Und der Ort dürfte für andere nicht als Versteck erkennbar sein", ergänzte Bender, der suchend die Latten entlangsah.

Sie begannen, die Latten auf den Rückseiten abzutasten.

„Autsch!“ Schröder zog seine rechte Hand zurück und begutachtete seinen Zeigefinger.

„Was ist los?“ Bender hielt inne.

„Nichts, bloß so ein blöder Spreißel.“ Er zog ihn mit den Fingernägeln der anderen Hand aus seiner Haut. „Miststück! Bender, pass auf, dass du dir nicht auch noch einen einfängst.“

„Nur wenn du mich nicht Miststück nennst“, brummte Bender und fing an zu grinsen, während er weitersuchte.

Schröder verdrehte die Augen, verkniff sich aber eine Antwort und machte ebenfalls weiter. Aber sie hatten kein Glück. An keiner der Latten war auf der Rückseite ein Schlüssel befestigt.

„Klasse, und nun?“, fragte Bender.

„Kontrollier mal von dem angrenzenden Keller die ersten Latten. Ich nehme mir den auf dieser Seite vor“, sagte Schröder, einer Eingebung folgend.

„Also, ich würde meinen Schlüssel nicht in anderer Leute Keller verstecken“, sagte Bender kopfschüttelnd, während er der Anweisung Folge leistete. „Was wäre, wenn die den Schlüssel finden und bei mir in die Wohnung gehen?“

„Was, wenn die nichts von ihrem Glück wissen?“, fragte Schröder und tastete weiter. „Auf deiner Seite sowie auf meiner stehen Möbelstücke, die man bestimmt nicht jeden Tag verrückt.“

Sie fanden jedoch nichts.

„Ich habe schon von Ravioli-Dosen gehört, in denen man Wertsachen deponieren kann und die ganz normal aussehen. Sie hat dort auch zwei Ravioli-Dosen stehen“, meinte Bender.

„Das schon, aber die stehen zu weit weg.“ Schröder ging in die Hocke und spähte in die untere Ablage des Regals. „Dort steht auch alles zu weit weg.“

„Warte mal.“ Bender ging neben Schröder in die Hocke und streckte die Hand aus. Er griff nach dem hinteren Regalfuß, wo aus einem Loch, in das man einen der Metallböden des Regals einhängen konnte, fast unsichtbar ein kleines Metallstück hing. Etwas klingelte fast unhörbar, als er es berührte.

Bender warf Schröder einen triumphierenden Blick zu, als er den Stift bewegte und plötzlich einen Metallhaken, mit drei Schlüsseln daran, in der Hand hielt, die durch einen Ring zusammengehalten wurden. Langsam zog er die Finger wieder durch den Schlitz zwischen den Latten. Grinsend präsentierte er seinen Fund. „Bingo!“

„Wow, auf dieses Versteck muss man erst einmal kommen.“ Schröder schüttelte ungläubig den Kopf. „Warte.“ Er zog seine Latexhandschuhe über und nahm vorsichtig den Schlüsselring vom Haken. Er probierte aus, ob einer dieser Schlüssel auch der richtige war, und wurde nicht enttäuscht. Er kramte einen durchsichtigen Beutel aus seiner Tasche, öffnete ihn und hielt ihn Bender hin, damit er die Schlüssel hineinfallen lassen konnte. „Gute Arbeit, Kollege.“

„Jetzt sag noch mal, dass ich ein Miststück sei.“ Bender grinste breit.

„Witzbold“, brummte Schröder. „Komm, wir bringen die Schlüssel gleich zur Spurensicherung ins Labor.“

Kapitel 16

Als Harald Schneider die Pforte betrat, traf er auf Alfred Zeisig, der gerade einen Besucher abfertigte. Das hat mir gerade noch gefehlt, dachte er bei sich, als der Besucher die Pforte verließ und Alfred Zeisig sich ihm zuwandte.

„Guten Morgen, Herr Zeisig“, begrüßte Harald Schneider ihn dennoch.

„Guten Morgen“, grüßte er zurück und machte ein langes Gesicht. „Obwohl der Morgen besser sein könnte.“

„Ach, hat er denn schlecht für Sie angefangen?“, fragte Harald Schneider höflich.

„Na ja, wenn bestimmte Leute zum Dienst erscheinen würden, damit andere ihren freien Tag genießen könnten, wäre das wesentlich besser, als hier zu sitzen und Dienst zu schieben“, ließ Zeisig mit verbissenem Gesicht vom Stapel.

„So weit ich informiert bin, liegt Frau Meister im Krankenhaus und kann aus dem Grund nicht hier sein“, antwortete Harald Schneider betont ruhig.

„Krankenhaus? Pah!“ Er schüttelte den Kopf. „Wenn sie überhaupt im Krankenhaus liegt.“ Harald Schneider konnte fast nicht glauben, was er da hörte.

„Wieso sollte sie nicht im Krankenhaus liegen?“, fragte er verdutzt.

„Die macht sich doch sowieso bloß wichtig“, erklärte Zeisig mit trotzigem Gesicht. „Bestimmt hatte sie etwas Wichtigeres vor, als arbeiten zu kommen. Da kann man dann ja Kollegen dranhängen, die eigentlich frei haben, aber das ist ihr ja egal. Das war ihr schon immer egal. Hauptsache, sie hat …“

„Warum erkundigen Sie sich nicht einfach im Krankenhaus, ob es stimmt, dann haben sie Gewissheit“, fiel Harald Schneider ihm ins Wort und beendete diese Litanei. Er konnte nicht glauben, dass jemand so boshaft sein konnte.

„Ach, die im Krankenhaus können einem ja auch alles Mögliche erzählen, wenn der Tag lang ist“, wiegelte Zeisig mit einer wegwerfenden Handbewegung ab.

„Dann rufen Sie doch ihren Chef an, der kann Ihnen mit Sicherheit genau erklären, was los ist“, schlug Schneider, nun ungeduldig klingend, vor.

„Mein Chef!“ Zeisig lachte auf. „Mein Chef würde doch alles erzählen, um uns zum Einspringen zu überreden …“

„Sagen Sie mal, Herr Zeisig, trauen Sie überhaupt jemandem?“, fragte Schneider ihn fassungslos. Er konnte nicht verstehen, wie jemand so boshaft sein konnte.

„Wissen Sie, man muss so vorsichtig sein heutzutage, denn fast jeder will einen über den Tisch ziehen und ausnützen. Und wenn man da nicht aufpasst, hat man verloren.“ Er nickte bekräftigend zu seinen Worten.

Harald Schneider schüttelte den Kopf. „Also, Herr Zeisig, ich hoffe nicht, dass Ihnen einmal etwas passiert und man Ihnen das Gleiche unterstellt, das Sie Frau Meister unterstellen.“

„Jeder weiß, dass ich wirklich krank bin, wenn ich nicht komme und mich krank melde“, sagte er aus voller Brust und reckte sein Kinn. „Schließlich bin ich ja nicht so oft krank wie die liebe Frau Meister.“

„So oft ist sie doch gar nicht krank, zumindest nicht, dass ich wüsste“, warf Schneider ein.

„Ach, Sie bekommen das nur nicht mit“, sagte Zeisig mit wichtigtuerischer Miene. „Die hat doch alle naselang was anderes …“

„Tut mir Leid, Herr Zeisig, ich möchte Sie nicht unterbrechen, aber ich muss weiter“, unterbrach ihn Harald Schneider mit einem Blick auf seine Uhr. „Bis später.“

Er flüchtete fast aus dem Pfortenhäuschen. Er konnte verstehen, warum Sandra Meister nicht allzu viel für ihn übrig hatte. Der Typ hatte wirklich verschrobene Ansichten. Und einen so selbstsüchtigen Menschen hatte er definitiv noch nicht erlebt. In seinem Leben schien es nur Alfred Zeisig zu geben und sonst keinen. Ein anderer wäre betroffen gewesen, wenn er gehört hätte, dass seine Kollegin im Krankenhaus lag. Oder hätte sich zumindest Gedanken darüber gemacht, wie es ihr ging. Aber nicht Alfred Zeisig, er machte sich lieber Gedanken darum, dass er nicht freibekommen hatte.

Harald Schneider konnte diese Reaktion nicht ganz begreifen. Er hatte mit dem Gedanken gespielt, Alfred Zeisig damit zu konfrontieren, dass man gar nicht wusste, ob sie durchkommt, um ihm den Ernst der Lage vor Augen zu führen, aber er hatte es sein lassen. Alfred Zeisig hätte wahrscheinlich sowieso angenommen, dass es ihre eigene Schuld war, aus was für einem Grund auch immer.

War das Grund genug für ihn, ihr eins auszuwischen, ihr auf dem Weg einen Einbruchdiebstahl anzuhängen? Sandra Meister war nicht der Ansicht gewesen. Aber lag sie richtig oder falsch?

Zeisig war über das Wochenende hier gewesen, als das in der Kantine passiert war. Er hatte die Möglichkeit gehabt und das Motiv dazu. Ihr Kollege Pfeiffer hätte zwar ebenso die Möglichkeit gehabt, aber bei ihm fehlte das Motiv.

Und Harald Schneider weigerte sich zu glauben, dass sie selbst etwas dergleichen getan haben sollte. Dressler, dieser übergewichtige Choleriker, lag falsch, wenn er Sandra Meister eine solche Tat zutraute. Diese Taten passten ebenso wenig zu ihr wie das Gewand der Nächstenliebe und Zuvorkommenheit zu Alfred Zeisig.

Vielleicht an irgendeinem fernen Tag, wenn die Hölle zufrieren würde.

Seine Gedanken wurden unterbrochen, als einer der Lageristen zu ihm gehastet kam. „Harald, da bist du ja!“, rief er. „Mensch, ich suche dich schon überall.“

„Bernhard, was ist denn los?“, fragte Harald Schneider verdutzt. Bernhard Wessling war Meister in einer der Lagerhallen und auch Mitglied bei seiner Feuerwehrtruppe.

„Gleich kommt ein Saniwagen“, keuchte er, außer Atem von dem schnellen Lauf. „Den wollte ich gerade abholen. Einer meiner Leute ist im Lager vom dritten Stock runtergestürzt und wird gerade von Frau Weiß und einigen anderen erstversorgt.“

„Mist!“, entfuhr es Harald Schneider. „Hört das denn nie mehr auf? – Wie ist das passiert? Wer war es?“

„Grabach, Marcel Grabach. Er stand oben und hat die Inventur gemacht, hat dann das Gleichgewicht verloren. Da hat der Handlauf nachgegeben …“ Er fuhr sich über seine dunklen Haare. „Er schlug auf den Eimern auf. Zum Glück war Frau Weiß gerade da und hat einige Betriebssanitäter unterwiesen, als das passierte. Sie haben dann sofort die Erstversorgung übernommen. Deswegen habe ich auch der Pforte noch nichts gesagt.“

„Warte, ich mache das schnell. Warte derweil hier, falls die Sanis um die Ecke kommen.“ Harald Schneider lief im Laufschritt zur Pforte zurück und teilte Zeisig mit, dass ein Unfall im Betrieb geschehen sei und er den ankommenden Saniwagen einfahren lassen sollte und er bereits erwartet würde. Dann lief er zurück zu Bernhard Wessling, der inzwischen ebenfalls die Pforte erreicht hatte und ungeduldig auf und ab ging.

„Ich verstehe das gar nicht", sagte Harald Schneider. „Wir haben doch die Handläufe erst alle überprüfen lassen. Wie in aller Welt kann da ein Handlauf nachgeben?"

„Ich habe keine Ahnung, deswegen wollte ich, dass du es dir anschaust." Er sah Harald Schneider an. „Schließlich hast du die meiste Ahnung von dem, was du tust."

„Danke für die Blumen." Harald Schneider verzog das Gesicht. „Ich bin mir nur noch nicht im Klaren darüber, ob ich mich geschmeichelt fühlen soll."

„Bei dir weiß ich wenigstens, dass du dir das richtig anschaust und dir die Zeit dafür nimmst." Wessling ging nervös auf und ab. „Wo bleibt dieser Notarztwagen?"

„Er wird bestimmt gleich kommen. Ich werde mal hinübergehen und schauen, was da passiert ist." Harald Schneider wandte sich zum Gehen.

Als Harald Schneider etwa zeitgleich mit dem Rettungswagen und dem Notarzt eintraf, herrschte in dem Lager Aufregung. Mehrere Leute standen um den Verletzten herum und gafften. Er schritt sofort zur Tat und wies alle Leute an, wieder an ihre Arbeit zu gehen, anstatt den Sanitätern im Weg herumzustehen. Zögernd kamen sie seiner Aufforderung nach.

Es war komisch, wenn man etwas von den Mitarbeitern wollte, das mit Arbeit zu tun hatte, hatten sie nie Zeit. Doch wenn ein Unfall geschah oder irgendetwas anderes, da hatten sie dann plötzlich unendlich viel Zeit, um ja nichts zu verpassen. Schneider würde die Mentalität dieser Gaffer, die nicht nur auf der Straße, sondern auch im Werk existierten, nie verstehen.

Was war nur so spannend daran, einen Verletzten, Sterbenden oder Toten zu sehen? Waren sie alle pervers genug veranlagt, um sich an dem Unglück eines anderen zu weiden?

Er selbst machte gern einen Bogen um solche Orte, wann immer es möglich war. Natürlich half er, wenn er, etwa an einem Unfallort, dazukam. Allerdings stellte er sich bestimmt nicht, wie manche andere, in einen Stau, um einen Massenunfall auf der anderen Straßenseite anzuschauen. Und von denen, die so etwas taten, gab es genug, wie immer wieder in den Medien berichtet wurde.

Inzwischen war auch eine Polizeistreife eingetroffen, die nun ihr Übriges taten, um die Gaffer in die Schranken zu weisen. Einer von den beiden war Beck, den man von Sandra Meisters Fall abgezogen hatte. Und ausgerechnet er hielt nun auf Harald Schneider zu.

Seufzend wandte sich Harald Schneider dem Geländer zu, das in jedem Stockwerk rund um die Halle führte und an einer Art Laufsteg, einem begehbaren Weg aus Gittern, befestigt war, die wiederum über Leitern miteinander verbunden waren. Diese Halterungen wurden regelmäßig überprüft, damit sich nichts lockern konnte oder jemand, wie eben geschehen, abstürzte.

Er sah nach oben. Der abgebrochene Holm des Geländers im dritten Stock ragte zur Hallenmitte hin. Harald Schneider musste hochklettern und sich die Unglücksstelle anschauen. Zum Glück war er schwindelfrei, was er als Feuerwehrkommandant auch sein musste, denn ab und zu musste sich jeder in Schwindel erregende Höhen wagen, und das war nicht jedermanns Sache.

Er wies einen der Ersthelfer, der zugleich auch Mitglied der Betriebsfeuerwehr war, an, Absperrband zu holen. Er selbst sicherte zusammen mit Beck den Unfallort, damit keine Spuren unabsichtlich zerstört wurden.

Dann ließ er selbst sich mit Beck zusammen von einem Stapler in einem Fangkorb nach oben fahren, um das Geländer zu begutachten. Er hatte sich eine Polaroid-Kamera und eine normale Kamera mit Zoom und Blitzlicht mitbringen lassen, um den Schaden für die Versicherung und die Berufsgenossenschaft zu dokumentieren.

„Stopp!“, rief er dem Staplerfahrer über Funk zu, als er sie weit genug nach oben gefahren hatte. Sie waren jetzt mit dem Kopf in Höhe des heraussstehenden Holms. Sie begutachteten die Bruchstelle und stellten fest, dass es keine war. Es befand sich nicht ein Quäntchen Rost an der so genannten Bruchstelle. Im Gegenteil, es schien eher, als wäre es abgesägt worden.

„Lass uns wieder runter“, gab Harald Schneider über Funk an den Staplerfahrer weiter. Er hatte Bilder geschossen und beschlossen, dass der Rest Polizeisache war. Er hatte auch nichts mehr angefasst, um keine Spuren zu zerstören.

Gerade als sie aus dem Fangkorb stiegen, kam Hans Dressler durch die Halle getänzelt, was bei seiner Masse fast etwas lächerlich wirkte, für ihn jedoch Eleganz ausdrückte. Oder was er dafür hielt. Er würdigte die restlichen Mitarbeiter keines Blickes, wie es seine Art war, als er auf Harald Schneider zuhielt.

Oh nein, er wird doch hoffentlich nicht zu mir wollen, schoss es Harald Schneider durch den Kopf. Womit habe ich das verdient? Erst Beck und nun Dressler. Mir bleibt auch nichts erspart. Er tat, als habe er Dressler nicht kommen sehen.

„Herr Schneider, ich hätte Sie gern gesprochen“, ertönte da schon seine nasale Stimme.

Widerwillig hielt Schneider inne und wandte sich ihm zu. „Was kann ich für Sie tun, Herr Dressler?“

„Was ist hier los gewesen?“, fragte er betont freundlich, seine Augen jedoch funkelten vor unterdrückter Wut. „Warum wurde ich nicht informiert?“

„Das hatte ich gerade vor“, flunkerte Harald Schneider. „Allerdings sind Sie mir zuvorgekommen. Ich weiß doch, wie Sie es hassen, nur die Hälfte zu erfahren, deshalb wollte ich erst etwas recherchieren, bevor ich Ihre knappe Zeit in Anspruch nehme.“

„Na ja, wenn das so ist“, entgegnete Dressler gnädiger gestimmt. „Also, was haben Sie bis jetzt?“

„Noch nicht viel“, antwortete Harald Schneider. „Allerdings ist es offensichtlich, dass das Geländer angesägt wurde und es deshalb brach, als sich der Mitarbeiter daran festhalten wollte. Ich habe soeben Aufnahmen davon gemacht und wollte nun mit der Polizei noch etwas recherchieren.“

„War das etwa diese …?“

„Nein, das war sie bestimmt nicht“, unterbrach ihn Harald Schneider, bevor Dressler Sandra Meisters Namen aussprechen konnte. Schließlich wusste er, wie schnell das verbreitet würde, wenn es der Falsche hörte. Und vor allem, was Beck daraus machen würde. „Wie Sie wissen, liegt sie im Krankenhaus.“

„Aha.“ Dressler strich über sein leichtes Doppelkinn. „Wäre es möglich, dass sie es, bevor sie ins …“

„Herr Dressler, entschuldigen Sie mich bitte, aber wir müssen jetzt weitermachen“, unterbrach ihn Harald Schneider erneut, bevor er das Falsche sagte. „Ich verspreche, ich komme zu Ihnen, sobald das hier beendet ist, und berichte Ihnen alles.“

„Na gut“, sagte Dressler nach kurzer Überlegung und wandte sich ab.

Harald Schneider atmete auf, als er davontänzelte. Das war gerade noch einmal gut gegangen. Es hätte ihm gerade noch gefehlt, dass er ihm nun auch noch im Nacken saß. Als ob er sich nicht um seine eigenen Sachen kümmern konnte. Im Normalfall wurde er ebenso angepiepst wie alle anderen, die informiert werden mussten, nur nahm er seinen Piepser nie mit und wunderte sich dann, warum er nichts erfuhr.

Harald Schneider schüttelte den Kopf und wandte sich wieder seiner Arbeit zu. Die Polaroids waren nun voll entwickelt und man sah selbst auf ihnen, dass der Holm nicht abgebrochen, sondern angesägt worden war.

Beck reagierte jetzt professioneller als zu dem Zeitpunkt, als es um Sandra Meister gegangen war. Er ließ sich allein mit dem Fangkorb wieder nach oben fahren, um die üblichen Untersuchungen durchzuführen, während Schneider wieder in sein Büro ging.

„Also, es gab keinerlei Fingerabdrücke“, wurde Harald Schneider wenig später von Beck in Kenntnis gesetzt, als er mit der Untersuchung fertig war. „Wir haben den Holm sowie das Reststück abmontiert, um es zur Werkzeugbestimmung und zur näheren Untersuchung mitzunehmen. Vielleicht taucht auch noch eine andere Spur oder ein Fingerabdruck auf.“

„Ich habe hier die Daten, die Sie haben wollten. Der Check war vor genau fünf Tagen. Hier ist das Abnahmeprotokoll.“ Harald Schneider händigte ihm das Protokoll aus. „Wenn Sie möchten, mache ich Ihnen eine Kopie davon.“

„Das wäre nett“, sagte Beck.

Harald Schneider stand auf und ging ein paar Schritte weiter, wo ein Kopierer stand. Während er das Protokoll kopierte, warf er Beck einen Seitenblick zu. Er konnte gar nicht glauben, dass das derselbe Polizist war wie vor ein paar Tagen, als die Sache mit Sandra Meister passiert war und der alles dafür getan hätte, um Sandra Meister kompromisslos die Handschellen anzulegen. Momentan sah er nur einen routinierten Polizisten vor sich, der seine Untersuchung durchzog, wie es sein sollte. Und nicht diesen kindischen, trotzigen Möchtegern-Cop, wie Sandra Meister ihn damals genannt hatte, der ihr partout etwas anhängen wollte.

Na ja, es stand ihm nicht zu, über ihn zu urteilen, da er ihn nicht näher kannte, und solange er die Ermittlungen so führte, wie sie sein sollten, dann sollte es ihm auch recht sein. Vielleicht hatte er ja auch nur seine Prioritäten gesetzt und arbeitete nun danach.

„Sie sollten auf jeden Fall die ganzen Geländer erneut überprüfen lassen, bevor Sie dort wieder jemanden nach oben lassen“, sagte er gerade und unterbrach Schneiders Gedankengänge.

„Ich habe die Firma bereits bestellt“, nickte Harald Schneider. „Sie haben mir zugesichert, noch heute jemanden vorbeizuschicken.“

„Das wäre zu begrüßen.“ Beck suchte seine Papiere zusammen und stand auf. „Ich melde mich bei Ihnen, wenn mir die Ergebnisse vorliegen.“

„Danke." Sie verabschiedeten sich und Beck verließ das Büro. Harald Schneider sah ihm kopfschüttelnd nach.

Konnte diese Verwandlung tatsächlich stattgefunden haben?

„Bingo!", rief Schröder aus, als er den Hörer auf die Gabel fallen ließ. Triumphierend grinste er in Benders Richtung, der ihm gegenüber am anderen Schreibtisch saß.

„Was ist?" Bender hob den Kopf und lehnte sich in seinem Sessel zurück.

„Die haben doch tatsächlich Knetrückstände an einem der Schlüssel gefunden, und zwar am Wohnungsschlüssel. Wenig, aber zumindest etwas", sagte Schröder. „Jemand scheint sich bemüht zu haben, alles zu entfernen, aber hat es nicht ganz geschafft. Und es steht außer Zweifel, dass das Schloss mit einem anderen Schlüssel geöffnet wurde als den dreien, die wir gefunden haben."

„Gratuliere, dann hattest du also von Anfang an Recht." Bender wiegte den Kopf hin und her. „Jetzt müssen wir nur noch herausfinden, wer einen Abdruck davon gemacht hat."

„Und sein Motiv, wenn wir schon dabei sind", warf Schröder ein. „Aber als Erstes werden wir den Bund wieder da deponieren, wo wir ihn gefunden haben. Fingerabdrücke waren nämlich auch keine dran."

„Wozu, wenn der Typ schon einen Nachschlüssel gemacht hat, wird er wohl kaum mehr auf den Bund im Keller zurückgreifen", fragte Bender mit gerunzelter Stirn.

„Wer weiß, vielleicht schaut er mal nach, ob er noch da ist", sagte Schröder und kniff die Augen zusammen. „Vielleicht nur, um sich zu vergewissern, dass ihm noch niemand auf der Spur ist."

„Du meinst, dass er als Maßstab nehmen könnte, dass er noch nicht aufgeflogen ist, solange der Bund noch da hängt?" Bender kratzte sich gedankenverloren am Kinn. „Wer weiß, vielleicht hast du Recht."

„Also, lass uns …", setzte Schröder gerade an, als Beck hereinkam und ihm eine Akte auf den Tisch legte.

Verdutzt hielt Schröder inne. „Was ist das?"

„Ein Unfall bei Brego, heute Vormittag", antwortete Beck. „Ich dachte, es interessiert dich."

„Ein Unfall bei Brego?" Schröder griff nach der Akte und schlug sie auf. „Wer war draußen?"

„Schmitz und ich. Wir waren gerade auf Streife, als die Meldung reinkam." Beck räusperte sich. „Es gab einen Verletzten. Ein Handlauf hat nachgegeben, als er sich festhalten wollte. Der Holm hing weg. Er war angesägt. Wir haben die Spuren gesichert, aber das steht alles in dem Bericht."

Schröder und Bender sahen sich kurz an.

„Ich muss los." Beck drehte sich um und ging.

„Danke!", rief ihm Schröder hinterher, war allerdings nicht sicher, ob Beck ihn gehört hatte.

„Wow, unser kleiner Hitzkopf wird doch keine neuen Wege einschlagen wollen?", frotzelte Bender grinsend und kaute an einem Zahnstocher.

„Er hat ja wohl wegen der Sache mit Sandra Meister gehörig einen auf den Deckel gekriegt, soweit ich weiß. Sogar von einer Abmahnung soll die Rede gewesen sein“, sagte Schröder und verzog den Mund. „Da wäre ich doch für eine Weile auch etwas vorsichtiger. Ich denke, wenn er noch einen übergebraten kriegt, ist er weg vom Fenster. Du weißt ja, wie unsere lieben Vorgesetzten über so etwas denken, wenn Beschwerden kommen.“

„Oh ja, das weiß ich“, nickte Bender. „Die machen sich ja schon ins Hemd, wenn unberechtigte Beschwerden kommen, geschweige denn, wenn sie auch noch berechtigt sind. Nur nicht auffallen, ist die Devise.“

„Korrekt, Kollege. Dann lass uns mal die Flatter machen, bevor sich noch jemand über uns beschwert“, grinste Schröder und zog seine Jacke an.

Bender nahm die Autoschlüssel vom Schreibtisch und folgte seinem Beispiel. Als sie aus dem Büro traten, klingelte Schröders Telefon. Seufzend drehte er sich auf dem Absatz um und ging zurück zum Schreibtisch.

„Schröder.“

„Dr. Hallberg hier.“

„Hallo, Herr Doktor, was gibt es Neues?“

„Ich wollte Ihnen nur mitteilen, dass die Infusionen anzuschlagen scheinen. Vielleicht ist sie morgen so weit, dass Sie mit ihr sprechen können. Versprechen kann ich allerdings nichts, das ist nur eine Schätzung. Noch ist sie nicht bei Bewusstsein, aber wenn die Geräte nicht lügen, müsste sie bald wach werden.“

„Danke, Herr Doktor. Es ist eine Erleichterung, das zu hören.“ Schröder atmete auf. „Irgendwie kommen wir mit unseren Ermittlungen nicht weiter.“

„Ich melde mich wieder, wenn sie wach ist, Herr Schröder.“

„Danke, Herr Doktor.“

Beschwingt legte Schröder den Hörer auf, nachdem sie sich verabschiedet hatten. Neugierig sah Bender ihn an.

„Ja, nu? Sprich, was ist?“, fragte er ungeduldig.

Schröder erzählte ihm, was der Arzt gesagt hatte, und auch Bender begann zu grinsen.

„Wenigstens eine gute Nachricht“, freute er sich. „Jetzt müssen wir nur noch diesen Bastard erwischen, der dieses ganze Spielchen inszeniert hat, dann ist alles wieder in Ordnung.“

„Dein Wort in Gottes Ohr. Also lass uns aufbrechen.“ Schröder nahm noch die Akte mit, die Beck ihm gebracht hatte. „Auf dem Rückweg fahren wir bei Harald Schneider vorbei und überbringen ihm die gute Nachricht persönlich. Vielleicht will er ja noch über den Handlauf und den Unfall sprechen.“

Bender nickte und ging voran.

„Ach, Sie schon wieder?“, entfuhr es Nikolas Wagner, als er die Haustür öffnete und plötzlich unvermittelt Schröder und Bender gegenüberstand.

„Ihnen auch einen schönen Abend“, wünschte Bender und erntete dafür einen bösen Blick von Wagner.

„Irgendwie scheinen Sie uns heute nicht loszuwerden, was?“, fragte Schröder und hob unschuldig die Hände.

„Das Gefühl habe ich allerdings auch langsam", antwortete Wagner gereizt. „Was machen Sie denn schon wieder hier? Oder sind sie immer noch seit heute Morgen hier?"

„Oh nein, wir hatten nur etwas vergessen, deswegen sind wir noch einmal kurz da gewesen", wiegelte Schröder leicht lächelnd ab. „Allerdings ist es schon ein Zufall, dass wir uns schon wieder treffen. Und das, obwohl Sie, nach eigenen Angaben, doch den ganzen Tag arbeiten."

„Das mache ich normalerweise auch." Wagner taxierte die Polizisten. „Nur musste ich meinen Wagen in der Werkstatt abgeben, und die haben ja auch nicht gerade den ganzen Tag geöffnet."

„Stimmt." Schröder gab Bender ein Zeichen zum Gehen. „Also, lassen Sie sich nicht beim Feierabend stören." Er trat hinter Bender durch die Haustür ins Freie.

Wagner murmelte noch etwas Unverständliches, bevor sich die Haustür zwischen ihnen schloss.

„Mann, hat der eine Laune am Leib", murmelte Bender vor sich hin.

„Und wieder keine Frage nach Sandra Meister", stellte Schröder fest und warf Bender einen Seitenblick zu. „Also, der Bursche ist mir absolut nicht geheuer. Mit dem stimmt was nicht."

„Wieder so ein Gefühl?", fragte Bender feixend.

„So könnte man sagen." Schröder verzog das Gesicht und hielt dann inne. „Schau mal." Schröder ging ein paar Schritte durch ein niedrig wachsendes Gebüsch zu einem Gitter, das in der Mauer eingelassen war. „Die Garage", sagte er zu Bender, der ihm gefolgt war, und deutete in die schwach beleuchtete Garage.

Bender pfiff leise durch die Zähne. „Und siehst du auch, was ich sehe? Da parkt doch tatsächlich Wagners Wagen."

„Bingo", nickte Schröder. „Der, der angeblich in der Werkstatt ist."

„Vielleicht nennt er ja die Garage Werkstatt." Bender zuckte die Schultern, während Schröder gequält aufstöhnte.

„Bender!"

„Na ja, ein Mann sagt ja auch nicht notgedrungen ‚Frau' zu seiner Frau, sondern ‚Hase' oder ‚Mausi' oder ‚Schnecke', warum sollte er denn nicht zur Garage ‚Werkstatt' sagen?" Er grinste vor sich hin.

„Bender, lass uns gehen, bevor uns noch jemand zuhört und denkt, dass alle bei der Polizei einen Schuss weg haben." Schröder verdrehte die Augen und zog Bender am Arm. Bender konnte manchmal so albern werden.

„Also, wir haben mehr als einen, das kann ich anhand meiner Dienstwaffe beweisen□…"

Schröder schlug sich die Hand vor die Augen. „Womit habe ich das verdient?"

„Da haben Sie aber Glück, dass Sie mich noch erwischen", begrüßte Harald Schneider die Polizisten, als er sie aus Alfred Zeisigs Klauen befreite und mit ihnen aus der Pforte in sein Büro ging.

„Wir haben gehofft, Sie noch anzutreffen", antwortete Schröder. „Eigentlich wollten wir schon früher da sein, aber Sie wissen ja, wie das ist."

„Wem sagen Sie das? Ich wollte eigentlich auch schon seit geraumer Zeit weg sein, und wo bin ich?“ Er machte eine ausholende Handbewegung und beantwortete seine eigene Frage. „Immer noch hier. – Und Sie? Sind Sie wegen des Unfalls heute morgen hier?“

„Nein, eigentlich nicht, außer Sie hätten noch etwas dazu zu sagen.“ Schröder schüttelte den Kopf und sah Harald Schneider fragend an. „Wir wollten nur einige gute Neuigkeiten loswerden.“

„Gute Neuigkeiten? Gibt es so etwas noch? So langsam fange ich an zu zweifeln, dass es so etwas überhaupt noch gibt“, brummte Schneider.

Schröder grinste und berichtete ihm, was Sandra Meisters Arzt gesagt hatte. Harald Schneider freute sich aufrichtig, als er hörte, dass sie sich auf dem Weg der Besserung befand.

„Das ist wirklich eine gute Neuigkeit“, nickte er. „Aber einmal etwas anderes, Ihr Kollege Beck hat sich ja im Gegensatz zum letzten Mal, als ich ihn sah, ziemlich verändert. Er scheint sich etwas gefangen zu haben.“

„Kunststück, er hatte ja auch keine andere Wahl“, warf Bender trocken ein.

„Ich entnehme Ihren Worten, dass Sie zufrieden waren“, stellte Schröder fest.

„Aus meiner Sicht hat er die Untersuchung des Unfalls korrekt durchgeführt“, stimmte Harald Schneider zu. „Es war anfangs nur eine etwas komische Situation, denn ich hatte noch unser letztes Zusammentreffen nur zu deutlich im Hinterkopf.“

„Verständlich, aber die Hauptsache ist, dass er alles zu Ihrer Zufriedenheit untersucht hat“, nickte Schröder, ebenfalls zufrieden.

„Na ja, ich habe wohl vermieden, Sandra Meisters Namen zu erwähnen“, gab Harald Schneider zu. „Ich war mir wirklich nicht ganz sicher, wie er auf ihren Namen reagiert hätte, bei aller Professionalität.“ Er grinste leicht. „Ich habe sogar meinen Chef davon abgehalten, ihren Namen in Becks Gegenwart auszusprechen.“

„Und das hat sich Ihr Chef gefallen lassen? Schröder, ich glaube, den leihen wir uns mal aus, denn unserer ist nicht so pflegeleicht.“ Bender grinste breit.

„Glauben Sie mir, den wollen Sie nicht.“ Schneider grinste und wurde dann wieder ernst. „Hat eure Untersuchung schon was ergeben?“

„Die Kollegen sind noch dabei“, gab Schröder Auskunft und blätterte die Akte durch. „Das Abnahmeprotokoll hat der Kollege auch bereits beigelegt. Gut. – Nein, ich denke für den Moment haben wir alles von Ihnen, was wir brauchen.“ Er machte die Akte wieder zu und legte sie beiseite.

Harald Schneider deutete auf die Akte. „Die Firma ist da und überprüft im Moment übrigens gerade die anderen Geländer, bevor noch jemand abstürzt. Der Mitarbeiter wird dann auch gleich ein neues Geländer anbringen, dort wo der Unfall passiert ist.“ Er spielte mit seinem Kugelschreiber. „Obwohl sich der Mitarbeiter das auch nicht erklären kann. Bei der Abnahme war alles okay.“

„Vielleicht hat er es übersehen“, sagte Bender. „Das soll schon vorgekommen sein.“

„Nicht bei diesem Mitarbeiter!“, sagte Schneider nachdrücklich und schüttelte den Kopf. „Bei jedem anderen würde ich Ihnen zustimmen, aber nicht bei ihm. Er kommt bereits seit mindestens zehn Jahren hier ins Werk und prüft die Geländer. Er übt den Job bereits 19 oder sogar 20 Jahre aus und ist mit Abstand der gewissenhafteste Mitarbeiter von dieser Firma. Nie und nimmer glaube ich, dass ihm so etwas entgangen wäre."

„Dann, schätze ich, ist das Geländer danach angesägt worden." Schröder sah Bender an.

„Mein Chef hatte heute schon Sandra Meister in Verdacht, obwohl sie im Krankenhaus liegt", rutschte es Harald Schneider, der ganz in Gedanken war, heraus.

„Wäre das möglich?", fragte Schröder nach.

Harald Schneider lachte auf. „Bei ihrer Höhenangst? – Niemals!"

„Sicher?" Bender sah ihn aufmerksam an.

„Herr Bender, ich habe vor etwa sechs Monaten mit dieser Frau eine Begehung an verschiedenen Örtlichkeiten gemacht, da sich im Bewachungsauftrag einiges geändert hatte. Dabei mussten wir unter anderem auch eine Außentreppe vom zweiten Stock hinunterlaufen, die von der Beschaffenheit dem Laufsteg der Halle gleicht, auf dem heute der Unfall passiert ist. Die Trittstufen sowie die Treppen bestehen aus Gittern, durch die man wunderbar bis ganz nach unten schauen kann. Nach zwei Schritten war bei ihr Schluss. Da ging nichts mehr. Ihr ist der kalte Schweiß ausgebrochen und sie wurde kalkweiß im Gesicht. Ich dachte für einen Moment, sie würde mir da oben kollabieren. Und das war nicht gespielt. Ihr war es so peinlich, dass wir das innen liegende Treppenhaus benutzen mussten." Er schüttelte den Kopf. „Wenn Frau Meister versucht hätte, das Geländer anzusägen, säße sie jetzt noch mit ihrer Säge da oben – wahrscheinlich im Schockzustand."

Schröder warf Bender einen warnenden Blick zu, als er dessen Blick bemerkte. Halt die Klappe, sollte er bedeuten. Er hatte eine Ahnung, was ihm auf der Zunge lag. Er würde Schneiders Objektivität anzweifeln, so wie er zuvor Schröders angezweifelt hatte.

„Aber Sie haben nur ihr Wort dafür, oder?", fragte Bender trotzdem, Schröders Blick ignorierend.

„Was soll das heißen?", fragte Harald Schneider irritiert und seine Augen wurden zu schmalen Schlitzen. „Sie ist wie angeschweißt dort oben gestanden, hat am ganzen Körper gezittert und konnte sich nicht vom Fleck rühren. Ich weiß das, denn *ich* habe sie am Arm genommen und das *selbst* gespürt. *Das ist Fakt!*" Er sah Bender fest in die Augen. „Hören Sie zu, Herr Bender. Ich bin unter anderem auch Betriebssanitäter und durchaus in der Lage zu unterscheiden, ob jemand simuliert oder ob es echt ist. *Und das war definitiv echt!*"

„Ich wollte Ihnen nicht zu nahe treten oder Ihr Urteilsvermögen in Frage stellen. Es tut mir Leid", entschuldigte sich Bender. „Nur, Sie müssen wissen, wir müssen alle …"

„… Zweifel ausschließen", beendete Harald Schneider den Satz und winkte ab. „Ich weiß."

„Lassen Sie es gut sein", schaltete sich Schröder ein. „Ich hätte nämlich noch eine Frage: Was wissen Sie über ihr Privatleben?"

„Über Sandra Meisters Privatleben?" Harald Schneider lachte ungläubig auf. „Eigentlich so gut wie nichts."

„Wie viel ist ‚so gut wie nichts'?", hakte Schröder vorsichtig nach.

Schneider zuckte die Schultern. „Wir hatten privat absolut nichts miteinander zu tun. Wir haben uns zwar manchmal über private Sachen unterhalten, aber über allgemeine Dinge, und das nur eher beiläufig. Das Einzige, was ich weiß, ist, dass sie vor kurzem ihre Beziehung beendet hat. Und das hat sie auch nur beiläufig erwähnt. Das heißt, es ist ihr eigentlich nur rausgerutscht, und das war es eigentlich auch schon."

„Warum?", fragte Bender aufhorchend. „Was war der Grund für die Trennung?"

„Anscheinend hat sie ihn beim Fremdgehen mit seiner Exfrau erwischt", antwortete Schneider achselzuckend. „Daraufhin hat sie ihm die Koffer gepackt, vor die Tür gestellt, die Schlösser auswechseln lassen, ging ins Tierheim, holte sich ihre beiden Katzen und beschloss, Männer vorerst nicht in ihr Leben zu lassen." Er hob die Hände. „Das war's."

„Resolut, die Frau." Bender nickte anerkennend. „Haben Sie ihren Ex gekannt? Oder ihn schon mal gesehen?"

„Nein, noch nie." Schneider schüttelte den Kopf.

„Kennen Sie seinen Namen?"

„Nein."

„Hat sie nie seinen Vornamen oder Nachnamen erwähnt?"

„Nein." Harald Schneider sah aufmerksam von einem zum anderen. „Was hat denn ihr Ex damit zu tun?"

„Sagen wir mal so: Frau Meister ist definitiv vergiftet worden. Und die große Frage ist: Von wem?" Schröder sah ihn ernst an.

„Das mit der Vergiftung ist amtlich?", fragte Harald Schneider mit hochgezogenen Augenbrauen.

„Ja, der Befund liegt vor", nickte Schröder, „von der Klinik sowie von unserem Labor."

„Kein Wunder, dass Sie da ihren Ex in Verdacht haben", murmelte Schneider.

„Nur eine Möglichkeit, das ist alles."

Kapitel 17

Erleichtert richtete er sich wieder auf, als er den Schlüsselbund ertastet hatte. Er war noch da. Die Bullen hatten ihn nicht gefunden. Er hatte schon das Schlimmste befürchtet, als er die Polizisten am späten Nachmittag aus dem Haus gehen sah. Es wäre durchaus denkbar gewesen, dass sie den Keller durchstöbert und den Schlüssel an sich gebracht hatten. Deshalb hatte er sich persönlich davon überzeugen müssen, dass er noch an seinem Platz hing.

Aber warum hielten sich die beiden Polizisten ständig hier auf? Hatten Sie die Selbstmordtheorie, die er ihnen zurechtgelegt hatte, am Ende nicht geglaubt? Oder hatten sie den Brief nicht gefunden? Vielleicht hätte er ihn offener platzieren sollen.

Er hatte gesehen, dass sie ein anderes Schloss eingebaut hatten. Und das konnte eigentlich nur bedeuten, dass sie etwas gemerkt hatten. Vielleicht hätte er die Lebensmittel mitnehmen sollen, aber wer hatte denn ahnen können, dass sie zurückkommen würden? Und nachschauen konnte er ebenfalls nicht, da sie ja das Schloss ausgetauscht hatten.

Schade eigentlich, dass sie dazwischengeplatzt waren und sie gefunden hatten, bevor das Digitalis gewirkt hatte. Sandra Meister wäre schon längst erledigt, wenn diese Bullen nicht gekommen wären.

Und jetzt lag sie auf der Intensivstation. Dort, wo er nicht ohne weiteres an sie drankam. Irgendjemand war ständig bei ihr. Entweder Ärzte, Krankenschwestern oder eine andere Frau, die ihr ziemlich ähnlich sah. Er tippte darauf, dass es ihre Schwester war. Und wenn er richtig lag, schlich dort auch noch ein Polizist herum. Ihm war ein Mann aufgefallen, der zwar wie ein Pfleger aussah, aber keine von deren Pflichten ausübte. Und dass ein Pfleger nur für ein Zimmer zuständig sein sollte, das war absurd. Hinterher hatte er sich verflucht für dieses waghalsige Unterfangen, sich auf diese Station zu begeben. Ihm war klar geworden, dass es zu riskant war und er es riskiert hatte, geschnappt zu werden. Oder wiedererkannt zu werden. Das war riskant. Riskant und dumm. Aber er war nicht dumm. Nicht dumm genug, um sich schnappen zu lassen.

Und seine Zeit würde kommen. Früher oder später.

Dann würde er sich dieses Miststück krallen.

Und dann gab es kein Entrinnen mehr für sie. Er konnte warten.

Schließlich wurde sie irgendwann auch mal wieder entlassen. Dann würde er immer noch genug Zeit und vor allem auch die Gelegenheiten haben … Und es würde auch keinen Polizeischutz mehr geben …

„So, da wären wir wieder." Schröder stellte den Motor des Dienstwagens ab.

„Und du denkst ernsthaft, wir finden noch etwas, das auf den Freund hinweist?", fragte Bender.

„Warum nicht?" Schröder warf ihm einen kurzen Blick zu.

„Du hast Schneider gehört. Sie hat einen rigorosen Schlussstrich gezogen: Koffer gepackt und rausgestellt, Schlösser ausgetauscht etc. Das sieht mir nicht so aus, als ob sie sich dann irgendwelche Andenken zurückbehält." Bender sah Schröder mit gerunzelter Stirn an.

„Manche schon", sagte Schröder achselzuckend und stieg aus. „Und wenn es nur als Abschreckung für die nächste Versuchung ist."

Bender stieg ebenfalls aus und schloss die Beifahrertür.

„Wenn du meinst." Er stapfte hinter Schröder her, der die Haustür aufschloss und aufstieß.

„Ach, guten Abend, Herr Wagner", hörte er Schröder sagen.

„Der war schon besser", knurrte Nikolas Wagner, der gerade die Kellertreppe hochkam. Er funkelte die Polizisten ungnädig an. „Schon wieder hier?"

„Haben Sie etwas dagegen? Man könnte ja gerade meinen, Sie hätten was gegen uns", konterte Bender und kniff die Augen zusammen.

„Warum sollte ich etwas dagegen haben? Das ist ein freies Land", parierte Wagner. „Es wundert mich nur."

Dann wundere dich weiter, dachte Schröder. Laut sagte er: „Wir ermitteln. Da kommt es vor, dass wir mehrmals an bestimmte Orte zurückkehren."

Wagner nickte, drängte sich an Schröder und Bender vorbei und ging die Treppe hoch. Halb oben, drehte er sich noch einmal um. „Wie geht es eigentlich meiner Nachbarin?“, fragte er dann.

„Den Umständen entsprechend gut“, benutzte Schröder aalglatt den Kommentar der meisten Ärzte. „Zumindest besser als gestern.“

Nikolas Wagner setzte seinen Gang die Treppe hoch fort. Ohne die Polizisten eines weiteren Blickes zu würdigen, öffnete er seine Wohnungstür und verschwand ohne einen weiteren Kommentar. Mit einem leisen Klicken fiel die Wohnungstür wieder ins Schloss.

„Was war das denn?“ Bender und Schröder sahen sich kurz an, während sie die Treppe weiter hochstiegen.

„Komischer Kauz“, murmelte Schröder, schloss Sandra Meisters Wohnungstür auf und trat ein.

„Sag mal, Kollege, hast du eigentlich das Einverständnis der Schwester für diese Aktion hier eingeholt?“, fragte Bender, als sich die Wohnungstür hinter ihm geschlossen hatte.

Schröder sah ihn für einen Moment irritiert an, bevor er sich mit der flachen Hand auf die Stirn schlug. „Nein, verdammt!“

„Gut zu wissen, dass dir auch ab und zu so etwas passiert“, brummte Bender, während Schröder sein Mobiltelefon aus der Jacke zog.

„Verdammt, das ist mir total entfallen“, fluchte er und tippte die Nummer des Krankenhauses in das Display, die er aus seinem Notizbuch ablas.

Bender lehnte sich unbeteiligt gegen die Mauer neben der Eingangstür und sah sich fast desinteressiert im Flur um.

Die Türklingel ertönte. Bender trat an die Tür und sah durch den Spion. Er sah Nikolas Wagner dort stehen. Er gab Schröder ein Zeichen, der gerade mit dem Krankenhaus telefonierte und sich daraufhin ins Wohnzimmer zurückzog und die Türe schloss.

Bender öffnete. „Ja?“

„Entschuldigen Sie, ich wollte nur fragen, ob ich meine Nachbarin schon besuchen kann. Das hatte ich vergessen zu fragen“, sagte Wagner vorsichtig.

„Im Moment liegt sie auf der Intensivstation“, antwortete Bender reserviert. „Soweit ich informiert bin, darf zur Zeit nur ihre Schwester zu ihr. Vielleicht warten Sie besser, bis sie auf der normalen Station liegt.“

„Oh“, sagte Wagner. „Das ist dann …“

Ein lautes Fauchen ertönte. Bender und Wagner schraken zusammen. Ihre Köpfe zuckten herum. Bender erblickte den getigerten Kater, der aus der Küche gekommen sein musste und nun mit gesträubtem Fell und Katzenbuckel mitten im Flur stand und fauchend Nikolas Wagner taxierte, bevor er mit drei großen Sätzen im Schlafzimmer verschwand.

Bender sah gerade noch Wagners Gesichtsausdruck, als er sich ihm wieder zuwandte. Unverhüllter Hass sprach aus seinen Zügen und aus seinen Augen, der nur einen Sekundenbruchteil später wieder verschwunden war, als er sich von Bender verabschiedete. Fast konnte man meinen, der Hass sei nicht vorhanden gewesen, doch Bender wusste es besser. Er wusste, was er gesehen hatte.

Langsam schloss Bender die Wohnungstür. „Was zum Teufel, war das?“, murmelte er leise vor sich hin.

„Was war was?“, ertönte Schröders Stimme hinter ihm. Er war gerade aus dem Wohnzimmer getreten und hatte Benders letzte Worte gehört.

Bender erzählte ihm von der seltsamen Szene, die sich eben abgespielt hatte. „Glaube mir, das war irgendwie unheimlich“, sagte Bender und schüttelte den Kopf. „Du hättest das sehen sollen. Der Kater, wie eine Furie, hat den Wagner angestarrt, als ob er ihm gleich an den Hals gehen wollte. Und bei Wagner hatte ich das gleiche Gefühl. Sie standen sich gegenüber, wie Erzfeinde.“

„Können sich wahrscheinlich beide nicht ab“, meinte Schröder trocken. „Es heißt ja immer, dass Tiere bessere Antennen für Menschen besitzen. Sie wissen instinktiv, ob es jemand gut mit ihnen meint oder nicht. Und ich muss dem Kater beipflichten, denn ich mag diesen Typen auch nicht.“

„Das war der pure Hass“, erwiderte Bender nachdrücklich und folgte Schröder ins Wohnzimmer. „Und – was hast du erreicht?“

„Also, der Ex von Sandra Meister hieß Frank Richter, geschieden nach fünfjähriger Ehe“, las Schröder aus seinen Notizen ab. „Er ist 38 Jahre alt und stellvertretender Filialleiter einer Bank.“ Er blätterte um. „Er ist etwa 1,80 Meter groß, dunkelhaarig, durchtrainiert, glatt rasiert, gut gekleidet, fuhr zuletzt einen Dreier-BMW, schwarz mit hiesigem Kennzeichen.“

„Wow, und den hat sie eiskalt abserviert? Der hat doch bestimmt Kohle ohne Ende“, fragte Bender beeindruckt. „Da bräuchte sie doch bestimmt nie mehr arbeiten zu gehen, wenn sie sich den warmgehalten hätte.“

„Du siehst, es gibt anscheinend doch noch Frauen, die sich durch Geld nicht beeindrucken lassen“, schmunzelte Schröder. „Nur weil du noch keine von der Sorte gefunden hast, muss das nicht zwangsläufig heißen, dass es sie nicht gibt.“

„Haha!“ Bender schnitt eine Grimasse. Er hatte bereits zwei gescheiterte Beziehungen hinter sich, wobei er glücklicherweise nie geheiratet hatte. Eine seiner Freundinnen hatte sich mit der Polizeiarbeit an sich nicht anfreunden können, während er der zweiten einfach nicht genug verdient hatte. Seitdem hatte er den Glauben an Frauen ziemlich verloren. Irgendwo tief drinnen hoffte zwar immer noch ein Teil von ihm, dass er eines Tages die Richtige finden würde, aber er machte sich nicht gerade viel Hoffnung.

„Aber zumindest kann ich sagen, dass du in einem Punkt Recht hattest“, sagte Schröder. „Sie hat, laut ihrer Schwester, kein einziges Stück von ihm zurückbehalten. Selbst Bilder, auf denen sie zu zweit zu sehen waren, hat sie auseinander geschnitten und ihm eingepackt.“

„Na ja, zumindest lag ich nicht ganz falsch“, knurrte Bender. „Mit anderen Worten, wir können uns das ganze hier sparen, oder?“

„So ungefähr, ja“, stimmte Schröder zu. „Ich habe ihrer Schwester nur versprochen, nach den Katzen zu sehen, wenn wir schon da sind. Dann kann sie beruhigt im Krankenhaus bleiben.“

„Das hast du doch heute schon“, wunderte sich Bender. „Vorhin, als wir da waren.“

„Ja, aber ich stelle ihnen, nur für den Fall, dass sich niemand so schnell hierhin verirrt, etwas Trockenfutter hin", erklärte Schröder im Vorbeigehen. „Vorhin hatte ich sie mit Dosenfutter gefüttert."

Bender verdrehte die Augen und schüttelte den Kopf. Wie konnte man sich nur mit so etwas beschäftigen? Und Schröder schien das Getue mit den Katzen sogar noch zu gefallen. Er lehnte den Kopf zurück und schloss die Augen.

Plötzlich spürte er eine Bewegung neben sich. Als er ruckartig den Kopf hob, sah er die schwarze Katze wie eine Sphinx rechts neben ihm auf der Couch sitzen. Sie starrte ihn aufmerksam an.

Er bemerkte eine weitere Bewegung und sein Blick fiel auf den Katzenbaum hinter der Wohnzimmertür, auf dem der getigerte Kater saß und ihn ebenfalls unverwandt anstarrte.

Er schaute unbehaglich zwischen den zwei Tieren hin und her. Warum starrten sie ihn so an? Was wollten sie von ihm?

„Was wollt ihr?", rief er schließlich aus, um die Stille zu brechen.

Die schwarze Katze erhob sich langsam und begann vorsichtig, an ihm zu schnuppern. Schließlich stand sie mit den Vorderpfoten auf seinem rechten Oberschenkel, sah ihn kurz an und rieb ihren Kopf an seiner Brust. Dann starrte sie ihm in die Augen. Lockend, auffordernd.

Er hob, fast hypnotisiert, die Hand und strich ihr sachte über das Fell.

Wie weich ihr Fell ist, ging es Bender durch den Kopf.

Seine anfängliche Unsicherheit verflog und er wurde ruhiger. Die Katze ließ ihn keinen Augenblick aus den Augen. Ihr wissender Blick aus ihren unergründlichen grünen Augen hielt seinen Blick fest, als wollte sie sagen: Vertraue mir, denn ich vertraue dir. Sie lehnte sich seiner streichelnden Hand entgegen. Jeder Bewegung.

„Was ist das denn? Ich denke, du magst keine Katzen?", zerstörte plötzlich Schröders Stimme den beinahe magischen Augenblick.

Die Katze sprang von Benders Schoß und flüchtete sich zu dem Tiger auf den Katzenbaum. Ein eigenartiges Gefühl von Verlust erfasste Bender.

„W-w-was?", stammelte Bender verwirrt. Er wusste nicht, was er sagen sollte.

„Die Katze. Du sagtest doch immer, du magst keine." Schröder sah Bender irritiert an. So hatte er Bender noch nie erlebt.

„Na ja, tu ich normalerweise auch nicht, aber …" Er brach ab und kratzte sich verlegen am Kopf. „Sie stand plötzlich da und …"

„Bender, das ist okay", beschwichtigte ihn Schröder und grinste. „Ich finde es nur schön, dass du auch langsam auf den Geschmack kommst."

Bender nickte abwesend, als könnte er es selbst nicht glauben, was sich zwischen ihm und der Katze soeben abgespielt hatte.

„Morgen früh werden wir Frank Richter einen Besuch abstatten", kündigte Schröder an. „Aber für heute machen wir Schluss. Es reicht."

Er wandte sich zum Gehen. Auch Bender erhob sich und folgte ihm zur Tür. Auf dem Weg dorthin starrte er zu den beiden Katzen, die aufmerksam jede seiner Bewegungen verfolgten. Fast als hätten sie mit ihm einen geheimen Pakt geschlossen. Er blieb kurz stehen und öffnete den Mund, als ob er etwas sagen wollte, ging dann jedoch kommentarlos weiter. Draußen schüttelte er den Kopf. Er verstand nicht genau, warum ihn das Erlebnis so durcheinander gebracht hatte. Aber es kam ihm schon fast mystisch vor, wenn er an diese Szene in Sandra Meisters Wohnzimmer dachte. Und diese grünen, wissenden und doch sanften Augen gingen ihm die ganze Rückfahrt über nicht mehr aus dem Sinn. Und in dieser Nacht geisterten sie sogar durch seine Träume …

„Guten Morgen, die Herren. Ich bin Frank Richter", wurden sie von einem hoch gewachsenen Mann begrüßt.

Er streckte ihnen nacheinander die Hand hin und schüttelte sie, bevor er ihnen an einem runden Rauchglastisch in seinem Büro Platz anbot. Sie setzten sich auf bequeme Ledersessel und schlugen die Beine übereinander. Den angebotenen Kaffee lehnten Bender und Schröder dankend ab.

Unauffällig sahen sie sich in dem Büro um, das eine elegante Einrichtung hatte. Der Innenausstatter hatte ganze Arbeit geleistet. Moderne farbenfrohe Drucke hingen über braunen Aktenschränken und Regalen aus Teakholz. Hinter dem großen, ausladenden Schreibtisch, ebenfalls aus Teakholz gefertigt, stand ein großer schwarzer Ledersessel, der sehr bequem aussah. Das Ambiente bot einen kontrastvollen Anblick zu dem lavendelfarbenen Teppich. Ergänzt wurde das Ganze durch einige Grünpflanzen unterschiedlicher Größe, die bis auf zwei in Fensternähe platziert waren. Die anderen beiden standen in einer Art Nische bei dem Rauchglastisch, an dem sich jetzt Frank Richter die offensichtlich teure bunt gemusterte Krawatte zurechtzupfte.

„Was kann ich für Sie tun?", fragte er mit dunkler Stimme und lächelte die beiden Polizisten unverbindlich an, wobei er eine Reihe makellos weißer Zähne entblößte.

Überhaupt schien an ihm alles perfekt zu sein. Er schien exakt für dieses Büro eingekleidet worden zu sein. Er trug eine schwarze Hose, kombiniert mit einem lavendelfarbenen Jackett und einem weißen Oberhemd sowie der besagten Krawatte, in der sich ebenfalls die Farben des Büros wiederfanden. Dazu teure schwarze Gucci-Schuhe. Der exklusive herbe Duft seines Rasierwasser waberte durch den Raum. Eben der Inbegriff eines erfolgreichen Managertyps.

„Kennen Sie Sandra Meister?", fragte Schröder.

„Ja", antwortete Frank Richter abwartend. Sein Lächeln verkrampfte sich. „Warum?"

„Wir hätten ein paar Fragen an Sie. Frau Meister liegt im Moment im Krankenhaus", erklärte Schröder.

„Im Krankenhaus?! Um Gottes willen, was ist passiert?", rief Richter aus und beugte sich nach vorne. Er runzelte besorgt die Stirn. „Wie geht es ihr? In welchem …?"

„Halt, langsam!" Schröder hob die Hand, um seine Flut von Fragen zu unterbrechen. Er klärte ihn in knappen Sätzen über die Situation auf. „„… und da Sie bis vor kurzem eine Beziehung mit ihr hatten, müssen wir auch Ihnen einige Fragen stellen", schloss Schröder seine Ausführungen.

Frank Richter hatte während Schröders Erklärungen die Finger seiner Hände gekreuzt und sie vor den Mund gepresst. Ein goldener Sigelring an der rechten Hand, mit den ineinander verschlungenen Initialen ‚FR', glänzte matt im Licht der Neonröhren, die trotz Tageslicht eingeschaltet waren. Sein gebräuntes Gesicht war im Laufe der Ausführungen immer blasser geworden. Bei Schröders letzten Worten rötete es sich jedoch wieder. „Höre ich recht? Wollen Sie mir etwa hinsichtlich dieser Vergiftung meiner Exfreundin etwas in die Schuhe schieben?“, fragte er schneidend. Die Lautstärke seiner Stimme hatte sich gesenkt.

„Wir müssen allen Spuren nachgehen“, schaltete sich Bender ein. „Und dazu zählt eben auch das mit Ihrer Beziehung zu ihr.“

Seine Wangenknochen mahlten, während er sich Benders Worte durch den Kopf gehen ließ, dann nickte Frank Richter. „Na gut. Sie haben gewonnen.“ Er schüttelte den Kopf. „Eigentlich haben Sie ja auch Recht. Und wenn es hilft, den Irren zu finden, der versucht hat, Sandra umzubringen, dann fragen Sie.“

Schröder warf Bender einen kurzen Blick zu, bevor er sein Notizbuch aus der Tasche zog und den innen liegenden Kugelschreiber entnahm. „Gut, Herr Richter“, sagte er dann. „Wie lange sind Sie schon getrennt?“

„Seit ungefähr fünf Wochen“, antwortete Frank Richter knapp.

„Wann haben Sie Frau Meister zum letzten Mal gesehen?“

„Etwa zwei Tage vor unserer Trennung.“

„Bei der Trennung selbst nicht?“

„Nein.“

„Warum?“

Er zögerte einen Moment. „Sie hatte mich rausgeschmissen.“

„Könnten Sie mir den Grund nennen?“

„Muss das denn sein?“ Frank Richter wirkte peinlich berührt.

„Es wäre hilfreich.“ Schröder sah ihn auffordernd an.

„Na gut.“ Er atmete tief ein. „Sie hatte mich wohl mit meiner Exfrau gesehen und die falschen Schlüsse gezogen … dann hat sie mir die Sachen vor die Tür gestellt … Sie werden doch wohl verstehen, wie unangenehm das für mich ist. Reicht das?“

„Vorerst.“ Schröder machte sich Notizen.

„Hatten Sie seither anderen Kontakt zu ihr?“

„Beiderseitigen leider nicht.“ Frank Richter schüttelte den Kopf.

„Was meinen Sie damit?“

Richter stand auf und ging zum Fenster, wo er die Lamellenvorhänge beiseite schob und einen Moment hinaussah, bevor er antwortete. „Ich hatte ihr in der ersten Woche unserer Trennung einen erklärenden Brief geschrieben, aber sie hat nie geantwortet. Wahrscheinlich hat sie ihn ungeöffnet in den Papierkorb geworfen.“ Nach einer kurzen Pause fügte er noch hinzu: „Aber das hätte ich wissen müssen. Schließlich habe ich ja auch mit dieser Reaktion gerechnet.“

„Warum?“, fragte Schröder interessiert.

„Wenn Sandra etwas macht, dann richtig. Sie macht Nägel mit Köpfen, wie man so schön sagt.“ Er lachte auf. „Deshalb sind wir ja auch zusammengekommen. Sie ist ein ziemlich geradliniger Typ Frau, was mir sehr imponiert hat. Sie sagt, was sie denkt, und sie steht zu dem, was sie sagt. Bereits am Anfang unserer Beziehung hat sie die Spielregeln festgelegt. Sie hat mir unverblümt mitgeteilt, in welchen Fällen ich sie unweigerlich und unwiderruflich verlieren würde, ohne jede Chance auf einen Kompromiss. Aber im Laufe der Zeit muss ich es wohl vergessen haben …" Seine Stimme verstummte. Für einen Moment herrschte Stille in Frank Richters Büro. Er hatte seine Hände in den Hosentaschen vergraben, als er sich umdrehte und zu den Polizisten sah. Seine Gesichtszüge wirkten wie versteinert. „Wissen Sie, ich hätte niemals damit gerechnet, sie zu verlieren. Und doch ist es durch meine Schuld passiert." Er wandte sich wieder dem Fenster zu. „Ich vermisse sie. Und natürlich mache ich mir auch Vorwürfe, denn wenn wir uns nicht getrennt hätten, wäre sie wahrscheinlich nicht in die Situation gekommen, denn sie wäre nicht allein gewesen. Dann wäre das bestimmt nicht passiert."

„Hegen Sie deswegen irgendwelche negativen Gefühle für sie?", fragte Bender unschuldig.

Frank Richters Kopf ruckte herum. „Sie denken, ich hätte versucht, sie umzubringen, nicht wahr?" Er verzog das Gesicht. „Ja, das tun Sie. Das sehe ich Ihnen an. Ich sage Ihnen etwas: Ja, ich hege noch Gefühle für sie, aber nicht *negativer Art*, wie sie es nennen. Ich liebe sie noch, wie könnte ich das auch innerhalb von fünf Wochen abhaken und vergessen? Und gerade weil ich sie liebe, würde ich ihr niemals etwas antun. Niemals! Denn irgendwie hoffe ich trotz allem, dass wir noch eine gemeinsame Zukunft haben, wenn die ersten Schmerzen verebbt sind. Und wie sollte das wohl funktionieren, wenn ich sie umbrächte?"

„Es war nur eine Frage", erwiderte Bender mit unbewegter Miene. „Nur, manchmal schaukeln sich Gefühle hoch und Leute tun Dinge, die sie später bereuen."

Richter senkte den Kopf und fuhr sich mit der Hand durch sein perfekt frisiertes kurzes Haar. „Das möchte ich auch nicht in Abrede stellen. Aber ich weiß, dass *ich* jetzt für *meine* Dummheit zahlen muss, und dafür kann ich niemanden verantwortlich machen außer mich selbst. *Ich* war der Idiot, also warum sollte ich sie dafür zur Rechenschaft ziehen?"

Keiner der Polizisten antwortete.

„Noch etwas, Herr Richter. Haben Sie noch einen Wohnungsschlüssel zu Sandra Meisters Wohnung?", fragte Schröder ernst in die Stille, die entstanden war.

„Nein, nicht mehr. Sie hatte damals das Schloss auswechseln lassen", erwiderte Frank Richter niedergeschlagen. Er wirkte jetzt ganz anders als dieser strahlende Gewinnertyp, den sie beim Eintreten vorgefunden hatten.

Jetzt schien eher das Gegenteil der Fall zu sein.

„Wissen Sie zufällig, ob sie irgendwo einen Ersatzschlüssel für ihre Räumlichkeiten deponiert hat?"

„Nein." Richter zuckte die Schultern und sah Schröder irritiert an. „Als wir zusammen waren, hatte jeder von uns je einen Schlüssel. Wenn wir weggefahren sind, bekam ihre Schwester entweder meinen oder ihren, damit sie in die Wohnung konnte, falls etwas in der Wohnung gewesen wäre, oder um nach den Pflanzen zu schauen."

„Und nach den Katzen", fügte Bender hinzu.

„Ja, genau", nickte Frank Richter zuerst, hielt aber dann inne. „Katzen? Welche Katzen?"

„Na, Sandra Meisters Katzen", sagte Bender und schlug sich dann unvermittelt gegen die Stirn. „Oh, Entschuldigung. Die hat sie ja erst nach der Trennung von Ihnen aus dem Tierheim geholt."

„Sie … sie hat sich Katzen geholt?", fragte Richter entsetzt und riss die Augen auf. „Dann hat sie mich wirklich abgeschrieben." Sein Gesicht verdüsterte sich.

Fragend sahen sich Bender und Schröder an.

Frank Richter bemerkte es. „Sie müssen wissen, ich bin gegen Katzen ziemlich allergisch und reagiere schon fast auf sie, wenn ich sie nur sehe oder etwas berühre, das in ihrer Nähe war." Er schüttelte bekümmert den Kopf. „Deutlicher hätte sie es wirklich nicht ausdrücken können."

Kurz darauf verabschiedeten sich Bender und Schröder. Sie hatten für den Moment genug erfahren.

Als sie das Büro verließen und Bender einen Blick zurückwarf, sah er Frank Richter noch immer an dem Rauchglastisch sitzen und vor sich hinstarren.

Kapitel 18

Er sah starr durch seinen fast geschlossenen Lamellenvorhang und beobachtete, wie die Polizisten in einen weinroten Mercedes einstiegen und wegfuhren.

Frank Richter atmete auf. Das war gerade noch einmal gut gegangen. Beinahe hätte er sich verraten. Ob sie etwas bemerkt hatten? Oder hatten sie vielleicht Informationen, die sie ihm nicht mitgeteilt hatten? Wohl kaum. Trotzdem konnte er diesen Besuch nicht auf sich beruhen lassen. Er musste Gewissheit haben.

Mit großen Schritten durchmaß er die Distanz zu seinem Schreibtisch. Er betätigte die Sprechtaste der Gegensprechanlage und wies seine Sekretärin an, keine Gespräche durchzustellen oder ihn sonst wie zu stören.

„In Ordnung, Herr Richter", quäkte eine Frauenstimme aus dem Gerät.

Dann nahm er mit seiner linken Hand den Telefonhörer in die Hand, während er mit der anderen aus dem Gedächtnis eine Mobilfunk-Nummer anwählte.

Beim zweiten Klingeln wurde abgenommen. „Ja?"

„Tommy?" Frank Richter sprach mit gedämpfter Stimme.

„Ja."

„Tommy, ich bin es – Frank."

„Was ist?"

„Die Bullen waren gerade bei mir."

„Was wollten sie?"

„Sie haben mich nach meiner Beziehung mit Sandra gefragt."

„Und?"

„Sie wollten auch von mir wissen, ob ich von einem deponierten Ersatzschlüssel wüsste."

„Was hast du gesagt?"

„Abgestritten habe ich es. – Tommy, könnte es sein, dass sie den Bund gefunden haben?"

„Nein."

„Bist du sicher? Es hat sich so angehört, als ob …"

„Nein. Er ist noch dort. Ich habe gestern Abend nachgeschaut."

„Und es ist derselbe Bund?"

„Ja!" Die Stimme wurde ungeduldig.

Frank Richter atmete erleichtert aus. „Dann bin ich beruhigt."

„Mach dir keine Sorgen. Spätestens, wenn sie raus ist, gebe ich ihr den Rest. Aber momentan ist es zu gefährlich."

„Danke, Tommy. Das werde ich dir nicht vergessen."

„Wir haben uns doch geschworen, gegenseitig füreinander da zu sein."

„Ja, aber das hatte Ralfi damals auch, und sieh, was passiert ist."

„Dafür hat er auch bezahlt, und jetzt braucht er über so etwas nicht mehr nachzudenken."

Sie legten ohne ein weiteres Wort auf.

Frank Richter starrte auf den Apparat. Ja, Tommy würde das für ihn regeln. Er hatte auch das mit Ralfis Verschwinden arrangiert, als er sie verraten wollte. Der sich nicht an das Gelöbnis halten wollte, das sie sich zu Schulzeiten noch als Siebenjährige gegeben hatten, als sie alle drei Außenseiter gewesen waren und den Spott der anderen ertragen mussten. Da zu sein füreinander, wenn einer von ihnen die Hilfe der anderen brauchte. Wie die drei Musketiere. Einer für alle und alle für einen. Aber Ralfi hatte die Spielregeln nicht eingehalten. Sie waren für ihn da gewesen, als er sie gebraucht hatte. Aber er wollte nicht für Tommy da sein, als der ihn brauchte. Er hätte jetzt Familie und eine hochschwangere Frau, also müsse er damit aufhören. Er hatte sogar gedroht, sie auffliegen zu lassen, falls sie ihn mit so etwas weiter behelligen würden. Er hatte ihre Freundschaft verraten und dafür bezahlt. Und indirekt seine Frau. Und seine Kinder.

Und Sandra würde auch noch dafür bezahlen, dass sie ihn abserviert hatte. Auf diese Art und Weise.

Egal, wie. Ein diabolisches Lächeln verzog sein Gesicht.

„Na, was denkst du?", fragte Schröder seinen Kollegen, während er den Wagen aus der Parklücke lenkte.

„Er lügt", kam Benders Antwort wie aus der Pistole geschossen.

Schröder warf ihm einen kurzen Seitenblick zu. „Wie kommst du darauf? Er ist zwar etwas komisch, aber das ist ja nicht strafbar."

„Er hat gelogen, als es um die Katzen ging", entgegnete Bender trocken.

„Er hat sich versprochen und sich korrigiert", stellte Schröder richtig. „Ist mir auch schon passiert."

„Es hat sich falsch angehört. Er hat eine Spur zu lange gezögert, als ob ihm mit einem Schlag gedämmert hätte, dass er von ihnen eigentlich gar nichts wissen *dürfte*."

„Ich denke, das ist Ansichtssache." Schröder hob die Schultern. „Also mir ist nichts aufgefallen."

„Egal, wo er noch gelogen hat, war das mit seiner Allergie", sagte Bender. „Er hat keine."

„Ach, bist du unter die Hellseher gegangen oder muss ich dich jetzt mit ‚Herr Doktor' anreden?", spottete Schröder grinsend.

Bender warf ihm einen unergründlichen Blick zu. „Spotte du nur. Aber hast du eine triefende Nase oder tränende Augen an ihm bemerkt?"

„Wie sollte das denn der Fall sein, wenn keine Katze in der Nähe war?", fragte Schröder irritiert. Was war nur mit seinem Partner los? Wollte er diesem Richter partout etwas anhängen?

„Du hast Recht, es war keine lebendige Katze in der Nähe. Aber, du erinnerst dich, wir waren in Sandra Meisters Wohnung, bevor wir ihn aufsuchten?"

„Richtig, ich blieb im Auto, weil wir keinen Parkplatz fanden."

„Richtig. Ich ging hoch, um dein Notizbuch zu holen, das du gestern Abend vergessen hattest."

„Ja."

„Und bei dieser Gelegenheit habe ich etwas mit meiner neuen Katzenfreundin geflirtet, die mir bei meinem Eintreten sofort um die Beine strich. Ich streichelte sie und wusch mir hinterher nicht die Hände", erzählte Bender nachdrücklich. „Und wir haben ihm bei unserem Eintreten die Hände geschüttelt. Er hat die Hände sogar vor Mund und Nase gehalten. Und er hat kein Symptom dafür gezeigt."

„Vielleicht ist er ja doch nicht so empfindlich, dass es sich sofort zeigt", mutmaßte Schröder.

„Ich kannte früher den einen oder anderen mit genau dieser Allergie. Soll ich dir was sagen? Innerhalb kürzester Zeit begannen deren Augen zu tränen und die Nase zu laufen. Bei manchen entstanden in ebenso kurzer Zeit richtige Quaddeln, die schmerzten und juckten. Und bei dem lieben Herrn Richter waren wir fast 50 Minuten, hatten sogar Hautkontakt, und da passierte gar nichts."

„Vielleicht ist es bei ihm nicht so ausgeprägt und es kommt später raus", gab Schröder zu bedenken und rief sich diesen Teil der Unterhaltung wieder ins Gedächtnis.

„Er sagte, er sei stark allergisch gegen Katzen", sagte Bender in diesem Moment und starrte aus dem Seitenfenster, obwohl er keinen Blick für die vorbeihuschenden Gebäude und die Menschen hatte, die herumliefen. „Und er sagte, er bräuchte nur eine zu sehen …"

„… oder etwas berühren, das mit der Katze zu tun gehabt hätte, und er würde bereits darauf reagieren", beendete Schröder den Satz, während er zügig auf einer freien Parkfläche an der Straßenseite zum Stehen kam. Er wandte sich Bender zu. „Du hast vollkommen Recht. Ich weiß nicht, warum ich zur Zeit manchmal so mit Blindheit geschlagen bin."

„Wir arbeiten zuviel", stellte Bender trocken fest. „Aber deshalb hast du ja mich."

„Glücklicherweise", brummte Schröder gerade, als das Funkgerät losplärrte und sie die Aufforderung erhielten, sich im Brego-Chemiewerk einzufinden, da ein Harald Schneider speziell sie angefordert hatte.

„Wir sind schon unterwegs", bestätigte Bender den Funkspruch, während Schröder sich mit quietschenden Reifen und Blaulicht in den Verkehr einreihte.

„Bin ja mal gespannt, was da nun schon wieder los ist", knurrte er.

Enrique Chavez war 38 Jahre alt, gebürtiger Spanier und bereits seit 15 Jahren als Staplerfahrer bei Brego beschäftigt. Zwölf Jahre zuvor hatte er eine Deutsche geheiratet und mit ihr zwei Söhne gezeugt, die nun elf und zwölf Jahre alt waren. Wenn er nicht arbeitete, führte er ein aktives Privatleben, das er zur Hälfte mit Kampfsport und Fußball ausfüllte. Die andere Hälfte gehörte seiner Frau und den Söhnen, die sich seit kurzem ebenfalls dem Sport widmeten.

Enrique war der Erste, dem der dunkel gekleidete Mann im Lager auffiel, der sich an den leeren Eimern zu schaffen machte. Zuerst dachte er, es sei ein Kollege des Mannes, der die Laufstege erneut überprüfte, doch dann bemerkte er, dass sie keinen Kontakt zueinander suchten.

Doch Kollegen suchten immer irgendwie Kontakt. Sie sprachen miteinander oder warfen sich Bemerkungen zu oder sie sahen nach, was der andere tat. Doch sie taten das nicht. Einer arbeitete auf dem Gittersteg, während sich der andere hinter den Paletten mit den leeren Eimern zu schaffen machte. Außerdem fiel Enrique ein, dass er den Mann auf dem Laufsteg noch nie in Begleitung eines Kollegen hier gesehen hatte, er war immer nur allein hier gewesen.

Enrique kam das alles etwas komisch vor und er beschloss, der Sache auf den Grund zu gehen. Vielleicht täuschte er sich ja und er war doch ein Kollege des anderen. Also lenkte er seinen Gabelstapler zu den Paletten, an denen sich der dunkel gekleidete Mann zu schaffen machte.

„Hallo, Sie da!“, rief Enrique ihn an. „Wer sind Sie? Und was machen Sie da?“

Der Mann hielt inne und richtete sich auf. Er stand mit dem Rücken zu Enrique und wandte sich nicht um.

„He! Was Sie da machen, habe ich gefragt?“, wiederholte Enrique seine Frage, als sich der Mann nicht rührte. Irgendetwas stimmte hier nicht ganz. Unbewusst senkte Enrique die Gabeln seines Staplers, auf der er eine Palette mit leeren Eimern balancierte.

In diesem Moment machte der Mann einen Hechtsprung zur Seite und wollte vor ihm an den Paletten vorbei in den Gang rennen. Reaktionsschnell schob ihm Enrique seine Palette in den Weg und wollte ihn einkeilen.

Der Mann sprang jedoch noch rechtzeitig in die Höhe und prallte gegen die Eimer, die in Türmen bis 1,50 Meter hoch gestapelt waren. Durch die Wucht des Aufpralls warf er einen Großteil der Eimertürme um und stolperte mehr durch diese, als er lief.

Enrique sprang mit einem Satz von seinem Stapler und nahm die Verfolgung auf. Er machte noch andere Kollegen aufmerksam, als er ihnen zurief: „Vamos! Haltet ihn auf!“

Enrique holte mehr und mehr auf. Doch ein anderer Stapler, der aus einer Regalgasse kam, setzte der wilden Jagd ein Ende, nicht Enriques Spurt. Der Stapler hatte eine Palette auf den Gabeln, gegen die der Mann aus vollem Lauf prallte, weil er den Stapler mit seiner Ladung zu spät sah und weder abbremsen noch ausweichen konnte.

Er prallte von den Kartons wieder ab, konnte sich nicht mehr abfangen, wurde herumgeschleudert und knallte mit voller Wucht auf den Boden, wo er mit dem Gesicht nach unten liegen blieb.

Enrique konnte gerade noch stoppen, bevor er auf den am Boden Liegenden trat.

„Madre de dios!“, rief er aus und blieb schwer atmend stehen. „Ruf Schneider!“ Er gab einem anderen Staplerfahrer ein Zeichen, der sofort einen Funkspruch an Harald Schneider absetzte.

Der Fremde hatte das Gesicht abgewandt und sich auf die Seite gedreht. Enrique tippte ihn mit der Fußspitze seiner Sicherheitsschuhes an. „He!"

Der Fremde rollte sich auf die Knie und versuchte sich für einen Moment aufzurichten. Unvermittelt sprang er in die Höhe und wollte an Enrique vorbeirennen, wurde jedoch von seinem geistesgegenwärtig ausgeführten Handkantenschlag gestoppt und fiel wie ein nasser Sack zu Boden.

„Was ist los mit diese Mann? Verrückt oder was?", fluchte Enrique mit spanischem Akzent und gestikulierte wild mit seinen Händen, wie immer, wenn er aufgeregt war. Manchmal wurde auch sein Dialekt so schlimm, dass man ihn kaum verstand.

Zwischenzeitlich hatte sich ein Pulk Menschen um Enrique und den Fremden angesammelt, die alle neugierig dem Spektakel folgten und durch die sich Harald Schneider seinen Weg bahnte.

„Was ist los, Enrique?", rief er ihm zu. „Herrgott, geht an eure Arbeit zurück. Hier gibt es nichts zu sehen", blaffte er dann die Leute an. „Ist ja wie auf dem Jahrmarkt hier."

Enrique Chavez erklärte ihm gestenreich, was vorgefallen war. „Weißt du, habe ich zuerst gedacht, ist vielleicht Kollege von anderem Mann auf Steg, der wo Geländer nachschaut."

„Nein, der arbeitet generell allein." Harald Schneider schüttelte den Kopf und bückte sich zu dem Bewusstlosen. Er drehte ihn auf den Rücken und keuchte erschrocken, als er in das Gesicht sah. Ein angeklebter dunkler Schnurrbart hing halb von der Oberlippe und die dunkle Perücke, die er auf dem Kopf hatte, war ihm etwas in die Stirn gerutscht, doch trotzdem erkannte Harald Schneider das Gesicht darunter auf Anhieb. „Das – das ist ja …", stammelte er überrascht.

„Andi! Das ist Andi!", rief Enrique aufgeregt.

„Andreas Tauschner", murmelte Harald Schneider fassungslos vor sich hin.

„Aber Andi darf doch gar nix rein", plapperte Enrique. „Dios, dios. Was macht er hier?"

„Das würde mich auch interessieren." Schneider sah stirnrunzelnd auf den Mann herab.

„Er war bei Paletten unter Geländer." Enrique deutete auf die Stelle, an der am Tag zuvor der Kollege abgestürzt war. „Hat irgendwas gesucht. Hat so ausgesehen."

Harald Schneider zog die Augenbrauen hoch und nahm sein Mobiltelefon aus der Tasche. Er rief das Polizeirevier an und bat darum, Polizeiobermeister Schröder vorbeizuschicken, falls es machbar sei. Er hatte das Gespräch gerade beendet, als sich Tauschner stöhnend bewegte.

„Na ja, zumindest lebt er noch", sagte Schneider trocken.

„Natürlich!", protestierte Enrique. „War bloß kleine Schlag in Genick. Nix schlimm!"

Harald Schneider verbiss sich ein Grinsen und sagte ernst zu Enrique: „Pass bitte auf ihn auf. Ich möchte mich schnell dort drüben umschauen."

Der Staplerfahrer nickte und ließ den Mann keine Sekunde aus den Augen.

Während Schneider mit langen Schritten zu der Stelle ging, an der sich Tauschner zu schaffen gemacht hatte, informierte er Alfred Zeisig über Funk, dass er die Polizisten zur Halle schicken solle, wenn diese ankämen.

Etwa fünf Minuten später betraten Schröder und Bender die Halle. Harald Schneider sah sie und winkte ihnen zu, um ihre Aufmerksamkeit zu erregen. Er ging ihnen entgegen.

„Ich glaube, wir sollten hier langsam eine Zweigstelle eröffnen", sagte Schröder leicht grinsend, als sie sich begrüßten.

„Ich hoffe, dass das nach heute nicht mehr nötig sein wird", erwiderte Schneider und begann, sie über die vorliegende Situation in Kenntnis zu setzen.

„Er wird wach!", rief Enrique Chavez in diesem Moment quer durch die Halle zu ihnen herüber.

Sofort gingen sie zu der Stelle, an der Tauschner lag und sich stöhnend sein Genick an der Stelle rieb, an der ihn Enriques Schlag getroffen hatte. Dann öffneten sich flatternd seine Augen.

„Guten Tag, Herr Tauschner", sagte Harald Schneider mit unbewegter Miene. Der Ausdruck in seinen Augen verhieß jedoch nichts Gutes.

Tauschner blieb stumm und sah an die Decke.

„Das ist Andreas Tauschner", erklärte Harald Schneider den Polizisten. „Er war vor ein paar Jahren bei uns, über die gleiche Sicherheitsfirma, über die auch Frau Meister hier ist. Er wurde damals gekündigt und bekam von unserer Werksleitung Hausverbot, weil er mehrere Einbrüche simuliert hatte."

„Ach ja, davon habe ich gehört." Schröder sah einen Moment auf Tauschner herab, der immer noch stumm vor sich hinstarrte. „Was wollen Sie hier, Herr Tauschner?"

Tauschner reagierte nicht. Er setzte sich auf, zog sich die verrutschte Perücke vom Kopf und nahm den falschen Schnauzer ab.

„Herr Chavez, unser Staplerfahrer, hat gesehen, dass er sich unter dem gebrochenen Geländer des Laufstegs zu schaffen gemacht hat", gab Schneider an.

Schröders Augen verengten sich. „Was haben Sie dort gesucht, Herr Tauschner?", fragte er ihn und ging in die Hocke, um ihm in die Augen zu sehen. „Haben Sie dort etwas verloren, als Sie das Geländer ansägten?"

Tauschner warf ihm nur einen kurzen Blick zu und heftete dann seinen Blick auf den Boden. Es war offensichtlich, dass er nicht vorhatte, sich zu äußern.

„Tja, wenn Sie nichts sagen wollen, müssen wir Sie mitnehmen." Schröder gab Bender einen Wink, der rasch seine Handschellen vom Gürtel nahm und sich zu Tauschner bückte, während Schröder aufstand und sich zu Schneider gesellte. Tauschner ließ sich widerstandslos die Arme auf den Rücken drehen und die Handschellen anlegen. Bender zog ihn mühelos in die Höhe.

„Wird werksseitig Anzeige erstattet?", fragte Schröder routinemäßig.

„Ja", lautete Schneiders knappe Antwort, dann deutete er auf den Bereich unter dem gebrochenen Handlauf. „Sollen wir den Bereich für Euch absperren?"

„Ja", nickte Schröder. „Die Kollegen sagten zwar, sie hätten hier alles abgesucht, aber nach irgendwas muss er ja schließlich gesucht haben."

Nachdem die herbeigerufene Streife den festgenommenen Andreas Tauschner mitgenommen hatte, verschwanden Bender und Schröder in der Halle, um nach dem zu suchen, was Tauschner offensichtlich nicht gefunden hatte.

Was auch immer das war.

Nach einer Dreiviertelstunde erfolgloser Suche kamen beide in Harald Schneiders Büro.

„Fehlanzeige.“ Schröder zuckte die Schultern. „Wir haben alles dreimal umgedreht. Aber nichts.“

Harald Schneider schaute ebenso ratlos wie die Polizisten. „Dann möchte ich wissen, warum er am hellen Tag hierher kam und seinen Kopf riskiert hat. Er musste schließlich damit rechnen, erkannt zu werden, auch wenn es schon drei oder vier Jahre her ist, seit er hier gearbeitet hat.“

„Na ja, wir werden ihm genau diese Frage stellen, wenn wir ihn gleich vernehmen“, sagte Bender trocken.

„Wollen wir hoffen, dass er auch darauf antwortet“, erwiderte Schröder.

„Wenn wir ihn ein bisschen in die Mangel nehmen …“ Bender knackte provokant die Knöchel seiner Hände und zwinkerte Harald Schneider zu.

„Bender, pass lieber auf, dass niemand deine Äußerungen hört, sonst nimmt derjenige es womöglich für bare Münze“, warnte Schröder seinen Kollegen und warf einen Blick durch das leere Büro. „Du weißt, wie schnell das geht.“

„Reg dich ab, Kollege, es ist niemand da“, grinste Bender.

In diesem Moment betrat ein junges blondes Mädchen den Raum und blieb erschrocken stehen, als es die beiden Polizisten sah. Sie konnte nicht älter als 17, vielleicht 18 sein.

„Fräulein Steiger, guten Tag. Was kann ich für Sie tun?“, fragte Harald Schneider und stand auf.

„Ähm, ich kann später wiederkommen, das ist kein …“ Sie bekam einen hochroten Kopf.

„Nein, nein, das ist schon in Ordnung. Sie stören nicht“, versicherte Harald Schneider erneut. „Also, was gibt es?“

„Ja, also, wir haben in einem Stapel mit leeren Eimern das hier gefunden.“ Sie trat zögernd näher und öffnete die zur Faust geballte Hand. Auf der Handfläche lag ein silbrig schimmernder Gegenstand, der sich bei näherer Betrachtung als Anhänger mit Kette entpuppte.

Alle drei Männer starrten wie gebannt auf den Gegenstand. Und alle drei stellten sich insgeheim dieselbe Frauge: War das der Gegenstand, den Tauschner in der Halle gesucht hatte? War das der fehlende Teil im Puzzle? War es das, wonach sie gesucht hatten? Oder hatte es vielleicht ein gänzlich unbeteiligter Lastwagenfahrer *nur* verloren? Also ganz harmlos?

Das Mädchen schaute Schröder erschrocken an, als er, fast beiläufig, einen Latexhandschuh aus der Tasche zog und sich überstreifte, ohne den Blick von dem Anhänger abzuwenden. Er starrte ihn fast hypnotisiert an, als ob er Angst hatte, er würde verschwinden, sobald er ihn nicht mehr ansah. Vorsichtig nahm er die Kette zwischen die Finger und hob sie mit dem Anhänger hoch. Er betrachtete die Kette fast andächtig.

Langsam ließ das Mädchen den Arm sinken. Unverständnis sprach aus ihrem unsicheren Blick. Ihr kam das Verhalten der drei Männer sonderbar vor. So etwas hatte sie noch nie erlebt. Sie schienen sie total vergessen zu haben. Sie räusperte sich leise: „Kann ich jetzt gehen?“

„Nein, einen Moment noch. – Bitte“, sagte Schröder leise, wandte jedoch den Blick nicht von dem Anhänger, dessen Vorderseite das Sinnbild des Sternzeichens ‚Fische‘ zeigte. Er drehte es langsam und erblickte auf der Rückseite die ineinander verschlungenen Initialen ‚ACT‘. Er warf Bender und Schneider einen bedeutungsvollen Blick zu.

„Wo genau haben Sie es gefunden?“, wollte er dann von dem Mädchen wissen.

„Es war in einem der oberen Eimer auf einer Palette“, antwortete sie nervös.

„Woher stammte die Palette?“

„Aus der Halle, in der gestern der Unfall passiert ist.“ Sie knetete ihre Finger.

„Wo genau stand die Palette?“

„In der Nähe, wo das Geländer … Sie wissen schon.“ Sie starrte Schröder an.

„Wann haben Sie die Palette von dort geholt?“

„Gestern Nachmittag. Etwa gegen vier Uhr.“ Sie sah von einem zum anderen.

„Danke, Sie waren eine große Hilfe für uns. Herr Schneider, Sie haben den Namen der jungen Dame, oder?“, fragte Schröder dann.

„Ja“, bestätigte Harald Schneider nickend.

„Dann können Sie jetzt gehen. Wenn wir noch Fragen haben sollten, werden wir uns mit Ihnen in Verbindung setzen.“ Er lächelte sie an.

Sie nickte kurz und drehte sich auf dem Absatz um. Als sie aus Schneiders Büro lief, hatte man den Eindruck, sie würde flüchten.

„Sagen Ihnen die Initialen ‚ACT‘ etwas?“, fragte Schröder, an Harald Schneider gewandt.

„Ich müsste nachschauen, aber ich meine, der vollständige Name Tauschners ist ‚Andreas Christian Tauschner‘“, sagte Schneider.

Schröder ließ den Anhänger mitsamt der Kette in einen kleinen durchsichtigen Beutel fallen, den Bender ihm hinhielt. „Da – siehst du, der Verschluss ist kaputt. Deshalb hat er sie wahrscheinlich auch verloren.“

Bender verschloss den Beutel und beschriftete ihn. „So, damit die Kollegen auch etwas zu tun haben.“

Sie verabschiedeten sich von Harald Schneider und fuhren zum Polizeipräsidium. Vielleicht hatte sich Tauschner ja besonnen und würde doch ein Geständnis ablegen.

Angesichts des Beweismaterials in dem Beutel war der Gedanke gar nicht einmal so abwegig.

Kapitel 19

Stur richtete sich Tauschners Blick auf den Aschenbecher aus Plastik, an dessen Rand er die Asche seiner Zigarette abstreifte, als Schröder und Bender das Vernehmungszimmer betraten.

Wie immer, wenn er den Raum betrat, ließ Schröder seinen Blick über die dürftige Einrichtung des Zimmers gleiten. Er war lediglich mit einem Tisch und vier Stühlen ausgestattet, die fest im Boden verschraubt waren, damit sie niemand in einem Anfall aus Wut als Waffe benutzen konnte. Über das, vorher vergilbte, Weiß der Wände war mit einem hellen Grünton gestrichen worden, da Psychologen der Meinung waren, es würde beruhigend auf aggressive Gefangene wirken. Allerdings ließen die einen oder anderen dunklen Fußspuren darauf schließen, dass diese Psychologie nicht immer wirkte und sich manche Kriminelle auch nicht durch Farben beeindrucken ließen, wenn sie sauer über ihre Verhaftung waren. Rechts der Tür sowie in der gegenüberliegenden oberen Ecke befand sich je eine Kamera, die eine ständige Überwachung eines Verdächtigen oder eines Kollegen, der allein mit einem Verdächtigen war, von außerhalb ermöglichten.

Als Bender die Eingangstüre hinter sich schloss, drückte Andreas Tauschner seine Zigarette aus und lehnte sich mit vor der Brust verschränkten Armen zurück. Er starrte in den Aschenbecher, als sei seine Zigarettenkippe das Interessanteste auf Gottes Erdboden.

„So, Herr Tauschner. Jetzt wollen wir uns mal etwas unterhalten“, begann Schröder, der sich ihm gegenüber an den Tisch setzte. Bender schlenderte durch den Raum und blieb schräg hinter Tauschner stehen, dann lehnte er sich scheinbar desinteressiert gegen die Wand. „Haben Sie es sich überlegt, ob Sie aussagen?“

Tauschner legte die Hände auf den Tisch und begann mit seinem Feuerzeug zu spielen. Es schien fast, als ob er in seiner eigenen Welt versunken war.

„Ich weiß, dass Sie mich verstehen, Herr Tauschner.“ Schröder taxierte ihn. „Also tun Sie sich selbst einen Gefallen und kooperieren Sie. Machen Sie Ihrer ausweglosen Situation ein Ende und legen Sie ein Geständnis ab. Sie haben doch hoffentlich eine Vorstellung davon, wie tief Sie im Schlamassel stecken, oder?“

Wieder zog Tauschner vor, sich in Schweigen zu hüllen. Mit keiner Reaktion verriet er, ob er Schröder überhaupt zugehört hatte.

Bender hatte genug von Tauschners Taktik. Er hatte sich von der Wand abgestoßen und war unbemerkt hinter Tauschner getreten. Nun ließ er seine flache Hand mit einem Knall an Tauschner vorbei auf den Tisch klatschen. „Verdammt!“

Tauschner zuckte zusammen, drehte den Kopf und hob unwillkürlich den Blick. Er sah in Benders wütendes Gesicht, das so dicht vor seinem war, dass sich fast ihre Nasen berührten und er Benders heißen Atem auf seinem Gesicht spürte. Unheilvoll starrte ihm Bender in die Augen.

„Reden Sie endlich, Mann!“, sagte Bender scharf mit leiser Stimme, der man den unterdrückten Zorn nur zu genau anhörte. „Sie sollten jede erdenkliche Chance nutzen, um Ihr mickriges kleines Hinterteil zu retten. Sie haben eine Menge Leute eine Menge

Nerven gekostet, und genau diese Menge Leute will und wird ihr Hinterteil an die Wand nageln. Es liegt an Ihnen, wie lange Sie eingebuchtet werden, aber es wird definitiv kein kurzer Aufenthalt werden." Bender richtete sich zu voller Größe auf und sah verächtlich auf Tauschner herab, der ihn mit einem Anflug von Angst in den Augen beobachtete. Er wusste nicht, wie er diesen Hünen von einem Polizisten einordnen sollte, der plötzlich den ganzen Raum auszufüllen schien. „Was haben wir da: Einbruchdiebstähle, Vandalismus, Brandstiftung mit Todesfolge, vielleicht noch Mordversuch, Sachbeschädigung … eine ganz schöne Latte, mein Freund." Bender ließ ihn nicht aus den Augen.

Andreas Tauschner war während Benders Aufzählung immer blasser geworden. Sein Blick flackerte.

„Moment mal!", rief er aus und wollte aufspringen. „Das könnt ihr mir nicht alles anhängen …!"

„Sagt wer?", konterte Bender kalt und drückte ihn wieder auf seinen Stuhl zurück. „Fakt eins ist, dass Sie erwischt wurden. Fakt zwei ist, dass das alles definitiv passiert ist. Fakt drei ist, dass Sie das passende Motiv haben. Und Fakt vier ist, dass wir das gefunden haben, nach dem Sie gesucht haben." Bender hatte, während er sprach, das Beutelchen mit der Kette und dem Anhänger aus der Tasche gezogen und wedelte nun damit vor Tauschners Gesicht hin und her.

Tauschner wurde noch blasser und schloss die Augen, als könne er das alles nicht glauben. Er sank in seinem Stuhl zusammen, als ob alle Energie von ihm gewichen war.

Bender war nun richtig in Fahrt. „Das ist doch der beste Beweis, dass Sie dort waren. Besser geht es doch gar nicht." Er richtete sich wieder auf und stützte die Hände in die Seiten. „Die Laboranalyse wird das beweisen, da bin ich absolut sicher und mein Kollege ebenso. Wir wissen, wozu die Kollegen im Labor fähig sind und was sie alles rausfinden können. Also versuchen Sie uns nicht zu erzählen, dass sie nur zufällig dort spazieren gegangen sind, das nimmt Ihnen hier keiner ab."

Tauschner schüttelte langsam den Kopf. „Das will ich auch gar nicht", erwiderte er leise. „Nur habe ich mit diesem Unfall mit dem Geländer dort nichts zu tun, das schwöre ich, denn das sollte mir angehängt werden."

Bender kniff fragend die Augen zusammen und verzog spöttisch die Lippen. „Natürlich, Herr Tauschner."

„Das stimmt, glauben Sie mir. Ich erzähle hier keine Märchen." Tauschner sah bittend von Bender zu Schröder, der stumm dabeigesessen und sich Notizen gemacht hatte. „Die Kette wurde dort von dem wahren Täter deponiert, um den Verdacht auf mich zu lenken."

„Und wer, bitte schön, soll der wahre Täter Ihrer Meinung nach sein?", fragte Schröder sarkastisch.

„Ich kenne keine Namen, aber …"

„Natürlich!" Bender schüttelte den Kopf.

„Bender, lass ihn ausreden!" Schröder sah von Bender wieder zu Tauschner, der seine Finger nervös knetete.

„Weiter, Herr Tauschner."

„Ich gebe ja zu, ich habe zweimal in die Kantine eingebrochen. Ich gebe auch zu, dass ich einmal Etiketten an Säcken in der Produktion vertauscht habe, und auch das mit dem Vandalismus in der Werkstatt, aber das war auch schon alles. Mehr habe ich nicht getan." Er sah die Polizisten beschwörend an. „Ich war immer noch sauer, dass sie mich damals gefeuert hatten, obwohl ich es damals nur gut gemeint hatte. Dadurch habe ich eine Bewährungsstrafe bekommen und habe einen Vermerk in meinem Führungszeugnis, den ich mein ganzes Leben nicht mehr loswerde." Verbittert lachte er auf. „Haben Sie schon einmal versucht, mit so einem Zeugnis einen Job zu suchen? Sie finden nur lausig bezahlte Gelegenheitsjobs, das garantiere ich Ihnen. Und sobald etwas nicht koscher ist, bekommen Sie es in die Schuhe geschoben und die Kündigung gleich hinterher." Er schluckte hart und zündete sich eine Zigarette an. Er inhalierte tief, bevor er fortfuhr. „Im Laufe der Zeit hat sich immer mehr Hass aufgebaut und ich wollte nur noch Rache. Irgendwie. Und nachdem ich nach dem letzten Job wieder auf der Straße stand, beschloss ich herauszufinden, wie hoch die Sicherheitsstandards in der Zwischenzeit waren und ob ich eine Chance hätte, sie zu überwinden."

„Warum?", fragte Schröder und warf Bender einen kurzen Blick zu, der wieder an der Wand lehnte und interessiert zuhörte.

„An einem Abend hatte ich getrunken, also verrannte ich mich in die Idee." Er hob entschuldigend die Hände. „Ich saß in einer Bar und hatte mich mit einem Typen über die Ungerechtigkeit in der Welt unterhalten. Da kam dann eines zum anderen, und bevor ich mich versah, hatte ich eine Wette mit diesem Typen laufen."

„Welche Wette?", fragte Bender aus dem Hintergrund.

„Na ja, das übliche Mutprobengelaber", gab Tauschner peinlich berührt zu. „Also musste ich dazu stehen, denn schließlich hatte mich dieser Typ als Feigling hingestellt. Wir verabredeten uns für den nächsten Tag."

„Und?"

„Na ja, als ich nüchtern war, war ich mir zuerst nicht mehr ganz sicher, was abgelaufen war. Aber dann rief mich dieser Typ aus der Bar an und bestätigte unsere Verabredung für den Abend. Anscheinend hatte ich ihm in meinem Suff meine Telefonnummer gegeben und er wusste auch, wo ich wohnte, also ging ich hin." Er drückte seine Zigarette aus. „Zuerst wollte ich nicht, aber dann bin ich doch hin."

„Und Sie zogen es durch", stellte Schröder trocken fest.

„Ja", bestätigte Tauschner widerwillig. „Wer will schon als Feigling dastehen? Und es machte mich ja auch wütend zu sehen, dass sich in der ganzen Zeit nichts geändert hatte, deshalb beschloss ich …"

„Sich an was nichts geändert hatte?", fragte Schröder dazwischen.

„An den Sicherheitsmaßnahmen." Tauschner sah Schröder gerade in die Augen. „Diese lasche Handhabung war damals der Grund für meine Aktionen, bevor ich gefeuert wurde."

„Beispiel?"

„Kaputte Schlösser an Außentüren wurden nicht repariert, obwohl wir es meldeten. Mehr als einmal meldeten. Keine Kameras, bis auf zwei Stück, von denen eine aus Prinzip nicht funktionierte. Wenn etwas aus dem Sicherheitsbereich nicht funktionierte, wurde es erst nach Wochen oder Monaten repariert, wenn überhaupt." Er schüttelte den

Kopf. „Sehen Sie, das habe ich damals nicht verstanden und das verstehe ich heute immer noch nicht. In alles wird investiert, nur in die Sicherheit nicht. Da dient man doch nur als Alibi, damit die oberen Herren behaupten können, dass ein Sicherheitsdienst anwesend ist, aber wir spielten damals nur eine Statistenrolle, und das tun die Kollegen heute noch, wenn ich das richtig beurteile. Wer eignet sich besser als die Mitarbeiter des Sicherheitsdienstes, wenn ein Sündenbock gebraucht wird?" Er zündete sich erneut eine Zigarette an. „Aber was nützt denn ein Sicherheitsdienst, wenn das Drumherum nicht stimmt?"

„Und Sie dachten wirklich, Sie könnten mit Ihren Aktionen die Ansichten der Verantwortlichen ändern?", fragte Schröder zweifelnd.

„Am Anfang schon. Ich dachte, wenn ich die Möglichkeiten aufzeigen würde, was alles passieren *könnte*, würden sie umdenken und uns die nötigen Mittel zur Verfügung stellen. Und zuerst sah es ja auch aus, als ob es funktionieren würde. Wir bekamen den Wachhund, und plötzlich wurde auch mehr über sicherheitstechnische Belange geredet." Er lachte auf. „Doch als ich mit zur Wache kommen musste, ist wahrscheinlich wieder alles abgeblasen worden, weil der Schuldige ja gefasst und keine Gefahr von außerhalb erkennbar war." Er zuckte die Schultern.

„Na ja, und als ich aufgrund dieser Wette das alles feststellte, beschloss ich erst recht, allen einen Denkzettel zu verpassen. Sie verdienten eine Lektion."

„Was taten Sie in dieser Nacht?", fragte Schröder.

„Ich vertauschte einige Etiketten von diversen Säcken."

„Warum?"

„Ich wollte den Produktionsablauf etwas durcheinander bringen." Tauschner senkte den Kopf.

„So wie es aussieht, hätten Sie beinahe das Werk gesprengt", sagte Schröder trocken.

Tauschners Kopf ruckte hoch. „Nein, wieso …?"

„Aufgrund des falschen Stoffes in den Säcken kam es zu einer chemischen Reaktion, die leicht eine Katastrophe hätte hervorrufen können. Dank des umsichtigen Einsatzes der Werksfeuerwehr konnte die Reaktion jedoch gestoppt werden", erklärte Schröder ernst.

„Aber davon stand gar nichts in der Zeitung", stieß Tauschner erschrocken hervor.

„Wir wissen nur inoffiziell davon, deshalb stand es nirgendwo in der Zeitung."

Tauschner schluckte hart. „Das war nicht beabsichtigt, glauben Sie mir!"

„Lassen wir das jetzt. Wie ging es weiter?", lenkte Schröder das Gespräch wieder zurück zum eigentlichen Thema. „Was passierte, als Sie wieder herauskamen aus dem Werk?"

„Wir gingen etwas trinken und machten Witze über den Coup."

„Also, der Mann aus der Kneipe wartete auf Sie, bis Sie wieder da waren?"

„Ja."

„War noch jemand dabei?"

„Nein." Tauschner schüttelte den Kopf. „Es waren immer nur wir beide."

„Immer?" Bender trat an den Tisch und sah auf Tauschner herab. „Wann immer?"

„Auch als ich in die Kantine einbrach, war der Typ dabei."

„Ging er mit hinein oder wartete er vor dem Werk?“
„Er ging mit hinein.“
„Warum?“
„Ich weiß nicht. Er sagte, er wolle sich auch einmal ein solches Werk anschauen, er hätte noch nie ein Chemiewerk von innen gesehen und sei neugierig.“ Tauschner zuckte die Schultern. „Ich dachte mir nichts dabei, schließlich hatte er auch das eine oder andere Werkzeug, das ich dabei gebrauchen konnte. Und ich dachte, dass er vielleicht auch eine Idee hatte, was man noch anstellen könnte, um Leuten begreiflich zu machen, dass es definitiv Zeit war, das Werk entsprechend zu sichern.“
„Wie hieß der Mann?“, fragte Schröder mit zusammengekniffenen Augen.
„Er nannte sich Tommy. Mehr weiß ich nicht.“
„Er nannte nie einen Nachnamen?“
„Nein.“
„Adresse?“
„Nein.“
„Haben Sie ihn vor diesem Abend schon einmal gesehen?“
„Nein, das war das erste Mal, dass er sich in meiner Stammkneipe blicken ließ. Sagte irgendwas von frisch zugezogen und so.“
„War er bei dem ersten oder zweiten Kantineneinbruch mit dabei?“
„Bei beiden.“
„Und Sie waren immer zusammen, wenn Sie im Werk waren?“
„Normal ja. Na ja, beim letzten Mal hatte er etwas vergessen und ging allein noch einmal zurück, aber nach etwa einer Minute war er wieder da.“
Schröder und Bender warfen sich einen Blick zu.
„Wie sah dieser Typ aus?“, fragte Schröder.
„Groß, dunkelhaarig, blaue Augen, Brille, Dreitagebart“, antwortete Tauschner achselzuckend.
„Alter?“
„Etwa Mitte oder Ende dreißig.“
Bender zog einen Mundwinkel nach unten und grinste Schröder an, der offensichtlich den gleichen Gedankengang hatte.
„Okay, was habt ihr dann noch angestellt?“
„Nichts.“
„Wie – nichts?“, bohrte Bender. „Kam er dann nicht mehr mit oder was?“
„Danach spielte sich von meiner Seite her nichts mehr ab, das mit Brego war für mich damit erledigt.“ Tauschners Gesichtsausdruck wurde verschlossen.
„Was war mit der Brandstiftung?“
„Ich weiß nichts von einer Brandstiftung“, stritt Tauschner ab. Er steckte sich eine neue Zigarette an.
„Sie haben nichts von dem Brand bei Brego gelesen? Das ist aber komisch.“ Schröder beugte sich zu ihm vor. „Vorhin haben Sie noch behauptet, Zeitung zu lesen.“
„Ja, nein, ich meine, ich lese Zeitung, und ich habe von dem Brand gelesen, aber ich weiß nichts Näheres darüber.“ Tauschner begann zu schwitzen.

„Was verschweigen Sie uns?“, fragte Bender, der hinter ihm stand. Langsam ging er um Tauschner herum, bis er seitlich von Schröder stand und ihm ins Gesicht sehen konnte.

„Nichts, wirklich“, beteuerte Tauschner, doch in seinen Augen sah man Angst aufblitzen.

„Sie wissen mehr, als Sie zugeben wollen. Warum? Sie haben uns bis jetzt so viel erzählt, warum wollen Sie jetzt schweigen?“ Bender legte den Kopf schräg und starrte ihn nachdenklich an.

Tauschner zog hastig an seiner Zigarette. Er war der Meinung gewesen, alles unter Kontrolle zu haben und den Bullen nur das zu erzählen, was sie von seiner Unschuld überzeugen sollte, und nun? Nun drohten ihm die Zügel zu entgleiten. Das war schon einmal sein Problem gewesen, als er beim letzten Mal befragt worden war und sich verplappert hatte. Sollte ihm nun das ein zweites Mal passieren? Er wand sich wie ein Wurm am Angelhaken. Er konnte nicht mehr erzählen. Sonst würde er dafür bezahlen müssen.

„Wovor haben Sie Angst, Tauschner? Oder sollte ich fragen, vor wem?“ Bender hatte sich vorgebeugt und stützte sich auf dem Tisch auf, konnte Tauschners sauer riechenden Schweiß wahrnehmen.

Tauschner zog weiter an seiner Zigarette und sagte nichts.

„Und ich habe noch ein Problem mit Ihrer Aussage: Wie kam Ihre Kette an den Ort, an dem sich der Unfall mit dem Geländer ereignete?“, fragte Schröder mit ernster Miene. „Und vor allem: Warum?“

„Ich wollte nicht weiter mitmachen, obwohl dieser Tommy weiter versuchte, mich zu überreden“, sagte Tauschner zögernd. „Ich blieb hart, also deponierte er als Rache meine Kette dort.“

„Was wollte er denn noch tun?“, fragte Schröder, der seine Chance sah, etwas Licht ins Dunkel zu bringen.

Aber Tauschner senkte den Kopf und beschloss, nicht mehr zu antworten.

„Hast du sie?“, fragte Schröder seinen Kollegen am nächsten Morgen, als sie sich in der Dienststelle trafen.

„Aber natürlich“, grinste Bender und zog schwungvoll ein Kuvert aus seiner Jakkentasche. Er händigte es Schröder aus. „Diese Express-Fotoläden sind einfach genial. Innerhalb von einer halben Stunde bekommst du deine Bilder zurück. Gestochen scharf, die Bilder.“

„Gut gemacht. Mal sehen, ob es hilft, unseren Freund zum Reden zu bringen.“ Er telefonierte mit einem Kollegen, um Tauschner aus seiner Zelle in den Verhörraum bringen zu lassen. „Wie gut, dass sie gestern keinen mehr hatten, der ihn rüber ins Untersuchungsgefängnis bringen konnte.“

Fünf Minuten später trafen sie zeitgleich mit Tauschner im Verhörraum ein. Er schien eine unruhige Nacht verbracht zu haben, denn seine Augen waren rot gerändert. Sein Pullover war verknittert.

Sie nahmen die gleichen Positionen ein wie am Tag zuvor.

„Wir haben noch ein paar Fragen an Sie, Herr Tauschner", eröffnete Schröder das Gespräch. „Als Erstes würde ich gern wissen, ob Sie es sich mit der Aussage noch einmal überlegt haben, die Sie gestern nicht weiter ausführen wollten."

Tauschner blieb stumm und kramte eine Zigarette aus der Packung.

„Also nicht", schlussfolgerte Schröder und zog die Bilder aus dem Umschlag. „Und dann wollte ich noch wissen, ob das hier dieser Tommy ist."

Er schob die Bilder mit Schwung über den Tisch.

Tauschner ergriff sie geistesgegenwärtig, bevor sie zu Boden fielen. Ungläubig starrte er auf die Bilder, dann hob er den Blick und sah die Polizisten mit einer Mischung aus Misstrauen und Überraschung an. „Sie kennen ihn?"

„Überrascht Sie das?", fragte Schröder süffisant zurück. Er ließ Tauschner in dem Glauben, dass sie genau wussten, dass er derjenige war. Wenn er das Spiel spielen wollte, würden sie mitspielen. Allerdings zu ihren Bedingungen.

„Ich wusste nicht, dass Sie ihn kennen", flüsterte Tauschner und starrte auf die Bilder, als ob er einen Geist gesehen hatte. „Weiß er, dass ich hier bin?"

„Noch haben wir es ihm nicht gesagt", sagte Schröder abwartend, während Bender hinter Tauschner ein fragendes Gesicht machte und mit den Lippen ein „Was?" bildete. Sie hatten nie vorgehabt, so etwas zu tun. Und nun erzählte Schröder so etwas.

„Bitte tun Sie es auch nicht", bat Tauschner nun mit leiser Stimme. Als er aufsah, bemerkte Schröder, dass er kalkweiß im Gesicht war. Schweißperlen bildeten sich auf seiner Stirn. „Sagen Sie es ihm bitte nicht!"

„Warum nicht?", fragte Schröder mit einem Pokergesicht. Gleich würde er zusammenbrechen und ihnen erzählen, was sie wissen wollten. „Sie wollen ja nicht reden. Vielleicht erzählt er uns ja, was wir wissen und Sie nicht preisgeben wollen."

„Nein, das wird er nicht." Tauschner schüttelte den Kopf. „Alles, was er tun wird, ist, mich umzubringen. Aber er wird Ihnen nichts verraten."

„Wer weiß, vielleicht schätzen Sie Ihren Kumpel ganz falsch ein", erwiderte Schröder und mimte den Sturen. „Und außerdem, wie sollte er Sie denn umbringen? Sie sind hier bei uns hinter Gittern. Da hat er keinen Einfluss."

„Da liegen Sie falsch. Er kriegt jeden, wenn er will. Egal, wo sich derjenige aufhält." Tauschner wirkte erschöpft.

„Tauschner, entweder Sie packen aus oder wir werden ihm die frohe Nachricht überbringen, dass Sie freiwilliger Gast bei uns sind, weil Sie nach Ihrem Geständnis Angst haben, ihm auf der Straße zu begegnen." Schröder ließ nicht locker. Unbarmherzig starrte er Tauschner in die Augen und ließ keinerlei Mitleid erkennen.

Tauschner wankte innerlich. Was sollte er nur tun? Egal, was er tat oder wie er sich entschied, er war so oder so verloren. Aber sie, sie musste er retten. Er atmete tief durch und sah Schröder fest an.

„Okay, ich werde Ihnen erzählen, was ich weiß. Aber Sie müssen mir eines versprechen: Egal, was passiert, Sie müssen unbedingt meine Freundin schützen."

„Warum sollte Sie Schutz brauchen?", fragte Schröder, der sich am Ziel glaubte.

„Sobald er mitbekommt, dass ich gesungen habe, wird er sie und mich dafür büßen lassen, das hat er mir angedroht. Und er wird sie zuerst ‚bearbeiten', wir er sich ausgedrückt hat“, sagte Tauschner ernst. „Was mit mir passiert, ist mir egal, aber sie muss beschützt werden. Ich liebe sie sehr. Und allein die Vorstellung, dass dieses Monster sie in die Finger bekommt …“ Er schlug eine Hand vor sein Gesicht.

Schröder und Bender sahen sich nur an. Bender zog fragend die Schultern hoch. Schröder schüttelte den Kopf.

„Er wird sie nicht anrühren“, beruhigte Schröder ihn.

„Versprechen Sie es“, forderte Tauschner mit glasigen Augen.

„Ich verspreche es.“ Eindringlich sah Schröder ihn an.

Trotz Schröders Versprechen, das sich für Tauschner ehrlich anhörte, zögerte er. Er fühlte sich hin- und hergerissen. Solange er dichthielt, war alles in Ordnung. Das hatte er auf jeden Fall bis jetzt immer gedacht. Doch wenn die Bullen wirklich ihr Versprechen wahr machten und erzählten, dass er ausgepackt hatte … Durfte er Jenny wirklich der Gefahr aussetzen? Sollte er erzählen, was er herausgefunden hatte? Oder bei welchem Gespräch er anwesend gewesen war? Was würde passieren, wenn die Bullen Jenny nicht schützen konnten? In seinem Kopf schwirrten die Gedanken durcheinander. Er wusste einfach nicht, was er machen sollte. „Bitte geben Sie mir noch etwas Zeit“, bat er schließlich. „Das ist eine schwere Entscheidung, von der letztendlich Jennys Leben abhängen wird.“

„Meinen Sie, das ändert irgendetwas?“, fragte Bender. „Es wird an der Sachlage nichts ändern, egal, wie lange Sie überlegen.“

„Geben Sie mir bitte etwas Zeit, nur ein paar Stunden“, bettelte Tauschner erneut.

„Na gut, was sind schon ein paar Stunden hin oder her?“ Schröder zuckte schließlich die Schultern. „Ich gebe Ihnen zwei Stunden, dann sehen wir uns hier wieder. Und dann erwarte ich Antworten.“

Stumm nickte Tauschner.

Zehn Minuten später setzten sich Bender und Schröder an einen freien Tisch in der Pizzeria gegenüber des Präsidiums. Sie kamen regelmäßig hierher und Luigi, der Kellner, wusste bereits, was sie trinken wollten, was er ihnen mit einem Handzeichen zu verstehen gab. Er hatte ein phänomenales Gedächtnis, was seine Gäste anbelangte, obwohl es nicht gerade wenige waren. Schließlich verbrachte das halbe Präsidium seine Mittagspause hier.

„Prego, Signori“, sagte er nur einen Moment später und stellte vor die Polizisten jeweils ein großes Glas Wasser und einen großen Cappuccino. Schwungvoll zündete er die Kerze an, die in der Mitte des Tisches stand. „Luigi, danke, aber das ist eine Besprechung, kein Dinner bei Kerzenlicht, so schön ist mein Kumpel hier nicht“, grinste Bender den Kellner an.

„Das e machte nixe. Vielleischt noch komme hübsche Signora.“ Er zwinkerte Bender zu und ging zurück zur Theke.

„Typisch Luigi, immer nur die Weiber im Kopf“, brummte Schröder, während er sein Notizbuch aufschlug.

„Was meinst du, ist Tommy oder Nikolas Wagner sein richtiger Name?“, fragte Bender und trank einen Schluck Wasser.

„Wer weiß, vielleicht beide. Es könnte ja sein, dass Tommy oder Thomas sein zweiter Vorname ist oder einfach nur ein Spitzname“, mutmaßte Schröder.

„Spitzname glaube ich nicht.“ Bender schüttelte den Kopf. „Ein Spitzname leitet sich meistens aus dem Rufnamen oder einer Eigenart ab, oder aus einem Ereignis. Nehmen wir mal meinen: Ich heiße Benjamin, wurde aber eigentlich immer nur Benny gerufen.“

„Benny? Das ist ja eigenartig. Warum durfte ich dich noch nie so rufen?“, fragte Schröder und spielte beleidigt.

„Weil du mich noch nie gefragt hast, Chéri“, grinste Bender und zuckte mit den Augenbrauen, dann wurde er wieder ernst. „Ich werde auf jeden Fall erst einmal ein paar Nachforschungen über den sauberen Herrn Wagner anstellen, wenn wir zurück ins Präsidium gehen. Wenn erforderlich, werde ich unsere Freunde vom Mobilen Einsatzkommando bitten, unauffällig ein Auge auf ihn zu halten.“ Das Mobile Einsatzkommando war schließlich auf derartige Einsätze bestens vorbereitet und hatte sämtlichen Hightech-Schnickschnack, den man sich vorstellen konnte. Und die Erfolge ließen sich durchaus sehen. „Dafür haben wir sie ja. Und er muss ja nicht unbedingt wissen, dass wir ihn an der langen Leine laufen lassen. Eine interne Fahndung kann uns vielleicht auch noch weiterhelfen, vielleicht kennt ihn ja trotzdem jemand.“

„Tu das. Ich werde mir derweil Tauschners Freundin näher anschauen, mal sehen, was sie weiß“, nickte Schröder. „Vielleicht hat sie diesen Tommy ja mal gesehen oder mit ihm gesprochen.“

Sie tranken ihren Cappuccino aus und Bender zahlte die Rechnung, bevor er Schröder nach draußen folgte.

Etwa eine Stunde später betrat Schröder sein Büro, wo Bender am Schreibtisch gegenüber mit gerunzelter Stirn vor dem Bildschirm saß. Er hatte den Telefonhörer zwischen Ohr und Schulter eingeklemmt und lauschte angestrengt, während er etwas über die Tastatur eingab. Außer einem zeitweiligen „Hm“ oder „Ah ja“ sagte er nichts. Gegen Ende des Gespräches ließ er ein „Wäre nett, danke“ hören, bevor er auflegte und sich die Schulter massierte. „Ein sehr aufschlussreiches Gespräch“, bemerkte Schröder trocken.

„Aufschlussreich genug.“ Bender lehnte sich in seinem Stuhl zurück und sah Schröder an. „Und, wie lief es?“

„War reine Zeitverschwendung.“ Schröder schüttelte den Kopf. „Sie kennt gar keine von Tauschners Bekannten.“

„Gar keine?“, stutzte Bender mit hochgezogenen Augenbrauen. „Was für eine Partnerschaft ist das denn, wo keiner die Freunde des anderen kennt?“

„Na ja, Tauschner ist, wie sie sagte, sehr eifersüchtig. Und da es anfangs immer Krach gab, wenn sie von einem vergnüglichen Abend zurückkamen, weil er ihr unterstellte, andere Männer angemacht zu haben, verlor sie die Lust daran, mit ihm auszugehen. Sie zog es vor, mit ihren Freundinnen anderswohin zu gehen“, erzählte Schröder. „Das führte natürlich ebenfalls zu Differenzen, aber mit denen konnte sie wohl leben. Wegen seiner Eifersucht haben sie sich wohl auch mehrfach getrennt, aber sind immer wieder zusammengekommen und konnten die Finger nicht voneinander lassen. Sie beschrieb es wie eine Art Hassliebe, die man nicht abstellen kann.“

„Also können sie weder miteinander noch ohne einander.“ Bender schüttelte verständnislos den Kopf. „So ein Hin und Her wäre nichts für mich. Das würde ich nicht mitmachen.“

„Wo die Liebe hinfällt …“, orakelte Schröder.

„Das ist keine Liebe“, wehrte Bender ab. „Das ist Abhängigkeit, sonst nichts. Und meine Devise lautet: Entweder ganz oder gar nicht.“

„Was war das mit ‚Jedem Tierchen sein Pläsierchen‘?“, zitierte Schröder. „Was hast du rausgefunden?“

„Das wird sich hoffentlich in den nächsten Minuten herausstellen“, entgegnete Bender gerade geheimnisvoll, als das Faxgerät anfing zu rattern.

Schröders Telefon klingelte zeitgleich. Schröder nahm den Anruf entgegen und wurde von Dr. Hallberg höchstpersönlich aufgeklärt, dass Sandra Meister wieder bei Bewusstsein war. Schon seit der vorherigen Nacht, aber da er nicht wusste, ob sie stabil blieb, hatte man erst abgewartet und sie beobachtet. Doch sie schien über den Berg zu sein, was Schröder freute. Er bekam die mündliche Erlaubnis, sie kurz zu besuchen. Schröder bedankte sich und legte auf.

Er sah zu Bender hinüber, der dumpf über zwei Seiten brütete, die von dem Faxgerät ausgespuckt worden waren. Als Schröder erzählte, was der Arzt gesagt hatte, erntete er lediglich ein kurzes, beiläufiges „Schön“.

„Was ist los?“, fragte er Bender stirnrunzelnd.

„Schau dir das mal an.“ Er stand auf, ging um seinen Schreibtisch herum und reichte Schröder eine Seite, auf der man lediglich die Fotografie eines Mannes mit hoher Stirn und tiefen Geheimratsecken sah. Er trug einen Schnäuzer und eine Brille. Er schien Mitte vierzig zu sein.

„Wer soll das sein?“, fragte Schröder.

„Erkennst du ihn nicht?“

„Wen? Ich habe diesen Typen vorher noch nie in meinem Leben gesehen“, sagte Schröder ungeduldig.

„*Das ist Nikolas Wagner.*“ Bender betonte jedes einzelne Wort.

Schröders Augenbrauen zuckten erstaunt in die Höhe, als er ungläubig fragte: „Unser Nikolas Wagner? Niemals, der hier hat kaum Ähnlichkeit mit ihm.“

„Bingo!“ Er reichte Schröder das zweite Blatt, auf dem die Angaben zur Person neben demselben Bild standen.

„Er ist 46“, rechnete Schröder.

„Genau. So ist es mir aufgefallen“, bestätigte Bender und ließ sich vor Schröders Schreibtisch auf einen Stuhl fallen. „Und der Nikolas Wagner, den wir bei Sandra Meister im Haus getroffen haben, ist niemals im Leben 46. Außerdem fehlt, wie du bemerkt hast, die Ähnlichkeit.“

„Gibt es vielleicht noch einen Nikolas Wagner?“ Schröder sah ihn abwartend an, auch wenn er bereits ahnte, wie die Antwort ausfallen würde.

„Es gibt noch einen Nikolas Wagner, aber der ist erst fünf Jahre alt, also kann er es nicht sein“, grinste Bender und wurde wieder ernst, bevor er fortfuhr. „Aber unter dem Kennzeichen von Nikolas Wagner, das ich eingegeben habe, als ich gegraben und die Halteranfrage etc. gemacht habe, kam genau dieses Bild mit genau dieser Information raus.“

„Hast du sonst noch etwas?“, fragte Schröder.

„Er arbeitete bei einer Versicherung im Außendienst und hat vor etwa sechs Wochen seinen vierwöchigen Urlaub angetreten, von dem er bis jetzt noch nicht zurück ist“, berichtete Bender.

Schröder hatte sich während Benders Worten gespannt vorgelehnt und interessiert gelauscht. In ihm keimte ein Verdacht auf. Sollte etwa dieser angebliche Nikolas Wagner den echten …? Nein, rief er sich zur Ordnung. Dahingehend gab es noch keine Beweise.

„Er hat sich nicht aus dem Urlaub zurückgemeldet, was?“, sinnierte er stattdessen. „Aber warum hat ihn dann keiner als vermisst gemeldet oder überfällig? Irgendjemandem muss doch auffallen, dass er nicht mehr aus dem Urlaub zurückgekommen ist.“

„Das ist ganz einfach“, erklärte Bender. „Er hat keine Angehörigen, denen er so nahe steht, dass er ihnen Bescheid gibt, wann er in Urlaub geht oder wann er wiederkommt. Laut dem Chef ist er ein absoluter Workaholic.“

„Und als solcher hat man natürlich keine Zeit, Freundschaften oder Familienidylle zu pflegen“, führte Schröder den Gedankengang zu Ende und fuhr sich müde durch die Haare.

„Genau“, nickte Bender und rieb sich den Nacken. „Ich werde nachher zu seiner Adresse fahren, vielleicht laufe ich ja dem Vermieter oder gut informierten Nachbarn über den Weg.“

„Wieso nicht gleich?“

„Hast du etwa dein Rendezvous mit Tauschner vergessen?“

„Oh, Mist!“, fluchte Schröder und sprang auf. „Na ja, dann fahren wir nachher.“

„Wir?“, fragte Bender mit erhobenen Augenbrauen.

„Ja, glaubst du denn, ich lasse dich allein dort hinfahren?“, fragte Schröder grinsend und griff zum Telefon, um darum zu bitten, dass die Kollegen Tauschner zum Verhörraum bringen sollten. „Wie ich dich kenne, lachst du dir nur eine nette Nachbarin an und ich darf dann die ganze Arbeit allein machen. Vergiss es.“

„Man kann es ja mal probieren“, zuckte Bender die Schultern und verdrehte die Augen theatralisch, dann stand er auf und nahm das Bild des vermeintlich richtigen Nikolas Wagner, packte es zusammen mit den Bildern des anderen in einen Umschlag, den er sich unter den Arm klemmte, bevor er seine Hände in den Hosentaschen versenkte. „Kann losgehen.“

Als sie zum Verhörraum gelangten, war Tauschner noch nicht dort. Schröder stellte ein Diktiergerät mitten auf den Tisch und legte eine Ersatzkassette bereit.

Bender zog die Augenbrauen hoch. „Wie lange möchtest du ihn denn verhören?“

„Ist nur zur Vorsicht. Wäre doch blamabel, wenn uns mittendrin plötzlich das Band ausgeht“, erwiderte Schröder ungerührt.

„Na ja, wer weiß, ob er so viel zu erzählen hat.“ Bender verzog das Gesicht. „Vielleicht hat er es sich ja auch anders überlegt und redet gar nicht.“

„Glaube ich nicht.“ Schröder schüttelte den Kopf. „Er steht mit dem Rücken an der Wand und er kann nirgendwo hin. Und das weiß er. Er weiß auch genau, dass er uns nicht ungestraft davonkommt, wenn er uns nicht sagt, was wir wissen wollen. Und ihm ist bestimmt auch klar, was passiert, wenn wir verbreiten, dass er gesungen hat, auch wenn er es nicht getan hat.“

„Wir werden ja gleich wissen, was passieren wird."

Bender sah auf seine Uhr. „Die brauchen aber heute lang, bis sie ihn bringen."

„Vielleicht ist ja viel los." Schröder hob die Schultern.

„Das habe ich natürlich vorhin nicht gefragt, als ich in der Wache bat, Tauschner hierher zu bringen."

Sie warteten weitere fünf Minuten, aber niemand kam. Jeder hing seinen Gedanken nach.

„20 Minuten. Ich gehe jetzt mal nachschauen, wo sie mit Tauschner bleiben", kündigte Bender dann schließlich an und ging zur Tür, ohne Schröders Antwort abzuwarten.

Gerade als er nach der Türklinke greifen wollte, wurde die Tür von außen aufgestoßen.

„Na endlich, ich wollte gerade nachschauen, wo ihr bleibt", rief Bender aus, als er den Kollegen in Uniform sah, der in den Raum stürmte.

„Wo ist Tauschner?", fragte Schröder befremdet, als er sah, dass sich niemand hinter dem Uniformierten befand.

„Tut mir Leid, aber wir können ihn nicht herbringen", stieß der Beamte hervor.

Er hatte offensichtlich noch nicht sehr lange seine Polizeischule hinter sich, denn er schien noch sehr jung und etwas schüchtern zu sein. Höchstens 20, schätzte Schröder. Und er war aufgeregt. Hektische rote Flecken hatten sich auf seinen Wangen gebildet. Irgendetwas stimmte nicht. Schröder konnte es förmlich riechen, dass etwas in der Luft lag.

„Was ist los?", fragte Bender alarmiert, dem das ebenfalls aufgefallen war.

„Ihr Gefangener, Tauschner, er …" Er brach ab.

„Er – was?", fragte ihn Schröder eindringlich, der nun ebenfalls aufgestanden war.

„Er ist nicht mehr am Leben", stieß der junge Polizist hervor. „Er hat sich … erhängt."

„Was?!", riefen Schröder und Bender wie aus einem Mund. Sie sahen sich fassungslos an.

„Na ja, er hat sich mit seinem Pullover am Bettgestell erhängt." Der Polizist sah aus, als ob er persönlich für die Tragödie verantwortlich gewesen war.

Für einen Moment war es so still im Raum, dass man eine Stecknadel hätte fallen hören.

„Warum? Habt ihr denn nicht nach ihm geschaut?", brüllte Schröder dann quer durch den Raum. „Verdammte Scheiße!"

„Oh nein", stöhnte auch Bender.

„Doch, erst eine halbe Stunde zuvor – so … so, wie wir es … es immer machen", stotterte der Polizist. Sein Gesicht hatte inzwischen die Farbe reifer Tomaten angenommen.

„Verdammt! Verdammt! Verdammt!", rief Schröder erneut aus und schleuderte seinen Kugelschreiber quer durch den Raum gegen die Wand. Er lief aufgeregt auf und ab.

„Wie ist dein Name?", fragte Bender den jungen Polizisten.

„Brüggemann", antwortete er.

„Brüggemann", sagte Bender ruhig. „Du gehst jetzt am besten und sagst dem Diensthabenden, dass wir gleich rüberkommen."

Brüggemann, der ungefähr einen Kopf kleiner war als Bender, schielte zu Schröder hinüber, der immer noch wutentbrannt hin und her lief, und nickte. Er schien froh zu sein, den Raum lebend verlassen zu dürfen. Bender schob ihn hinaus und schloss die Tür hinter ihm.

„Das darf doch nicht wahr sein!“, stieß Schröder hervor und sah Bender wutentbrannt an. „Wir waren so nah dran, Bender, so nah!“

„Er muss mehr Angst vor den Konsequenzen durch diesen Tommy gehabt haben als vor uns oder einer Strafe durch die Justiz“, stellte Bender fest. „Sonst hätte er das nicht gemacht.“

„Lass uns rübergehen und herausfinden, was schief gelaufen ist“, sagte Schröder dann und ging aus dem Raum.

„Wann habt ihr das letzte Mal nach ihm geschaut?“, fragte Schröder den verantwortlichen Beamten eine Viertelstunde später, nachdem sie sein Büro betreten hatten. Schröder sparte sich einen Gruß.

Hinter dem Schreibtisch saß ein etwa 26-jähriger uniformierter Polizist, der einen ziemlich überheblichen Eindruck machte.

„Bender und Schröder“, stellte Bender sie mit ruhiger Stimme vor, die im krassen Gegensatz zu Schröders stand.

Brüggemann hatte ihn wahrscheinlich bereits vorgewarnt, denn der Kollege sprang direkt auf, als er sie wahrnahm.

„Wildner. Vor etwa einer Dreiviertelstunde haben wir noch einmal nachgeschaut. Da war er noch fidel“, antwortete er fast gelangweilt. „Und als der Kollege ihn aus der Zelle holen wollte, hatte er sich erhängt. Und Wiederbelebung half auch nichts mehr.“

„Wie?“, fragte Schröder kurz angebunden.

„Mit seinem Pullover, was anderes hatte er ja auch nicht mehr. Gürtel, Schnürsenkel und andere Gegenstände hatten wir ihm ja abgenommen, als er gestern hierher gebracht worden war“, gab er schnippisch die Antwort.

„Scheint Ihnen ja tierisch nahe zu gehen, Herr Kollege.“ Benders Stimme klang ätzend. „Beim Knoten haben Sie ihm aber nicht geholfen, oder?“

„Bender!“ Schröder warf ihm einen warnenden Blick zu, worauf sich Bender abwandte.

„Lass uns zur Zelle gehen.“

„Sie haben ihn bereits abgeholt und zur Gerichtsmedizin gebracht“, gab Wildner ungefragt Auskunft.

Schröder und Bender nickten nur und verließen den Raum.

„Halt dich mit deinen Bemerkungen nächstes Mal zurück“, sagte Schröder, als sie den Flur entlanggingen.

„Na, den Arsch hat der sich ja nicht gerade aufgerissen“, murrte Bender. „Ich hasse diese arroganten Schnösel, auch wenn es Kollegen von mir sind. Und wenn die dann noch einen IQ wie ein Wasserglas haben …“

Kapitel 20

„Schröder, hier ist Post für dich!“, rief ihm ein Kollege zu und wedelte mit einem brauen Umschlag umher.

Schröder griff dankend danach, als er vorbeiging. Er riss ihn auf dem Weg zu seinem Büro ungeduldig auf und zog ein computerbeschriebenes Blatt heraus. „Die haben doch glatt einen unidentifizierten Teilabdruck eines Fingers auf dem Geländer gefunden“, murmelte Schröder halblaut vor sich hin.

„Würde mich ja brennend interessieren, ob der von diesem Nikolas-Wagner-Verschnitt stammt“, entgegnete Bender und öffnete zischend die eisgekühlte Getränkedose, die er auf dem Weg zurück ins Büro aus dem Getränkeautomat gezogen hatte.

„Da bleibt nur eine Möglichkeit: Wir müssen an seine Fingerabdrücke kommen, und zwar ohne dass er es mitbekommt“, erwiderte Schröder nachdenklich. „Denn wenn er es merkt, könnte es sein, dass er untertaucht. Und das möchte ich nach Möglichkeit vermeiden. Zumal er sich jetzt noch verhältnismäßig sicher fühlt.“

„In seinen Augen sind wir doch sowieso nur ein paar dumme Cops, die nicht über den Tellerrand hinausschauen können.“ Bender trank einen Schluck aus der Dose.

Schröder lachte ironisch auf. „So wie er sich aufführt, hast du wahrscheinlich nicht einmal Unrecht.“ Er nahm den Telefonhörer und wählte eine Nummer. „Hast du eigentlich die Kollegen vom MEK angefordert?“

„Die haben erst heute Abend jemanden frei, weil sie alle momentan im Einsatz haben. Deswegen werde ich die erste Schicht übernehmen“, sagte Bender und starrte aus dem Fenster in die Dämmerung hinaus, die sich langsam, aber unaufhaltsam über die Stadt senkte. Seine Gedanken rotierten darum, wie sie es anstellen konnten, an Wagners Fingerabdrücke zu kommen, ohne dass er Verdacht schöpfte. Er war clever. Zu clever für Benders Geschmack. „Aber ich habe eine interne Fahndung eingeleitet, und zwar nach beiden Wagners, mal sehen, was rauskommt.“

„Ich denke, es ist besser, wenn wir uns trennen“, sagte Schröder, als er aufgelegt hatte. Dann zählte er an den Fingern ab. „Wir sollten zu Frau Meister ins Krankenhaus gehen und sehen, ob sie etwas Licht ins Dunkel bringen kann. Dann steht noch die Untersuchung von Nikolas Wagners ehemaliger Wohnung an.“ Er fuhr sich durch sein blondes Haar.

„Hoffentlich kriegen das unsere kriminellen Herzchen nicht mit, wie unterbesetzt wir sind“, grinste Bender sarkastisch. „Die machen ein Freudenfeuer und verstehen das noch als Einladung.“

„Da könntest du sogar Recht haben.“ Schröder schüttelte den Kopf. „Ich habe ja versucht, unseren Chef dazu zu überreden, dass er mehr Personal für unsere Dienststelle organisiert, aber er wusste es besser. Na ja, da haben wir den Salat.“

„Wie wäre es, wenn ich ins Krankenhaus fahre und anschließend erst die Überwachung von diesem Nachbarn übernehme? Schließlich hat er keine Ahnung, dass er verdächtigt wird“, bot Bender an. „Irgendetwas fällt mir ein, dass ich an seine Fingerabdrücke komme, das schwöre ich.“

„Ja, gut“, stimmte Schröder zögernd zu. „Ich komme dann zur Überwachung, wenn ich die Wohnung überprüft habe.“

„Aber unauffällig", sagte Bender nachdrücklich und grinste. „Nicht dass du sie mir vermasselst."

20 Minuten später betrat Bender die Station, auf der Sandra Meister untergebracht war. Die Stationsschwester wies ihm den Weg, nachdem er sich ausgewiesen hatte. Als er nach Dr. Hallberg fragte, erklärte sie ihm, dass er an diesem Nachmittag nicht im Dienst war und erst ab dem nächsten Morgen wieder erreichbar sei. Er willigte ein, dass er mit dem Gespräch bis zum nächsten Morgen warten würde. Er fragte seinen Kollegen, der immer noch als Krankenpfleger verkleidet das Zimmer von Sandra Meister überwachte, nach etwaigen Vorfällen oder einem Verdächtigen, der sich herumgetrieben haben könnte, bekam aber ein glattes Nein. Er überließ ihm ein Bild von dem falschen Nikolas Wagner und schärfte ihm ein, auf der Hut zu sein, da er nicht wusste, wie gefährlich Wagner war.

Er ging langsam den menschenleeren Gang hinunter, auf dem Stille herrschte, und einen Moment später klopfte er an die Zimmertür des Zweibettzimmers, in dem Sandra Meister lag. Leise öffnete er die Tür und trat ein. Das erste Bett war leer und frisch bezogen.

Sandra Meister lag in dem Bett am Fenster und hatte die Augen geschlossen. Er betrachtete sie einen Moment, nahm auf, wie blass sie in ihren Kissen lag. Ihre Wangenknochen stachen kantiger hervor, als er sie in Erinnerung hatte. Sie hatte fast etwas Ätherisches an sich, obwohl sie weder klein noch zerbrechlich war.

„Frau Meister?", fragte er leise. Es war ihm unangenehm, sie zu wecken. Er wollte sich gerade abwenden, als sie langsam die Augen öffnete.

„Hallo, Frau Meister. Erinnern Sie sich noch an mich? Polizeiobermeister Schröders Kollege, Bender." Er lächelte sie an, als sie nickte, und versuchte ebenfalls zu lächeln.

„Ja", hauchte sie leise. „Ich erinnere mich an Sie."

„Wie geht es Ihnen?"

„Sie meinen, außer dass ich mir vorkomme, als ob mindestens fünf Panzer über mich drübergefahren sein müssen?" Sie verzog den Mund zu einem müden Lächeln. „Ich schätze, ganz gut."

„Sie sind dem Tod von der Schippe gesprungen", stellte er fest.

„Ja, anscheinend. Der Doktor hat so etwas erwähnt." Sie drückte auf einen Knopf und das Kopfteil des Bettes surrte leise nach oben, brachte sie in eine halb sitzende Position. „Wenigstens bin ich dieses Kabelgewirr los, das war ja schrecklich."

„Hat Dr. Hallberg die Untersuchungen erwähnt, die wir anstellen?", fragte Bender.

„Er hat lediglich angedeutet, dass irgendwelche Untersuchungen stattfinden, aber warum, hat er nicht gesagt", antwortete Sandra mit schwacher Stimme.

„Darf ich Ihnen ein paar Fragen stellen?", fragte er vorsichtig.

„Ja, aber nur unter einer Bedingung: Sie verraten mir, was genau los ist." Sie sah ihm direkt in die Augen.

„Ich weiß nicht, ob Sie das schon verkraften." Er sah sie prüfend an. „Ich möchte mir ja schließlich keinen Ärger einhandeln."

„Hören Sie, ich mag vielleicht gesundheitlich gerade nicht ganz auf der Höhe sein, aber mein Gehirn kann die Wahrheit vertragen", sagte sie leise, aber bestimmt. „Wagen Sie es nicht, mich wie ein kleines Kind zu behandeln."

Er hob abwehrend die Hände. „Das lag nicht in meinem Sinn, entschuldigen Sie bitte. Dass Sie von einem unserer Kollegen hier bewacht werden, wissen Sie?“ Sie nickte. „Macht es Ihnen etwas aus, wenn ich unser Gespräch aufnehme? Das ist besser als mitzuschreiben.“ Er zeigte ihr das Diktiergerät.

„Nein, schon gut.“

Er gab ihr einen kurzen Überblick über die Ereignisse. Sie hörte ihm betroffen zu.

„Sie meinen tatsächlich, jemand hat den Ersatzschlüssel gefunden?“ Ernst sah sie ihn an. „Das erklärt natürlich einiges.“

„Was meinen Sie damit?“

„In der Nacht nach dem Brand hatte ich das Gefühl, jemand war in meiner Wohnung, während ich geschlafen habe“, begann sie und erzählte ihm von Mikesch, der aus dem Wäscheschrank gehüpft war, obwohl die Tür vorher immer geschlossen gewesen war und er am Abend zuvor noch in der Küche gefressen hatte. „Bis heute hatte ich keine Erklärung dafür.“ Nach kurzer Überlegung fügte sie hinzu: „Das könnte auch erklären, wie mein Geldbeutel wieder einmal dort gelandet ist, wo ich nicht war.“

„Wahrscheinlich war derjenige auch genau aus diesem Grund in Ihrer Wohnung“, gab Bender zu bedenken. „Er wird wahrscheinlich wissen, dass in solchen Fällen auch immer die nähere Umgebung abgesucht wird.“

Sie sah ihn ernst an, schaute dann mit gerunzelter Stirn aus dem Fenster.

„Wissen Sie, wer Ihnen etwas anhängen möchte?“, fragte Bender nach einer kleinen Pause. „Wir können in der Zwischenzeit davon ausgehen, dass bestimmte Aktionen gezielt gegen Sie gerichtet waren. Die Frage ist, warum, und vor allem, von wem?“

Sandra Meister sah ihn kurz an und schüttelte dann den Kopf. „Nein, ich wüsste niemanden, der zu so etwas fähig wäre.“

„Sicher? Wie ist es mit Verwandten, Kollegen, Freunden, Exfreunden?“, fischte Bender im Trüben.

„Sicher gibt es Leute, mit denen ich nicht so besonders klarkomme, aber niemand wäre so niederträchtig.“ Sie schüttelte den Kopf.

„Was ist mit Ihrem Exfreund?“, fragte er dann unverblümt. „Wir haben recherchiert und herausgefunden, dass die Trennung von Ihnen ausging. Könnte er Rachegefühle gegen Sie hegen?“

„Nein“, erwiderte sie spontan. „Das glaube ich nicht. Er wusste, worauf er sich einließ, und er wusste um die Konsequenzen. Außerdem hat er sich nur einmal nach seinem Rausschmiss gemeldet, schriftlich, was ich natürlich nicht beantwortet habe. Kein Telefonterror, keine Verfolgungen oder Belästigungen, nichts. Weder davor noch danach.“

„Was ist er für ein Mensch?“, wollte Bender wissen. Vielleicht konnte sie ihm etwas Interessantes verraten, das seine Theorie bestätigte, dass er Dreck am Stecken hatte.

„Er ist ein recht ruhiger Typ.“ Sandra Meister zuckte mit den Schultern. „Man kann gut mit ihm lachen, reden, herumalbern. Dennoch ist er ein recht solider, konservativer Vertreter seiner Art. Eigentlich ein recht angenehmer Mensch, auch wenn es nach außen nicht immer so aussieht.“

„Und im Job erfolgreich?“

„Ja, er ist ziemlich gefragt“, nickte sie und unterdrückte ein Gähnen.

„Ich denke, wir machen lieber Schluss für heute, bevor mit der Schwester Ärger bekomme. Sie hat mir extra ans Herz gelegt, es kurz zu machen, damit ich sie nicht überanstrenge“, lächelte Bender.

„Die sollen sich nicht so haben, schließlich bin ich nicht aus Zucker.“ Ihre braunen Augen taxierten ihn. „Ich denke nicht daran, länger als nötig hier zu bleiben. Wenn es klappt, vielleicht nur noch zwei bis drei Tage. Außerdem kann ich zu Hause genauso gut rumliegen wie hier. Vielleicht sogar noch besser, denn da habe ich wenigstens Gesellschaft.“

Benders Lächeln verwandelte sich in ein breites Grinsen. „Ja, Ihre zwei Stubentiger.“

„Ja.“ Sie lächelte träumerisch, während sie aus dem Fenster schaute. „Ich vermisse die beiden richtig.“

„Kann ich verstehen.“ Bender dachte an seine Begegnung mit ihnen.

„Mögen Sie Katzen?“, fragte Sandra interessiert, als sie seinen versonnenen Blick sah, und unterdrückte ein weiteres Gähnen.

„Seit kurzem schon“, erwiderte Bender peinlich berührt. „Aber ich muss jetzt wirklich los. Ach, da wäre noch etwas: Hat Ihr Ex irgendwelche Allergien?“

Sandra sah ihn befremdet an. „Nicht dass ich wüsste. Warum?“

„War nur so eine Frage“, erwiderte er und grinste. „Gute Besserung!“

Versonnen sah Sandra dem Polizisten nach, als er mit einem letzten Blick auf sie das Zimmer verließ. Was sollte diese Frage nach irgendwelchen Allergien? Und warum war es ihm unangenehm, Katzen zu mögen? War es ihm vielleicht deshalb unangenehm, weil es ihm eine Seele verlieh? Weil es aus dem vermeidlich harten Typen einen Kerl mit weichem Herzen machte? Weil es ihn von einem Übermenschen, den man in Polizisten gern sah, auf einen ganz normalen Menschen mit Schwächen und Gefühlen reduzierte?

Sandra Meister seufzte. Versteh einer die Männer. Sie wunderte sich immer wieder darüber, warum die männlichen Exemplare einen Komplex besaßen, wenn es darum ging, Gefühle zuzulassen oder auszusprechen. Was für Frauen eigentlich normal war, versetzte die männliche Spezies offensichtlich in Panik oder brachte sie dazu, Mauern aufzustellen, die nicht einmal ein Jumbo-Jet überfliegen konnte. Allerdings hinderte es sie nicht daran, sich danach lautstark darüber zu klagen, dass die Frauen sie nicht verstehen würden.

Na ja, es war nicht ihr Problem, darüber nachzudenken, was mit Bender los war, beschloss Sandra, bevor sie langsam in einen erholsamen Schlaf hinüberglitt.

Bender saß etwa eine halbe Stunde vor Sandra Meisters Appartementkomplex im Auto, bevor Schröder auftauchte und sich zu ihm ins Fahrzeug setzte. Neugierig sah er seinen Kollegen an, der sein Gesicht zu einem überlegenen Grinsen verzogen hatte.

„So, nun spuck es aus“, forderte Bender seinen Partner ungeduldig auf. „Sind sie identisch oder nicht?“

„Nein“, grinste Schröder. „Seine Vermieterin hat abgestritten, in den Fotos dieses Nikolas Wagner den Gleichen wiederzuerkennen, der bei ihr im Haus gewohnt hat. Sie hat ihn als den identifiziert, auf den du bei deinen Recherchen gestoßen bist.“

Bender grinste breit. „Bingo!“

„Sie hat allerdings eine Postkarte von ihm erhalten, die besagt, dass er den Urlaub auf unbestimmte Zeit verlängern würde“, sagte Schröder und sah Bender an. „Die habe ich soeben mit Unterschriftenproben zur Analyse abgegeben. Mal sehen, ob er die wirklich selbst geschrieben hat.“

„Aus dem Inland oder Ausland?“, wollte Bender wissen.

„Von irgendwo an der Nordsee abgestempelt.“ Schröder zuckte die Schultern. „Aber daran ist anscheinend nichts Schlimmes, denn dorthin wollte er fahren. Er hat ihr geschrieben, dass er den angesammelten Urlaub sowieso abbauen müsse und es ihm dort so gut gefiele, dass er verlängern würde. Deshalb fand sie auch nichts dabei. Sie sagte, dass er sich definitiv diesen Urlaub verdient hatte, da er immer so viel arbeiten würde.“

Bender spähte in die Dunkelheit, die von ein paar Scheinwerfern erhellt wurde. „Ich glaube, da kommt er.“ Sie duckten sich in Benders Auto und schielten über das Armaturenbrett. Bender hatte seinen eigenen Wagen, einen blauen Ford Escort, genommen, weil kein anderer Zivilwagen frei gewesen war. Kurzerhand hatte er sich seine Privatkleidung, Jeans und Sweatshirt, angezogen und hatte sich auf Beobachtungsposten begeben, nachdem er bei Sandra Meister fertig gewesen war.

Ein Wagen wurde abgebremst und bog kurz vor ihnen in die Einfahrt zur Tiefgarage.

„Du hast Recht, das war eindeutig sein Nummernschild“, pflichtete ihm Schröder bei.

„Warte hier.“ Bender sprang aus dem Fahrzeug und eilte über die Straße. Er folgte dem Wagen und sprang gerade noch unter dem Gittertor durch, das sich gerade wieder schloss. In dem Moment, als der Wagen von Nikolas Wagner geparkt und der Motor abgestellt wurde, sprang er mit einem Satz über die Mauer der nach unten führenden Rampe und duckte sich hinter ein anderes Fahrzeug.

Er hörte, wie die Autotüren geöffnet und wieder geschlossen wurden.

Bender war überrascht. Er hatte nicht gesehen, dass sich außer Wagner noch jemand im Wagen befunden hatte, aber er hörte zwei unterschiedliche Stimmen, konnte aber wegen der Schallreflektion die Worte nicht verstehen. Er nahm nur wahr, dass es sich um zwei verschiedene Stimmen handelte: Wagners Stimme und die eines anderen Mannes.

Bender drückte sich in den Spalt zwischen Auto und Motorhaube, was bei seiner Größe nicht einfach war, als die beiden Männer auf seine Höhe kamen. Ein Vorteil war allerdings, dass in der Garage nur Zwielicht herrschte und demzufolge nicht alle Ecken ausgeleuchtet waren.

„Was ich gehört habe, ist, dass eine Suspendierung ansteht, aber mehr konnte er mir nicht sagen. Ich musste es ja auch unauffällig …“, konnte er verstehen, aber das war auch schon alles. Es war die andere Stimme, die das sagte. Der Rest war zu verzerrt, als dass er etwas Brauchbares verstanden hätte.

Scheibenkleister, fluchte Bender im Stillen. Er schielte über die Motorhaube des Autos, hinter dem er sich versteckte, und sah den Mann, in dessen Begleitung sich Wagner befand. Er stutzte. Moment mal, das ist doch der Typ, mit dem Wagner vor ein paar Tagen morgens das Haus verlassen hat, ging es Bender durch den Kopf.

Als die beiden die Garage durch den Hauseingang verlassen hatten, richtete sich Bender langsam auf. Nachdem er sicher war, dass die beiden nicht mehr zurückkommen würden, spurtete Bender die Rampe hoch und blieb vor dem geschlossenen Gittertor stehen.

Er gab Schröder ein Zeichen, der bereits auf Benders Auftauchen gewartet hatte und neben dem Tor verdeckt von Büschen wartete.

„Was ist los?“, wollte er wissen.

„Denk mal, wen unserer feiner Freund dabeihatte?“ Bender sah Schröder auffordernd an. „Erinnerst du dich an diesen komischen Typen, mit dem er vor ein paar Tagen aus dem Haus gekommen ist? Genau den. Der Typ hat zu diesem Wagner irgendetwas wegen einer Suspendierung gesagt. Nichts Weltbewegendes also, aber gib mir unseren Koffer herein. Er ist im Kofferraum“, forderte Bender ihn auf.

„Unseren Ermittlungskoffer? Wozu brauchst du ihn?“, fragte Schröder befremdet.

„Ich werde die heiß begehrten Fingerabdrücke vom Auto abnehmen, und zwar von beiden“, kündigte Bender an. Ihm war spontan diese Idee gekommen „Ich habe keinen von beiden Handschuhe tragen sehen. Mal sehen, mit wem unser Herzchen so verkehrt.“

Schröder holte den Koffer und gab Bender das Zubehör durch die Gitterstäbe des Tors, da sie nicht das Risiko eingehen wollten, das Garagentor aufzufahren, falls die beiden zurückkommen würden. Schröder zog sich ins Gebüsch zurück.

Kurze Zeit später kam Bender wieder ans Gitter und reichte ihm alles wieder hinaus.

„Hast du die Spuren beseitigt?“, fragte Schröder leise.

„Natürlich! Glaubst du eigentlich, ich lasse das Puder dran? Da könnte ich ja gleich einen Zettel dranhängen.“

Bender schüttelte den Kopf. Er ging zurück und zog an einer Kette, die er entdeckt hatte und die von der Decke hing. Wie er schon vermutet hatte, öffnete sich das Gittertor. Eine gelbe Rundumleuchte sprang an. Bender rannte hinaus und stieg in sein Auto.

Schröder saß schon in seinem Auto und wartete mit laufendem Motor in Höhe der Eingangstüre. Kaum dass Bender in den Wagen gesprungen war, gab Schröder Gas und fuhr den kürzesten Weg zur Wache, dicht gefolgt von Bender in seinem Wagen, wo sie direkt zu den Büros des Ermittlungsdienstes eilten.

Es war nur noch ein Kollege vor Ort, den Schröder kurzerhand dazu verpflichtete, die Fingerabdrücke auszuwerten, was nicht gerade auf Gegenliebe stieß, da dieser gerade Feierabend machen wollte. Mit etwas Überredungskunst brachte ihn Schröder jedoch dazu, dem Anliegen nachzukommen. Er machte ihm klar, dass er die Fingerabdrücke als Erstes am Morgen brauchen würde.

Schröder und Bender kamen am nächsten Morgen zeitgleich auf dem Parkplatz des Präsidiums an. Zusammen betraten sie das Gebäude, wo sie schon von ihrem Kollegen Schuster erwartet wurden.

„Guten Morgen“, grüßten sie.

„Na, endlich seid ihr da“, bekamen sie von Schuster zur Antwort.

Irritiert sahen sich Bender und Schröder an. „Was ist das denn für eine Begrüßung?“

Schuster zog sie beiseite und senkte die Stimme. „Ich habe zwei kleine Infos für euch. Zuerst die schlechte: Eure Fingerabdrücke sind noch nicht analysiert. Und zweitens“, er hielt eine blaue Faltmappe in die Höhe, „kam das gerade vorhin rein. Draußen am Ortsrand in einem alten, ausgetrockneten Brunnen wurde eine Männerleiche gefunden. Und die scheint eurem vermissten Wagner ziemlich ähnlich zu sehen.“

Wie vom Donner gerührt sahen sich Schröder und Bender an. „Im Ernst?"

„Ja." Schuster nickte, beugte sich vertraulich zu den beiden und fügte leise hinzu: „Ich habe doch einen Kumpel beim Morddezernat, der hat mir das gesteckt. Er hat wohl eure Fahndung im Computer gelesen, die ihr gestern noch rausgegeben habt, und hat einen Ausdruck mit an den Fundort der Leiche genommen. Der Junge sah zwar nicht mehr ganz frisch aus, aber glücklicherweise war der Brunnen ziemlich tief und recht kalt, deswegen ist er anscheinend noch ganz gut erhalten."

„Wo ist die Leiche jetzt?", wollte Schröder wissen und sprach damit die Frage aus, die auch Bender auf der Zunge brannte.

„Wenn sie ihn schon geborgen haben, wahrscheinlich auf dem Weg zur Pathologie."

„Wie haben sie ihn entdeckt?" Benders Neugier war geweckt. „Ich meine, es ist ja nicht gerade logisch, dass jemand in einen alten ausgetrockneten Brunnen schaut."

„Ein Anwohner hat wohl mit seinem Hund einen Morgenspaziergang gemacht, als der davonrannte und an dem Brunnen wild bellend stehen blieb. Er versuchte wohl, unter die Abdeckung zu kommen. Der Anwohner hatte wegen der Dunkelheit eine Taschenlampe dabei, mit der er dann in den Schacht leuchtete, um zu sehen, was seinen Hund so aufregte. Dabei hat er die Gestalt am Grund des Brunnens liegen sehen", erklärte Schuster mit ernstem Gesicht. „Der hat dann die 110 angerufen, und die Streife vor Ort hat dann abgesperrt und den Kommissionsdienst und die Kriminaltechnik angefordert, wie es halt so geht."

„Muss aber eine gute Taschenlampe gewesen sein, wenn der Brunnen wirklich so tief war", warf Bender ein. „So weit reicht doch der Lichtkegel einer normalen Lampe gar nicht."

„War eine Mac-Light", entgegnete Schuster.

„Das ist natürlich was anderes." Bender zog erstaunt die Brauen hoch. Er fand es ungewöhnlich, dass eine Privatperson eine solche Taschenlampe besaß. In seinen Augen war diese Hochleistungstaschenlampe eher etwas für Profis, da sie sehr hell und sehr weit ihr Licht warf. Sie war ideal für die Polizei oder andere Einsatzkräfte.

„Eine große Mac-Light." Schuster nahm die Hände fast einen halben Meter auseinander. „Ich meine, eine ganz große."

„Mich würde es interessieren, was das für ein Typ ist", brummte Bender und sah Schröder an.

„Er arbeitet bei einem Sicherheitsunternehmen", warf Schuster ein und grinste. „Anscheinend einer mit einem Rambo-Komplex, was?"

„Das erklärt natürlich die Mac-Light." Schröder schüttelte den Kopf. Manche von deren Mitarbeitern dachten wirklich, sie wären mit Rambo zu vergleichen. „Welches Sicherheitsunternehmen?"

„Weiß ich nicht, aber ich könnte meinen Kumpel natürlich noch einmal anrufen und fragen." Er zog fragend die Schultern hoch.

„Nein, brauchst du nicht. Wir fordern einfach eine Abschrift vom Bericht an, da steht ja dann alles drin", entgegnete Schröder und winkte ab.

„Wer bearbeitet den Fall?", fragte Bender neugierig.

„Ein Kriminalhauptkommissar Drexler", kam es wie aus der Pistole geschossen.

„Drexler? Der ist der Richtige für so etwas“, nickte Schröder, der schon des Öfteren mit ihm zu tun hatte. „Den werde ich am besten gleich mal anrufen. Ach, übrigens, Schuster, ich bräuchte noch die genaue Adresse des Fundortes. Ich möchte mich dort mal umschauen.“

Als Antwort drückte ihm Schuster die Faltmappe in die Hand. „Viel Vergnügen.“

„Davor werden wir uns sicher fast nicht mehr retten können“, brummte Bender und verdrehte theatralisch die Augen.

Schuster grinste breit. „Wenn ihr Glück habt, trefft ihr Drexler vielleicht noch am Brunnen vor dem Tore …“

Minuten später befanden sich Schröder und Bender auf dem Weg zur Fundstelle. Je näher sie dem Ortsrand kamen, desto ruhiger wurde die Gegend, als sie von der Hauptstraße in Nebenstraßen einbogen. Die Straßen waren vornehmlich von Einfamilienhäusern oder Doppelhaushälften geprägt, die nicht mehr als zwei, allerhöchstens drei Stockwerke hatten. Und alle hatten einen kleinen gepflegten Garten rund ums Haus. Es gab keine anonymen Wohnblocks, in denen sich keiner kannte oder in denen sich allerhand Gesindel herumtrieb. Jeder Fremde würde hier in der Gegend bestimmt sofort auffallen.

Bender dirigierte Schröder durch die Idylle, bis sie am Ende einer Straße in einen asphaltierten Feldweg abbiegen mussten, der eigentlich nur für landwirtschaftliche Fahrzeuge freigegeben war. Sie konnten bereits die Schar Neugieriger erkennen, die etwa 50 Meter vor ihnen an einer Wiese, auf der einige Obstbäume angepflanzt waren, beieinander standen und den Polizisten interessiert bei der Arbeit zusahen.

Die Ermittlungsbeamten trugen weiße Schutzanzüge und Plastiküberschuhe, damit sie selbst keine Spuren hinterließen, die sich mit den anderen vermischen konnten. Dadurch sahen sie fast aus wie Astronauten.

Schröder parkte den Wagen 20 Meter vor den Neugierigen in einem weiteren Feldweg, der nach etwa zehn Metern im Nichts endete, da ab dort nur noch Acker zu sehen war, um die anderen Kollegen nicht zu behindern. Sie gingen an den Gaffern vorbei auf die Absperung zu, die sie neugierig anschauten, und wiesen sich aus, da sie mit ihrer Zivilkleidung nicht gerade als Kollegen zu erkennen waren. Der Polizist ließ sie ungehindert passieren.

„Ach, dort drüben ist Drexler.“ Schröder deutete mit einem Kopfnicken in die Richtung, in der ein etwa 45-jähriger Mann mit bereits ergrauenden Haaren in einem dunkelblauen Anzug etwas abseits stand und sich in einem kleinen grünen Buch Notizen machte.

„Guten Morgen“, grüßte Schröder, während sie auf ihn zugingen.

Der Mann hob den Kopf und in seinen Augen spiegelte sich Wiedererkennen. „Oh, Schröder, was für ein Glanz am frühen Morgen!“, rief er aus und verzog den Mund zu einem Lächeln. „Was treibt dich denn hier heraus?“

„Dein Fund.“ Sie schüttelten sich die Hände. Schröder stellte Bender vor.

„Da kommt ihr leider ein paar Minuten zu spät.“ Drexler wiegte den Kopf bedauernd hin und her. „Die Leiche ist bereits auf dem Weg zur Gerichtsmedizin.“

„Weiß man schon Näheres?“, wollte Bender wissen.

„Ich weiß nur, dass es ein Mann war und er definitiv umgebracht wurde“, antwortete Drexler.

„Wie?"

„Kehle durchgeschnitten", antwortete Drexler. „Das war definitiv die Todesursache. Und wenn unsere ersten Erkenntnisse stimmen, dann ist es nicht hier gemacht worden. Im Brunnen gab es kaum Blut."

„Also hat ihm jemand irgendwo die Kehle durchgeschnitten, ihn ausbluten lassen und ihn dann hier hineingeworfen", murmelte Schröder vor sich hin und schüttelte den Kopf. „Weiß man schon etwas hinsichtlich der Identität der Leiche?"

„Noch nicht, er hatte zumindest keine Papiere dabei. Allerdings hat mir einer meiner Mitarbeiter ein Fahndungsfoto gezeigt, das ihr, wenn ich recht informiert bin, gestern erst rausgegeben habt." Er schaute Bender ernst an. „Wir haben es mit der Leiche verglichen, und ich meine, es könnte zu etwa 85 bis 90 Prozent ein und derselbe Typ sein. Genaueres wird allerdings erst der Leichenbeschauer sagen können."

Schröder und Bender sahen sich an. „Habt ihr sonst noch etwas?"

„Nein, bis jetzt nicht." Er deutete auf die Polizisten, die sich im Gelände umsahen. „Im Moment suchen wir noch die Gegend ab, aber viel Hoffnung habe ich nicht, dass wir was finden. Nach erster Aussage des Gerichtsmediziners könnte die Leiche bereits zwischen zwei und vier Wochen dort liegen. Aber wir müssen abwarten, bis die Spurensicherung alles ausgewertet hat."

„Sind die Anwohner schon befragt worden?", fragte Schröder und sah in Richtung der Gaffer, die sich noch keinen Millimeter bewegt hatten.

„Die Kollegen sind gerade dabei, aber bis jetzt hat keiner was gesehen oder gehört", sagte Drexler und fügte hinzu: „Wie immer."

„Könntest du uns eine Kopie des Untersuchungsberichts zukommen lassen, wenn das möglich wäre?"

„Klar, Schröder, kein Problem", nickte Drexler.

„Danke, dann hauen wir jetzt ab", sagte Schröder.

Drexler nickte und ging dann zu seinen Leuten.

Kapitel 21

Zurück im Präsidium, rief Schröder als Erstes beim Labor an und fragte nach den Ergebnissen der Fingerabdruckanalyse, wurde jedoch enttäuscht. Aufgrund eines Notfalls, der bevorzugt behandelt worden war, hatte die Analyse immer noch nicht stattfinden können. Fluchend legt Schröder den Hörer auf.

Derweil hatte Bender noch einmal Kontakt mit Nikolas Wagners Vorgesetzten aufgenommen. Sie hatten ebenso von Wagner eine Postkarte bekommen, die besagte, dass er den Urlaub verlängern wollte. Bender sicherte ihm zu, einen Beamten vorbeizuschicken, um die Postkarte und auch die komplette Kundenliste von Wagner abzuholen.

Vielleicht war jemand unter seinen Kunden, der aus irgendeinem Grund sauer auf ihn gewesen war.

„Also, noch mal, Herr Dr. Hallberg", sagte Sandra Meister zu ihrem behandelnden Arzt. „Sie haben doch selbst gesagt, dass es mir gut geht. Und dass ich mich noch schonen muss, ist mir auch klar. Warum kann ich dann also nicht zu Hause rumliegen?"

„Sie sollten trotzdem noch unter Aufsicht sein", entgegnete der Arzt. „Ich kann es nicht für gut befinden, dass sie allein in Ihrer Wohnung sind. Wenn Sie umfallen oder Ihnen etwas passiert, ist niemand da, der Ihnen hilft."

„Und wenn ich Ihnen verspreche, regelmäßig mit meiner Schwester zu telefonieren? Von mir aus auch mit meinem Hausarzt, oder beiden?" Sandra ließ sich nicht beirren. „Mein Hausarzt wohnt bei mir direkt um die Ecke und wäre im Ernstfall schnell bei mir. Außerdem habe ich auch noch einen netten Nachbarn, der sich bestimmt auch gern etwas um mich kümmert."

Dr. Hallberg seufzte. „Sie lassen nicht locker, was?"

„Herr Doktor, ich möchte hier heraus, auf schnellstem Wege." Sie sah ihn eindringlich an. „Das *hier* macht mich krank. Ich bin kein Mensch, der sich gern im Krankenhaus aufhält."

„Das hätte ich Ihnen gar nicht angemerkt", sagte der Doktor mit einem Anflug von Sarkasmus. „Okay, ich sage Ihnen, was ich tun werde. Ich werde mich mit Ihrem Hausarzt in Verbindung setzen und ihn fragen, ob er die Verantwortung Ihrer Betreuung übernimmt. Und wenn er das tun sollte, werde ich Sie entlassen."

Sandra strahlte. „Super, Sie sind ein Schatz. Dann kann ich mich ja schon einmal anziehen."

„Langsam, langsam, erst muss er zustimmen", bremste der Doktor ihren Übermut mit erhobenen Händen. „Sonst werden Sie hier bleiben."

„Er *wird* zustimmen", erwiderte Sandra siegessicher.

Dr. Hallberg schüttelte den Kopf und verließ das Zimmer. Als er einige Minuten später wieder ins Zimmer trat, um Sandra Meister mitzuteilen, dass ihr Hausarzt mit der Regelung einverstanden war, saß Sandra bereits angezogen auf ihrem Bett und verstaute gerade die letzten Dinge in ihrer Tasche.

„Sie können es wirklich nicht abwarten, oder?" Er schüttelte erneut den Kopf. Vielleicht war die Entlassung wirklich das Beste für sie. Er hatte noch keinen ungeduldigeren Menschen kennen gelernt, der es eiliger hatte, das Krankenhaus zu verlassen. Dank ihrer starken Konstitution hatte sie keine größeren Schäden durch die Überdosierung erlitten, aber sie war auch noch nicht hundertprozentig wiederhergestellt. Sie würde noch eine Weile ein Mittel gegen Herzrhythmusstörungen einnehmen müssen. „Nun gut, ich habe bereits veranlasst, dass die Papiere fertig gemacht werden. So lange müssen Sie sich also noch gedulden."

„Vielen Dank, Doktor", strahlte sie ihn an. „Für alles."

„Ich werde sehen, ob ein Krankentransport frei ist", sagte er und wandte sich zur Tür.

„Nein, ich brauche keinen Krankentransport. Ich nehme ein Taxi", sagte sie bestimmt.

Er sah sie an und bemerkte ihre Entschlossenheit, die sich in ihren Augen spiegelte. „Wenn Ihr Schatten damit einverstanden ist, von mir aus", spielte er kopfschüttelnd auf den Polizisten an, der ihr Leben schützen sollte. „Okay, dann nehmen Sie ein Taxi. Sie lassen sich ja doch nicht umstimmen."

„Ach, an meinen Schatten habe ich gar nicht gedacht“, grinste sie. „Na ja, dann habe ich halt ein Privattaxi, dann kann er sich wenigstens nützlich machen.“

„Machen Sie den armen Kerl nicht ganz so fertig, schließlich macht er auch nur seinen Job“, mahnte der Arzt.

„Ich werde mich schon um ihn kümmern“, schmunzelte Sandra und reichte Dr. Hallberg die Hand.

„Hallo, ihr zwei Süßen!“ Sandra ließ sich atemlos auf den Teppich der Diele sinken, als sie die Wohnungstür aufgeschlossen und sich von ihrem Beschützer verabschiedet hatte. Ihre beiden Stubentiger stürzten sich fast auf sie, sobald sie ihre Stimme vernahmen. Maunzend und schnurrend kletterten sie über Sandra und rieben ihre Körper gegen ihren.

Der Weg von der Straße zu ihrem Appartement war ihr weiter vorgekommen, als sie ihn in Erinnerung hatte, und hatte sie ganz schön außer Atem gebracht. Selbst ihre Tasche, in der lediglich etwas schmutzige Wäsche und einige andere Utensilien waren, hatte plötzlich fast eine Tonne gewogen. Sie hatte es rigoros abgelehnt, weiterhin Polizeischutz zu haben, und dem Beamten klar gemacht, dass sie in ihrer Wohnung ohne Beobachtung sein wollte. Also hatte er sie zu ihrer Wohnung begleitet und ihr sogar die Tasche getragen, aber trotzdem hatte sie zweimal eine kurze Verschnaufpause einlegen müssen. Er hatte darauf bestanden, ihre Wohnung zu überprüfen, bevor sie diese betrat, aber das hatte sie ebenfalls abgelehnt. Also hatte der Beamte die Schultern gezuckt und war zu seinem Auto zurückgegangen, nachdem er ihr seine Mobilfunknummer in die Hand gedrückt hatte, mit der Bitte, ihn anzurufen, falls etwas sei.

Sie schob die Wohnungstür mit einem Fuß ins Schloß und ließ sich auf den Boden gleiten, bis sie flach lag, immer noch von ihren Katzen belagert. Ruhig atmete sie ein und aus, bis sich ihr Herzschlag langsam beruhigte. Sie gab sich noch ein paar Minuten, bis sie sich langsam erhob und dabei ihre Katzen von sich schob.

„Kommt, ihr zwei, im Schlafzimmer ist es bestimmt bequemer als hier auf dem Boden“, sagte sie zu ihnen und ging langsam zum Schlafzimmer.

Sie stellte ihre Tasche ab und holte sich ihren Jogginganzug aus dem Schrank, den sie mit ihrer Straßenkleidung vertauschte. Dann ließ sie sich erschöpft auf ihr Bett fallen.

Plötzlich fühlte sie sich kraftlos. Vielleicht hätte sie auf den Doktor hören und noch ein oder zwei Tage im Krankenhaus bleiben sollen. Doch nun war es zu spät.

Das Telefon. Sie musste ihr schnurloses Telefon holen und neben das Bett legen, falls ihr Hausarzt anrief oder ihre Schwester, oder … Plötzlich stellte sie fest, dass sie auf dem Bett lag. Irgendwie musste sie während des Nachdenkens eine liegende Position eingenommen haben, doch sie war zu schwach, sich wieder aufzusetzen. Nur eine Minute. Nur eine Minute würde sie ausruhen und dann das Telefon holen …

Sie musste eingeschlafen sein, denn als sie die Augen aufschlug, war die Sonne hinter dem Haus verschwunden. Sie sah irritiert auf den Wecker. 16.12 Uhr.

Sie war gegen 11.45 Uhr zu Hause angekommen. Also hatte sie über vier Stunden geschlafen. Langsam setzte sie sich hin, um den Kreislauf wieder in Schwung zu bekommen. Mikesch und Candy lagen einträchtig nebeneinander und ließen sie nicht aus den Augen, als sie aufstand und mit wackeligen Beinen stehen blieb.

Ihre Medizin. Sie hatte die Medizin nicht genommen, weil sie eingeschlafen war. Sie ging zu ihrer Tasche, die sie auf einen Stuhl gestellt hatte, und nahm die neue Packung heraus, die sie von dem Polizisten hatte in der Apotheke besorgen lassen, und ein paar Briefe, die sie aus ihrem Briefkasten geholt hatte. Sie ging mit wackeligen Schritten ins Bad und ließ Wasser in einen Zahnputzbecher laufen. Sie nahm die Tablette, schluckte sie mit einem Schluck Wasser hinunter und schüttelte sich. Sie konnte sich einfach nicht an Tabletten gewöhnen. Zum Glück waren diese wenigstens nicht so groß.

Langsam verspürte sie Hunger, also machte sie sich auf den Weg in die Küche, verfolgt von ihren beiden Katzen, die nicht von ihrer Seite wichen, als ob sie Angst hätten, dass sie wieder verschwinden würde, sobald sie Sandra aus den Augen lassen würden.

Sandra lächelte und machte ihnen zuerst ihr Fressen, während sie leise mit ihnen redete. Dann sah sie sich um. Im Kühlschrank herrschte gähnende Leere. Im Schrank fand sie noch verschiedene Tütensuppen. Sie entschied sich für eine Hühnersuppe, die sie nur noch mit kochendem Wasser aufgießen musste. Während sie wartete, bis das Wasser kochte, ging sie langsam ins Wohnzimmer und setzte sich auf die Couch. Dann nahm sie die Briefe zur Hand und sah sie durch.

Bei dem ersten Brief handelte es sich um die Telefonrechnung. Sie legte ihn beiseite. Der zweite Brief war von ihrer Bank und folgte dem Weg des ersten. Der dritte war Reklame, der den anderen umgehend folgte. Der vierte Brief trug den Stempel ihrer Firma.

Neugierig riss sie ihn auf. Sie faltete den innen liegenden Bogen auseinander und traute ihren Augen kaum. Sie überflog den Inhalt und schüttelte den Kopf. Nein, sie musste sich verlesen haben, das konnte nicht stimmen.

Sie begann erneut zu lesen:

Sehr geehrte Frau Meister, leider müssen wir Ihnen mitteilen, dass wir Sie aufgrund diverser Vorwürfe und nicht zuletzt auf ausdrücklichen Wunsch des Kunden bis zur endgültigen Klärung suspendieren. Sobald sich die Vorwürfe als haltlos erwiesen und der Kunde zugestimmt hat, können Sie Ihren Dienst wieder planmäßig aufnehmen. Bis dahin bitten wir um Verständnis …

„Das kann doch wohl nicht wahr sein“, entfuhr es ihr, während sie bestürzt auf die verhängnisvollen Zeilen starrte, die sich nicht veränderten, egal, wie oft sie diese las. Sie bemerkte, wie ihr der Schweiß ausbrach. Sie legte sich flach auf die Couch und versuchte, gleichmäßig zu atmen, bis sich ihr Herzschlag wieder beruhigte.

Suspendiert. Sie war suspendiert. Einfach so. Wer war so niederträchtig und dachte sich so etwas aus, während jemand im Krankenhaus lag?

Sie richtete sich nach ein paar Minuten wieder langsam auf und atmete tief durch, bevor sie aufstand, die Balkontür öffnete und hinaustrat. Sie blieb einen Moment stehen und sah gedankenverloren in die Ferne, während der aufkommende Wind mit ihren Haaren spielte.

„Hallo, Nachbarin, auch wieder im Lande?“, rief eine Stimme rechts von ihr.

Sie wandte den Kopf und sah Nikolas Wagner auf seinem Balkon sitzen. Sie lächelte. „Ja, bin heute Mittag wieder angekommen.“

„Wie geht es dir?“

„Noch ein bisschen wackelig auf den Beinen, aber sonst ganz gut."

„Brauchst du etwas?" Er war aufgestanden und trat ans Geländer.

„Falls du irgendwann einmal einkaufen gehst, könntest du mir ein paar frische Lebensmittel mitbringen. Wenn es dir nichts ausmacht, natürlich", setzte sie hinzu.

„Warum sollte es mir etwas ausmachen?", fragte er mit hochgezogenen Augenbrauen irritiert. „Wenn es mir etwas ausmachen würde, hätte ich bestimmt nicht gefragt."

„Immer noch der alte Charmeur", lächelte sie müde.

„Du siehst noch ziemlich mitgenommen aus. Du solltest dich hinlegen", sagte er und musterte aufmerksam ihr Gesicht, das nicht gerade die gesündeste Farbe aufwies.

„Du hast Recht", stimmte sie zu. „Wenn du Lust hast, kannst du mich ja einmal besuchen kommen. Du weißt ja, wo ich wohne."

„Vielleicht komme ich später darauf zurück", nickte er. „Nun ruh dich aus."

Sie winkte ihm zu und ging wieder hinein. Als sie in die Küche ging, um sich ein Glas zu holen, sah sie den unbenutzten Teller dort stehen und erinnerte sich daran, dass sie sich eigentlich eine Suppe hatte machen wollen. Na ja, das konnte sie in einer Stunde immer noch machen.

Jetzt war sie zu müde dazu.

Sie nahm eine Flasche Wasser aus der Speisekammer und ging wieder ins Wohnzimmer, wo sie sich auf die Couch legte und sich mit einer leichten Decke zudeckte. Sie trank noch einen Schluck Wasser aus dem Glas und schloss dann die Augen. Es war einfach himmlisch, diese Ruhe. Keine Stimmen, kein Geschirrklappern, keine Besucher, die ständig die Zimmertür öffneten und schlossen, wenn sie sich wieder einmal in der Zimmernummer vertan hatten. Nur das zärtliche Schnurren ihrer beiden Katzen, die sich wieder bei ihr eingefunden hatten.

Ihr knurrender Magen weckte sie zwei Stunden später und sie beschloss, sich nun doch die Hühnersuppe zu machen. Wenige Momente später saß sie vor dem dampfenden Teller und genoss die Wärme, die sich nach und nach in ihr ausbreitete.

Es klingelte.

Langsam ging sie zur Tür und sah durch den Spion in den Hausgang. Sie erblickte Nikolas Wagner, der geduldig wartete, bis sie öffnete.

„Hallo, Nachbar. Komm rein", sagte sie, nachdem sie die Türe geöffnet hatte. Sie überließ es ihm, die Tür wieder zu schließen, und ging vor ihm her ins Wohnzimmer, wo sie sich auf der Couch niederließ. Mikesch fauchte Nikolas Wagner lautstark an, als er nach Sandra das Zimmer betrat, und flüchtete auf den Katzenbaum, gefolgt von Candy. Aneinander gekauert lagen sie auf der oberen Plattform und wandten den Blick nicht von Sandra.

„Was ist denn nun schon wieder los?", sagte Sandra zu den Katzen und schüttelte den Kopf. „Benehmt euch!"

„Mach dir nichts draus", winkte ihr Nachbar ab, warf den Katzen jedoch einen abschätzenden Blick zu, bevor er sich Sandra gegenüber in einen Sessel setzte. „Oh, du bist beim Essen, wenn ich das gewusst hätte …"

„Nein, ich bin schon fertig." Sie schüttelte den Kopf und griff nach dem Teller, um ihn in die Küche zu bringen. Er war jedoch schneller, sprang auf und nahm den Teller.

„Ich stelle ihn dir in die Küche, vielleicht bekommst du nachher noch Hunger."

„Bring dir ein Glas mit!", rief sie ihm hinterher. „Und nimm dir ein Bier aus der Speisekammer rechts von der Küche im Flur."

„Ja", antwortete er und verschluckte gerade noch das ‚ich weiß', das ihm auf der Zunge gelegen hatte. Aber er wollte ihr nicht verraten, dass er sich bestens in ihrer Wohnung auskannte. Es würde ihr sowieso nichts mehr nützen, ob sie das nun wusste oder nicht.

Seine Lippen verzogen sich zu einem bösartigen Grinsen, während seine Hand in seine Hosentasche glitt und nach dem kleinen Fläschchen Chloroform tastete, das er sich zwei Tage zuvor besorgt hatte.

Er brauchte jetzt nur noch eine günstige Gelegenheit, dann konnte er sich wieder anderen Dingen widmen.

„Also, die Fingerabdrücke an der Beifahrertür stammen von einem gewissen Hans-Joachim Schütz, genannt ‚Hajo'", las Bender laut vor. „Er ist vorbestraft wegen Raub und schwerer Körperverletzung. Er wurde vor ungefähr einem Jahr entlassen und hat sich seitdem unauffällig verhalten, nicht einmal einen Strafzettel hat er seither bekommen."

„Was tut er seither?", fragte Schröder interessiert.

„Laut seines Bewährungshelfers ist er …", er überflog die Seite und sah dann Schröder verblüfft an, „… Mitarbeiter beim Brego-Chemiewerk!"

„Volltreffer!", rief Schröder aus. „Das ist die Verbindung zwischen den ganzen Vorfällen."

„Sieht so aus", nickte Bender. „Ich werde mal nachprüfen, ob er an dem Wochenende, an dem der zweite Einbruchdiebstahl verübt wurde, gearbeitet hat. Wenn ja, wissen wir dann wenigstens, wer den Knopf von Sandra Meisters Uniformjacke abgeschnitten hat, um ihn dort deponieren zu können."

„Was haben die anderen ergeben?"

„Tja, die anderen stimmen mit dem Teilabdruck an dem Geländer überein, das bei Brego abmontiert wurde, allerdings haben wir dazu noch keine Identifikation", antwortete Bender. „Der Teilabdruck, der beim ersten Einbruchdiebstahl gefunden wurde, stimmt im Übrigen auch mit ihm überein."

„Was für eine Entwicklung", sagte Schröder nachdenklich und nahm den Telefonhörer in die Hand. „Vielleicht weiß Sandra Meister etwas, schließlich hat sie neben ihm gewohnt." Schröder wählte und wartete, bis der Hörer abgenommen wurde. „Ja, guten Abend, hier Schröder … ja, genau … Ich würde gern mit Frau Meister sprechen, ginge das? … Wie, sie ist … Wann? … Ist er da? … Danke. Ja, tschüß!" Er legte auf und sah Bender konsterniert an. „Sie ist heute Morgen auf eigenen Wunsch entlassen worden."

Bender riss die Augen auf. „Sie ist was?"

„So ging es mir auch gerade, zumal du gestern gesagt hast, ihr ginge es noch nicht so gut." Er lehnte sich in seinem Sessel zurück und starrte Bender an, der fassungslos den Kopf schüttelte. „Warum hat uns das keiner gesagt, zum Teufel?" Er wählte gerade die Nummer der Leitstelle an, um sich über den mangelnden Informationsfluss zu beschweren, als er den Notizzettel sah, der fast verdeckt unter dem Telefon lag. Als er ihn hervorzog, ging aus der

Nachricht hervor, dass die Zielperson entlassen worden sei und auf unmittelbaren Personenschutz verzichte, dem Kollegen untersagt habe, sich in ihrer Wohnung aufzuhalten, und dieser nun aus dem Fahrzeug vor dem Haus observiere. „So ein Mist!"

„Sie sah gestern verdammt mitgenommen aus!", rief Bender aus. „Also warum hat der Doc sie entlassen?"

„Tja, wenn sie darauf besteht, entlassen zu werden, kann der Doc sie ja wohl kaum dabehalten, das weißt du doch. Schließlich ist sie ja nicht entmündigt, sondern im Vollbesitz ihrer geistigen Kräfte." Schröder griff erneut zum Telefon. „Mal sehen, wie es ihr geht." Er wählte die Nummer, horchte und legte wieder auf. „Belegt."

Bender, der seinerseits telefoniert hatte, legte auf und sah seinen Kollegen ernst an. „Laut den Kollegen vom MEK ist unser Nachbar ebenfalls zu Hause, allerdings ohne seinen Kumpel."

„Ich würde sagen, wir beeilen uns. Sag dem Kollegen vor Ort, dass wir kommen."

„Du solltest dich hinlegen. Du wirst immer blasser, habe ich das Gefühl", sagte Sandras Nachbar und musterte sie ernst. Er stellte ein Glas Saft vor ihr auf den Tisch.

„Ich kann nicht andauernd liegen. Ich habe in den letzten Tagen so viel gelegen", sagte Sandra und rieb sich den Nacken. „Mir tut schon alles weh."

„Komm, ich massiere dir deinen Nacken", bot er an und stand auf.

„Nick, nein, das musst du nicht", protestierte sie halbherzig. Eigentlich wäre es schon schön, wenn ihr jemand den Nacken massieren würde, und die Schultern, und den Rükken …

„Das weiß ich, aber ich möchte es tun", erwiderte er und ging langsam um den Tisch herum, während er ihr tief in die Augen schaute, was ihr einen leichten Schauer über den Rücken jagte.

Bald. Bald ist es so weit.

Er kniete sich hinter ihr auf die Couch und legte seine Hände sanft auf ihre Schultern, dann strich er sanft mit seinen Daumen über ihren Nacken.

„Nick, mit Streicheln bekommst du die Verspannungen aber nicht weg. Ein bisschen fester darf es ruhig sein", forderte sie ihn auf, während sie mit einer Hand ihre Haare festhielt, damit sie beim Massieren nicht störten.

Am amüsierten Klang ihrer Stimme hörte er, dass sie lächelte. Er begann fester zuzugreifen und konnte spüren, wie sie sich langsam unter seinen Händen entspannte.

Genieß es, denn es wird definitiv deine letzte sein, dachte er und massierte fast hingebungsvoll weiter, was ihr hin und wieder einen kleinen Seufzer entlockte.

Er knetete ihren Nacken mit einer Hand, während er mit der anderen in seine Hosentasche griff und das kleine Fläschchen Chloroform herauszog, das in einem kleinen Lappen eingewickelt war. Er legte den Lappen auf die Couchlehne und öffnete mit einer Hand das Fläschchen, wie er es schon so oft geübt hatte.

Sandra stöhnte wohlig auf. „Das tut so gut. Du bist einfach fantastisch."

Er ließ den Deckel neben den Lappen fallen und goss etwas von der Flüssigkeit auf den Lappen, stellte dann das Fläschchen wieder neben den Lappen und drehte den Dekkel provisorisch wieder darauf, bevor es verflog.

„Nach was riecht es denn hier plötzl…“, setzte Sandra an zu fragen, kam aber nicht dazu, den Satz zu beenden, denn Wagner hatte den Lappen ergriffen und drückte ihn ihr nun auf Mund und Nase, während er mit der anderen Hand ihren Kopf festhielt.

Sandra riss die Arme hoch und strampelte mit den Beinen, versuchte sich zu befreien, doch sie hatte seiner Kraft nichts entgegenzusetzen, zumal sie noch sehr angeschlagen war. Nur Momente später lag sie reglos in seinen Armen.

Ein tiefes Brummen durchschnitt die Stille, die sich nach dem Kampf gebildet hatte. Wagner sah auf und erblickte den Kater, der ihn mit angelegten Ohren vom Katzenbaum aus anfauchte. Er hatte das Fell gesträubt, machte einen Katzenbuckel und sein Schwanz peitschte hin und her. Die Katze kauerte neben ihm. Beide starrten ihn an.

„Wartet nur, ihr Biester, ihr kommt nach eurem Frauchen dran, dann wird sich zeigen, wie viel Leben ihr habt“, murmelte er, während er sich unter Sandra Meisters Körper hervorschob. Hasserfüllt sah er die Tiere an. Nun musste er sich nicht mehr verstellen, es war schließlich niemand mehr da, dem er etwas vormachen musste.

Er verließ den Raum und schloss die Wohnzimmertür. Ehe er sie in den Dachgarten brachte, musste er schauen, ob sich jemand dort aufhielt. Er wollte keine unliebsamen Überraschungen erleben.

An der Tür hielt er inne. Sollte er sie fesseln? Eigentlich war die Dosis Chloroform ausreichend genug, bis er wieder unten war. Doch dann entschied er sich doch dafür. Sicher ist sicher, dachte er und ging ins Badezimmer, wo er bei früheren Exkursionen Leukoplast gesehen hatte. Ja, da lag es. Eine ganze Rolle. So viel würde er nicht brauchen, aber es war gut zu wissen, dass genug da war.

Sandra lag immer noch an der gleichen Stelle, an der er sie zurückgelassen hatte. Er riss ein Stück Klebeband ab und klebte es über ihren Mund. Dann umwickelte er mehrfach ihre Hände und Füße damit, bis er sicher war, dass es auch halten würde, bis er wieder zurück war.

Er lehnte die Wohnungstür an, um nicht mehr Geräusche als nötig zu machen. Dann schlich er zum Aufzug und fuhr nach oben. Er fand den Dachgarten verlassen vor. Genau passend für seine Zwecke. Zufrieden ging er wieder ins Treppenhaus und drückte auf den Knopf für den Fahrstuhl. Die Türen fuhren auf. Weiter unten vernahm er Stimmen, konnte jedoch wegen der Schallreflektion nichts verstehen.

Wagner blieb vor dem Aufzug stehen. Er wollte warten, bis die Leute, die sich im Hausflur aufhielten, in ihre Wohnungen gegangen waren. Er wollte nicht, dass irgendjemand die Gelegenheit bekam, seinen Plan in letzter Minute zu vereiteln. Er hatte es Frankie versprochen, und er brach nie ein Versprechen.

Ein diabolisches Grinsen überzog sein Gesicht. Na ja, wenigstens konnte ihm seine Beute nicht davonlaufen. Dafür hatte er ja gesorgt, als ob er geahnt hätte, dass sich seine Rückkehr verzögern würde.

Endlich schien Ruhe eingekehrt zu sein. Er stieg in den Fahrstuhl und drückte den Knopf für den ersten Stock. Als sich die Fahrstuhltüren wieder öffneten, schaute er vorsichtig hinaus. Er sah, dass Sandra Meisters Wohnungstür sperrangelweit offen stand, obwohl er sie angelehnt hatte. Gedämpfte Stimmen drangen aus der geöffneten Tür.

Shit, fluchte er im Stillen und drückte sofort den Knopf nach oben. Er wusste, dass er verschwinden musste. Doch er wusste auch, dass er seinen Pakt dennoch erfüllen würde. Er mochte die Schlacht verloren haben, aber der Krieg war noch lange nicht vorbei …

Kapitel 22

„Frau Meister!“, rief Bender erschrocken, als er die Wohnzimmertür öffnete und sie gefesselt auf der Couch liegen sah. Mit zwei großen Schritten war er bei ihr und fühlte ihren Puls.

„Sie lebt!“, rief er erleichtert aus und begann vorsichtig das Pflaster zu lösen, das über ihrem Mund klebte.

„Ach, schau an!“ Schröder nahm das Fläschchen vom Tisch. „Chloroform.“

Er öffnete die Balkontür, um frische Luft ins Zimmer zu lassen, und half Bender mit den Pflastern.

Langsam kam Sandra wieder zu sich und sah sich irritiert um. Sie verzog gequält das Gesicht, als sie mehrfach schluckte. Bender hielt ihr das Saftglas hin, das auf dem Wohnzimmertisch stand. Dankbar nahm sie ein paar kleine Schlucke.

„Geht es Ihnen gut oder sollen wir Ihnen einen Arzt rufen?“, fragte Bender besorgt.

Sie schüttelte den Kopf. „Nein, mir geht es so weit gut.“

„Sind Sie sicher?“

„Ja“, nickte sie. „Was machen Sie eigentlich hier?“

„Das erklären wir Ihnen später. Was ist hier passiert? Wer war das?“, wollte Bender wissen

„Mein Nachbar.“ Sie riss die Augen auf und sah Bender erschrocken an. „Er hat … mir irgendetwas …“

Schröder nahm sein Funkgerät vom Gürtel und blaffte hinein: „Zugriff!“, und ging aus dem Raum.

„Ganz ruhig, Frau Meister“, sagte Bender beruhigend und ergriff ihre Hand, die eiskalt war.

„Der Stecker vom Telefon war rausgezogen“, sagte Schröder, der vom Flur wieder hereinkam. „Kein Wunder, dass wir Sie nicht erreichen konnten.“

„Er hat mir irgendetwas vor mein Gesicht gepresst“, flüsterte sie, und das Entsetzen stand in ihren Augen, als sie sich erinnerte. „Ich glaube, er wollte …“

„Legen Sie sich hin“, sagte Bender und stand auf. Er konnte fühlen, was sie meinte.

Er folgte Schröder aus dem Raum. Leise gingen sie ins Treppenhaus, wo ihre Kollegen des Sondereinsatzkommandos, die sie vor ihrer Ankunft mobilisiert hatten, gerade die Wohnung des Nachbarn gestürmt hatten. Als sie Entwarnung gaben und den restlichen Komplex absuchten, betraten Schröder und Bender die Wohnung, die fast komplett leer war. Außer zwei Matratzen, die aufeinander lagen, einem halb gefüllten Abfallsack und einer gepackten Reisetasche, auf der ein Mobiltelefon lag und die auf den Matratzen stand, war in der Wohnung kein Anzeichen dafür zu sehen, dass jemand hier gewohnt hatte.

„Ups, unser Vogel wollte wohl ausfliegen“, sagte Bender trocken und sah sich um.

„Sieht ganz so aus“, murmelte Schröder. „Wahrscheinlich, sobald er mit Sandra Meister fertig gewesen wäre. Ich wette auch, dass dieser nette Nachbar auch die vergifteten Lebensmittel auf dem Kerbholz hat.“

„Fragt sich nur, warum.“ Bender hatte die Augen zusammengekniffen.

„Das werden wir auch noch rausfinden.“ Schröder kniete sich vor die Tasche. Mit spitzen Fingern zog er einen Bogen weißes Papier aus dem Seitenfach, das zu einem Drittel herausschaute. Er faltete es auseinander und begann zu lesen. Mit hochgezogenen Augenbrauen gab er es an Bender weiter. „Lies!“

Bender nahm das Papier entgegen und begann zu lesen. Seine Augen weiteten sich immer mehr. „Das gibt es doch nicht!“, rief er aus. „Dieser arrogante Mistkerl wollte Sandra Meister und ihre Katzen vom Dach werfen und es dann wie Selbstmord aussehen lassen? Das ist doch krank!“

„Irgendwie schon.“ Schröder lachte freudlos auf und kramte weiter in der Tasche, die nur noch Kleidung enthielt. „Aber wir haben ihm definitiv die Suppe versalzen, bevor er sein schauriges Werk vollenden konnte.“

„Glücklicherweise.“ Bender starrte immer noch auf den vermeidlichen Abschiedsbrief:

Was mir vor kurzem nicht gelungen ist, werde ich heute vollenden. Seid mir nicht böse, wenn ich meine beiden Lieblinge mitnehme, wenn ich mich von ganz oben in die Tiefe stürze, aber ich kann sie nicht einfach zurücklassen. Verzeiht mir – Sandra.

Er faltete ihn. Ein Geräusch ließ ihn und Schröder herumfahren.

Sandra Meister stand an die Wand gelehnt da und stützte sich ab. Sie hatten sie nicht kommen gehört.

„Wie lange stehen Sie schon da?“, herrschte Bender sie an.

„Lange genug“, antwortete sie leise. „Also wollte er mich umbringen.“

Das war keine Frage, sondern eine Feststellung. Knapp, kurz und trocken.

„Ja, es scheint so“, sagte Schröder, der aufgestanden war und nun auf sie zuging. „Tut mir Leid. Wie lange kannten Sie ihn schon?“

Verwirrt sah sie ihn an. „Zwei, drei, vielleicht auch vier Wochen – ich weiß es nicht. Er wohnt ja noch nicht lange hier.“

Sie griff sich mit der linken Hand an die Stirn und schwankte für einen Moment. Schröder ergriff ihren Arm, um sie zu stützen. „Mein Kollege bringt Sie in Ihre Wohnung zurück.“ Er gab Bender einen Wink.

„Warum sind keine Möbel hier?“, fragte sie, Schröders Worte ignorierend.

„Wir vermuten, er wollte sich später am Abend absetzen“, formulierte Schröder vorsichtig.

„Sie meinen, nachdem er mich und meine Katzen umgebracht hätte“, stellte sie tonlos fest. Ihr Gesicht glich einer starren Maske. „Sie dürfen das Kind ruhig beim Namen nennen.“

Unbehaglich sah Schröder zu Bender. „Mein Kollege wird Sie nun rüberbringen und bei Ihnen bleiben.“

„Kommen Sie!" Bender nahm sie vorsichtig am Arm und stützte sie mit der anderen Hand. Mit einem letzten Blick auf Schröder dirigierte er sie sanft aus dem Raum.

Schröder rief über sein Mobiltelefon die Spurensicherung an und beschäftigte sich anschließend mit dem vergessenen Mobiltelefon, das aller Wahrscheinlichkeit nach diesem Wagner-Verschnitt gehörte. Doch er fand in der gespeicherten Telefonliste nur Abkürzungen zu den einzelnen Nummern, mit denen er nicht viel anfangen konnte. Egal, da würden sich die Kollegen später drum kümmern.

Schröder steckte das Telefon in seine Jackentasche und schaute nachdenklich auf die Reisetasche. Er schüttete den Inhalt auf das Bett und untersuchte die Tasche genauer.

„Er hat nicht damit gerechnet aufzufliegen, bevor er sich aus dem Staub machte, also muss doch hier noch irgendetwas sein, das uns zu ihm führen kann", murmelte er leise vor sich hin und verglich die Form der Tasche mit der Innenseite. Es musste einen doppelten Boden geben, denn sie sah von außen größer aus, als sie innen war.

Schröder wusste nicht genau, was er getan hatte, aber plötzlich hatte er eine Art Abdeckung in der Hand. Darunter kam ein flaches Fach zu Vorschein, das einen roten Reisepass enthielt, der auf den Namen Thomas Lindner lautete und das Bild des flüchtigen Nachbarn von Sandra Meister zeigte, sowie mehrere Fächer, von denen drei die Formen von Munitionsmagazinen aufwiesen, und ein Fach, das die Form einer Pistole hatte, sowie eines, das wie die Passform eines Schalldämpfers aussah, welche jedoch alle leer und in den Boden der Tasche eingelassen waren.

Thomas – Tommy – Lindner.

Sofort gab Schröder an seine Kollegen über Funk weiter, dass der Gesuchte auf den Namen Thomas Lindner hörte und allem Anschein nach bewaffnet war. Dann verständigte er die Leitstelle und gab Thomas Lindners Daten durch, bat darum, ihn zu durchleuchten.

Während seine Kollegen, die nun an die Arbeit gingen, etwaige Spuren sicherten, ging Schröder wieder in Sandra Meisters Wohnung, wo er bereits von Bender erwartet wurde.

Bender hatte in dem Wohnzimmer sämtliche Lichter gelöscht, nur eine Couchlampe war angeschaltet, die direkt beim Fenster stand und ein diffuses Licht in den Raum warf. Die Vorhänge waren geschlossen und das Zimmer von außen somit nicht mehr einsehbar, und niemand bot ein Ziel, falls es jemand darauf absah.

Sandra Meister lag stumm auf der Couch und starrte mit leerem Blick Löcher in die gegenüberliegende Wand.

„Frau Meister, dürfte ich Sie um einen Gefallen bitten?", fragte Schröder und wartete, bis sich ihr Blick auf ihn richtete. „Könnten Sie vielleicht nachschauen, ob Sie bei diesem Mobiltelefon eine Ihnen bekannte Nummer entdecken?"

Sie nahm ihm das Telefon kommentarlos aus der Hand und begann, den Nummernspeicher durchzugehen, während sich Schröder zu Bender gesellte.

„Sie ist schon so, seit wir wieder hier in die Wohnung gekommen sind", raunte Bender Schröder zu.

„Na ja, vielleicht entdeckt sie ja die eine oder andere Nummer, die ihr bekannt vorkommt. Irgendwo muss es eine Verbindung zwischen ihr und Lindner geben."

Schröder rieb sich nachdenklich das Kinn.

In diesem Moment kam ein SEK-Mann zur Tür und gab ihnen ein Zeichen. Sie gingen mit einem Seitenblick auf Sandra Meister, die sich noch immer mit dem Telefon beschäftigte, zur Tür.

„Sorry, er ist uns entwischt“, sagte der Mann ernst. „Auf dem Dachboden gab es eine Verbindungstür zum Nachbarhaus. Allem Anschein nach hatte er dazu einen Schlüssel. Wir haben sie zwar aufgebrochen und haben ihn weiter verfolgt, aber er ist weg.“

Schröder sog scharf die Luft zwischen die Zähne ein. „Mist!“

Bender kniff die Augen zusammen und sah seinen Kollegen fragend an „Da war doch keine Verbindungstür, als wir oben waren.“

Schröder dachte einen Augenblick nach. „Also daran könnte ich mich auch nicht erinnern. Ich weiß, dass eine Tischtennisplatte an der Wand lehnte, aber sonst nichts. Also ich habe keine weitere Tür gesehen.“

„Dann war die Tür hinter der Platte, denn diese stand eben gegen die Lattenverschläge gelehnt“, gab der SEK-Mann an. „Und zwar direkt neben der Tür.“

„Spitze. Gebt eine Fahndung raus“, ordnete Schröder an und wandte sich an Bender. „Bleib du hier bei ihr, ich werde derweil …“

„Was zum …?“, stieß Sandra Meister in diesem Moment aus und starrte ungläubig auf das Display des Telefons.

„Haben Sie etwas entdeckt?“, fragte Bender und war mit zwei Schritten bei ihr.

„Das ist die Mobilfunknummer von Frank Richter, meinem … Ex.“ Fragend sah sie die Polizisten an. „Was bedeutet das? Wessen Telefon ist das?“

„Kennen Sie den Namen Thomas Lindner?“, fragte Schröder.

„Nein“, kam die prompte Antwort.

„Ihnen gegenüber hat noch niemals jemand den Namen erwähnt?“, hakte Schröder nach.

„Nein, wer soll das sein?“, fragte Sandra Meister nachdrücklich.

„Das war Ihr Nachbar“, erklärte Schröder langsam.

„Sie meinen, dieser Nikolas Wagner hieß in Wirklichkeit Thomas Lindner?“, fragte sie befremdet. Schröder nickte. „Und wie kommt dann Franks Nummer in sein Telefon?“

„Das wüssten wir auch gerne“, entgegnete Schröder. „Offensichtlich kennen sich die beiden.“ Vielleicht besser, als wir denken, fügte Schröder innerlich hinzu. Und wenn das zutrifft, hat es wahrscheinlich dieser nette Frank Richter auf seine ach so liebe Exfreundin abgesehen. Aber er verkniff es sich, den Verdacht laut auszusprechen. Laut fragte er: „Haben Sie die neue Anschrift ihres Expartners?“

Sie schüttelte den Kopf. „Nein, ich weiß nur, dass er irgendwo im Westen der Stadt wohnt.“

„Das bekommen wir heraus. War das die einzige Nummer, die Sie erkannt haben?“, wollte Schröder noch wissen.

„Ja.“

„Danke, Frau Meister, Sie haben uns sehr geholfen“, Schröder stand auf, nahm das Telefon an sich und gab Bender ein Zeichen. Bender ging zu ihm.

„Hör zu, die Kollegen von der Spurensicherung beschlagnahmen im Moment noch Lindners bzw. Wagners Wagen und nehmen ihn mit zur näheren Untersuchung. Ist ja möglich, dass darin Wagners Leiche zum Fundort transportiert wurde", teilte Schröder ihm leise mit. „Außerdem bleibt das MEK mit ein paar Leuten draußen, falls was sein sollte. Also, dann weißt du Bescheid. Und ich werde mich zu Richters Wohnung begeben."

Bender nickte. Schröder wandte sich ab und nur einen Moment später hörte man die Wohnungstür ins Schloß fallen. Dann legte sich Stille über das Appartement.

Bender zog seine Jacke aus und hängte sie über einen Stuhl. Sandra Meister lag wieder auf der Couch und sinnierte vor sich hin.

„Was passiert nun?", fragte sie dann plötzlich.

„Meine Kollegen werden Ihren Exfreund überprüfen und ihm ein paar Fragen stellen", erwiderte Bender.

„Sie denken, er steckt dahinter, oder?"

„Es wäre eine Möglichkeit", antwortete er ausweichend.

„Spielen Sie keine Wortspielchen mit mir", warnte sie ihn mit ausdrucksloser Stimme. „Sie denken doch, er hat etwas damit zu tun, oder?"

„Hören Sie, Frau Meister, wir wissen nur, dass dieser Thomas Lindner seine Finger in den Aktionen, die mit Ihrer Firma, Brego, zu tun hatten, mit drin hatte. Das ist Fakt", erklärte er ihr. „Mit den Einbrüchen, mit der Brandstiftung, bei der die beiden Professoren den Tod gefunden haben, sowie der Sache mit dem Handlauf, während Sie im Krankenhaus lagen. Diese Dinge haben sich unseren Kenntnissen nach nur gegen Sie gerichtet, ebenso wie Ihre Vergiftung. Und da wir nun nach einem Motiv suchen, damit wir wissen, was er gegen sie hat und warum er das tut, ist es nur mehr als komisch, dass er ausgerechnet die Nummer Ihres Ex in seinem Mobiltelefon eingespeichert hat. Was würden Sie in diesem Moment davon halten?" Er sah ihr fest in die Augen, bis sie den Blick senkte.

„Sie haben ja Recht", gab sie dann leise zu. „Aber es fällt mir schwer zu glauben, dass Frank meinen Tod will. Und dann dazu noch einen, bei dem ich mit meinen Katzen vom Dach geworfen und dann als Selbstmörderin denunziert werde."

„Und das zum zweiten Mal", sagte Bender gedankenverloren.

„Wieso zum zweiten Mal?", wollte sie wissen.

„Weil er uns Ihren Selbstmordversuch schon einmal plausibel machen wollte." Bender warf ihr einen unergründlichen Blick zu. „Und zwar, als Sie mit der Vergiftung ins Krankenhaus kamen. Da lag schon einmal einer parat, aber den haben wir schnell als falsche Spur entlarvt."

„Was meinen Sie, wird Lindner wiederkommen und sein Werk an mir vollenden?", fragte sie nach einer Weile.

„Ich hoffe nicht", antwortete Bender. „Aber wenn er verrückt genug sein sollte, das zu versuchen, wird er sein blaues Wunder erleben, das verspreche ich Ihnen, so wahr ich hier sitze."

„Danke", sagte sie und stand auf. „Danke, dass Sie bei mir bleiben. Es tut mir Leid, dass ich heute Morgen so unvernünftig war, Ihren Kollegen wegzuschicken. Ich hätte es besser wissen müssen, aber bei Tageslicht betrachtet erschien es so unsinnig, dass es jemand gerade auf mich abgesehen haben sollte, dazu noch, wo ich mir keiner Schuld bewusst war.“ Sie atmete tief durch. „Bitte nehmen Sie meine Entschuldigung an.“

Bender stand ebenfalls auf und trat vor sie hin, sodass sie den Kopf in den Nacken legen musste, um ihm ins Gesicht zu sehen. „Hören Sie auf damit, sich selbst Vorwürfe zu machen. Sie konnten ja auch nicht wissen, dass wir Ihren Nachbarn bereits im Visier hatten. Wenn ich gewusst hätte, dass Sie so verrückt sind und sich heute bereits von Ihrem Arzt nach Hause schicken lassen, hätte ich Sie gestern darauf aufmerksam gemacht. Also trifft mich genauso viel Schuld.“

„Okay, nachdem wir uns jetzt beide entschuldigt haben, nur noch eine Frage: Ist es in Ordnung, wenn ich mich im Schlafzimmer etwas hinlege?“, fragte sie müde lächelnd.

„So langsam weiß ich bald nicht mal mehr, wie ich heiße.“

„Natürlich – aber lassen Sie bitte die Tür geöffnet und lassen Sie das Licht aus“, nickte er und nahm sie beim Arm. „Und lassen Sie mich Ihnen helfen.“

Eine Weile saß Bender im Licht der Couchlampe, die er beim Fenster hingestellt hatte, im Sessel und schmökerte in einem von Sandras Büchern, immer mit einem Ohr auf verdächtige Geräusche lauschend. Die Katzen hatten es sich auf der Couch gemütlich gemacht und leisteten ihm Gesellschaft. Ab und zu verließ eine von beiden das Zimmer, kam allerdings kurz darauf wieder. Bender nahm an, sie schauten nach Sandra Meister, was er auch ab und zu tat.

Etwa zwei Stunden, nachdem die Kollegen abgerückt waren, klingelte Benders Mobiltelefon. Schröder wollte wissen, ob alles ruhig war. Sie selbst standen gerade vor Frank Richters Appartement und observierten es, in der Hoffnung, dass Lindner sich vielleicht blicken lassen würde. Aber bis jetzt war es Fehlanzeige. Auch bei Frank Richters Gesprächen, die abgehört wurden, hatte sich nichts Neues ergeben.

Er meldete sich im Büro und erfuhr, dass der Kollege die Kundenliste von Wagner vorbeigebracht hatte. Er bat darum, dass sie ihm zugefaxt wurde, und gab ihnen Sandra Meisters Nummer durch. Dann veranlasste er, dass ebenso eine Kopie an das Morddezernat geschickt wurde. Eine Hand wusch wie immer die andere.

Er ging in die Küche und goss sich einen Kaffee ein, wie Sandra Meister es ihm zuvor ans Herz gelegt hatte. Als er zurückkam, spuckte das Faxgerät gerade die letzte Seite der Liste aus. Bender nippte an seinem Kaffee und setzte sich wieder in den Sessel. Dann ging er langsam die Liste durch, in der Hoffnung, auf irgendetwas zu stoßen.

Etwa in der Mitte der fünften Seite verschluckte er sich fast an seinem Kaffee. Das war ungefähr der Moment, als er den Namen Thomas Lindner in der Liste der Kunden erblickte.

Nikolas Wagner war bereits seit fast zehn Jahren Thomas Lindners Versicherungsagent gewesen. Kein Wunder wusste Thomas Lindner darüber Bescheid, dass er keine näheren Verwandten hatte und ein absoluter Workaholic war. Ihm kam ein Verdacht, und er ging die Liste weiter durch, bis er auf den Namen stieß, den er zu finden gehofft hatte: Frank Richter. Und er war ebenfalls langjähriger Kunde.

Er griff nach seinem Mobiltelefon und wählte Schröders Nummer. Beim zweiten Klingeln wurde abgehoben und Bender erzählte ihm, was er herausgefunden hatte.

„Nicht schlecht, Bender“, tönte Schröders Stimme aus dem Hörer.

Bender wollte gerade etwas erwidern, als plötzlich der Kater, der nur Momente zuvor schlafend auf der Couch gelegen hatte, aufsprang und einen Laut ausstieß, den man entfernt mit dem tiefen Knurren eines Hundes vergleichen konnte. Er schaute in Richtung Flur und blieb wie eine Sphinx auf der Couch stehen.

„Schröder, bleib dran, ich glaube, ich bekomme gerade Besuch. Es scheint jemand an der Eingangstür zu sein“, raunte er in den Hörer und legte das Telefon, ohne auf eine Antwort zu warten, auf den Tisch. Dann zog er seine Pistole aus dem Holster und entsicherte sie. Mit der Mündung nach oben hielt er sie in der Hand, während er vorsichtig in den Flur schlich und lauschte. Er konnte jedoch nichts hören. Er sah durch den Spion in den Hausflur, doch er konnte keine Bewegung im Dunkeln ausmachen.

Er zog die Tür mit einem Ruck auf und richtete die Mündung seiner Pistole in die Dunkelheit. Er knipste die Hausbeleuchtung an, konnte jedoch weder ein Geräusch noch eine Bewegung ausmachen. Er schloss die Tür und ging langsam wieder Richtung Wohnzimmer, wo der Kater immer noch in Lauerstellung dastand und keinen Blick vom Flur wandte. Kurz überprüfte er noch den Rest der Wohnung, konnte allerdings immer noch nichts feststellen. Sandra Meister schlief immer noch, also ging er wieder zurück, während er seine Pistole wieder sicherte, und nahm den Hörer wieder auf. „War falscher Alarm.“

„Gut, wir telefonieren wieder, sobald es etwas Neues gibt.“ Schröder legte auf.

Bender legt das Telefon wieder auf den Tisch und sah den Kater an, der seine Position nicht verändert hatte und immer noch in den Flur starrte. „Was hörst du nur?“, fragte er den Kater, der immer noch leise grollte. „Da ist doch gar nichts. Glaub mir, ich habe doch nachgeschaut.“

Und doch ließ es ihm keine Ruhe, und er fragte bei seinen Kollegen vom MEK an, ob sie irgendetwas Verdächtiges bemerkt hätten. Doch das hatten sie nicht. Beruhigt legte Bender auf.

Er nahm seine Liste wieder in die Hand und bemerkte, dass die untere Seite nicht zu der Liste gehörte. Er sah sie sich näher an und stellte fest, dass es sich um Sandra Meisters Suspendierung handelte. Na klar, das hatte dieser Typ, dieser Hajo Schütz, wahrscheinlich in der Garage gemeint, als er von der Suspendierung gesprochen hatte.

Also hatte Lindner diesen Schütz als Informanten und vielleicht sogar als Helfer bei Brego laufen, was die Entwicklung und den Erfolg der Intrigen, die Lindner spann anging. Schütz hielt ihn auf dem Laufenden, also musste Schütz auch Leute haben, die ihn über diese Sachen auf dem Laufenden hielten. Das hieß, dass auch der eine oder andere aus der Firma die Finger drin hatte. Bewusst oder unbewusst.

Bender schüttelte den Kopf. Es war schon faszinierend, was herauskam, wenn man etwas im Dreck wühlte.

Thomas Lindner hatte sich die Örtlichkeiten in den letzten Wochen genau eingeprägt. Er hatte zig Pläne ausgearbeitet, mit zig Eventualitäten gerechnet, die mit seinem Verschwinden zu tun hatten. Nur mit einem hatte er nicht gerechnet, und zwar, dass die Polizei ihm bei ihrer Eliminierung dazwischenfunken würde.

Nach seiner Flucht durch den Dachboden und den des Nachbarhauses hatte er sich zuerst in einem Abfallcontainer mehrere Häuser weiter versteckt und zwischen allem möglichen Abfall darauf gewartet, dass sich die Lage beruhigte und die Luft wieder rein war. Dann hatte er sich langsam zurückgearbeitet, bis er in dem Grüngürtel hinter dem Haus ankam, immer darauf achtend, dass ihn keiner sah. Nun saß er in einem Baum, etwa 15 Meter von Sandra Meisters Wohnung entfernt auf der Rückseite. Von dort aus hatte er einen guten Überblick, wurde aber wegen der Blätter selbst nicht entdeckt.

Er konnte sich denken, dass irgendwo noch irgendwelche Cops darauf warteten, ihn zu kriegen. Er sah immer wieder Streifenwagen auf der etwa 40 Meter entfernten Straße auf und ab fahren. Aber so einfach würde er es ihnen nicht machen. Er würde verhindern, dass sie ihn so kurz vor seinem Ziel stoppten, und wenn einer von ihnen dran glauben musste.

Er hätte sich selbst dafür lynchen können, dass er nicht vorausgedacht und seine Tasche in Sicherheit gebracht hatte, bevor er das mit Sandra Meister durchzog.

Nun waren sein Ausweis und sein Mobiltelefon verloren und definitiv in den falschen Händen. Die Bullen wussten nun, wer er war, und wenn sie das Fach gefunden hatten, wussten sie auch, dass er bewaffnet war.

Egal. Er konnte immer wieder untertauchen, wie er es schon seit geraumer Zeit machte.

Viel mehr gab ihm zu denken, dass sie sein Telefon hatten. Sie waren bestimmt schon dabei, die Abkürzungen zu entziffern, die er, clever wie er war, benutzt hatte. Aber dafür würden sie noch eine ganze Weile brauchen.

Nun waren zuerst andere Dinge wichtig.

Er schraubte den Schalldämpfer auf die Pistole. Mit brennenden Augen starrte er zu dem erleuchteten Fenster bei dem Balkon.

Clever, wirklich clever. Der Bulle, der bei ihr war, hatte mitgedacht. Solange drinnen kein Licht gemacht wurde, hatte er nicht einmal eine Silhouette, auf die er zielen konnte.

Das Fenster rechts davon war dunkel. Möglich, dass er dort zum Schuss kam.

Das war ihr Schlafzimmer.

Der Kater strich immer wieder unruhig um Benders Beine. Er wurde nicht müde, von einem Zimmer ins andere zu gehen, zurück zu Bender, auf die Couch, runter von der Couch. Die Katze lag ebenfalls aufmerksam lauschend auf der Couch.

Nachdenklich beobachtete Bender das Spektakel. Er benimmt sich fast wie ein Tiger im Käfig, ging es ihm durch den Kopf. In Bender stieg langsam ein ungutes Gefühl hoch. Irgendetwas machte die Tiere nervös, verdammt nervös. War Lindner in der Nähe? Dem Verhalten der Tiere nach war er es.

Er fragte erneut bei seinen Kollegen auf der Straße nach, doch sie hatten nach wie vor niemanden gesehen.

Er hielt den Atem an, als wenige Meter neben ihm zwei Polizisten mit Taschenlampen die Gegend ableuchteten. Sie leuchteten alles aus, doch auf die Idee, nach oben in den Baum zu leuchten, kamen sie nicht. Als die Schritte langsam verklangen, atmete er auf.

Seine Aufmerksamkeit galt dem dunklen Fenster, hinter dem sich plötzlich ein heller Fleck bewegte. Eine hell gekleidete Gestalt.

Ja, ja, das war es. Heiße Erregung durchströmte seinen Körper und jagte das Adrenalin hoch. Er war ein Jäger und er hatte sein Opfer im Visier.

Er zwang sich, ruhig und gleichmäßig zu atmen. Er wusste, dass er nur diesen einen Schuss haben würde, bevor höchstwahrscheinlich die Hölle losbrechen würde.

Er zielte mit ruhiger Hand auf die Mitte des hellen Flecks.

Dann drückte er ab.

Bender hörte das leise Klirren und den dumpfen Aufprall eines fallenden Körpers. Alarmiert sprang auf und hastete in das Schlafzimmer.

„Frau Meister?“, rief er leise.

Alles Blut wich aus seinen Adern, als er Sandra Meisters Körper auf dem Boden liegen sah. An ihrer rechten Schulter breitete sich unter ihrer Hand ein dunkler Fleck aus. Er musste kein Licht anmachen, um zu wissen, dass es Blut war. Sie stöhnte leise.

Gut, sie lebte zumindest noch. Er spähte vorsichtig aus dem Fenster und sah eine dunkle Gestalt über die Rasenfläche hasten. Sofort rief er die Kollegen zu Hilfe, gab ihnen die Fluchtrichtung durch und verlangte einen Krankenwagen.

Er schaltete die Nachttischlampe ein und kniete sich neben sie. „Frau Meister, hören Sie mich?“

Er untersuchte die Schussverletzung und stellte fest, dass sich auf der Rückseite eine Austrittswunde befand.

Glatter Durchschuss, ging es ihm durch den Kopf, während er ins Badezimmer rannte und Handtücher holte. Er drückte sie ihr auf die Wunde, um die Blutung zu stoppen.

„Durchhalten, der Krankenwagen ist schon auf dem Weg“, machte er ihr und sich Mut. Ihr Gesicht war schmerzverzerrt und mit Schweißperlen übersät. Er verfluchte sich dafür, dass er es nicht hatte verhindern können. Wieso hatte er nicht ihr Schlafzimmerfenster gesichert? Warum hatte er nicht daran gedacht?

„Ich … wollte nur … das Fenster … kippen …“, stieß sie hervor, „…da bekam ich …“

„Nicht sprechen. Hilfe kommt gleich“, versuchte er sie zu beruhigen.

Draußen war es nun lebendig. Gestalten mit Taschenlampen durchkämmten das Gelände nach dem flüchtigen Schützen.

Bender hörte die näher kommende Sirene des Krankenwagens immer lauter werden, bis sie aufhörte. Er rannte zur Tür und öffnete sie und zeigte ihnen, wo Sandra Meister lag.

Er beobachtete ein paar Minuten danach, wie sie auf einer Krankentrage an ihm vorbeigetragen wurde. Er nahm die leiser werdende Sirene wahr, während er zusah, wie sich die Kollegen der Spurensicherung auch dieser Wohnung annahmen. Vermaßen, kennzeichneten, fotografierten. Wie sie es schon zuvor in dieser Nacht in der Wohnung nebenan getan hatten.

Kapitel 23

Bender schloss leise die Tür des VW-Busses, der nicht weit von Frank Richters Haus entfernt geparkt worden war.

„Gibt es schon etwas Neues?“, fragte er Schröder, der neben zwei Kollegen des MEK saß.

Doch Schröder schüttelte den Kopf. „Nein. Richters Telefon ist angezapft und auch die Richtmikrofone sind im Einsatz, aber bis jetzt gab es nichts.“ Er zuckte die Schultern. „Vielleicht sind wir auch auf der falschen Fährte.“

Schröders Mobiltelefon klingelte. Bender beobachtete erstaunt, wie sich Schröders Gesichtsausdruck immer mehr aufhellte, bis er schließlich zufrieden lächelnd die Verbindung unterbrach.

„Rate mal, was mir die Kollegen gerade mitgeteilt haben?“, feixte er.

„Nun rück schon raus mit der Sprache“, forderte Bender ihn ungeduldig auf.

„Richter und Lindner sind alte Schulkameraden“, ließ Schröder die Katze aus dem Sack.

„Was?!“ Bender riss ungläubig die Augen auf.

„Ja. Sie gingen die ganzen Jahre zusammen in die gleiche Klasse. Von der ersten bis zur letzten!“ Schröder nickte. „Außerdem hatten die beiden zusammen mit einem Dritten eine Art eingeschworene Gemeinschaft. Die drei galten als sonderbare Außenseiter, hingen ständig zusammen. Wenn einer gehänselt wurde, zahlten es alle drei demjenigen zurück. Der Dritte war ein gewisser Ralf Schuster. Er ist jedoch vor ein paar Jahren unter etwas mysteriösen Umständen verschwunden. Nach ausgiebigen Ermittlungen wurde sein Verschwinden jedoch ad acta gelegt, ohne Ergebnis. Seitdem ist er nie wieder aufgetaucht.“

„Und das haben die Kollegen in so kurzer Zeit alles herausgefunden?“, fragte Bender. „Alle Achtung!“

„Manchmal muss man ganz einfach auch Glück haben“, entgegnete Schröder und grinste. „Ein Kollege von einer anderen Dienststelle hat auf die Fahndung reagiert, weil er ebenfalls mit den dreien in derselben Klasse war. Er hat uns informiert.“

„Und der Richter war auch dabei?“, fragte Bender.

„Ja, also liegen wir doch nicht so falsch, würde ich sagen“, nickte Schröder. „Ich bin überzeugt, dass Lindner hier noch auftauchen wird. Schließlich ist das Schema das gleiche wie in der Schule. Nur dass Sandra Meister Frank Richter verletzt hat, als sie ihn einfach vor die Türe setzte, und Lindner sorgt jetzt für die entsprechende Rache.“

Thomas Lindner blieb misstrauisch im Schatten der Büsche stehen, als er einen einsamen Spaziergänger erblickte, der eine Ewigkeit mit seinem Hund auf der Straße verbrachte. Mit Argusaugen sondierte er seine Umgebung.

Er hatte Frank Richters Haus bereits im Blickfeld, aber seine Warnglocken schlugen beim Anblick dieses Spaziergängers Alarm. Es war immerhin mitten in der Nacht, nicht allzu warm, und es begann zu nieseln. Also schien es absolut unwahrscheinlich, dass sich jemand länger als unbedingt erforderlich aus dem Bett erhob, um mit seinem Hund

Gassi zu gehen, zumal dieser nicht einmal den Eindruck machte, überhaupt dieses Bedürfnis zu verspüren.

Lindner zog sich tiefer in den Schutz der Büsche zurück und wartete. Durch die dunkle Kleidung, die er trug, verschmolz er mit seiner Deckung. 20 Minuten später drehte der Spaziergänger mit seinem Hund immer noch seine Runden, die Straße auf und ab.

Als er am anderen Ende der Straße war und somit am weitesten von Lindner entfernt, verschwand dieser endgültig in den Büschen und suchte sich einen anderen Weg zu Richters Haus. Er arbeitete sich zurück, bis er hinter einer Kurve ungesehen die Straße überqueren konnte, um auf die Straßenseite zu gelangen, auf der Richters Haus stand.

Er hatte Richter zuerst von einem öffentlichen Telefon aus anrufen wollen, aber nun war er froh, es nicht getan zu haben. Nun, da er den seltsamen Spaziergänger gesehen hatte, war er davon überzeugt, dass Richters Telefon abgehört wurde.

Also würde er sich durch die Gärten der benachbarten Grundstücke zu ihm vorarbeiten. Wie er ins Haus kommen würde, wusste er bereits. Frank hatte für den Notfall einen Schlüssel deponiert und würde es sich denken können, dass er ihn benutzen würde.

Als er Richters Grundstück betrat, registrierte er die schwach beleuchteten Fenster hinter den geschlossenen Gardinen. Die Seite zur Außentreppe, die in den Keller führte, war jedoch unbeleuchtet und lag im Dunkeln.

Er verzog das Gesicht zu einem Grinsen. Ja, so hatten sie es abgesprochen.

Er schlich sich im Schutz der Dunkelheit zur Treppe und bückte sich nach einem lockeren Stein. Dort tastete er vorsichtig nach dem Schlüssel, immer nach allen Seiten und nach ungewöhnlichen Geräuschen lauschend. Er atmete auf, als er das kühle Metall des Schlüssels berührte, und nahm ihn an sich. Leise schlich er die Treppen hinab und tastete nach dem Schlüsselloch, wo er dann langsam und fast ohne einen Laut den Schlüssel einführte. Mit einem leisen Klicken öffnete sich die Tür und er trat ein.

Nach einem letzten Blick nach draußen schob er die Tür wieder ins Schloss.

Von oben hörte er leise klassische Musik. Lautlos betrat er die Steintreppe und ging nach oben.

„Du kommst spät“, erklang Frank Richters Stimme. Er stand oben auf der Treppe und sah auf Thomas Lindner hinab.

„Besser spät als nie“, antwortete Lindner ruhig und überwand die letzten Stufen, bis er neben Richter stand.

„Hast du es getan?“, fragte Richter und sah ihn abwartend an.

„Ja, aber ich weiß nicht, ob es geglückt ist.“ Lindner sah an Richter vorbei und nahm ein rot blinkendes Licht wahr, das an der Wand auf einer Tafel sichtbar war. „Ach, deswegen hast du mich bemerkt.“

„Ja, es geht nichts über eine Alarmanlage.“ Frank Richter schaltete die Anlage wieder ein. „Ich habe sie mir erst einbauen lassen.“ Er ging vor Thomas Lindner her in den Wohnraum. „Möchtest du etwas trinken?“

„Ja, das Übliche“, antwortete Lindner. „Die Bullen stehen übrigens draußen und observieren dein Haus.“

„Dachte ich mir schon", sagte Richter und ging zu der Bar, die ihren Platz neben dem Wohnzimmerschrank in der Ecke des Wohnraums hatte. Er mixte Lindner einen Gin Tonic und reichte ihn Lindner. „Aber hier sind wir sicher."

„Du solltest trotzdem nicht telefonieren, denn die werden dich wahrscheinlich abhören", warf Lindner ein.

„Was meintest du vorhin, als du sagtest, du wüsstest nicht, ob es dir gelungen ist, Sandra auszuschalten?", fragte Frank Richter beiläufig und machte die Musik aus.

„Ich habe auf sie geschossen, aber ich weiß nicht, ob ich richtig getroffen habe", erklärte Lindner und nahm einen großen Schluck aus seinem Glas. „Immerhin saß ich draußen vor dem Fenster auf einem Baum und habe hinter ihrem Fenster nur einen Schemen gesehen."

Frank Richter schaute ihn einen Moment lang schweigend an, bevor er sich abwandte. „Warum ist es für dich so schwer, sie zu erledigen?", fragte er dann in die Stille hinein. „Bei keinem anderen hast du so lange gebraucht. Warum bei ihr?"

„Vielleicht hat sie einen Schutzengel, was weiß ich?", rief Lindner aus und leerte sein Glas. „Ich krieg sie schon noch."

„Wann?", fragte Frank Richter mit einem sarkastischen Unterton. „Und vor allem wie? Die Bullen werden sie wahrscheinlich ab jetzt rund um die Uhr bewachen!"

„Die haben sie auch bewacht, als ich sie erwischt habe, also spielt das keine Rolle!", sagte Lindner scharf. Seine Augen verengten sich.

„Dann sei froh, dass sie deine wahre Identität nicht kennen", sagte Frank Richter.

„Das ist nicht sicher", entgegnete Lindner. „Möglich, dass sie meinen Reisepass haben."

„Was?!" Richter fuhr auf dem Absatz herum und starrte Lindner entgeistert an. „Wie meinst du das?"

In kurzen Worten berichtete Lindner, was vorgefallen war. „Ich weiß nicht, ob sie das Geheimfach entdeckt haben oder nicht", schloss er. „Aber selbst wenn sie es gefunden haben, kann ich immer noch untertauchen, so wie ich es bisher auch getan habe."

„Aber sie werden uns in Zusammenhang bringen, und wenn das der Fall ist, dann …" Er ließ das Ende des Satzes offen.

„So weit wird es nicht kommen", sagte Lindner bestimmt. „Ich werde jetzt erst einmal untertauchen, allerdings brauche ich dazu Geld. Dabei musst du mir helfen. Ich muss von meinem Konto Geld abheben, damit ich leben kann. Aber die Abhebung muss zurückdatiert werden, damit es nicht auffällt. Dann werde ich warten, bis etwas Gras über die Sache gewachsen ist, und dann das mit deiner Ex beenden. Bis dahin hat sie auch keinen Polizeischutz mehr."

„Das mit der Abhebung kann ich regeln", stimmte Frank Richter zu. „Jetzt bleibst du erst einmal bis morgen hier."

„Ist in Ordnung. Nach einer Mütze voll Schlaf sehen wir weiter", nickte Lindner.

„Die werden Sie aber wohl oder übel in einer Zelle nehmen müssen", ertönte eine dunkle Stimme unvermittelt aus dem Dunkel der Eingangshalle.

Richter und Lindner fuhren erschrocken herum und sahen in die Mündungen von mehreren Pistolen, die sich in den Händen von Polizisten befanden. Alles Blut wich aus

Richters Gesicht und er ließ sogar sein Glas fallen, das mit einem Knall in tausend Scherben zersplitterte.

Lindner griff mit einer fließenden Bewegung nach hinten in seinen Hosenbund, doch Benders scharfe Stimme stoppte ihn in der Bewegung. „Das würde ich nicht tun, Lindner. Nehmen Sie die Hände hoch!“

Lindner konnte an Benders drohendem Blick sehen, dass er bedenkenlos von seiner Waffe Gebrauch machen würde, sollte er der Aufforderung nicht nachkommen.

Also nahm er langsam die Hände nach vorn und hob sie.

Die Polizisten, die sich an Bender und Schröder vorbeidrängten, entwaffneten Lindner und legten ihm sowie Frank Richter Handschellen an. Schröder und Bender sicherten ihre Waffen und steckten sie wieder in ihre Holster.

„Verdammt, wie sind Sie hier hereingekommen?“, fragte Richter mit zusammengekniffenen Augen. „Ich hatte die Alarmanlage …“

„Die Alarmanlage funktioniert prima“, fiel ihm Schröder lächelnd ins Wort. „Unser Kollege hat wirklich gute Arbeit geleistet. Er hat sie sogar mit Mikrofonen ausgestattet und mit einer Fernbedienung, mit der man sie abschalten kann. Und raten Sie mal, wer die hat?“

Richter stöhnte gequält auf und verdrehte die Augen.

„Verdammter Idiot!“, zischte Lindner, der an Richter vorbeigeführt wurde, und bedachte ihn mit einem wütenden Blick.

Richter zuckte zusammen und sah unbehaglich hinter Lindner her, der aus der Tür in den Streifenwagen bugsiert wurde, der nun vor Richters Haus stand.

„Keine Angst, Sie bekommen einen eigenen Wagen“, sagte Schröder zu Richter, als er seinen Blick bemerkte. Richter bedachte ihn nur mit einem kurzen Blick, sagte aber nichts.

„Trennt die beiden und setzt sie in die Vernehmungszimmer“, wies Schröder einen Beamten an. „Wir schauen uns nur noch ein wenig um, dann kommen wir nach.“

Der Beamte nickte und folgte seinen Kollegen.

Schröders Mobiltelefon klingelte. „Schröder. – Ja …“ Er lauschte angestrengt und runzelte erst die Stirn, dann hoben sich erstaunt seine Brauen. „Danke für die Info. – Ach, und schick mir jemand mit einem Leichenspürhund. Wenn es geht, hätte ich gern Gregor Liefers mit seiner Hündin … Nein, noch kein ganzes Team. Erst möchte ich sicher sein, dass es etwas zu untersuchen gibt, dann melde ich mich noch einmal. Ansonsten kann die Routine auch bis morgen früh warten. Es ist ja noch nicht gesagt, dass wir hier überhaupt etwas finden.“

„Ein Leichenspürhund?“, fragte Bender und kniff fragend die Augen zusammen. „Wozu brauchst du den?“

Schröder sah ihn ernst an. „Stell dir vor, der Richter wohnt bereits seit sechs Jahren hier.“

„Sechs Jahre?“, echote Bender ungläubig.

Schröder nickte.

„Aber er hat doch bis vor kurzem bei Sandra Meister gewohnt“, entgegnete Bender. Er konnte nicht glauben, was er da hörte.

„Ich weiß“, Schröder nickte. „Und deswegen wäre es durchaus denkbar, dass Nikolas Wagner vielleicht hier getötet wurde, bevor er in den Brunnenschacht geworfen wurde. Immerhin hat der liebe Frank Richter ein Doppelleben geführt, wie es im Buche stand. Und er wohnt nicht allzu weit von der Fundstelle weg.“

„Klingt plausibel“, stimmte Bender zu. „Aber hätte da nicht Sandra Meister etwas merken müssen? – Ich meine, sie haben zusammen gewohnt und sie kannte doch seine Arbeitszeiten. Da müsste es sich doch bemerkbar machen, dass er an zwei Orten wohnt, oder?“

„Nicht, wenn er es geschickt angestellt hat.“ Schröder kratzte sich am Kinn.

Bevor er weiterreden konnte, fuhr draußen ein Wagen vor. Der Motor erstarb, eine Autotür wurde geöffnet und wieder geschlossen. Kurz darauf wurde eine zweite Tür geöffnet und ebenfalls wieder geschlossen. Das leise Kratzen der Pfoten ertönte, bevor ein Mann in Zivilkleidung mit einer Schäferhündin an der Leine ins Haus trat. Als er stehen blieb, um seine Kollegen zu begrüßen, setzte sich die Hündin neben ihm.

„Morgen, Schröder. Kannst du dir keine christlichere Zeit für deine Sperenzchen aussuchen?“, fragte er und rieb sein unrasiertes Gesicht.

„Hab es versucht, aber es hat nicht ganz geklappt“, feixte Schröder aus gebührender Entfernung. „Na, Asta, meine Schöne, passt du auch gut auf dein Herrchen auf?“

Als Antwort wedelte die Hündin mit dem Schwanz und hechelte ihn an. Solange sie angeleint war, versuchte niemand, ihr Herrchen anzufassen. Sie war so trainiert, dass sie ihr Herrchen gegen alles und jeden verteidigen würde, egal ob gegen Freund oder Feind. Wenn sie frei lief und die Gesprächspartner ihres Herrchens kannte, hatte sie kein Problem damit. Auch nicht, wenn sie dann gestreichelt wurde. Jeder, der sie kannte, wusste das und richtete sich danach.

„Gregor, wir müssen wissen, ob sich hier im Haus irgendwann eine Leiche befunden hat“, sagte Schröder dann zu Liefers und sah ihn ernst an. „Und deine Asta hat nun einmal die beste Spürnase von allen.“

Liefers nickte. Sie beschlossen, dass sie sich von oben nach unten arbeiten wollten. Also gingen sie in den ersten Stock.

Dort befanden sich zwei Schlafzimmer, von denen eines unbenutzt aussah, ein Badezimmer und ein separates WC. Alles war elegant und vornehm ausgestattet.

„Mann, da sieht man mal wieder, wo das Geld steckt“, murmelte Bender vor sich hin, als er die Ausstattung sah.

Gregor Liefers hatte Asta von der Leine gelassen und ermunterte sie, sich in den Räumen umzusehen und nach Leichengeruch zu suchen. Die Hündin schnüffelte sich von Raum zu Raum. Vor dem Bett des unbenutzten Gästezimmers blieb sie reglos mit gesenktem Kopf und gesenkter Rute stehen.

„Da muss eine Leiche gelegen haben“, sagte Liefers und lobte die Hündin, während Schröder über sein Mobiltelefon die Spurensicherung anforderte, nachdem sich sein Verdacht bestätigt hatte.

Sie gingen wieder ins Erdgeschoss, wo die Hündin den Wohnbereich, die Küche und die Speisekammer ablief, aber sie fand nichts.

Sie gingen die Treppe zum Keller hinab. Asta blieb im Keller an drei verschiedenen Stellen reglos stehen, wie sie es in ihrer Ausbildung gelernt hatte.

Die drei Polizisten warfen sich nur stumme Blicke zu. Auf was waren sie nur gestoßen?

„Ich gehe hoch, damit die Kollegen reinkönnen", brach Bender die Stille, die sich über sie gelegt hatte. Schröder und Liefers gingen mit der Hündin in den Garten. Schröder leuchtete mit seiner Taschenlampe den Garten aus, bis plötzlich eine automatische Beleuchtung anging, die Bender innen eingeschaltet hatte.

Die Hündin blieb an mehreren Stellen im Garten reglos stehen. Gregor Liefers sah Schröder ernst an.

„Du weißt, was das bedeutet?", fragte er ihn.

Schröder nickte stumm. Er war geschockt. Wenn er mit allem gerechnet hatte, aber nicht mit so etwas. Und wenn die Hündin sich nicht irrte, was sehr unwahrscheinlich war, dann hatten sie ihn ein Wespennest gestochen.

„Oh Mann, das kann ja heiter werden", sagte Bender, der leise hinter sie getreten war und die Hündin ungläubig beobachtet hatte. „Die Jungs sind jetzt da."

Schröder nickte.

„Guten Morgen, Schröder. Kannst du dir keinen späteren Zeitpunkt aussuchen?", ertönte plötzlich eine Stimme hinter ihnen.

Schröder begann zu grinsen, bevor er sich umdrehte. „Kriminalhauptkommissar Drexler, willkommen zur Party. Hat es dich auch erwischt?"

„Wäre ich sonst um diese Uhrzeit woanders als im Bett?", stellte dieser die Gegenfrage.

Drexler ließ sich von Schröder die Situation erklären. Seine Stirn bekam tiefe Furchen, als er hörte, wie oft die Hündin eine Leiche angezeigt hatte.

„Jetzt ist natürlich nur die Frage, ob es sich um ein und dieselbe Leiche handelt oder um verschiedene", merkte er dann an.

„Die Frage haben wir uns auch schon gestellt", nickte Schröder.

„Meine Jungs werden sich darum kümmern", sagte Drexler ernst. „Und sie werden definitiv die Antworten finden, die wir brauchen."

„Ja, dann gibt es für uns hier eigentlich nichts mehr zu tun", sagte Schröder zu Drexler. „Dann werden wir jetzt zu unseren Verdächtigen ins Präsidium fahren und sie vernehmen. Vielleicht packt ja einer der beiden aus."

„Das wird sich erst zeigen", knurrte Bender. „Lindner sah mir nicht aus, als würde der was freiwillig zugeben."

„Vielleicht ist Richter ja williger auszupacken", sagte Schröder und verzog den Mund. „Schließlich ist das hier ja sein Haus und er wird für einiges hier geradestehen müssen. Kommt darauf an, was die Kollegen hier finden werden."

„Ich werde dich auf dem Laufenden halten, Schröder", sicherte Drexler zu. „Sobald sich hier etwas tut, erfährst du es als Erster."

„Danke", sagte Schröder und wandte sich an Gregor Liefers. „Vielen Dank auch dir. Gib Asta später einen schönen großen Knochen von mir."

Liefers tippte sich an die nicht vorhandene Mütze und wandte sich seiner Hündin zu, während Schröder Bender zum Wagen folgte.

„Na, die Arbeit möchte ich auch nicht machen, was jetzt auf sie zukommt", brummte Bender, nachdem sie in den Wagen eingestiegen waren.

„Ich auch nicht.“ Schröder schüttelte den Kopf. „Sich nur vorzustellen, dass man den Dreck wegschaufelt und vielleicht auf halb verweste Leichen stößt …“ Er schüttelte sich und verzog das Gesicht.

Kapitel 24

Eine halbe Stunde später trafen Bender und Schröder im Präsidium ein.

Lindner saß in einem der Vernehmungsräume und trug nun einen weißen Overall, damit keine Spuren, die eventuell an der Kleidung hafteten, verloren gingen.

Gelangweilt sah er den Beamten entgegen, als sich die Tür öffnete. Der diensthabende leitende Beamte hatte sie darüber informiert, dass Lindner bereits erkennungsdienstlich behandelt worden war und sie die Waffe zur näheren Untersuchung bereits weitergeleitet hatten.

„Nun, Lindner, haben Sie uns etwas zu sagen?“, fragte Schröder, nachdem er Lindner gegenüber Platz genommen hatte.

Lindner sah ihn nur herausfordernd an. Was wollte dieser Bulle von ihm? Glaubte er wirklich, dass er nun wie ein Vogel singen würde, nur weil sie ihn erwischt hatten? Sie konnten ihm nicht viel beweisen. Gut, sie hatten die Waffe und die Schmauchspuren an seinen Händen, aber das war es auch schon. Doch ansonsten wussten sie nichts, gar nichts.

„Übrigens, Ihr Anschlag auf Frau Meister ist fehlgeschlagen, Herr Lindner“, informierte ihn Bender, der seitlich von ihm an die Wand gelehnt stand. „Sie haben zwar getroffen, aber nicht gut genug.“

Das ist egal, denn sie wird so oder so dran glauben, Bulle, antwortete Lindner in Gedanken. Nach außen hin wirkte er immer noch gelangweilt.

„Wir werden Sie an die Wand nageln, der Anfang ist schon gemacht“, fügte Bender hinzu. „Wir haben die Waffe, Ihre Kleidung und die Schmauchspuren an Ihren Händen.“

„Was hat Ihnen Richter dafür gegeben, dass Sie sich um Sandra Meister kümmern? Und warum will er sie unbedingt loswerden?“, fragte Schröder.

Lindner sah ihn für einen Moment erstaunt an, bevor er wieder sein Pokergesicht aufsetzte.

„Ja, das wissen wir. Erstaunt Sie das?“, fragte Schröder provozierend. „Dachten Sie, wir finden nicht heraus, dass Sie die ganzen Jahre zusammen in der Schule waren? Und dass Sie Ihren eigenen Club hatten?“

Verdammt, die Bullen waren schlauer und vor allem schneller, als er gedacht hatte. Er war nicht darauf gefasst gewesen, dass sie so schnell an diese Informationen kommen würden. Fieberhaft überlegte Lindner, wie er sie auf eine falsche Fährte locken konnte, ihm fiel jedoch nicht ein, wie. Also beschloss er, einfach nichts zu sagen.

Irgendwann würde es ihnen zu blöd werden, ihm Fragen zu stellen, die er nicht beantworten würde. Dann würden sie abhauen und ihn vorerst in Ruhe lassen.

Obwohl, dann würden sie sich Richter vornehmen. Er konnte nur hoffen, dass er dichthalten würde.

„Wie oft waren Sie schon in Richters Haus?“, fragte Schröder in diesem Moment.

Lindner wurde hellhörig. Was sollte diese Frage? Er kniff fragend die Augen zusammen, blieb jedoch stumm.

„Na gut, das werden wir schon rausfinden“, sagte Schröder und notierte etwas. „Wann haben Sie Nikolas Wagner zuletzt gesehen? Den richtigen Nikolas Wagner.“

Bender beobachtete, wie Lindner die Augen aufriss. Nun schien es, als würde er etwas ins Grübeln kommen. Sein Gesicht verlor alle Farbe, was Bender zufrieden registrierte.

„Sie wissen doch, wer das ist, nicht wahr?“, hakte Schröder nach. „Ihr Versicherungsagent. Seit zehn Jahren.“ Er sah Lindner durchdringend an.

Sie wissen von Wagner, ging es Lindner durch den Kopf. Sollten sie ihn etwa gefunden haben? Nein, das konnte nicht sein. Niemand benutzte den alten Brunnen noch. Sie klopften bestimmt nur auf den Busch, um ein Geständnis von ihm zu bekommen. Aber würde auf den Trick nicht hereinfallen. Nicht er. Da mussten sie schon früher aufstehen. Schließlich hatte er das Ganze zu gut geplant.

„Na, klingelt es immer noch nicht?“, fragte Schröder und hielt seinen Blick auf Lindner gerichtet, damit ihm keine seiner Gefühlsregungen entging.

„Vielleicht wartet er darauf, dass wir ihm erst alle Beweise, die wir gesammelt haben, vorlegen“, warf Bender sarkastisch ein.

„Gut, dann werden wir diesen netten Herrn erst einmal in Untersuchungshaft schikken, bis er freiwillig auspackt“, sagte Schröder, nahm seine Unterlagen und stand auf. Er trug einem Beamten auf, Lindner in eine Zelle zu stecken, wenn sie mit ihm fertig waren.

Nur einen Moment später betraten sie das Vernehmungszimmer, in dem Frank Richter auf sie wartete. Wie auch Thomas Lindner war er ebenfalls in einen weißen Overall gekleidet.

Er wirkte nervös und sein unsteter Blick wanderte zwischen den Beamten hin und her. Er hatte rein gar nichts mehr von dem erfolgreichen Geschäftsmann an sich, den er noch vor wenigen Tagen gemimt hatte. Er wirkte eher wie ein Kind, das etwas angestellt hatte, dabei ertappt worden war und nun auf seine Bestrafung wartete.

„So, Herr Richter“, Schröder setzte sich ihm gegenüber und legte seine Unterlagen vor sich auf den Tisch, „nun zu Ihnen. Wie viel wollten Sie Thomas Lindner zahlen, damit er Ihnen Sandra Meister aus dem Weg räumt?“

Frank Richter sah ihn stumm an. Wenn er nur wüsste, was Tommy den Bullen gesagt hatte. Oder ob er überhaupt etwas gesagt hatte. Darüber hatten sie nie gesprochen, denn sie waren nie davon ausgegangen, dass einer von ihnen oder gar beide erwischt wurden.

„Doch so gesprächig heute?“, fragte Bender ironisch, der hinter Richter hin und her lief. „Wir haben doch die Bandaufnahme, also packen Sie aus. Sie haben Lindner den Auftrag gegeben, ihre heiß geliebte Exfreundin aus dem Weg zu räumen. Verraten Sie uns wenigstens den Grund.“

Richter hielt den Kopf gesenkt und starrte auf seine manikürten Fingernägel.

„Seit wann haben Sie das Haus, Herr Richter?“, fragte Schröder.

Richters Kopf ruckte nach oben und er sah den Beamten irritiert an.

„Ist es korrekt, dass Sie das Haus bereits seit sechs Jahren bewohnen?", hakte Schröder weiter nach. „Und dass Sie es während der ganzen Zeit behielten, während Sie mit Sandra Meister zusammenwohnten? Wusste sie davon?"

Frank Richter wurde blass. Auf seiner Stirn bildeten sich Schweißtropfen. Schröder konnte fast sehen, wie es hinter seiner Stirn arbeitete.

Bevor Schröder weiterfragen konnte, klingelte sein Mobiltelefon. Schröder entschuldigte sich und verließ den Raum.

Bender nahm Schröders Platz ein und starrte Richter einen Moment lang an, bevor er sagte: „Mensch, Richter, tun Sie sich selbst einen Gefallen und seien Sie kooperativ. Ihre Haltung wird Ihnen nichts nützen. Glauben Sie wirklich, dass Ihr Kumpel Sie schützen wird, wenn es um sein eigenes Hinterteil geht? Er wird Sie ans Messer liefern, sobald es um ihn geht. Er weiß mit Sicherheit, dass er sowieso nicht ungeschoren davonkommt. Schließlich haben wir seine Waffe, die Spuren an seiner Kleidung und an seinen Händen und die Patrone aus Sandra Meisters Wohnung zum Vergleich. Also steht seine Verurteilung fest. Und sobald er das realisiert hat, wird er seinen Auftraggeber mitnehmen …"

„Nein, das tut er nicht. Nicht Tommy", brach es aus Richter heraus.

„Machen Sie sich nichts vor. Natürlich wird er Sie verraten", provozierte Bender ihn weiter.

„Nein, denn wir beschützen uns …", stieß Richter hervor.

„Warum? Weil Sie das irgendwann mal in der Schule so abgemacht habt? Das gilt doch längst nicht mehr." Bender starrte ihm in die Augen. „Kommen Sie auf den Boden der Tatsachen zurück. Wachen Sie auf!"

Bevor Richter antworten konnte, öffnete sich die Tür und Schröder trat ein. Bender erhob sich und machte Schröder den Platz frei. Schröder warf Bender einen unergründlichen Blick zu, bevor er sich setzte.

„Okay, Herr Richter", begann Schröder langsam. „Wir haben folgende Situation: In Ihrem Garten wurde eine Leiche gefunden, die unsere Kollegen im Moment bergen. Es besteht der Verdacht, dass außer dieser noch mehr Leichen dort liegen. Können Sie uns darüber Auskunft geben, um wen es sich handeln könnte?"

Bender, der hinter Richter stand, sah seinen Kollegen mit ernstem Gesichtsausdruck an.

Frank Richter sah Schröder für einen Moment mit flackerndem Blick an und senkte dann den Kopf. Er fühlte Verzweiflung in sich hochsteigen. Tommy hatte gesagt, keiner würde ihnen je auf die Spur kommen. Und nun war das bereits geschehen, so wie es aussah. Wenn sie jetzt noch herausfanden …

„Wann haben Sie Nikolas Wagner das letzte Mal gesehen? Sie waren doch auch sein Kunde, genau wie Lindner", unterbrach Schröder seine Gedanken.

Richter sank weiter in seinem Stuhl zusammen. Er hielt seinen Blick gesenkt.

„Wurde er in Ihrem Haus getötet?", bohrte Schröder weiter, als er keine Antwort bekam. „Hat Ihr Kumpel Lindner ihm die Kehle durchgeschnitten? Oder haben Sie ihm geholfen?"

Richter schloss die Augen, als wollte er die Wirklichkeit ausblenden. Wenn ich euch nicht sehe, dann seht ihr mich auch nicht. Es ist alles nur ein Albtraum. Wenn ich die

Augen öffne, liege ich zu Hause in meinem Bett. In Sicherheit. Er begann sich vor und zurück zu wiegen.

Bender und Schröder sahen sich fragend an.

„Herr Richter, beantworten Sie unsere Fragen“, versuchte es Schröder erneut.

Richter reagierte nicht mehr. Er hatte sie ausgeblendet.

Hilflos sahen sich Bender und Schröder an.

„Vielleicht sollten wir einen Psychologen hinzuziehen“, schlug Bender vor. „Es sieht nicht aus, als ob wir bis zu ihm durchdringen.“

„Ja, du hast Recht“, antwortete Schröder. Er stand auf und verließ den Vernehmungsraum, während Bender sich Richter gegenübersetzte und ihn beobachtete.

Wie war das vonstatten gegangen? Wie hatte diese Vernehmung auf diesem Level enden können? Sie hatten doch gar nicht so viel Druck auf ihn ausgeübt, dass er nun so durchknallen konnte.

„Richter?“, fragte er vorsichtig. „Können Sie mich hören?“

Richter wiegte sich mit geschlossenen Augen hin und her. Nichts verriet, ob er den Beamten gehört hatte.

„Richter, tun Sie nicht so, als ob Sie mich nicht hören. Noch können Sie das Steuer herumreißen und das Beste aus der Situation machen“, redete er auf ihn ein. „Sandra Meister lebt noch. Und wenn Sie vernünftig sind und mit uns kooperieren, können wir Ihnen unter Umständen noch helfen. Aber Sie sind zuerst dran. Zeigen Sie uns Ihren guten Willen.“

Richter wiegte sich immer noch hin und her.

„Dann lassen Sie es halt, aber hoffentlich wissen Sie, dass sich Ihr Kumpel die Weste reinwaschen wird, ohne Rücksicht auf Verluste. Und Sie werden es ausbaden müssen, ob Sie wollen oder nicht.“ Bender stand auf und ging zum Fenster.

Einen Moment herrschte Stille im Zimmer.

„Er wird mich nicht belasten“, durchschnitt plötzlich Richters leise Stimme die Stille. „Schließlich habe ich nichts getan.“

Bender sah auf Richter hinab, der ruhig am Tisch saß und ihm das Gesicht zuwandte. „Aber das können Sie nur beweisen, wenn Sie mit uns kooperieren“, wiederholte er. „Wenn Sie uns Ihre Seite mitteilen.“

Richter senkte den Blick.

„Wenn Sie uns nichts sagen, kann Lindner uns alles erzählen und wir werden ihm glauben müssen, dass *Sie* alles auf dem Kerbholz haben“, sagte Bender eindringlich, der sich wieder ihm gegenüber an den Tisch gesetzt hatte, und sah ihn erwartungsvoll an. „Und glauben Sie mir, das wird er tun.“

Nimm den Köder, beschwor Bender ihn innerlich. Nimm ihn und pack aus.

„Mein Leben ist verpfuscht. Ich werde nie mehr einen Fuß auf die Erde bekommen.“ Richter nahm seinen Kopf zwischen beide Hände und stützte sich auf dem Tisch auf.

„Das ist nicht gesagt“, sagte Bender. „Wenn Sie uns helfen, dann können wir Ihnen helfen, so einfach ist das. Aber Sie müssen Ihren Teil leisten, wie ich Ihnen schon einmal gesagt habe. Und wenn Sie das nicht tun, dann können Sie nicht erwarten, dass man Ihnen hilft.“

„Aber ich kann ihn nicht verraten, er ist mein einziger Freund. Und wir haben uns geschworen, immer füreinander einzustehen", sagte Richter und sah Bender mit einem undefinierbaren Blick an.

„Hat er, Lindner, jemand in Ihrem Haus umgebracht?", fragte Bender vorsichtig. Er war sich bewusst, dass es eine Gratwanderung war, ihm Fragen zu stellen, aber er hoffte auch, dass Schröder nicht gerade jetzt zurückkam und ihn unterbrach. Schließlich konnte es sein, dass er eben jetzt den Durchbruch mit Richter erreichte.

Richter senkte den Kopf.

„War es Nikolas Wagner?"

Richter biss sich auf die Unterlippe. Dann nickte er zögernd.

„Und er hat ihn dann in den alten Brunnenschacht geworfen?"

„Das weiß ich nicht", sagte Richter leise. „Ich weiß nur, dass er es getan hat, aber nicht, was er danach mit ihm gemacht hat."

„Warum hat er ihn umgebracht?"

„Er brauchte doch eine neue Identität, damit er neben Sandra einziehen konnte", sagte er mit leiser Stimme.

„Warum sollte sie sterben?"

„Sie hat mein Leben zerstört", antwortete Richter mit gesenktem Blick. „Sie hat mich gedemütigt. Mich hinausgeworfen wie einen räudigen Hund. Mich verletzt. Ich wollte ihr das heimzahlen, ihr Leben genauso zerstören. Sie sollte leiden."

„Warum denn dann umbringen, wenn sie doch sowieso leiden würde?", wollte Bender wissen.

„Weil das die logische Konsequenz ist, wenn man mit Gefühlen spielt", sagte Richter tonlos. „Der andere stirbt mit jedem Tag ein bisschen, und auch das musste sie nachvollziehen, sonst hätte diese Lektion nichts genützt." Er sah Bender mit brennendem Blick an. „Sie verstehen das nicht, oder? – Nein, das tun Sie nicht. Niemand versteht das, nur Tommy. Er weiß, wovon ich rede. Er wusste das immer. Wir verstehen uns auch ohne Worte. Er wusste schon immer, was in uns vorging, ohne dass man viel darüber sprechen musste."

„Sie sprechen von sich und Ralf Schuster, nicht wahr?", hakte Bender nach.

„Ralfi, das war früher. Ralfi gehört nicht mehr zu uns." Richters Gesicht wurde abweisend. „Er hat uns verraten und sich von uns abgewandt."

„Und wer sich von Ihnen abgewandt hat, war automatisch gegen Sie, nicht wahr?", kombinierte Bender.

„Er hatte es nicht verdient, noch zu uns zu gehören", sagte Richter kalt.

„Liegt er auch in Ihrem Garten begraben?", fragte Bender, in dem ein Verdacht hochstieg.

„Er hatte es nicht verdient, noch zu uns zu gehören", wiederholte Richter. „Nie wieder."

„Was ist mit Andreas Tauschner?", schwenkte Bender zu einem anderen Thema. „War er nur ein Mittel zum Zweck?"

„Wer ist Tauschner?", fragte Richter. „Ich kenne niemand mit dem Namen."

„Er war jemand, der Ihrem Kumpel Lindner den Arbeitsplatz von Sandra Meister zeigte", antwortete Bender.

„Ich kenne ihn trotzdem nicht." Richter senkte den Blick. „Er sagte mir nur, dass er sich mit jemandem angefreundet hatte, der sich bei Sandra auskannte, aber er nannte nie einen Namen und ich habe nie gefragt."

„Wissen Sie, was er in Sandra Meisters Arbeitsstelle alles angestellt hat? Wie viele Leben er aufs Spiel gesetzt hat, nur um Ihre Rache auszuüben?", fragte Bender fassungslos.

„Warum nicht? Sandra sollte dafür bezahlen, was sie mir angetan hatte. Nur sie, sonst niemand", rechtfertigte sich Richter, als sei es das Normalste der Welt.

„Aber haben Sie nie an die anderen Menschen dort gedacht? Was Sie ihnen und ihren Familien antun, wenn Sie ihnen vielleicht den Ernährer nehmen?" Bender starrte ihn an. „Denn nicht Sandra Meister hat die beiden Professoren auf dem Gewissen, sondern Lindner, und der handelte in Ihrem Auftrag. Also fällt das auf Sie zurück, nicht auf Sandra Meister, egal, wie es ausgeht. Wenn jemand draufgeht, dann in Ihrem Auftrag."

„Aber Sandra hat es sich zuzuschreiben, dass das alles geschehen ist, nicht ich", beharrte Richter und sah Bender abwesend an. „Sie hat das alles provoziert, nicht ich. Wenn Sie mich nicht so behandelt hätte, wäre das alles nicht nötig gewesen."

„Ist Ihnen nie der Gedanke gekommen, sich ganz einfach nach einer anderen Frau umzusehen, anstatt eine Beziehung mit Sandra Meister auf diese Art und Weise zu erzwingen? Ich meine, genauso, wie es andere Paare auch tun, die sich trennen." Bender versuchte Richters Standpunkt zu verstehen, aber er konnte es nicht.

„Niemand setzt mich auf die Straße, so wie sie es getan hat. Niemand." Richter starrte durch Bender hindurch. „Niemand hat das in der Schule getan und niemand wird es jetzt tun. Nicht, wenn ich das nicht will."

„Warum haben Sie dann Ihr Haus behalten, als Sie mit ihr zusammenlebten?", wollte Bender wissen.

„Tommy brauchte einen Platz zum Leben. Außerdem hat er mich damals vor ihr gewarnt. Frankie, hat er gesagt, sie wird dir wehtun. Früher oder später. Aber ich habe ihm nicht geglaubt, bis ich meine Sachen vor ihrer Tür fand." Er richtete den Blick auf Bender.

„Aber sie hat Sie doch mit Ihrer Exfrau gesehen, wie Sie erzählten. Also hatte sie doch das Recht, auf Sie sauer zu sein", warf Bender ein. „Als wir bei Ihnen waren, haben Sie es doch auch eingesehen."

Richter verzog das Gesicht zu einem überheblichen Grinsen. „Als Sie bei mir waren, hätte ich Ihnen noch ganz andere Sachen erzählt." Er starrte Bender in die Augen. „Aber sie wird ihre Strafe noch bekommen."

„Wohl schwer, nachdem Sie und Lindner hier bei uns in Gewahrsam sind", sagte Bender hart.

„Das hat nichts zu sagen." Er lehnte sich ruhig in seinem Stuhl zurück. „Sie wird ihrer Strafe nicht entgehen. Das wird ihr zeigen, wer am Ende gewonnen hat."

Bender konnte nicht glauben, dass das die gleiche Person war, die anfangs wie ein Häufchen Elend gewirkt hatte. Die Angst davor gehabt hatte, auch nur ein Sterbenswörtchen zu viel zu sagen. Der Mann, der ihm nun gegenübersaß, hatte definitiv ein größeres Problem mit seiner Wahrnehmung.

Er benahm sich, als ob sein Verhalten das war, wonach sich andere zu richten hatten. Als ob er sich richtig verhalten hatte und alle anderen falsch. Und als ob Sandra Meister sein Eigentum war und nicht dazu berechtigt war, eigene Entscheidungen über ihr Leben zu treffen.

Und er machte nicht den Eindruck, als ob er seine Ansichten je ändern würde. Weder jetzt noch später.

Bender beschloss, das Gespräch abzubrechen. Er stand auf und sah auf Richter hinab. „Ich werde Sie jetzt in eine Zelle bringen lassen, Herr Richter. Wir sprechen uns später."

Richter grinste breit. „Wenn Sie meinen. – Ach, und helfen Sie ihr schon einmal dabei, einen schönen Sarg auszusuchen." Er sah Bender herausfordernd an. In seinen Augen lag ein teuflisches Versprechen, das Bender einen Schauer über den Rücken jagte.

Kapitel 25

„Du hättest ihn hören sollen." Bender hatte Schröder gerade von seinem Gespräch mit Richter erzählt und schüttelte nun mit dem Kopf. „Er war sich so verdammt sicher, dass sie nicht mehr lang leben würde."

„Ich habe schon veranlasst, dass Hajo Schütz ebenfalls verhaftet wird", entgegnete Schröder. „Er dürfte der Einzige sein, der momentan noch als Täter in Frage kommt, nachdem Richter und Lindner bei uns sind."

„Na, hoffentlich finden Sie ihn auch auf Anhieb", sagte Bender und spielte mit seinem Kugelschreiber.

„Sie greifen ihn, sobald er in seiner Wohnung auftaucht. Im Moment ist er nur leider nicht da. Und in der Firma, bei Brego, ist er auch bis jetzt nicht aufgetaucht, hat Harald Schneider gesagt. Er ist heute noch nicht zur Arbeit erschienen." Schröder schaltete seinen Computer aus. „Aber wir machen jetzt Feierabend."

„Abend ist gut – um fast halb sieben morgens", knurrte Bender und gähnte. „Ich werde noch kurz im Krankenhaus bei den Kollegen vorbeifahren, ob alles in Ordnung ist."

Als Bender im Krankenhaus eintraf, war es bereits acht Uhr morgens, da er noch aufgehalten wurde. Er gesellte sich zu seinen Kollegen und erklärte ihnen die Situation, da sie erst den Dienst übernommen hatten. Beiläufig sah er durch die kleine Scheibe, die in die Tür eingelassen war. Er sah einen Mann mit dem Rücken zur Tür an Sandra Meisters Bett stehen. Er trug eine blaue Hose und eine blaue Jacke.

„Wer ist das?", fragte Bender seine Kollegen.

„Das ist ein Kollege von ihr", antworteten die Beamten. „Er hat sich ausgewiesen."

„Ein Kollege? Um diese Uhrzeit? Wie sollte ein Kollege so schnell davon erfahren haben, dass sie hier liegt? Das ist doch erst letzte Nacht passiert. Da stimmt was nicht." Bender ließ die beiden Polizisten stehen und betrat das Zimmer. Sandra Meister war offensichtlich nicht bei Bewusstsein, denn sie zeigte keinerlei Regung.

„Entschuldigen Sie bitte, dürfte ich fragen, wer Sie sind?", fragte er leise.

Der Mann drehte sich langsam um. „Ich bin ein Kollege von Frau Meister und ich hörte, dass sie hier liegt. Also dachte ich, ich könnte sie schnell besuchen. Ich hatte die

Nachtschicht und kam sowieso hier vorbei." Er lächelte ihn unschuldig an. Bender sah den Besucher aufmerksam an. Ja, es gab keinen Zweifel, auch wenn er anders angezogen war und einen gepflegteren Eindruck machte als zu dem Zeitpunkt, als er ihn zuletzt gesehen hatte – bei dem Besucher handelte es sich eindeutig um Hajo Schütz. Und der war, wie er wusste, alles andere als ein Kollege von ihr.

Blitzschnell überlegte Bender, was zu tun war. Zuerst musste er erreichen, dass Schütz das Zimmer verließ, damit Sandra Meister in Sicherheit war. Falls er nicht schon eine Schweinerei begangen hatte. „Es tut mir Leid, aber Sie müssen das Zimmer verlassen. Nur nahe Angehörige dürfen im Moment zu ihr. Meine Kollegen wussten das nicht, als sie Ihnen den Besuch erlaubten."

„Ach, geben Sie mir bitte noch einen Moment", bat Schütz, den besorgten Kollegen mimend. Er wusste nicht, dass Bender ihn erkannt hatte, denn er hatte Bender nie gesehen.

„Tut mir Leid, das kann ich nicht", erwiderte Bender und ließ Schütz nicht aus den Augen.

„Na gut, da kann man nichts machen." Er wandte sich einem Stuhl zu, der neben Sandra Meisters Bett stand, und griff nach einer Aktentasche, die darauf stand.

Bender wollte bereits aufatmen, als Schütz eine Waffe aus der Tasche nahm, die er mit seinem Körper für einen Moment verdeckte, und damit herumschwenkte, um sie auf ihn zu richten. Bender konnte gerade noch zur Seite hechten, bevor nur Sekundenbruchteile später eine leises ‚Plopp' davon zeugte, dass ein Schalldämpfer benutzt worden war, als auf ihn geschossen wurde.

Bender hatte im Fallen seine Waffe gezogen und lag nun hinter einem Vorhang, der das Waschbecken vom Rest des Zimmers abtrennte. Er konnte hören, wie ein Fenster aufgeschoben wurde.

Er arbeitete sich hinter dem Vorhang entlang und lugte hinter dem zweiten Bett hervor, das im Zimmer stand. Er erhaschte gerade noch einen Blick auf Schütz, der eben auf dem breiten Sims vor dem Fenster zur linken Seite verschwand.

Er sprang auf und riss die Tür des Zimmers auf, wo seine Kollegen bereits Verstärkung angefordert hatten, gab ihnen die Fluchtrichtung von Hajo Schütz an und befahl ihnen die Sicherung sämtlicher Notausgänge auf der Station. Eine zufällig vorbeikommende Schwester wies er an, Sandra Meisters Gesundheitszustand zu überprüfen. Dann sprang er auf den Sims vor Sandra Meisters Zimmer und folgte Schütz, der schon einen beachtlichen Vorsprung hatte.

Gerade sah Bender noch, wie er durch ein anderes offenes Fenster wieder in ein Zimmer gelangte, etwa 40 Meter vor ihm.

Bender fluchte, während er sich umdrehte und wieder ins Zimmer sprang, wo er beinahe mit der Krankenschwester zusammenstieß, die sich um Sandra Meister kümmerte und ihm einen strafenden Blick zuwarf, den er ignorierte. Er hatte Wichtigeres zu tun, als sich darum zu kümmern.

Bender stürmte aus dem Zimmer und lief den Stationsflur entlang, in der Hoffnung, auf Schütz zu treffen. „Er muss am Ende des Flurs in ein Zimmer eingestiegen sein!", rief er seinem Kollegen zu, der nicht weit vor ihm auftauchte.

„Die Kollegen sind schon vor Ort!“, rief ihm dieser zu. „Sie riegeln unten alles ab.“

„Gut, bleib du bei Sandra Meister, im Fall, dass er noch einmal zurückkommt“, ordnete er an, als er den zweiten Kollegen entdeckte. „Wir gehen die Zimmer durch.“

15 Minuten später hatten sie Schütz immer noch nicht entdeckt. Sie hatten die Stockwerke mit Hilfe der eingetroffenen Beamten durchkämmt und sämtliche Räume kontrolliert. Nichts.

Es blieb natürlich auch nicht aus, dass andere Patienten von der Suchaktion Kenntnis erhielten. Wie, das war Bender ein Rätsel. Es schien einen Rundruf gegeben zu haben, denn plötzlich schien der Flur voller Leute zu sein, die sich das Spektakel aus der Nähe anschauen wollten.

Es schien, als ob alle Leute, die nicht bettlägerig waren und halbwegs krauchen konnten, unterwegs waren, um einen Polizeieinsatz auch einmal aus der Nähe anschauen zu können. Dass sie sich vielleicht in Gefahr begaben, an die Möglichkeit schienen diese Leute nicht einmal im Entferntesten zu denken. Die Sensationsgier hatte wieder einmal gesiegt.

„Verdammt, wo ist dieser Typ abgeblieben?“, fluchte Bender gerade, als Schröder den Gang entlangkam.

„Dich kann man wirklich nicht allein lassen“, sagte Schröder strafend. „Aber du kannst die Suche hier abblasen. Die Kollegen haben ihn gerade auf dem Parkplatz unten geschnappt. Er ist am Gebäude runtergeklettert.“

„Na, Gott sei Dank.“ Bender atmete auf. „Es gibt nichts Schlimmeres, als in einem Krankenhaus eine Verfolgung zu machen.“ Er deutete auf die Schaulustigen, die in den Gängen standen.

„Hat Sandra Meister etwas abbekommen?“, fragte Schröder interessiert.

„Keine Ahnung.“ Bender schüttelte den Kopf. „Ich habe nur einer Schwester gesagt, sie soll ihren Zustand überprüfen, dann hatte ich genug mit der Verfolgung um die Ohren.“

Sie gingen gemeinsam zum Krankenzimmer von Sandra Meister, fanden jedoch nur den Beamten vor, der das Zimmer bewachte.

Bender winkte der Schwester zu, die er beauftragt hatte, als diese aus einem anderen Zimmer in den Flur trat.

„Entschuldigen Sie bitte, wie geht es Frau Meister?“, fragte er sie und sah auf ihr Namensschild. „Schwester Gabi.“

„Ihr geht es prima“, antwortete sie.

„Sie hatte vorhin keine Reaktion gezeigt, als der Tumult bei ihr im Zimmer stattfand, deshalb dachten wir schon, ihr sei etwas passiert“, erklärte Bender.

„Nein, sie ist nur benommen. Das kommt von der Betäubung während der Operation“, sagte sie lächelnd. „Sie muss nur genug schlafen, dann geht es ihr wieder gut.“

„Danke“, sagte Schröder, bevor sie weiter zum nächsten Patienten eilte.

Bender und Schröder sahen durch das Glasfenster in der Tür von Sandra Meisters Zimmer. Sie schien immer noch zu schlafen. Sie hatte die Augen geschlossen. Ihr Gesicht sah ruhig und entspannt aus. Bender betrachtete sie sehnsüchtig. Schlafen. Wie er sie beneidete! Sein Blick fiel auf den Stuhl, auf dem immer noch die Tasche von Hajo Schütz stand, die er zurückgelassen hatte.

„Die Tasche.“ Er stieß die Tür auf und ging leise ins Zimmer, wo er die Tasche mit einem Taschentuch am Griff nahm. Er übergab sie einem der Streifenpolizisten und trug ihm auf, sie beim Ermittlungsdienst abzugeben. „Aber beschrifte den Fund vorher“, fügte er noch hinzu.

„Bender, ich bin auch schon ein paar Tage dabei“, grinste der Beamte.

„Schon gut“, wiegelte Bender ab. „Der Schlafmangel trübt mein Bewusstsein. – Meinst du, wir brauchen den Personenschutz für sie noch?“, fragte er Schröder dann leise.

„Ich glaube nicht, aber sicher ist sicher.“ Sie ließen die beiden Beamten zurück, folgten den anderen Beamten aus dem Krankenhaus zu ihren Fahrzeugen.

„Also, ich brauche erst einmal eine Mütze Schlaf“, gähnte Bender. „Ich höre mein Bett bis hierher rufen.“

„Nicht nur du“, stimmte Schröder zu. „Und nachher werden wir uns diesen Hajo Schütz zur Brust nehmen. Der und die anderen beiden werden etwas zu hören bekommen, das schwöre ich dir.“

Sandra Meister hatte einen schalen Geschmack im Mund, als sie erwachte. Sie verzog das Gesicht und öffnete langsam die Augen.

Es trug nicht gerade zur Besserung ihrer Laune bei, als sie die karge Einrichtung des Krankenhauses erkannte. Nein, nicht schon wieder, schoss es ihr durch den Kopf. Doch dann kam die Erinnerung zurück. Die Erinnerung an den scharfen Schmerz, der sie durchzuckt und sie umgeworfen hatte, als sie im Dunkel des Zimmers das Fenster hatte öffnen wollen. Benders besorgtes Gesicht tauchte vor ihrem inneren Auge auf, als er ihr geholfen hatte. Als sie den Arm bewegen wollte, durchzuckte sie erneut ein Schmerz und sie stellte fest, dass ein dicker Verband sie behinderte. Leise stöhnte sie auf.

Irgendwie schien sie zur Zeit eine Pechsträhne zu haben. Was würde wohl noch alles auf sie zukommen?

Sie schüttelte den Kopf, um die letzten Nebel loszuwerden, die sie in ihrem klaren Denken behinderten. Als Allererstes musste sie es zur Toilette schaffen. Auf der anderen Seite konnte sie aber auch nach der Schwester klingeln. Nein, das würde sie nicht tun. Die Schwester würde ihr bestimmt nur eine dieser ekelhaft kalten Bettpfannen bringen. Und sie hasste nichts mehr, als eine Bettpfanne serviert zu bekommen. Sie würde es auch so schaffen.

Sie rollte sich auf ihre unversehrte Seite und hängte ihre Beine aus dem Bett. Dann versuchte sie, sich mit dem gesunden Arm hochzudrücken, um sich aufrecht hinzusetzen. In ihrem Kopf begann sich alles zu drehen.

Ruhig durchatmen, ermahnte sie sich. Der Kreislauf muss nur wieder in Schwung kommen, dann geht es schon wieder.

Langsam ließ sie sich von der Bettkante rutschen, bis sie wieder festen Boden unter den Füßen hatte. Das tat gut. Nun war ihr auch nicht mehr ganz so schwindelig wie am Anfang. Na also, es ging doch. Wenn es nur in ihrer rechten Schulter nicht so hämmern und klopfen würde, dann wären die Schmerzen ganz erträglich.

Sie stützte sich auf ihren linken Arm und tastete sich über den Nachttisch zu dem anderen Bett. Dort musste sie eine kurze Pause einlegen.

Vielleicht hätte sie doch die Schwester holen sollen.

Auf einmal erschien ihr der Weg zur Toilette ziemlich weit. Nein, Sandra, schalt sie sich innerlich, jetzt hast du es so weit geschafft, dann schaffst du den Rest des Weges auch noch! Das wäre doch gelacht, wenn das nicht ginge.

„Wer zum Teufel ist das?", rief Bender entrüstet aus und warf Schröder einen fragenden Blick zu, als er den Mann im Verhörraum sah.

„Na, euer Schütz", antwortete der Beamte irritiert. „Der Typ, den wir heute Morgen am Krankenhaus festgenommen haben."

„Das ist nicht Schütz", antwortete Schröder.

„Wie meint ihr das? Natürlich ist das …"

„Das ist nicht Schütz!", wiederholte Bender Schröders Worte und sah den Beamten scharf an. „Lies es von meinen Lippen ab, falls du es nicht verstehst! Er ist es nicht."

„Er entsprach der Beschreibung und war der Einzige, der am Gebäude hinuntergeklettert ist", beharrte der Beamte. „Sonst hätten wir ihn ja wohl kaum verhaftet."

„Hast du ihn dir nicht angesehen?", fragte Bender, an Schröder gewandt.

„Nein, ich habe es nur über Funk gehört, als ich zu dir unterwegs war." Schröder schüttelte den Kopf.

Bender ließ sich müde auf einen Stuhl sinken, der vor dem Verhörraum stand, und rieb sich sein Gesicht. Das durfte alles nicht wahr sein. Was konnte eigentlich noch schief gehen?

„Versetzt die Jungs im Krankenhaus in erhöhte Alarmbereitschaft", wies Schröder den Beamten an. „Wenn das hier nicht der ist, der sich bei Sandra Meister aufgehalten hat, ist es möglich, dass er noch einmal zurückkommt und sein Werk vollendet. – Was war eigentlich in der Tasche, die in ihrem Zimmer sichergestellt wurde?"

„Nichts."

„Wie – nichts?"

„Es war nichts drin. Sie war komplett leer", antwortete der Beamte. „Die Jungs von der Spurensicherung haben die Tasche auf Fingerabdrücke untersucht und werten sie gerade aus."

„Also dann lass uns mal nachschauen, was das hier für ein Komiker ist", sagte Schröder und betrat den Verhörraum. Doch so viel sie auch fragten, der Mann blieb stumm und beantwortete keine ihrer Fragen.

„Kannst du mir sagen, was das für einer ist?", fragte Bender seinen Kollegen, als sie den Raum verlassen hatten.

Schröder zuckte die Schultern. „Ich habe keine Ahnung. So einer ist mir bis jetzt noch nicht untergekommen."

„Bei ihm bin ich mir nicht einmal sicher, ob er uns überhaupt verstanden hat, wenn ich ehrlich bin", warf Bender ein. „Nur, warum lässt er sich verhaften? Gehört er überhaupt dazu? Oder ist er in etwas ganz anderes verwickelt?"

Schröder antwortete nicht, während er neben Bender den Flur entlangging. Er hing seinen eigenen Gedanken nach. Als sie morgens für ein paar Stunden nach Hause gegangen waren, hatte es so ausgesehen, als ob sie den Fall fast abschließen könnten. Und nun sah es so aus, als ob es noch eine Weile dauern würde. Neue Fragen tauchten auf und warfen alle Theorien wieder über den Haufen. Vor allem, wo war dieser Schütz letztendlich abgeblieben? Das Krankenhaus war durchkämmt worden, aber niemand hatte den Mann bemerkt. Nur gut, dass sie Sandra Meisters Schutz noch nicht aufgehoben hatten.

Nichtsdestotrotz mussten sie nun langsam mit Erfolgen aufwarten. Irgendwie musste dieser verdammte Fall doch zu knacken sein.

„Frau Meister, was zum Teufel machen Sie da?" Eine laute Stimme durchdrang die Stille, die sie umgeben hatte.

Mühsam öffnete sie die Augen und stellte fest, dass sie in der Toilette auf dem Boden saß. Kälte hatte das dünne Nachthemd durchdrungen und durchdrang auch ihren Körper. Sie fühlte sich steif und ungelenkig, als sie den Inhaber der Stimme anschaute.

Ihr Arzt, Dr. Hallberg, sah sie strafend an. Er war von den Polizisten informiert worden, dass sie nicht mehr im Bett lag, als er durch Zufall am Zimmer vorbeigelaufen war. Nach dem ersten Schreck kam nun die Wut auf seine halsstarrige Patientin, die sich lieber in Gefahr brachte und unvorsichtig war, bevor sie an ihre Genesung dachte.

Sandra saß indessen auf dem Boden und sah sich irritiert um. Wie war sie auf den Boden gekommen? Ach ja, ihr war schwindelig geworden, als sie sich die Hände gewaschen hatte. Daraufhin hatte sie sich an die Wand gelehnt. Sie musste nach unten gerutscht sein und das Bewusstsein verloren haben.

„Ich war auf der Toilette und da wurde mir schwindelig", antwortete sie leise und schloss die Augen für einen Moment.

„Wir dachten schon für einen Moment, sie wären entführt worden." Der Arzt sah sie immer noch ungehalten an.

Zwei Pfleger ergriffen sie unter den Armen und zogen sie vorsichtig nach oben. Sandra stöhnte, als eine Schmerzsalve durch ihren Arm schoss.

Sie führten sie vorsichtig zu ihrem Bett zurück, auf dem sie sich erleichtert niederließ.

„Sie rühren sich nicht mehr allein aus dem Bett, ist das klar?", fragte der Doktor eindringlich und taxierte sie. „Wenn Sie noch einmal ohne Erlaubnis aufstehen, dann veranlasse ich, dass man Sie zu Ihrem eigenen Schutz fesselt."

„Das ist Erpressung", murmelte sie schläfrig.

„Es ist auch nicht fair, uns so einen Schrecken einzujagen", entgegnete der Arzt.

„Schon gut. Ich schwöre, ich werde mich daran halten", lenkte sie ein und beobachtete, wie der Arzt eine Spritze aufzog. „Was ist das?"

„Das ist etwas zur Beruhigung, damit Sie ruhig schlafen können." Er verabreichte ihr die Spritze.

„Aber ich brauche nichts zum Schl…" Sie war eingeschlafen, bevor sie den Satz beenden konnte.

„So, jetzt können wir wenigstens sicher sein, dass sie ruhig in ihrem Bett liegen bleibt und nicht herumwandert", sagte der Doktor mit einem Blick auf die Schlafende.

„Wie kann einem nur ein einziger Mensch so viel Ärger machen? – Pfleger, machen Sie bitte die Gitter an den Seiten hoch, nur für den Fall."

Sie wandten sich um und gingen aus dem Raum. Vor dem Zimmer warteten bereits die Polizisten und ließen sich über ihren Gesundheitszustand und das Vorkommnis informieren. Er blieb neben ihnen stehen und sah sie müde an.

„Danke, Herr Doktor“, sagte der eine Beamte. „Es war nur komisch, als wir hineinschauten und sie still dalag und dann plötzlich verschwunden war.“

„Na ja, wenigstens haben wir sie vor einer Erkältung bewahrt“, entgegnete der Arzt trocken.

Kapitel 26

Hajo Schütz stand im Schatten eines Busches im Krankenhauspark und sah an dem Gebäude hoch. Wie sollte er es nur anstellen, Thomas Lindners Plan zu Ende zu bringen, ohne selbst geschnappt zu werden? An diesem Morgen hatte er es nur knapp geschafft, den Polizisten zu entkommen. Beinahe wäre er in die Falle getappt, doch plötzlich hatten sie irgendeinen anderen Typen mitgenommen, was ihn zuerst sehr erstaunt hatte. Doch dann hatte er gelächelt, denn durch einen blöden Zufall war dieser Typ fast genauso gekleidet wie er, als er bei Sandra Meister im Zimmer gewesen war.

Das Zimmer, in das er bei seiner Flucht gesprungen war, war leer gewesen. Er hatte gesehen, dass der Polizist wieder in Sandra Meisters Zimmer zurückgesprungen war, als er einen Blick hinter sich geworfen hatte. Also hatte er sich schnell der Kleidung entledigt und war in den Pyjama geschlüpft, den er aus dem Schrank genommen hatte, da er mit einer Durchsuchung der Zimmer rechnete. Er hatte sich in Windeseile ins leere Bett gelegt und den kranken Schlafenden gemimt, als die Cops ins Zimmer gekommen waren. Der Rest war einfach gewesen. Als sich die Aufregung gelegt hatte, war er seelenruhig mit Pyjama und Morgenmantel bekleidet aus dem Krankenhaus in den Park gegangen und hatte sich das Spektakel aus der Ferne angesehen, bis er sich dann später im Schutz der Büsche umgezogen hatte, aus einer Tasche, die er vorher dort deponiert hatte, als Lindner nicht wie vereinbart angerufen hatte.

Warum musste auch gerade dieser Cop auftauchen, bevor er seinen Job erledigt hatte? Warum hatte er nicht ein paar Minuten später kommen können? Zehn oder 15 Minuten hätten bereits ausgereicht. Dann müsste er jetzt nicht mitten in der Nacht hier herumstehen und sich ausdenken, wie er an sie herankam. Er hatte bemerkt, dass sie ihren Polizeischutz nicht aufgehoben hatten, deshalb war es äußerst schwierig, in ihr Zimmer zu gelangen, ohne die Polizisten aufmerksam zu machen. Vielleicht konnte er ja in die obere Etage fahren und sich dann von oben an ihr Zimmer heranarbeiten. Vielleicht konnte er das Fenster irgendwie aufbekommen. Ja, das würde gehen. Ein zufriedenes Grinsen glitt über sein Gesicht, während er seine Hände in den Taschen seiner dunklen Jacke vergrub. Er trug ebenfalls dunkle Jeans und dunkle Stiefel, damit er mit der Dunkelheit verschmelzen konnte.

„Heben Sie die Hände langsam hoch, Schütz“, drang plötzlich eine leise, dunkle Stimme an sein Ohr und etwas Hartes, das sich wie die Mündung einer Pistole anfühlte, bohrte sich in seinen Rücken.

Hajo Schütz erschrak und blieb stocksteif stehen. Er hatte kein einziges Geräusch gehört, das einen Fremden angekündigt hätte.

„Ich sagte, hoch mit den Händen!“, herrschte ihn die gesichtslose Stimme an.

Langsam zog er die Hände aus den Taschen und hob sie ebenso langsam hoch.

„Wer sind Sie?“, fragte er abwartend.

„Dein schlimmster Alptraum“, antwortete die Stimme höhnisch, dann verschwand der Druck in seinem Rücken.

Schütz’ linke Hand wurde gepackt und auf den Rücken gedreht, er spürte kaltes Metall an seinem Handgelenk und hörte ein einrastendes Geräusch, während seine rechte Hand gepackt und der gleichen Prozedur unterzogen wurde.

Handschellen.

Rasch tasteten ihn zwei Hände ab, zogen die Pistole aus dem Hosenbund und drehten ihn um.

„Was wollen Sie?“, fragte Schütz den Schatten, den er nicht erkennen konnte. Er konnte nur ausmachen, dass sein Gegenüber größer und kräftiger war als er.

„Was ich will?“ Ein kurzes, dunkles Lachen ertönte. „Am liebsten würde ich Sie und Ihre netten Freunde einbuchten bis zum Sankt-Nimmerleins-Tag.“ Eine Taschenlampe wurde eingeschaltet und der Strahl auf Schütz’ Gesicht gerichtet. Schütz blinzelte in den grellen Lichtstrahl der Lampe. Seine Augen begannen fast zu tränen. „Erkennen Sie mich noch?“, sagte der Mann und richtete den Strahl der Lampe von unten auf sein Gesicht, ohne Schütz aus den Augen zu lassen.

Schütz riss die Augen ungläubig auf. Das war doch …

„Gestatten, Bender, Kriminalpolizei. Und derjenige, der Ihnen den Arsch aufreißt, wenn Sie irgendwelche billigen Tricks versuchen.“ Bender hob demonstrativ seinen Dienstausweis neben sein Gesicht und lächelte, dann steckte er ihn wieder ein. „So, und nun werden wir einen kleinen Ausflug machen.“

„Wie haben Sie mich gefunden?“, fragte Hajo Schütz mit rauer Stimme, und der Polizist lachte kurz auf.

„Nachdem uns klar war, dass Sie Lindners dreckigen Job weiterführen würden, dachte ich mir, dass Sie hier herumhängen und auf eine günstige Gelegenheit warten würden, an Sandra Meister heranzukommen. Und von wo aus könnten Sie das in der Nacht besser und unauffälliger machen als von hier aus dem Park?“, erklärte Bender dann kalt. „Und das war ja gar nicht mal schlecht geraten. Also habe ich gedacht, dass die Gelegenheit doch sehr günstig ist, und habe zugegriffen.“

„Sie sind gut im Anschleichen“, erwiderte Schütz nervös, nur um Konversation zu machen. „Ich habe Sie nicht gehört. Lernt man das bei der Polizei, oder was?“

„Oder was“, antwortete Bender ausdruckslos. „Außerdem war ich in meinem früheren Leben Indianer. Nun, gehen wir.“

Schütz wurde am Arm gepackt und Bender dirigierte ihn sicher in der Dunkelheit durch den Park, ließ ihn aber keinen Moment aus den Augen.

Fieberhaft überlegte Schütz, wie er diesem Polizisten entkommen konnte. Vielleicht sollte er ihn angreifen. Er schien zumindest keine Waffe in der Hand zu haben. Nur war er sich doch nicht ganz sicher. Schließlich konnte er sie wieder gezogen haben, nachdem er die Taschenlampe ausgeschaltet hatte. Er schielte zu ihm hinüber, konnte aber nicht das Geringste erkennen.

„Falls Sie mit dem Gedanken spielen sollten, mich auf irgendeine Art zu linken und abzuhauen, wäre es besser, wenn Sie bereits Ihr Testament gemacht hätten", sagte Bender scharf, der Schütz' Blick bemerkt hatte.

Schütz presste die Lippen zusammen. Er stolperte ungewollt, wurde aber mühelos gehalten. Nein, so konnte er sich bestimmt nicht befreien, solange dieser Cop ihn am Arm hielt.

„Wer ist da?", peitschte plötzlich die Frage wie ein Pistolenschuss durch die Dunkelheit. Der Strahl einer Taschenlampe wurde auf sie gerichtet. Direkt danach wurde eine zweite eingeschaltet.

„Bender, Kriminalpolizei", rief der Polizist aus und hielt seinen Dienstausweis in die Höhe. „Wer sind Sie?"

„Kollegen", rief die Stimme, nun ruhiger. „Wir haben den Auftrag, den Park zu bestreifen, da noch so ein Typ abgängig ist."

„Da habt ihr ihn. Das ist er."

Das war der Moment, in dem Schütz realisierte, dass er verloren hatte. Er wurde von den beiden Polizisten gepackt und in Richtung Parkplatz bugsiert, ohne den Hauch einer Chance zu entkommen.

„Als wir Stimmen hörten, kamen wir nachschauen, wer sich um diese Zeit noch im Park aufhält", erklärte einer der Polizisten gerade, als ein Schuss peitschte.

Schütz sackte zusammen und sank zu Boden. Bender und die Polizisten zogen ihn hinter einen geparkten Wagen, der direkt neben ihnen stand. Während seine Kollegen einen Funkspruch in die Zentrale absetzten, drehte Bender Schütz auf den Rücken. Aus einer Schusswunde auf der Stirn sickerte Blut. Bender tastete nach dem Puls, obwohl er an Schütz' Augen sehen konnte, dass es bereits zu spät war.

„Verflucht!" Bender schloss für einen Moment die Augen und weigerte sich fast zu glauben, dass seine Bemühungen umsonst gewesen waren.

Dann spähte er mit erhobener Waffe, wie seine Kollegen, hinter dem Auto vor. Sie beobachteten die Umgebung für einige Minuten, aber nichts bewegte sich.

„Wer immer das war, er muss von dort drüben aus geschossen haben", flüsterte Bender. „Ich gehe mal nachschauen."

Er schlich sich geduckt zwischen den Autos durch und rannte gebückt über den Parkplatz. Seine Kollegen, die ihm Feuerschutz geben wollten, beobachteten die Umgebung sehr genau. Doch es blieb ruhig.

In einiger Entfernung sah man die zuckenden Reflektionen des Blaulichts der ankommenden Verstärkung. Sie fuhren jedoch aus Rücksicht auf die Patienten des Krankenhauses ohne Sirene an.

Kurze Zeit später kam Bender auf den Parkplatz zurück. An seinem Gang konnte man sehen, wie aufgebracht er war.

„Nichts!", rief er seinen Kollegen zu. „Wer immer das auch war, ist definitiv weg."

Als Schröder eine halbe Stunde später eintraf, fuhr gerade der Leichenwagen mit Schütz' Körper vom Parkplatz. Spuren wurden noch gesichert, Aufnahmen noch gemacht.

Bender saß abseits auf einem großen Stein, der als Zierde am Rand eines Beetes lag, und starrte mit verkniffener Miene vor sich hin. Schröder ging langsam zu ihm, nachdem er seinen Wagen abgeschlossen hatte.

Er blieb kommentarlos neben Bender stehen und wartete. Es gab nicht viel zu sagen, also wartete er, bis Bender begann zu reden. Schröder konnte nachvollziehen, was in seinem Kollegen vorging. Er hatte oft genug selbst so gefühlt, wenn er dachte, einen Fall fast abgeschlossen zu haben, und feststellen musste, dass dem nicht so war. Wenn durch ein unglückliches Ereignis die ganzen Pläne und oftmals die Ergebnisse und Erfolge langer Stunden von Arbeit einfach über den Haufen geworfen wurden. Die Frustration, die ihn dann überkam, unterschied sich dann durch nichts von der Benders.

„Ich hatte den richtigen Riecher, Schröder“, sagte er dann leise. „Ich hatte ihn. Schütz. Ich war mir sicher, dass wir kurz vor dem Abschluss standen. Ich hätte ihn dazu bekommen, uns zu sagen, was Sache war.“

„Ich weiß.“ Schröder versenkte die Hände in seiner Jackentasche.

„Und dann kommt irgendeiner und ballert ihm eine Kugel in den Schädel!“, rief Bender aus und stand auf. Er fuhr sich mit den Händen über die Haare. „Verdammt!“

„Wir werden auch so rausfinden, was Sache ist“, beruhigte Schröder ihn und überlegte scharf. „Haben die Kollegen einen Funkspruch abgesetzt, nachdem sie dich angetroffen haben?“

„Ja, natürlich“, antwortete Bender. „Das wird doch immer gemacht, das weißt du doch.“

„Und wie lange habt ihr bis hierher gebraucht?“, bohrte Schröder weiter.

„Ungefährt vier oder fünf Minuten“, gab Bender mit fragender Miene zurück.

„Dann wohnt derjenige, der ihn abgeknallt hat, direkt in unmittelbarer Nähe.“ Schröder sah Bender ernst an. „Und ich unterstelle einfach einmal, dass er genau auf diese Information gewartet hat.“

„Du hast Recht“, merkte Bender auf. „Ich sehe langsam auch den Wald vor lauter Bäumen nicht mehr.“

„Wir müssen versuchen herauszufinden, wer hier in unmittelbarer Nähe wohnt. – Moment mal.“ Schröder sah seinen Kollegen durchdringend an. „Ich weiß, wer hier wohnt. Und wer auf jeden Fall den Polizeifunk empfängt.“ Ohne ein weiteres Wort zu verlieren, drehte er sich um und ging eiligen Schrittes davon. Bender folgte ihm stirnrunzelnd.

„Von wem sprichst du?“, fragte er Schröder, als er ihn eingeholt hatte.

„Einen Moment.“ Er funkte die Dienststelle an und fragte nach Becks Adresse.

„Wozu brauchst du die?“, fragte Bender in die entstandene Stille. Bevor Schröder antworten konnte, gab der Diensthabende Becks Adresse durch.

„Danke“, sprach Schröder in das Funkgerät, dann wandte er sich Bender zu. „Das ist direkt um die Ecke.“

„Du meinst, dass … Beck …? – Nein, das …“ Bender schüttelte den Kopf.

„Hast du eine andere Erklärung?“, fragte Schröder eindringlich. „Ich weiß nur, dass er definitiv etwas gegen die liebe Frau Meister hatte. Und wenn ihn jemand aufmischen würde, dann denke ich, dass Beck darauf ansprechen würde. Er ist ein Hitzkopf, das weißt du so gut wie ich.“

„Aber dass er so weit gehen würde? Tut mir Leid, aber das kann ich irgendwie nicht glauben.“ Bender weigerte sich weiterhin, an diese Möglichkeit auch nur einen Gedanken zu verschwenden.

„Lass es uns ganz einfach überprüfen“, schlug Schröder vor. „Er hat vor ungefähr zwei Stunden Feierabend gemacht, also müsste er zu Hause sein.“ Er ging zwei Schritte und schaute auf Bender zurück. „Warum ist er bisher hier noch nicht erschienen? Er müsste es ja mitbekommen haben, was hier los ist. Zumindest den Schuss müsste er als solchen erkannt haben. Und zeige du mir einen – nur einen – Polizisten, der nach einem Schuss ruhig zu Hause vor dem Fernseher sitzen bleibt.“

Mit einem weiteren Blick auf Bender ging Schröder davon. Nachdenklich sah Bender seinem Kollegen einen Moment hinterher, bevor er ihm folgte.

„Hallo Jungs, eine eurer Ablösungen ist da.“ Der Polizist grinste seine Kollegen an.

„Wenigstens einer, der pünktlich ist“, stöhnte einer und fragte seinen Kollegen: „Macht es dir etwas aus, wenn ich dann abhaue?“

„Nein, geh nur. Der andere wird ja hoffentlich auch bald da sein.“ Er winkte ab.

„Oh, ich glaube, der kommt etwas später“, sagte der Polizist, während er den anderen Kollegen beobachtete, wie er den Aufzug betrat. „Ich habe so etwas läuten hören.“

„Na klasse, das passt ja. Wenn ich das gewusst hätte, wäre ich mir noch einen Kaffee holen gegangen, bevor der Kollege gegangen ist.“

„Also von mir aus kannst du dir einen holen gehen“, bot er an. „Ich komme hier für einige Minuten auch so klar.“

„Bist du sicher? Nicht dass es Ärger gibt.“

„Quatsch, wenn du auf die Toilette musst, schickt dir doch auch keiner eine Ablösung.“

„Na gut, ich gehe schnell.“ Er sah sich um. „Ich beeile mich.“

„Nicht nötig, um die Uhrzeit kommt hier sowieso keiner her“, schüttelte der andere den Kopf.

Er nickte und ging den Flur hinunter. Weiter vorn verschwand soeben die Nachtschwester in einem der Zimmer.

Beck wartete, bis der Kollege um die Ecke verschwunden war, dann warf er einen prüfenden Blick in die Runde und öffnete leise Sandra Meisters Zimmertür.

Das würde nicht lange dauern, da war er sich sicher. Im Zimmer war es dunkel. Sie schlief. Das war sehr gut. Er hatte schon gedacht, er würde mehr Gewalt anwenden müssen.

Er ergriff ein Kissen vom Nachbarbett und trat zu ihr. Neben dem Bett blieb er stehen und sah auf die Schlafende hinab.

Jetzt bekommst du deine Quittung dafür, dass du meine Karriere ruiniert hast, dachte er und hob das Kissen. Er dachte daran, wie er durch diese Frau von seinen Vorgesetzten eine Abmahnung bekommen hatte, weil er angeblich zu persönlich geworden war. Und diese Abmahnung würde in seiner Personalakte bleiben. Er fühlte, wie kalter Zorn in ihm hochstieg. Aber sie war schuldig, wenn man es ihr auch nicht beweisen konnte. Er hatte jedoch ein Gespür für so etwas. Sie hatten alle ihre kleinen schmutzigen Geheimnisse. Und von so etwas ließ er sich nicht die Karriere vermasseln. Er hatte sie zuerst ebenfalls erschießen wollen, aber es sich dann anders überlegt. Das hier war leiser.

Er drückte ihr das Kissen aufs Gesicht. Nach einem kurzen Moment begann sie sich zu wehren. Sie schlug um sich, so gut sie konnte, doch gegen seine Stärke hatte sie keine Chance. Ihre Gegenwehr begann langsam zu erlahmen und ihre Bewegungen wurden langsamer.

Gleich würde sie ihr lausiges kleines Leben beendet haben.

In diesem Moment flog die Tür auf und im nächsten Moment wurde Beck herumgerissen. Er bekam einen Kinnhaken verpasst und flog gegen die Wand.

Das Licht der Neonröhre sprang flackernd an und tauchte alles in Helligkeit. Mit zwei Schritten war Schröder an Bender und Beck vorbei und riss das Kissen von Sandra Meisters Gesicht, die sich nicht regte.

„Frau Meister!“ Er schlug ihr leicht mit einer Hand auf die Wange, während er mit der anderen Hand nach der Schwester klingelte.

„Beck, du Idiot! Was hast du dir dabei gedacht□?“, fuhr er seinen Kollegen an, der sich nun im Klammergriff von Bender befand. „Bete, dass sie das überlebt!“

„Was ist denn hier los?“, fragte in diesem Moment die Nachtschwester, die das Zimmer betrat. Bender schob Beck zur Tür hinaus.

Schröder deutete auf Sandra Meister und erklärte ihr, was passiert war. Sie überprüfte sofort ihren Puls.

„Ich habe den Puls“, sagte sie nach einem Moment. „Trotzdem werde ich den Arzt alarmieren. Zur Sicherheit.“ Sie verließ den Raum.

Schröder folgte ihr. Auf dem Flur wurden Beck gerade Handschellen angelegt. Schröder schüttelte den Kopf, als er auf ihn zuging.

„Verdammt, was hast du dir denn bei dieser Aktion gedacht?“, fuhr er ihn an. Beck sah ihn nur trotzig an.

„Sie hat meine Karriere zerstört und mich vor allen unmöglich gemacht“, stieß er dann zornig hervor. „Das macht man nicht mit mir.“

„Aber deshalb gleich jemanden umbringen?“ Schröder schüttelte erneut den Kopf. „Außerdem hattest du dir das mit der Abmahnung selbst zuzuschreiben.“

„Aber nur wegen ihr“, beharrte Beck. „Und da ihr ja sowieso auf der Spur der anderen wart, dachte ich, es fiele nicht auf, wenn ich ihr ein wenig mitspiele.“

„Was soll das denn heißen?“, murrte Bender.

Schröders Mobiltelefon klingelte und er zog sich in eine stille Ecke zurück.

„Ich dachte, ich könnte es den anderen in die Schuhe schieben“, erklärte Beck abwesend. „Sie haben so viel auf dem Kerbholz, dass das mit ihr nicht weiter ins Gewicht fallen würde.“ Er lachte.

„Beck, warum hast du Tauschner in seiner Zelle erledigt? Und womit?“, fragte Schröder, der in diesem Moment wieder zu ihnen getreten war.

Bender sah Schröder überrascht an. „Er hat was?“

„Er hat Tauschner erledigt und es dann als Selbstmord hingestellt“, erklärte Schröder langsam. „Die Kollegen haben bestätigt, dass er den Dienst getauscht hat und selbst nach ihm geschaut hat. – Außerdem haben sich bestimmte Spuren dafür gefunden.“ Er sah Bender vielsagend an.

Beck lachte auf. „Scheißspiel!“

Epilog

Eine Woche später saß Sandra Meister auf dem Balkon ihrer Wohnung. Auf ihrem Schoß hatte es sich Candy bequem gemacht und Mikesch, ihr Kater, lag in dem Blumenkasten zwischen den Blumen und beobachtete die Umgebung.

Ihre Schusswunde verheilte gut. Sie war zwei Tage zuvor aus dem Krankenhaus entlassen worden und ruhte sich nun zu Hause von den Strapazen und Aufregungen der letzten Wochen aus.

Immer wieder fiel ihr Blick auf den Balkon neben ihr, und wann immer das passierte, stieg ein unbehagliches Gefühl in ihr hoch. Immer wieder musste sie daran denken, wie leicht sie es ihrem Nachbarn gemacht hatte. Ein Wunder, dass er nicht früher versucht hatte, sie umzubringen. Es jagte ihr einen Schauer über den Rücken, wenn sie sich vorstellte, dass er hier durch ihre Wohnung geschlichen und ihre persönlichen Sachen durchstöbert hatte.

Sie fühlte sich nicht mehr sicher hier in ihrer Wohnung. Also hatte sie beschlossen, sich nach einer anderen Wohnung umzusehen. Sie würde irgendwo hinziehen, wo es nicht ganz so anonym war und wo ein Nachbar den anderen kannte. Vielleicht würde ihr dann so etwas nicht noch einmal passieren.

Es klingelte. Sie setzte Candy auf den Boden und ging zur Wohnungstür.

„Ja bitte?“

„Bender hier.“

Sie drückte auf den Summer und öffnete die Tür. Sie sah, wie er die Treppe hochgelaufen kam, immer zwei Stufen auf einmal nehmend. Er trug eine schwarze Jeans, ein kariertes Holzfällerhemd und Turnschuhe, sah allerdings genauso eindrucksvoll aus wie mit Uniform.

„Guten Tag, Frau Meister.“ Er streckte ihr die Hand hin.

Sie ergriff sie. „Guten Tag, Herr Bender. Treten Sie ein.“ Sie schloss die Tür hinter ihm. „Was kann ich für Sie tun?“

„Ich dachte, Sie möchten gerne hören, was eigentlich im Gange war“, grinste er. „Mein Kollege wäre zwar auch gerne mitgekommen, aber leider hat er im Moment andere Verpflichtungen, denen er nachkommen muss. Ich soll Sie allerdings herzlich von ihm grüßen.“

„Danke. Ja, da haben Sie nicht ganz Unrecht“, lächelte sie zurück. „Mich würde wirklich interessieren, was los war. Kann ich Ihnen etwas zu trinken anbieten?“

„Gerne. Würde ein Kaffee viele Umstände machen?“

„Nein.“ Sie ging in die Küche und griff nach der Kaffeekanne. Sie füllte das Wasser ein und nahm das Glas mit dem Kaffeepulver, bekam es allerdings nicht auf.

„Darf ich?“ Bender nahm ihr das Glas ab und öffnete es, ohne auf ihren Protest zu achten. „Wie viel muss rein?“

„Neun Löffel“, antwortete sie, dann begann sie Geschirr und Löffel auf ein Tablett zu legen. „Ich würde vorschlagen, wir gehen auf den Balkon. Da scheint jetzt noch die Sonne hin.“

Bender brachte das Tablett, während sie vorausging.

„Ach, da ist ja auch meine Freundin“, sagte Bender und nahm Candy hoch, die maunzend auf ihn zulief, als er das Tablett abgestellt hatte.

Sandra hatte sich lächelnd auf den anderen Stuhl sinken lassen und beobachtete ihre Katze. „Was haben Sie mit ihr gemacht?“

„Wie meinen Sie das?“, fragte Bender irritiert, während er die Katze streichelte, die sich das nur zu gern gefallen ließ.

„Sie hat vor kurzem nie jemanden außer mir an sich herangelassen und nun ist es, als ob Candy Sie schon ewig lange kennen würde. Selbst Mikesch faucht Sie nicht an.“ Sie zuckte die Schultern. „Deswegen interessiert es mich, was Sie mit ihnen gemacht haben. Haben Sie meine Katzen bestochen?“

„Nein. Ich weiß es ehrlich gesagt nicht.“ Er verzog das Gesicht. „Es war halt auf einmal so, dass sie mich mochten, denke ich. Warum auch immer.“

Sie lachte auf. „Sie kennen sich mit den Menschen aus und folgen ihren Instinkten. Sie erkennen einen guten Menschen, wenn sie ihn sehen. Meinen ehemaligen Nachbarn konnten sie zum Beispiel gar nicht leiden. Das hätte mir zu denken geben sollen, aber das hat es leider nicht, und was dabei herausgekommen ist, habe ich ja nun gesehen. Das wird mir allerdings auch kein zweites Mal passieren, das weiß ich. Zukünftig werde ich mir meine Gesprächspartner etwas genauer ansehen, wenn meine Katzen Einwände erheben.“ Sie lachte.

Bender musterte sie prüfend. „Es geht mich vielleicht nichts an, aber wurde Ihre Suspendierung eigentlich wieder aufgehoben?“

„Weiß ich nicht.“ Sie sah ihn offen an. „Aber um ehrlich zu sein, interessiert es mich nicht sonderlich.“ Sie senkte den Blick und sah auf ihre Hände, die mit der leeren Kaffeetasse spielten. „Ich weiß nicht, ob ich dorthin zurückmöchte nach dem, was passiert ist. In meinem Leben wird es, so wie ich das sehe, einige Veränderungen geben.“ Sie sah ihn ernst an, dann lächelte sie. „Aber nun zu Ihnen. Was wollten Sie mir denn noch sagen? Was gibt es aus der Welt der Verbrecher zu berichten?“

„Zum einen werden Sie weder Ihren Nachbarn noch Ihren Exfreund so schnell wiedersehen.“ Bender sah sie ernst an.

„Danach habe ich eigentlich auch gar kein Verlangen“, entgegnete sie trocken.

„Ich bin froh, dass Sie das sagen“, nickte Bender. „Seien Sie froh, dass Sie nicht auf Richters und Lindners Gottesacker gelandet sind, wie seine Exfrau.“

„Was meinen Sie damit?“, fragte sie misstrauisch.

„Wir fanden im Garten Ihres Exfreundes mindestens vier verschiedene Leichen. Eine davon ist seine Exfrau.“ Er sah sie ernst an. „Allerdings sind die Kollegen noch nicht fertig.“

„Warum hat er sie umgebracht?“, fragte sie tonlos.

„Seine Ex? Sie ist dort gelandet, weil Sie ihn ihretwegen hinausgeworfen haben, sagte er“, antwortete Bender leise.

„Wer sind die anderen?“

„Das hat er uns noch nicht gesagt.“

„Und mein Nachbar?“

„Er hat sich in Richters Auftrag hier eingemietet. Er hat den richtigen Nikolas Wagner umgebracht, um echte Papiere zu haben, um sich hier einzumieten. Er hat ihn dann mit Wagners eigenem Wagen zum Brunnen rausgefahren, wo sie ihn gefunden haben. Ein Glück, dass die Wohnung nebenan sowieso frei war, sonst hätte er vielleicht auch noch für den Auszug des Vormieters gesorgt, wer weiß“, erklärte Bender. „Er ist Richters Schulfreund. Und wie es aussieht, haben die beiden jeden aus dem Weg geräumt, der ihnen irgendwie Steine in den Weg legte. Bewusst oder unbewusst.“ Er machte eine kurze Pause. „Und was Sie angeht – er wollte zuerst Ihr Leben zerstören. Deshalb hat er mit Tauschner, dem Ex-Mitarbeiter Ihrer Firma, gemeinsame Sache gemacht und versucht, Ihnen die eine oder andere Sache anzuhängen. Als der dann drohte auszusagen, hat er ihn durch unseren Kollegen Beck, den er kräftig manipuliert und aufgehetzt hatte, umbringen lassen, der es dann so gedreht hat, dass es zuerst aussah, als ob er sich selbst erhängt hat.“ Er hielt inne.

„Moment, lassen Sie mich bitte erst den Kaffee holen“, sagte sie leise, bevor sie sich erhob und in die Küche ging.

Bender sah ihr nach. Vielleicht hätte er ihr das mit Beck nicht sagen sollen, aber er war der Meinung, dass sie die Wahrheit verdiente, nach dem, was sie durchgemacht hatte. Auch wenn es noch so hart für sie war.

Sie kam mit der Kanne zurück und goss den Kaffee in die Tassen, dann stellte sie die Kanne weg und schaute Bender an. „So, es kann weitergehen. Was hat eigentlich dieser Schütz mit alldem zu tun gehabt? Das war doch der, der mich im Krankenhaus angegriffen hat, oder?“

Bender nickte. „Er war der Verbindungsmann zwischen Lindner und Brego. Er hat über Ihren Kollegen Alfred Zeisig Informationen über Sie gesammelt. Wann Sie Dienst machten, was passierte und so.“

„Zeisig!“ Sie spie den Namen fast aus. „Ich hasse diese linke Bazille!“

„Dort war auf jeden Fall die Verbindung. Der Typ, den wir übrigens an diesem Morgen verhafteten, war ein kleiner Dieb, der blöderweise die gleiche Kleidung trug wie Schütz und der im Krankenhaus Diebstähle beging. Er dachte, die Polizei sei seinetwegen angerückt, und deshalb flüchtete er. Na ja, egal. Als Sie dann durch den Verdacht und Ihre Suspendierung genug bestraft waren, sahen die Herren auf jeden Fall den Zeitpunkt gekommen, Sie ganz zu vernichten. Und das war durch Ihren Tod.“

Sie sah Bender bekümmert an. „Wie kann jemand für einen anderen so etwas Grausames ausüben?“

„Sie hatten einen Pakt geschlossen, als sie damals noch jung und zusammen in der Schule waren. Als ihr Kumpel, der ebenfalls in diesem Klub – oder wie man es auch nennen möchte – war, nicht mehr so dachte, verschwand er spurlos. Wir nehmen an, dass er auch in dem Garten begraben liegt, aber das untersuchen die Kollegen gerade noch.“ Bender zuckte die Schultern. „Ich denke, dass Lindner in jedem Fall derjenige war, der die blutigen und kniffligen Arbeiten erledigte. Richter scheint mir nicht ganz so kaltblütig zu sein.“

Es klingelte erneut.

„Ich gehe, bleiben Sie sitzen.“ Bender sprang auf und ging zur Tür.

In Sandras Kopf schlugen die Gedanken Purzelbäume. Wie konnte Frank nur mit sich leben? Verdienten er und Lindner es überhaupt zu leben? Gab es überhaupt eine Entschuldigung für so viel Grausamkeit?

„Schauen Sie mal, wer Sie noch besuchen kommt!“, sagte Bender, als er wieder auf den Balkon trat.

„Herr Schneider!“, rief sie erfreut aus und schüttelte ihm die Hand. Sie holte ihm eine Tasse und bat Bender, ihm einen Stuhl aus dem Wohnzimmer zu holen. Als sie sich niedergelassen und die üblichen Floskeln ausgetauscht hatten, kam Schneider zum Grund seines Kommens.

„Frau Meister, ich bin heute unter anderem stellvertretend für Herrn Dressler hier“, begann er zögernd. „Er war verantwortlich für Ihre Suspendierung, da er bei Ihrem Chef Druck gemacht hat. Es tut ihm Leid und er bittet Sie, Ihren Dienst wieder aufzunehmen, wenn Sie wieder genesen sind.“

„Das sind doch mal gute Neuigkeiten“, grinste Bender. „Dass ein Chef mal einen Fehler selbst einsieht, geschieht äußerst selten.“

„Ja, deswegen bin ich gleich hierher gefahren, um die gute Neuigkeit selbst zu überbringen“, nickte Harald Schneider.

„Es tut wirklich mir Leid, Sie enttäuschen zu müssen, Herr Schneider, aber ich werde nicht mehr zurückkommen.“ Sie sah Harald Schneider ernst an, der die Augen aufriss, als könne er nicht glauben, was er soeben gehört hatte. Auch Bender horchte auf.

„Nein, Sie haben sich nicht verhört, das meine ich absolut ernst“, sagte Sandra und sah auf ihre Finger, bevor sie den Kopf wieder hob.

„Überlegen Sie es sich doch noch einmal“, bat Harald Schneider.

„Nein, da gibt es nichts mehr zu überlegen.“ Sie schüttelte bedauernd den Kopf. „Mein Entschluss steht fest. Ich komme nur noch einmal, um meinen Schrank auszuräumen. Überlegen Sie doch einmal, unter was für einem Verdacht ich stand. Selbst wenn ich jetzt wieder zurückkäme, würde sich nichts ändern. Spätestens das nächste Mal, wenn etwas vorkommt, werden die einen oder anderen sagen: Da war doch mal was mit der Meister. Auch wenn nichts nachgewiesen wurde, etwas Wahres muss da ja doch dran gewesen sein … Also werde ich mir selbst den Gefallen tun und die Sache beenden. Vielleicht mache ich die Umschulungen, die ich schon länger ins Auge gefasst habe. Alles andere ist besser, als an einen Ort zurückzugehen, an dem man so einem Verdacht ausgesetzt war. Denn egal, was ich tun würde, es bliebe immer der Schatten des Zweifels□…“

Nachwort

Mein spezieller Dank gilt folgenden Personen für ihre fachkundige Unterstützung, während ich mein Erstlingswerk erstellte, ohne deren Hilfe es nicht möglich gewesen wäre:

Rudolf Schmidt, Leiter der Werksfeuerwehr und des Werkschutzes bei der Sika Deutschland GmbH.

Der Betriebskrankenschwester Maria Schwarz und dem Betriebsarzt Dr. Hörz bei der Sika Deutschland GmbH sowie Günther Loos vom Referat Öffentlichkeitsarbeit bei der Polizei Stuttgart.

Nicht zuletzt meinem Geschäftspartner, der hier nicht namentlich genannt werden will, aber letztendlich für den Kapitalfluß und die Verwirklichung dieses Buches gesorgt hat.

Und natürlich allen anderen Personen, die mich in meinem Tun bestärkt und an mich geglaubt haben.

Danken möchte ich natürlich auch allen Lesern, die mein Buch im Handel kaufen und hoffentlich so begeistert davon sind wie die, die das Buch in Manuskriptform gelesen haben.